BASTEI
LÜBBE

Erika Remberg

STECKBRIEFE

BASTEI
LÜBBE

BASTEI-LÜBBE-TASCHENBUCH
Band 12139

Originalausgabe

Herausgeber: Gustav Lübbe Verlag GmbH, Bergisch Gladbach
Printed in Western Germany 1982
Einbandgestaltung: Roberto Patelli
Gesamtherstellung: Ebner Ulm
ISBN 3-404-12139-2

Der Preis dieses Bandes versteht sich einschließlich
der gesetzlichen Mehrwertsteuer

1. Kapitel

Fahl spannt sich die Brücke über die Autobahn. Scheinwerfer kommen wie Irrlichter auf sie zugerast, werden größer und greller und verschwinden als rote Schlußlichter in der Finsternis. Ein Gewehrlauf schiebt sich über das Brückengeländer, zielt auf zwei näherkommende Scheinwerfer. Ein Schuß peitscht durch die Nacht. Die Scheinwerfer beginnen zu taumeln, kommen schlingernd, wie trunken näher und immer näher. Ein Krach, der Wagen prallt gegen einen Brückenpfeiler, ein Schrei hängt gellend in der Nacht.

. . . gellt durch die Zelle. Der Mann lag auf einem schmalen Bett und schrie. Auf sein verzerrtes junges Gesicht warf eine einsame Lampe, draußen im Gefängnishof, ein Gittermuster. Er hatte geträumt und schrie und schrie. Sein Zellengenosse sprang aus dem Bett und rüttelte ihn wach.

»Klaus, wach auf, wach doch auf!«

Aus den benachbarten Zellen drangen empörte Rufe.

»Ruhe!«

»Maul halten!«

»Scheißkerl!«

Sie schlugen mit Gegenständen an die Zellentüren, klapperten mit Blechnäpfen. Der Mann kommt zu sich.

»Was ist denn los?«

»Du hast wieder geträumt.«

Er richtete sich auf und wischte sich den Schweiß vom Gesicht. Rasselnd drehte sich ein Schlüssel im Schloß, die Zellentür schwang auf. Auf der Schwelle stand Hauptwachtmeister Zimmermann, hinter ihm tauchte Bender auf, der neue junge Wärter.

»Führt er sich wieder auf?«

Zimmermann, ein leicht cholerischer Mann mit rotem Stiernacken, der sich mit Gefangenen und Strafvollzug auskannte, war wütend. »Er ist ja schon ruhig«, versuchte Paul Hartung, der andere, ihn zu besänftigen.

»Schon?« So leicht ließ der Stiernacken sich nicht besänftigen. Das Geschrei und Gerassele auf dem Gang ging ihm mächtig auf die Nerven. Er wandte sich um und schrie: »Ruhe! Ruhe! Verdammt noch mal!« Das Getöse verstummte. Dann fuhr er den Häftling an, der es gewagt hatte, ihn besänftigen zu wollen, der Hartung hieß und etwas Besseres war, das war nicht zu leugnen, weil er Würde an den Tag legte, das Arschloch, und stramm neben dem Bett seines Leidensgenossen stand: »Sie haben wohl vergessen, warum wir Sie hierherein gelegt haben? Nämlich damit Sie auf den Mautner aufpassen.«

»Er hat geträumt, Herr Zimmermann.« Hartung ließ sich nicht aus der Ruhe bringen.

»Ich träume auch und brüll' nicht wie ein Irrer.« Die Logik von Vollzugsbeamten ist unantastbar.

»Kommen Sie mir nicht schon wieder damit. Der hat keinen Dachschaden, sonst wäre er nicht hier, sondern in der Klapsmühle.« Und zu Mautner, der auf einen Ellenbogen gestützt im Bett lag: »Sie sind normal, Mautner. Hören Sie? Ganz normal. Klar?«

»Klar, Herr Hauptwachtmeister.«

»Na also!« Und wieder an Hartung gewandt: »Sehen Sie zu, daß er jetzt Ruhe gibt.« Machte kehrt, marschierte hinaus und schloß die Tür von außen ab. Hartung machte ein paar Schritte, als wollte er sich auf ihn stürzen, blieb an der Türe stehen, mit dem Rücken zu Mautner und ballte schweigend die Fäuste. Er war groß, schlank, Anfang fünfzig. Weiße Schläfen rahmten sein markantes Gesicht. Mautner saß zurückgelehnt, die Arme hinter dem Kopf verschränkt. Er beobachtete ihn. Das auffallendste an diesem jungen Mann waren seine großen, dunklen Augen mit den langen Wimpern.

»Was ist?« fragte er müde.

»Schlaf weiter«, antwortete der andere verbissen, ohne sich umzudrehen.

»Nimm ihn doch nicht so ernst.« Die Holzpritsche knarrte, als er unter die Decke rutschte.

Jetzt drehte er sich um. Sein Gesicht war hart. Er wollte sich nicht beschwichtigen lassen, er konnte sich nicht beschwichtigen lassen.

»Wir müssen hier raus, Klaus«, brach es aus ihm heraus. »Wie oft soll ich dir das noch sagen?«

Mautner sah ihn an. Wie oft hatte er das schon gehört?

»Ja, ja . . . ich weiß. Der Kramer ist auch ausgebrochen. Und was hat es ihm genützt? Zwei Tage später haben sie ihn wieder geschnappt.« Müde strich er mit der Hand über die rauhe Wolldecke.

»Uns kriegen sie nicht wieder!« Selbst in seinem Fanatismus bewahrte er Würde.

Hartung ging zu seinem Bett zurück, ließ sich schwer darauf fallen. Der andere schüttelte den Kopf. »Weißt du, Paul, so einer wie du, mit Geld und Beziehungen, der kommt vielleicht durch, aber . . .«.

Hartung unterbrach ihn ungeduldig: »Ich habe gesagt, uns kriegen sie nicht wieder. Uns beide nicht, Klaus.« Er stand wieder auf, trat an das Bett seines Freundes, setzte sich zu ihm und sprach eindringlich und leise auf ihn ein: »Zur französischen Grenze ist es nicht weit. Wenn wir einmal drüben sind, kriegen sie uns so leicht nicht wieder. Aber erst müssen wir hier raus. Und das können wir nur, wenn wir zusammenhalten.«

Mautner legte ihm die Hand auf den Arm. »Auf mich kannst du dich verlassen, Paul. Aber jetzt geh schlafen. Ich verspreche dir, ich bin ruhig.« Ein trauriges Lächeln spielte um die weichen Lippen in dem schmalen, jungen, seltsam sensiblen Gesicht. Er drehte sich zur Wand und zog sich die Decke über den Kopf.

Hartung zögerte, stand auf, ging die drei Schritte zu seinem Bett zurück und legte sich hin. Auf dem Rücken liegend, starrte er zur Decke.

Draußen, in den anderen Zellen war es inzwischen still geworden. Das Fenster in 2 Meter Höhe, klein, vergittert, die Birne außerhalb des Käfigs, verdreckt und vergittert, warf längliche Karos. Vorsichtig drehte er eine Zigarette unter der Decke, rauchte, ein dumpfer Block das Gehirn, das Auge zum Guckloch, gefährlich und wachsam, dann schlief er ein.

Hauptwachtmeister Zimmermann und Bender, sein Assistent, machten die Runde durch die nächtlichen Gefängnisgänge. Sie waren ein recht ungleiches Paar: der Hauptwachtmeister, ein schwerer gewichtiger Mann mit grauem Bürstenhaar und Schnauzer, sein junger Wärter, ein zackiges Bürschchen mit Milchgesicht, das theoretisch alles gelernt und praktisch keine Ahnung hatte.

Eisentüren säumten links und rechts die Wände, dazwischen der Treppenschacht. Gucklöcher – Spione genannt, Schiebetüren, zur Essenausgabe, hie und da ein Blick hinein in ein dunkles Rechteck. Stille. Ein barmherziger Schlaf hatte die meisten Schwerverbrecher – hier gab es nur Schwerverbrecher – für kurze Zeit von ihrem tristen, hoffnungslosen Alltag erlöst. Nackte Glühbirnen an der Decke, graue Fliesen über die grauen Uniformen, graue Mützen, einer wie der andere, die sich nur durch ein bißchen mehr oder weniger blankes Blech unterschieden.

Die Schritte hallten. Vor einer Tür blieb Zimmermann stehen. »Wollen wir?« fragte er leise.

»Wenn Sie meinen.« Große Lust schien sein Begleiter nicht zu haben. Und das ärgerte seinen Vorgesetzten.

»Ja, ich meine.«

»Wir finden ja doch nichts.«

Damit war er an den Falschen geraten. »Was ist denn das für eine Einstellung?« erboste sich der Schnauzbart und zitterte. »Seinen Dienst einfach runterkloppen, alles nach Vorschrift, und die Herren Gefangenen ansonsten in Ruhe lassen, damit sie die Chance kriegen, sich dünnezumachen! Aber nicht bei mir.« Nein, bei ihm sicher nicht.

»Ich weiß schon, Sie haben den Stock auf dem Kieker«, gab sich der andere geschlagen.

»Ganz recht. Der hat was vor. Den kenn ich.« Ihm konnte keiner was vormachen! Damit nahm er seinen Schlüsselbund, schloß die Zellentür auf, schaltete das Licht an und befahl: »Aufstehen!«

Zwei Männer fuhren in ihren Betten hoch und rieben sich verschlafen die Augen. Der eine richtete sich auf und sah den Beamten verwirrt entgegen, der andere zog sich die Decke wieder über den Kopf.

»Auf! Auf! Sie auch, Stock!«

Zimmermann trat an sein Bett und zog ihm die Decke weg. Langsam drehte sich Stock auf den Rücken und sah seinen Wächter ruhig an.

»Zellendurchsuchung. Stellen Sie sich an die Wand, alle beide, und rühren Sie sich nicht.«

Stock rappelte sich auf, aufreizend langsam und lehnte sich neben Haldern an die Wand. Einen stärkeren Kontrast zwischen zwei Männern konnte es kaum geben. Stock war der typische Schläger, vierschrötig, gedrungen, ein Prolet. Anfang vierzig. Und ein Gewohnheitsverbrecher, der weitaus mehr Jahre seines Erwachsenenlebens im Gefängnis als in Freiheit verbracht hatte. Jürgen Haldern stammte offensichtlich aus guter Familie, war groß, schlank, intelligent. Er wirkte ein wenig feminin und war mindestens zwanzig Jahre jünger.

Die beiden lehnten nebeneinander an der Wand, Stock mit geschlossenen Augen, während Bender und Zimmermann die Zelle filzten. Und zwar gründlich. Viele Verstecke gab es in dem engen Schlauch allerdings nicht, dreimal fünf Meter, sieben Schritte hin, sieben Schritte zurück, aber sie durchsuchten jeden Winkel, rissen die Betten auseinander, tasteten die Matratzen ab, beklopften die Wände, rüttelten an den Gitterstäben, sahen in der Kloschüssel nach. Und Stock dokumentierte diese Suche mit geschlossenen Augen.

»In der Zahnpasta ist Dynamit. Die Gitterstäbe habe ich angenagt, mit meinen eigenen Zähnen. Die Matratze ist voll Hasch. Im Kopfkissen ist Koks. Im Klo könnte allerdings auch etwas von Ihnen sein – Scheiße nämlich.« Gelangweilt, keine Miene regte sich in dem kantigen Gesicht.

»Nehmen Sie sich in acht.« Zimmermann riß allmählich die Geduld.

»Vor wem?« Stock öffnete die Augen und sah ihn herausfordernd an. »Vor Ihnen, Herr Hauptwachtmeister? Sie sind doch Hauptwachtmeister, oder?«

Zimmermann antwortete nicht, wandte sich ab.

»Als ich in Raudendorf abgehauen bin, waren Sie auch Hauptwachtmeister. Wie kommt es eigentlich, daß Sie noch nicht Inspektor sind? In Ihrem Alter? Hat das etwas damit zu tun, daß Sie Dienst hatten, als ich damals ausgeflogen bin?«

Zimmermann drehte sich um. »Hier kommen Sie nicht raus.«

»Okay, ich bleibe noch ein bißchen.« Stock provozierte ihn absichtlich. »Ich möchte nicht, daß Sie zeitlebens Hauptwachtmeister bleiben.«

Zimmermann machte Bender ein Zeichen, beide verließen die Zelle. Die Tür wurde geschlossen, das Licht ging aus.

Haldern machte sich daran, sein Bett wieder in Ordnung zu bringen.

»Mußt du ihn immer provozieren?« fragte er nach einer Weile.

Stock haute sich in das aufgewühlte Bett, zog sich die Decke über die Schulter. »Was kann er mir schon tun?«

»Uns auseinanderlegen.«

»Das soll er mal versuchen.«

Damit drehte er sich um, und bald schon hörte Haldern, der auf dem Rücken lag und zur Decke starrte, sein vertrautes Schnarchen. Es war schon eine seltsame Freundschaft, die zwischen diesen beiden Menschen aus zwei so grundverschiedenen Welten entstanden war.

Im Sprechzimmer des Gefängnisarztes, einem kahlen, nur karg möblierten Raum, saß Dr. Amsel, der Gefängnisarzt, ein verhältnismäßig junger Mann, hinter seinem Schreibtisch. Mit seiner randlosen Brille, seinem weißen Arztkittel, wirkte er eher wie ein Assistent in einem Labor, als wie ein Arzt in einem Zuchthaus. Ihm gegenüber saß Paul Hartung im gestreiften Gefängnisfrack, der so gar nicht zu seiner vornehmen Erscheinung zu passen schien. Ein Herr in seltsam unpassender Verkleidung.

»Es war Ihre Idee, daß ich mit Mautner die Zelle teile.«

Hartung schüttelte den Kopf. »Ich kann dem Mann nicht helfen. Er gehört in ein Krankenhaus, nicht hierher.«

Dr. Amsel nahm ein Gutachten und schob es Hartung vor die Nase. »Drei Psychiater haben einstimmig erklärt, daß Mautner schuldfähig ist.«

»Schuldfähig. Das mag die juristische Antwort sein. Heilbar, das ist die medizinische.«

»Er ist gefährlich. Sein Aggressionspotential ist –«

»Weshalb sind Sie Arzt geworden?« unterbrach Hartung ihn laut und leidenschaftlich. »Um zu erklären oder um zu helfen?«

Dr. Amsel erhob sich, ging zum Fenster und blickte hinaus über den grauen Gefängnishof. Pflastersteine und Gitterstäbe, zwei graue Laternenpfähle, kein Grün, kein Sonnenstrahl. Nichts als Mauern, an denen der Blick sich brach.

»Glauben Sie, das frage ich mich nicht auch manchmal?« Er drehte sich um, sah Hartung an. »Vielleicht bin ich auch nur unfähig. Ich bekomme ja nicht einmal Sie, einen gebildeten, scheinbar gesunden Menschen dazu, seine Schuld anzuerkennen.«

Hartung zuckte zusammen. Diese Wendung des Gesprächs hatte er nicht gewollt. Sein Ausdruck nahm etwas Verbissenes an.

»Ich habe Barbara Kuhn nicht umgebracht«, antwortete er störrisch.

Amsel zuckte mit den Schultern. »Und das spielen wir nun schon seit drei Jahren.« Er trat wieder an seinen Schreibtisch, blieb davor stehen. »Sie haben es sogar fertig gebracht, wirklich zu glauben, daß Sie unschuldig sind.«

»Warum bemühen Sie sich seit drei Jahren, mir eine Schuld einzureden? Was haben Sie davon?«

Dr. Amsel setzte sich auf die Schreibtischkante und musterte ihn ernst.

»Es ist meine Aufgabe als Ihr Arzt. Nur wenn Sie Ihre Schuld zugeben, verstehen und anerkennen, hat diese Strafe einen Sinn.«

»Ich erkenne sie nicht an«, erwiderte er heftig. »Ich bin unschuldig. Seit mehr als vier Jahren sitze ich unschuldig im Gefängnis.« Er wollte dieses Gespräch abbrechen, das er schon so oft geführt hatte, das zu nichts führte, weil keiner ihm glaubte, weil alle Indizien gegen ihn gesprochen hatten. »Haben Sie eine Zigarette für mich?«

»Aber natürlich.« Der Arzt griff in seine Brusttasche, zog eine angebrochene Schachtel Zigaretten heraus, reichte sie ihm. Hartung nahm sich eine Zigarette, der Arzt gab ihm Feuer. »Sie tun mir leid, Hartung.«

Er inhalierte, zog den köstlichen Rauch tief in die Lungen. »Ich verdiene Ihr Mitleid auch.«

Dr. Amsel erhob sich und trat wieder hinter den Schreibtisch. »Sie tun mir leid, weil Ihr sinnloses, störrisches Leugnen es nur schwerer für Sie macht.« Er setzte sich.

Hartung beugte sich vor. »Haben Sie nie davon gehört, daß auch Richter irren können?«

»Ich habe Ihre Akte studiert. Wer soll es denn gewesen sein, wenn nicht Sie?« Er zeigte mit einem spitzen Bleistift auf ihn.

»Ich werde es herausfinden, wenn ich draußen bin.« Und lehnte sich wieder zurück.

Der Arzt sah ihn kopfschüttelnd an. »Sie haben lebenslänglich, Hartung.«

»Ich werde früher gehen.« Er machte einen letzten Zug und drückte die Zigarette im Aschenbecher aus.

Der Arzt lehnte sich zurück. »Denken Sie an Ausbruch?«

»25 Stunden am Tag«, antwortete der Lebenslängliche ruhig.

»Natürlich, Ihr Unschuldswahn muß Sie dazu treiben. Sie sind krank, vielleicht kränker als Mautner.«

Er stand auf, ging zu einem Schrank, nahm ein Röhrchen Tabletten heraus, reichte es Hartung. »Hier, geben Sie ihm die Tabletten. Mehr kann ich nicht für ihn tun.«

Hartung lächelte müde. »Für mich haben Sie keine?«

»Ein Wahrheitsserum? Selbst das würde bei Ihnen nicht wirken.«

Er streckte die Hand aus, Hartung erhob sich, drückte sie zum Abschied, ging schnell aus dem Zimmer.

Vor der Tür stand Bender und nahm ihn in Empfang, zusammen marschierten sie den Gefängnisgang entlang. Bender sperrte klirrend eine eiserne Gittertür auf, ließ Hartung den Vortritt, sperrte hinter ihm ab.

»Den Weg zur Bibliothek kennen Sie ja.«

Hartung drehte sich nicht um, ging weiter, bog um eine Ecke, ging auf eine Eisentür zu, auf der in großen Buchstaben »Bibliothek« stand, und trat ein.

Die Gefängnisbibliothek war in einem großen, hellen Raum untergebracht, und obwohl auch hier die Fenster vergittert waren, drang doch Sonne herein – falls sie schien, was heute nicht der Fall war. Er ging nach Süden. Hartung hatte vor zwei Jahren darum gebeten, hier arbeiten zu dürfen, und es war ihm bewilligt worden. Seitdem verbrachte er die meiste Zeit des Tages zwischen den Regalen und Bücherborden, ordnete Bücher ein, registrierte sie, gab Bücher an Gefangene aus und las viel.

Im Augenblick war niemand da. Hartung trat an einen Tisch in der Mitte des Raumes, auf dem ein Stapel neuer Bücher lag. Gestiftet von irgendeiner Wohlfahrtsgesellschaft, nahm ein paar Bücher auf, trat zu einem Bücherbord und ordnete sie ein.

Er bemerkte nicht, daß Zimmermann die Bibliothek betreten hatte, und fuhr erschrocken herum, als er plötzlich hinter sich eine Stimme hörte.

»Herr Hartung?«

»Ja, Herr Zimmermann. Mein Gott, haben Sie mich jetzt erschreckt.« –

»Sie haben doch kein schlechtes Gewissen?« grinste der bullige Beamte.

Er drehte sich um und stellt das letzte Buch, das er noch in der Hand hatte, an seinen Platz.

Zimmermann sah ihn abwartend an. »Was ich Sie schon längst fragen wollte, Sie sind doch Weintrinker, oder?«

Verwirrt drehte er sich um. »Ich war es.«

»Und Kenner?«

»Das auch.«

Zimmermann grinste und setzte sich rittlings auf einen Stuhl, der neben dem Regal stand.

»Dann sagen Sie mir, was Sie von einem Chablis premier cru, Jahrgang 69, halten?«

Hartung ging zu seinem Tisch. »Klingt nicht übel«, antwortete er uninteressiert.

»Ich habe ein paar Flaschen davon. Möchten Sie eine?« Er stützte beide Arme auf die Lehne.

Hartung drehte sich um und sah ihn fragend an. »Was soll sie denn kosten?« fragte er vorsichtig.

»Für Sie gar nichts«, antwortete Zimmermann vergnügt, stand auf und trat zu ihm an den Tisch. »Hören Sie zu, Hartung. Sie wissen doch, der Stock ist ein alter Knacki. Angefangen vom Jugendgefängnis, hat er immer wieder gesessen. Und ist immer wieder ausgebrochen. Aber einmal klappt es dann doch nicht. Die Posten haben Befehl zu schießen. Möchten Sie, daß sie Stock abknallen?«

»Was habe ich damit zu tun«, fragte Hartung mißtrauisch.

Zimmermann sprach eindringlich auf ihn ein. »Sie hören viel. Die Männer haben Vertrauen zu Ihnen. Und ich auch.« Er machte eine Pause, doch Hartung antwortete nicht, sah ihn nur ruhig an. »Haben Sie ein Auge auf Stock, von Ihrer Seite dieses Kastens aus – und ich komme mit dem Chablis vorbei.«

Die Tür ging auf, sie blickten auf. Ein Mann in Zivil kam herein, Anfang vierzig. Er war Studienrat, hieß Ernst Käfer und unterrichtete Gefangene, die sich dafür interessierten, in technischem Zeichnen.

»Guten Morgen«, sagte Käfer und blinzelte kurzsichtig.

»Guten Morgen«, antwortete Zimmermann. »Meine Frau läßt Ihnen sagen, sie hätte sich wegen des Umzugs für Sie erkundigt. Ihr Bruder könnte das billiger machen. Kommen Sie doch heute abend mit Ihrer Frau vorbei . . .«

Käfer war offensichtlich unangenehm berührt, bedankte sich aber.

»Gern, Herr Zimmermann.«

Dann wandte er sich an Hartung. »Haben Sie das Buch für mich herausgelegt?«

Dieser war inzwischen zu einem Regal gegangen, nahm ein Buch heraus und reichte es Käfer.

»Hier, Herr Studienrat.«

»Danke.«

Er nickte den beiden zu und verschwand durch die Tür. Zimmermann blickte ihm nach.

»Armes Schwein«, sagte er, als er draußen war und schüttelte den Kopf.

»Wieso?«

»Käfer muß sein Haus verkaufen. Er hat über zweihunderttausend Mark Schulden.«

Hartung riß die Augen auf.

»Da staunen Sie, was? Voriges Jahr hat der Mann einen Unfall gebaut und war zu niedrig versichert. Jetzt muß er blechen. Damit ist sein Haus futsch.«

Stumm blickte er Zimmermann an.

»Wo soll das Geld herkommen?« fuhr dieser fort. »Wer borgt so einem Mann schon was? Der sitzt ganz schön in der Scheiße.«

»Über zweihunderttausend Mark, sagen Sie?« fragte Hartung nachdenklich.

»Mit dem verglichen, geht's Ihnen fast noch gut. Ja. Also, abgemacht?«

Hartung war mit seinen Gedanken immer noch bei Käfer.

»Was?«

»Was? Daß Sie die Augen aufhalten!«

Hartung lächelte. »Ach so. Ja. Wird gemacht.«

»Chablis, premier cru, 69er.«

Er nickte dem Sträfling zu und verließ die Bibliothek.

Dieser sah ihm nachdenklich nach, setzte sich an seinen Tisch und trug das eben ausgeliehene Buch in eine Kartei ein. Da schrillte eine Glocke. Verwirrt blickte er auf. Ach ja, Hofspaziergang. Filzlauslüftung. Er erhob sich, steckte die Karteikarte in den dafür bestimmten Karteikasten und ging hinaus. Auf dem Gang strömten die Gefangenen aus ihren Zellen und drängten zu den Treppen, die hinunterführten. Wächter standen schlüsselklirrend auf ihren Posten und ermahnten den lärmenden Haufen, sich zwei und zwei einzuordnen. So vertraut war Hartung dieses Bild in den letzten vier Jahren geworden, und doch hatte er nie die Beklemmungen verloren, die er an seinem ersten Tag in dieser Anstalt empfunden hatte. Graue Gesichter, graue Gestalten schoben sich wie lärmende Zebras über graue Gänge und Treppen, vorbei an schmierigen Wänden und offenen Zellen, die wie Wunden klafften. Da und dort wurden schmutzige Witze gerissen, rohes Gelächter klang auf, einer grölte: »When the saints go marching out«.

»He, du alter Sack! Hast wohl wieder Latrinensuppe gelöffelt?«

»Halt's Maul, du Scheißfigur! Schau dir die Leute zuerst an, die du häkeln kannst.« Der Ton war rauh, und alles andere als herzlich.

Manche schlurften mit ausdruckslosen Gesichtern vor sich hin, abgestumpft, sie hatten mit dem Leben abgeschlossen, für sie gab es keine Hoffnung mehr, keinen Lebenswillen, sie waren zerbrochen. Mit müdem, leerem Blick starrten sie nur auf den Boden, sahen auch den nicht mehr.

Wie oft hatte Hartung sie beobachtet und sich gegen die eigene Apathie gewehrt. Sich dagegen gewehrt, sich fallen zu lassen, Mut und Hoffnung aufzugeben, deshalb dachte er auch Tag und Nacht an Ausbruch. Es mußte einen Weg geben! Auch die dichtesten Mauern müssen eine Ritze haben, auch das undurchdringlichste Abschirmsystem ein Loch. Mit diesen Gedanken ließ er sich weiterschieben, wie zäher Teig quoll die Menschenmasse in den Gefängnishof, überflutete ihn, verteilte sich und bildete Gruppen. Die Gefangenen standen zusammen, rauchten, plauderten, vertraten sich die Beine. Oben auf der Mauer patrouillierten die Wachtposten, auch unten schlenderten Beamte durch die Menge. Hartung sah sich suchend um. Da entdeckte er

Stock, der an einer Mauer lehnte und eine Zigarette rauchte. Er ging auf ihn zu und lehnte sich neben ihn.

»Ich höre, du willst ausbrechen«, sagte er leise.

Stock sah ihn von der Seite an.

»Wer sagt das?«

»Zimmermann«.

Stock nickte und grinste, stieß sich von der Mauer ab und tippte Hartung mit dem Finger gegen die Brust.

»Paß ja gut auf mich auf.«

Er ignorierte seinen Ton. »Was brauchst du, um auszubrechen?«

»Nur 'ne Pistole«, lautete die lakonische Antwort.

Hartung sah ihn nachdenklich an. »Vielleicht kann ich eine beschaffen.«

Stock schüttelte den Kopf. »Vergiß es. Wenn ich abhaue, dann allein.«

»Du traust mir wohl nicht?«

»Ich traue niemandem.« Er wandte sich ab und wollte gerade gehen. Da hörte er das Wort »schade« hinter sich sagen. Er zögerte erst, wollte weitergehen, doch Hartung hielt ihn am Ärmel fest. Langsam drehte er sich um und fragte vorsichtig: »Was ist schade?«

Hartung hatte das Gefühl, eine Chance zu haben.

»Kennst du Käfer?«

Erstaunt blickte Stock auf. »Den Studienrat?«

»Ja, der braucht dringend Geld, sonst verliert er sein Haus. Was könnte Halderns Mutter hinlegen?«

Stock schaute ihn mißtrauisch an. »Wer sagt, daß Käfer sich bestechen läßt?«

»Ich sage nur, daß er Schulden hat.«

»Wieviel Geld braucht er?«

»Ich könnte mir denken, daß er für zwanzigtausend mit sich reden läßt.« Stock sah Hartung nachdenklich an und stippste seinen Zigarettenstummel weg.

»Sprich mal mit Haldern«, drang Hartung in ihn.

Stock grinste. »Vielleicht tu' ich das sogar. Aber deswegen nehme ich dich noch lange nicht mit.«

Eine Glocke ertönte. Es war das Zeichen, daß die Hofzeit beendet war. Die Männer machten sich auf den Weg zurück in ihre Zellen.

Zwei Betten, ein Klapptisch, zwei Hocker, zwei Wandschränkchen, eine Waschschüssel und das Klosett, Dämmerung schien durch das Fenster. Jürgen Haldern lag angezogen auf dem Bett. Neben ihm saß Stock. Sie unterhielten sich. Stock erzählte ihm die Geschichte mit Käfer.

»Er war mit einer Million versichert, der Schaden war aber höher. Jetzt wollen Sie ihm sein Haus nehmen.«

»Was nützen ihm da lumpige zwanzigtausend?« Haldern zündete sich eine selbstgedrehte Zigarette an.

»Zwanzigtausend ist für manche Leute viel Geld.«

Jürgen Haldern war empfindlich. Er kam aus einer reichen Familie und hatte das Gefühl, daß Stock ihm das übelnahm. »Wirf mir nicht immer vor, daß wir Geld haben.«

Stock beugte sich vor. »Ich werfe es dir nicht vor. Ganz im Gegenteil. Es ist eine Chance.«

Haldern überlegte einen Augenblick. »Nehmen wir an, Käfer beschafft uns eine Pistole und wir kommen damit raus, und dann kriegen sie uns . . .«

»In Südamerika?« fiel ihm Stock triumphierend ins Wort.

»Vielleicht kommen wir gar nicht so weit?«

»Willst du raus oder nicht?« fragte Stock hart.

»Natürlich will ich raus. Und ich komme auch raus.«

Stock machte eine unwillige Geste. »Das sagst Du schon seit Jahren.«

Ehe Haldern etwas erwidern konnte, hörten sie Schritte draußen auf dem Gang. Die Tür wurde aufgeschlossen, Zimmermann und Bender standen auf der Schwelle. Die Gefangenen erhoben sich.

»Kommen Sie mit, Haldern.«

Haldern warf Stock einen Blick zu. »Wohin?« fragte er.

»Sie werden verlegt.«

Sich schützend vor Haldern stellend, starrte Stock Zimmermann aggressiv an und ballte die Fäuste.

»Hol ihn dir«, knurrte er.

»Ich warne Sie«, sagte Zimmermann und machte einen Schritt auf ihn zu.

»Komm, hol ihn dir.«

Stock war voll blinder Wut. Am liebsten hätte er sich mit Zimmermann geprügelt, aber der grinste nur. Er erriet seine Gedanken. »Das hätten Sie wohl gern, daß ich mich mit Ihnen prügle, was? Aber dafür gibt es jüngere Kollegen, die das mit Vergnügen erledigen.« Ein höhnisches Grinsen in den feisten Backen.

Stock wußte, daß Zimmermann sich durchsetzen konnte und würde, das steigerte seine Wut noch mehr, er sah rot.

»Komm, hol ihn dir doch.« Du Scheißtier, du fettes, dachte er noch.

Langsam riß dem Beamten die Geduld. »Gehen Sie jetzt aus dem Weg oder nicht?«

Da griff Haldern, der sich bis dahin ruhig im Hintergrund gehalten hatte, in das Gespräch ein, trat zu Stock, legte ihm die Hand auf den Arm und sagte begütigend: »Es hat doch keinen Zweck, Willi.«

Sie sahen sich an.

»Das, was du eben vorgeschlagen hast, geht in Ordnung«, sagte der Junge.

Zimmermann, der nicht verstand, worum es ging, bellte ihn an: »Reden Sie keinen Unsinn, packen Sie Ihre Sachen, Haldern.«

Der Junge nickte. »Geben Sie mir zehn Minuten.«

»Okay.« Damit stolzierte Zimmermann samt Adlatus hinaus. Die ungleichen Freunde waren allein. Haldern blickte ihn vorwurfsvoll an. »Ich habe es dir gesagt, er legt uns auseinander.«

»Nicht für lange«, antwortete der andere verbissen und ballte die Fäuste in ohnmächtiger Wut.

Haldern trat zu seinem Wandschrank, nahm seine spärlichen Habseligkeiten heraus und legte sie aufs Bett.

»Glaubst du denn, wir haben eine Zukunft – draußen?« fragte er.

»Noch mal bringen sie mich nicht zurück.« Stock begriff nicht, was Haldern meinte.

»Das meine ich nicht. Glaubst du, wir werden draußen weiter Freunde bleiben?«

»Wer will uns daran hindern?«

Haldern verstand, daß Stock viel zu wütend war, um jetzt über ihr Verhältnis zueinander nachzudenken. Er schnürte seine Sachen zu einem Bündel zusammen. Stock sah ihm zu und murmelte: »Eine Knarre. Ich brauche nichts als eine Knarre.«

Das Besuchszimmer war ein großer, kahler Raum, zwei Türen an jeder Seite, ein Tisch in der Mitte, zwei Stühle rechts und links. Hinter einer Glasscheibe saß ein Beamter, der die Gespräche jedoch nicht mithören konnte. Schrem und seine Frau Lina saßen sich gegenüber. Er war ein Bauer, mit breiten Schultern, schwieligen, verarbeiteten Händen und abgebrochenen Fingernägeln. Neunundvierzig Jahre alt. Wie viele davon schon hier? Sechs. Seine Frau war in seinem Alter, ein gütige, scheue Frau, voller Liebe für ihren Mann. Die Unterhaltung war stockend, immer wieder senkte er die Augen oder blickte aus dem Fenster. Schüchtern legte sie ihre Hand auf seine und fragte: »Ist was?«

»Was soll schon sein?« Er tätschelte ihre Hand.

»Du hast doch was. Ich kenn' dich doch«, drängte sie zögernd in ihn.

Schrem zuckte mit den Schultern. »Sie haben mir jemand in die Zelle gelegt.«

»Einen . . .« Sie stockte. »Was für einen?«

Schrem schüttelte den Kopf. »Ich weiß nicht, was er gemacht hat.«

»Und wie ist er?« drängte sie weiter.

»Ach, ganz nett. Höflich. Leise. Ich kann nichts gegen ihn sagen, nur . . .« Unglücklich blickte er sie an. »Ich wär' halt lieber allein geblieben . . .«

Sie versuchte, ihn zu beschwichtigen, ihm gut zuzureden. »Vielleicht tut es dir gut, wenn du mit jemand reden kannst.«

»Ich hab' dich, jeden Monat – sonst brauch' ich niemanden.«

Eine kleine, verlegene Pause entstand, in der sie sich nicht anzusehen wagten. Solche Liebeserklärungen hatte es in ihrem Leben nicht oft gegeben. Lina versuchte es mit einem neuen Thema, berichtete von zu Hause.

»Wir haben den Stall geweißelt, Franz. Hansi hat mir geholfen dabei. Hansi hat ein gutes Zeugnis heimgebracht.«

Hansi, sein Sohn, sein ganzer Stolz. Ein blondgelockter Junge mit kurzen Hosen und ewig zerschundenen Knien, mit lachenden Augen und einem unendlichen Vertrauen zu ihm, seinem Vater. Eine kleine warme Hand in seiner schweren, groben. Wie groß er inzwischen wohl geworden war? Wieder entstand eine Pause, aber jetzt war Schrem derjenige, der sie unterbrach. »Die Mia muß doch bald kalben.«

Lina war dankbar für das neue Thema. »Das hat sie schon letzte Woche getan«, antwortete sie lebhaft und dann: »Was ich dir noch erzählen wollte, Franz . . .«

»Ja?« Er hatte die kleine Schwäche überwunden, konnte ihr wieder in die Augen sehen.

»Der Mögl-Bauer hat am Stammtisch gesagt, er hätte auch auf die Kerle geschossen, wenn sie bei ihm eingebrochen hätten.«

Er nickte vor sich hin. »So, so, das hat er gesagt.«

»Ja.«

Wieder entstand eine verlegene Pause, nach der er den Faden erneut aufgriff.

»Wie kommst du denn jetzt mit Stefans neuer Frau zurecht? Ist sie immer noch so aufsässig?«

Lina lehnte sich zurück, ihr Rücken schmerzte. Von der doppelten Arbeit, von der Last des Herzwehs, von der Anstrengung, ihren Mann nicht mit ihrem Schmerz belasten zu können.

»Es ist besser geworden mit der Anna«, sagte sie.

Er wollte noch nach seinem Erstgeborenen fragen, dem Stefan, der so viel älter war als der Hansi, doch in diesem

Augenblick stemmte sich der Wachtmeister hinter der Scheibe hoch und kam herein. Schrem und Lina blickten auf.

»Tut mir leid, Frau Schrem, aber die Zeit ist um.«

Eilends erhob sie sich und raffte ihre Tasche zusammen. Auch Schrem erhob sich umständlich, und Lina versuchte noch, ihm im Telegrammstil mitzuteilen, was sie ihm alles zu sagen versäumt hatte. »Anfang des Monats schlachten wir. Vielleicht darf ich dir doch einmal was Geselchtes mitbringen.« Sie warf dem Wachtmeister einen fragenden Blick zu.

Schrem winkte ab. »Du weißt doch, daß das nicht geht, Lina. Grüß mir den Hansi, den Stefan und die Anna. Vielleicht kann sie mich einmal besuchen, die Anna, daß ich sie anschauen kann . . .?«

Sie reichte ihm die Hand. »Ich werd's ihr sagen, Franz. Alles Gute.«

»Alles Gute, Lina.« Er drückte ihre Hand, drehte sich um, der Wachtmeister führte ihn hinaus. Schweren Schrittes ging Lina durch die andere Tür. Der Raum blieb für einige Minuten leer, dann kam der Wachtmeister mit Haldern zurück, der sich auf Schrems Platz setzte. Der Wachtmeister begab sich zu der Tür, durch die Lina verschwunden war, und rief: »Frau Haldern bitte.«

Eine elegante, selbstsichere Dame im modischen Complet trat rasch herein und nahm ihrem Sohn gegenüber Platz. Eine nordische Schönheit, kühl und beherrscht und unendlich gepflegt. Nachdem sie sich die Handschuhe von den Fingern gestreift hatte, holte sie ein Notizbuch aus der Handtasche. Der Wachtmeister hatte inzwischen wieder hinter der Scheibe Platz genommen. Jürgen war seiner Mutter in jeder Hinsicht deutlich unterlegen und deshalb voller Widerspruchsgeist.

Frau Haldern musterte ihren Jungen, das in der Gefängnisluft grau gewordene schmale Gesicht, das strähnige blonde Haar, das nichts mehr von dem schicken französischen Schnitt verriet, den ihr Sohn zu bevorzugen pflegte.

»Du siehst schmal aus. Ißt du nicht richtig?« fragte sie.

»Es gibt hier wenig, was schmeckt, Mama.« Mußte man das erst sagen?

Frau Haldern schlug ihr Notizbuch auf und blätterte darin. Offensichtlich benützte sie es als Gedächtnisstütze. Sie hatte die Seite gefunden und strich sie glatt. »Ach ja, Verena läßt dich grüßen.«

»Danke«, antwortete der Sohn ungerührt.

Sie ließ ihn nicht aus den Augen. »Sie läßt dir sagen, daß sie sich auf keinen Fall scheiden lassen will. Sie wird weiter für dich kämpfen.«

Jürgen blickte aus dem Fenster. Ein bißchen Grün, ein Kirchturm, Straßenbahnoberleitungen. »So, wie du weiter für mich kämpfen wirst, Mama«, erwiderte er, ohne sie anzusehen.

Sie warf einen Blick in ihr Notizbuch. »Dr. Berner sagt, die Chancen für ein Wiederaufnahmeverfahren stünden gut.«

»Zum wievielten Mal?« Ein bitterer Zug hatte sich um seine Mundwinkel gegraben.

»Mein lieber Jürgen, sei froh, daß sich so viele Menschen für dich einsetzen. Wie wäre dir zumute, wenn du niemanden hättest, der finanziell in der Lage ist, dir einen erstklassigen Anwalt zu halten?« Nach dieser etwas taktlosen Bemerkung beugte Jürgen sich vor und sprach leise auf seine Mutter ein. »Ich weiß einen, der niemand hat.«

Verwirrt lehnte sie sich zurück. »So?« Ein müder Zug lag um die makellos geschminkten Lippen.

»Ich möchte, daß du dem Betreffenden zwanzigtausend Mark schickst. Per Postanweisung, und mit falschem Absender. Es ist sehr wichtig für mich. Ich sage dir jetzt Namen und Adresse. Merk dir beides. Schreib nicht mit. Wir werden beobachtet.« Sehr leise und präzise waren seine Worte. Sie nickte ihm unmerkbar zu. »Der Mann heißt Ernst Käfer und wohnt hier in Bergheim, in der Glockengasse elf. Kann ich mich darauf verlassen, daß du das schnellstens erledigst?«

Frau Haldern sah ihn an und überlegte. »Ernst Käfer, Bergheim, Glockengasse 11. Wer ist das?«

»Das ist doch unwichtig«, antwortete er unwillig, aber suggestiv.

»Was soll er für dich tun?«

Warum müssen Mütter immer alles genau wissen, warum stellen sie immer Fragen? »Frag nicht, schick ihm das Geld.«

»Was hast du vor?« Sie kann wohl nicht aus ihrer Haut heraus! Er antwortete nicht. »Mach keine Dummheiten, Jürgen. Wir kriegen dich hier raus. Du mußt nur Vertrauen haben.« Immer diese Ermahnungen! Wie satt er das hatte.

»Ich vertraue darauf, daß dieser Mann das Geld bekommt«, sagte er hart und bestimmt.

Sie lehnte sich zurück. »Ich werde es mir durch den Kopf gehen lassen.«

Haldern erhob sich, schob den Stuhl zurück, blickte zur Scheibe, klopfte daran. Der Wachtmeister schaute erstaunt auf und sagte über Lautsprecher: »Ihre Zeit ist noch nicht um.«

»Wir haben alles Nötige besprochen«, antwortete er kühl.

Er ging auf die Tür zu, die der Wachtmeister von der anderen Seite aufschloß und schritt grußlos und ohne einen Blick zurück hinaus. Frau Haldern blieb noch einen Augenblick sitzen und blickte ihm nach. Sie würde ihn nie verstehen, dieses Kind, das sie so sehr geliebt hatte, wenn es ihr auch nicht gegeben war, diese Liebe zu zeigen, für das sie alles getan und das ihr nie gedankt hatte.

Haldern und Schrem lagen in ihren Betten und starrten in die Dunkelheit. Der Gestank in der Zelle – ständig roch es nach Urin und Fäkalien – die stehengebliebene Zeit, die knarrende Pritsche, das Gitter, das von der Laterne im Hof auf die Wand geworfen wurde, die Gedanken, die an den Gitterstäben rüttelten, Stille, Langeweile, nicht Vorhandenes, das alles lastete auf ihnen. Lautlos bewegte sich der Spion. Ein Auge glotzte, verschwand.

Haldern unterbrach als erster die bleischwere Stille.

»Weißt du, was das schlimmste ist?« fragte er.

Keine Antwort.

Er zog an seiner Zigarette. Der Rauch ringelte sich fahl gegen die Decke. »Ich bin selbst schuld, daß ich hier bin«, sagte er. »Du weißt, ich habe jemanden umlegen lassen.«

Schrem rührte sich nicht. »Ich weiß gar nichts.« Und nach einer Pause: »Warum?«

»Das ist nicht so wichtig, das ist nicht das Problem. Schlimm ist nur eins, daß ich es blöd gemacht habe, saublöd.«

Pause. Wieder zog er an der Zigarette und in die Stille tropfte, offenbar nicht als Antwort: »Ich hab' es richtig gemacht. Ich war im Recht.«

Auch Haldern ging nicht auf den anderen ein und monologisierte: »Ich mußte mir ausgerechnet einen Ganoven von der Reeperbahn engagieren, irgendeine Pflaume, die sich drei Tage später schnappen läßt. Und singt, als sie ihn nur ein bißchen in die Zange genommen haben.«

»Es ist mein Hof, und da hatten sie nichts zu suchen. Warst du mal in Amerika?« Die Gedanken, laut ausgesprochen, gehen aneinander vorbei.

»Ja, in New York.« Haldern drehte sich auf die Seite und stützte sich auf einen Ellenbogen auf. »Genau da hätte ich hinfliegen und mir einen Profikiller engagieren sollen.« Leidenschaftlich sprach er weiter: »Jemanden, der weiß, wie man so was macht. Einfliegen – peng – ausfliegen. Niemand hätte mich belangen können. Ich war auf einer Party zur Tatzeit.«

Schrem hatte nicht zugehört, er war viel zu sehr mit seinen eigenen Problemen beschäftigt. »Ich habe gehört, in Amerika kannst du jeden, der ohne Erlaubnis auf deinen Grund oder in dein Haus kommt, erschießen. Da passiert dir gar nichts. Stimmt das?«

Haldern hatte nur mit halbem Ohr zugehört. »Wahrscheinlich.« Er legte sich wieder auf den Rücken und verschränkte die Arme hinter dem Kopf. »Aber ich bin nicht nach New York geflogen, ich mußte mir so einen Hamburger Stümper holen. Es geschieht mir ganz recht, daß ich sitze. Ich habe das größte Verbrechen begangen, das es gibt: Dummheit.«

»Ich war im Recht.« Damit drehte Schrem sich zur Wand, als wäre das Gespräch für ihn beendet.

»Und ich war saublöd.«

Stille, bis Schrem wiederholte: »Ich bin im Recht.«

Hartung war in der Bibliothek. Er liebte diesen Raum, soweit man irgend etwas an dieser stinkenden Art von Leben lieben konnte, aber hier war er gern, hier war es still, niemand brüllte und erteilte Befehle, hier war er – fast – sein eigener Herr. Er stand an einem Regal und sortierte Bücher, da platzte Zimmermann herein, rosig, aufgeräumt und gut ausgeschlafen vom freien Wochenende.

»Nun, wie steht's?« fragte er jovial.

Hartung, der ihn gar nicht gehört hatte – immer war er ganz versunken, wenn er in der Welt der Bücher lebte – fuhr herum. »Was?«

Der Beamte zog eine Augenbraue hoch. »Na, Stock. Haben Sie was rausgefunden?«

Hartung holte sich noch einen Stapel Bücher von seinem Tisch. »Nichts«, antwortete er mit dem Rücken zu Zimmermann.

Dieser trat hinter ihn. »Ich habe Sie beobachtet. Daß Sie Kontakt mit Stock gesucht haben, ist mir nicht entgangen.«

Hartung begab sich zu einem anderen Regel, ordnete da ein Buch ein, dort ein anderes. »Ich sehe ihn einfach zu wenig. Beim Hofgang oder mal beim Unterricht«, antwortete er scheinbar zerstreut.

Zimmermann hatte sich an den Tisch gelehnt, er schien eine Idee zu verfolgen. »Und Sie liegen in verschiedenen Stockwerken. Sie müßten näher an ihn ran.«

Hartung drehte sich um und sah ihn an. »Wenn Sie mich zu Stock in die Zelle legen wollen, das hat keinen Zweck. Da riecht er sofort Lunte«, sagte er wie nebenhin. Entweder der Schlaumeier fraß den Köder oder nicht.

»Nein, nicht in die Zelle,« winkte Zimmermann ab. »Das ist mir klar. Nein, an seinen Arbeitsplatz müßten Sie – in die Schreinerei.« Wie eine Erleuchtung war es über das feiste Gesicht gekommen.

Hartung überlegte. Die Sache entwickelte sich besser, als er gedacht hatte. Aber er wollte nicht zu schnell einwilligen.

»Und die Bibliothek?« gab er zu bedenken.

»Seien wir doch ehrlich, Hartung, viel Arbeit haben Sie hier nicht. Die Bücherei ist in Schuß, die können Sie nebenbei mitmachen. Und außerdem, die Schreinerei muß ja nicht für immer sein: Wenn wir Stock erwischt haben, kommen Sie hierher zurück.«

Hartung hatte sich abgewandt und war ans Fenster getreten. »Ich bezweifle nur, daß ich ein guter Schreiner werde.«

Zimmermann stieß sich von der Tischkante ab und lachte: »Muß ja nicht sein. Die anderen dort sind auch keine gelernten Schreiner.« Seine Idee gefiel ihm immer besser. »Außerdem – von der Bücherei in die Schreinerei, das sieht wie eine Strafversetzung aus. Sieht aus, als hätte ich Sie auf dem Kieker. Das bringt Ihnen Pluspunkte bei Stock, macht euch beide irgendwie zu Leidensgefährten, verstehen Sie?«

Er grinste schlau, rieb sich vergnügt die Hände.

Hartung drehte sich um und sah ihn scheinbar bewundernd an.

»Sie möchte ich nicht zum Gegner haben.«

»Wir erwischen ihn. Wir müssen ihn erwischen.«

Drehte sich um und ging fröhlich pfeifend hinaus. Hartung blieb nachdenklich zurück, trat an eines der Bücherregale, nahm einen besonders dicken Band heraus und wog ihn nachdenklich in der Hand.

Mautner schien zu schlafen, der qualvollen Wirklichkeit, den Stäben und Streifen, der Verzweiflung entrückt. Hartung stand vor ihm und hörte auf sein ruhiges Atmen. Nach einer Weile ging er zu seinem Bett, hob die Matratze hoch und holte ein großes, dickes Buch darunter hervor, legte es auf den Tisch und setzte sich. Bevor er das Buch aufschlug, warf er noch einen Blick auf seinen schlafenden Zellengenossen, der sich in der Zwischenzeit nicht bewegt hatte.

Jetzt erst schlug er das Buch auf. Er hatte eine Rasierklinge in der Hand und begann, ein ungefähr handtellergroßes Loch aus dem Innern der Seiten herauszuschneiden. Er arbeitete schnell und konzentriert und blickte sich dabei ab und zu nach dem anderen um. Einmal horchte er auf Schritte draußen auf dem Gang und deckte das Buch mit seinem Körper ab. Gleich darauf schrak er zusammen, als er Mautners Stimme in seinem Rücken hörte. Sofort schlug er das Buch zu.

»Was machst du da?« Eine Spur von Argwohn lag in den wenigen Worten.

»Ich lese«, antwortete Hartung ruhig.

»Im Dunkeln?«

»Vielleicht träume ich auch nur.«

»Von dem Mädchen, das du umgebracht haben sollst?«

Hartung drehte sich um. Es dauerte eine Weile, ehe er antwortete: »Vielleicht.«

»Ich glaube dir, daß du es nicht warst«, versicherte der Junge treuherzig.

»Ich war es wirklich nicht.« Will er sich oder den anderen überzeugen?

»Ich sag' ja, ich glaube dir.« Der junge Mann, der wie ein Kind wirkte, hatte sich aufgesetzt, sprang aus dem Bett, ging zu Hartung, zog einen Zigarettenstummel aus der Tasche, reichte ihn dem Älteren, den er bewunderte und gab ihm Feuer.

»Danke.«

Hartung rauchte.

»Warum glaubt dir sonst niemand?«

»Ich weiß es nicht.« Der Rauch brannte in der Lunge.

»Glaubt dir deine Frau?« fragte er fast schüchtern.

»Sie sagt, sie glaubt mir, aber ich weiß nicht, ob sie mich belügt oder sich.«

Hartung reichte Mautner den Zigarettenstummel. Dieser machte einen Zug und gab die Kippe zurück.

»Und dein Sohn?«

Sein Gesicht wurde traurig, nur um seinen Mund blieb ein harter Zug. »Er redet nicht darüber. Er redet über sich, seine Diplomarbeit, seine Freundin, auch über mich, wie es mir hier geht. Aber nie über . . . die Tat.«

Mautner legte dem Älteren die Hand auf die Schulter.

»Wenn dir niemand glaubt, ich glaube dir, Paul.«

»Danke, Klaus, aber das nützt mir nichts. Der Richter hätte mir glauben müssen.« Er stand auf, ging zu seinem Bett, setzte sich, sah durch Mautner hindurch auf die Wand, durch die Wand hindurch in einen Raum, den nur er kannte.

»Diese Nacht, ich gehe sie in Gedanken immer wieder durch. Wir hatten uns gestritten, in einem Lokal, heftig und böse. Sie hat mich provoziert, und ich habe gesagt: ›Hör auf, sonst bring ich dich um.‹ Ja, das habe ich gesagt, aber . . . ich hab' das nicht so gemeint, ich habe sie doch geliebt. Im Bootshaus haben wir weitergetrunken und uns weitergestritten. Ich habe sie sogar geschlagen. Irgendwann bin ich dann eingeschlafen.«

. . . durch die Wand hindurch in den Raum, den nur Barbara und er kannten. Aber Barbara war tot. Den also doch nur er kannte. In den er eingesperrt war, viel enger als in dieser Zelle, in dem er eingesperrt blieb, selbst wenn er diese Zelle jemals verlassen sollte.

»Am Morgen war sie weg«, fuhr er leise fort. »Und alles war voll Blut. Die Hütte, meine Kleider, das Boot, Leute haben uns beobachtet. Sie haben gesagt, ich hätte sie erschlagen und die Leiche im See versenkt. Sie haben Taucher geholt – aber die Leiche haben sie nie gefunden. Nur ihre Bluse.«

Hartung lehnte sich zurück und blickte an die Decke. Aber auch da war das Bootshaus, in dem es passiert sein mußte.

»Was ist damals nur passiert, als ich schlief?« fragte er ins Leere, würde er immerzu fragen, solange da ein Bewußtsein war, das zu fragen imstande war.

Ein Dutzend Gefangene lernten technisches Zeichnen bei Studienrat Käfer. Sie saßen auf Bänken an rohen Holztischen und folgten mehr oder weniger aufmerksam dem Unterricht. Unter ihnen befanden sich Hartung, Stock und Haldern.

Käfer stand an der Tafel und erläuterte eine Kreidezeichnung, die er gerade vervollständigte. Er drehte sich um und blickte in seine Klasse.

»Die Seiten des Hauses werden heruntergeklappt und jetzt zeichnet sich nicht nur die Breite, sondern auch die Höhe der Fenster und Türen ab, die im Grundriß unsichtbar waren.«

Er zeichnete sie ein und drehte sich wieder um.

»So. Fürs nächstemal möchte ich, daß Sie Grundriß und Aufriß eines Hauses nach eigenem Entwurf machen.«

Er begann seine Sachen zusammenzupacken, während die Aufsichtsbeamten sich am Ausgang postierten, die Gefangenen, die Füße scharrend, aufstanden und einer nach dem anderen den Raum verließ. Hartung wechselte ein paar Worte mit einem Beamten. Der nickte. Hartung, Stock und Haldern gingen daraufhin zu Käfer nach vorn, der noch immer damit beschäftigt war, Bücher und Papiere in seiner Aktentasche zu verstauen.

Die drei postierten sich um den Studienrat. Im Hintergrund traten die letzten Gefangenen mit den Beamten aus der Tür.

Hartung drehte sich um und warf einen Blick über den leeren Raum. »Herr Studienrat?« sagte der höflich.

Käfer blickte auf, schien sie erst jetzt zu bemerken.

»Haben Sie Ihr Haus selbst entworfen?«

Diese Frage traf Käfer völlig unvorbereitet. »Woher wissen Sie, daß ich ein Haus habe?«

»Herr Zimmermann hat es uns erzählt«, antwortete Stock wie selbstverständlich.

Käfer begriff. »Ach so, ja natürlich.« Wirklich begriffen hatte er nichts. Jetzt wandte er sich an Hartung. »Mein Haus ist so gebaut, daß . . .«

»Hoffentlich können Sie es behalten«, wurde er von dem jungen Haldern unterbrochen.

Dem Studienrat war das Wort im Mund stecken geblieben, der Kneifer auf seiner Nase zitterte, steif hielt er seine Aktentasche von sich gestreckt.

Hartung versuchte ihm weiterzuhelfen. »Diese verfluchten Versicherungen«, sagte er freundlich.

Käfer blickte ihn fassungslos an, blickte von einem zum anderen. »Was meinen Sie damit?«

Haldern beugte sich vor. »Sie sollten einen Rechtsanwalt nehmen«, meinte er vertraulich.

Auch Stock schob sich näher. »Ein guter kostet natürlich einen Haufen Geld.« Und zwinkerte Käfer vertraulich zu.

Wie eine aufgespießte Larve glotzte der Studienrat. Er wußte wirklich nicht, was er dazu sagen sollte. Die drei Gefangenen genossen die Situation und feixten heimlich.

Haldern wischte sich mit dem Handrücken über die Nase. »Aber wenn man Ihnen das Geld zukommen lassen könnte . . .«

Der Mann war ganz blaß geworden. »Wer . . . wer . . . von wem kommt das Geld?« stammelte er außer sich.

Die drei sahen sich an, Stock knuffte Haldern in die Rippen.

»Es hat sich rumgesprochen, daß Sie 20 000 Mark wirklich gebrauchen könnten«, sagte er langsam.

Käfer wurde immer verwirrter. »Woher wissen Sie überhaupt . . .?«

»Von Herrn Zimmermann«, griff Hartung zuvorkommend ein.

»Ja, aber . . .« Ratlos funkelte sein Kneifer.

Haldern setzte sich auf die Pultplatte. »Sie meinen, wie kommen wir dazu, Ihnen helfen zu wollen?« Er angelte sich aus seiner Sträflingsjacke eine selbstgedrehte Zigarette, bot sie Käfer an, der schüttelte den Kopf, also schob er sie sich selbst zwischen die Lippen. »Sehr einfach.« Er riß ein Streichholz an, hielt es an seinen Glimmstengel und zog. »Wir finden es ungerecht, daß ein Mensch total hilflos einer

Versicherungsgesellschaft ausgeliefert sein soll.« Er blickte auf die brennende Zigarette zwischen seinen Fingern. »Nur weil ihm das nötige Kleingeld fehlt, um sich einen guten Anwalt leisten zu können.«

Käfer wurde immer ratloser, er stieg von einem Fuß auf den anderen. Die Gefangenen ließen ihn nicht aus den Augen.

»Was ist der Hintergedanke?« fragte Käfer ängstlich. »Was wollen Sie von mir?«

Jetzt hatte es eingerastet. »Da hätten wir eine Idee«, hakte Hartung auch sofort nach.

»Das ist gar kein Problem«, versuchte Stock den aufs äußerste erregten Studienrat zu beschwichtigen.

Aber der ließ sich nicht beschwichtigen. »Ich gebe das Geld zurück«, sagte er heiser.

Hartung lächelte ihn entwaffnend an. »Wem?« fragte er scheinheilig und zog den Rauch in die Lunge.

Verschreckt wich der Mann zurück, stand mit dem Rükken an der Tafel, die Aktentasche fest an sich gepreßt, sichtlich nervös und am Rande seiner Selbstbeherrschung.

»Ich gebe das Geld zurück und zeige Sie an! Sie alle drei.«

Stock machte einen drohenden Schritt auf ihn zu. »Wegen versuchter Bestechung.«

Hartung lachte. »Wir haben doch kein Geld.« Er machte noch einen letzten Zug und trat die Zigarette mit dem Absatz aus.

Käfer war am Rande der Hysterie, als er sich von der Gruppe losmachte und mit dem Rücken an der Tafel entlang zur Tür lief.

»Ich zeige Sie an! Ich zeige Sie an!«

Damit war er draußen, die drei sahen sich betroffen an.

»Scheiße! Was jetzt?« Haldern hatte es mit der Angst zu tun bekommen. Wenn er seine Drohung wahrmachte?

»Sie können uns nichts beweisen«, versuchte Stock ihn mit Logik zu beruhigen.

Hartung machte ein paar Schritte zur Tür, drehte sich wieder um: »Warum hat er den unerklärlichen Geldsegen eigentlich nicht gleich gemeldet?« fragte er grinsend.

In der offenen Tür erschien ein Vollzugsbeamter. »Muß ich den Herren vielleicht eine Extraeinladung schicken?« fragte er unwirsch. Die drei blickten auf, schritten gemeinsam an ihm vorbei aus dem Schulungsraum.

Hochbetrieb in der Gefängnisschreinerei. Ein gutes Dutzend Gefangene waren in der Werkstatt beschäftigt. Jeder hatte seine Aufgabe, an einer Maschine, an der Hobelbank, an der Kreissäge, der er schweigend nachkam. Hier wurde allerlei für Firmen außerhalb hergestellt. Unter anderem Verpackungskisten für einen Elektrokonzern. Einmal in der Woche wurden sie von einem firmeneigenen Laster abgeholt, der durch das große Eingangstor kam und direkt an die Verladerampe vor der Tischlerei fuhr. Unter Aufsicht von zwei Beamten luden die Gefangenen die Kisten auf den Wagen, der bei der Ausfahrt am Tor noch einmal kontrolliert wurde.

Dies alles war bereits Routine und versprach deshalb einen Fluchtweg ohne große Hindernisse.

Gefolgt von Hartung, betrat Zimmermann an diesem Morgen die Schreinerei, Bauch voran, überquellendes Doppelkinn, warf einen unwirschen Blick in die Runde. Alles arbeitete weiter, kaum einer blickte auf. Er marschierte auf einen Mann in einem grauen Kittel zu, der einen Block in der Hand hielt, von Kiste zu Kiste schritt und Zahlen eintrug. Das war Werkmeister Vogt, gutmütig, untersetzt und mit einem schütteren Haarkranz rund um die Glatze. Zimmermann baute sich hinter ihm auf.

»Herr Vogt . . .«

Vogt fuhr herum. »Herr Zimmermann?« Unwillkürlich nahm er Haltung an.

»Ich habe einen neuen Mitarbeiter für Sie«, polterte Zimmermann und warf einen gehässigen Blick über die Schulter auf Hartung, der sich wie geistesabwesend umsah. »Er meint, nur weil er ein Studierter ist« – er spuckte das Wort förmlich aus – »und in der Bücherei arbeitet, könnte er eine große Lippe riskieren. Aber nicht bei mir, bei mir nicht. Ade, Bücherei«, visierte er seinen Mißgünstling an. »Und viel Vergnügen beim Schreinern, Herr Hartung!«

Wandte sich ab und stolzierte hinaus.

Vogt musterte Hartung kurz, zeigte zum Fenster, vor dem Stock an einer Kiste arbeitete, und sagte: »Gehen Sie rüber zu Stock, der wird Sie einlernen.«

Hartung nickte mit dem Kopf. »Jawohl, Herr Vogt.«

Er ging in die befohlene Richtung, vorbei an hämmerschwingenden, schmunzelnden und hämischen Gesichtern. Wieder einmal einer strafversetzt, zudem noch einer von denen, die glauben, etwas Besseres zu sein, ja, das gefiel ihnen.

Stocks Arbeitsplatz lag etwas abseits, mit dem Rücken zu Hartung, hämmerte er eifrig an einer Kiste herum. Ohne aufzusehen sagte er leise zu dem Herantretenden: »Das hat also geklappt.« Und mit einer Kopfbewegung: »Sieh einmal aus dem Fenster!«

Hartung tat es.

»Da ist der Laster, der jeden Dienstag die Kisten abholt«, fuhr Stock leise fort und trieb den nächsten Nagel in den Kistendeckel.

»Der ist kein Problem. Wir melden uns zum Aufladen. Das macht keiner gern.«

Vor dem Fenster war der Laster von rückwärts an die Laderampe herangefahren, drei oder vier Gefangene hievten Kisten auf die Ladefläche, stapelten sie übereinander.

Ohne sich scheinbar von seiner Arbeit ablenken zu lassen, flüsterte er wieder: »Und jetzt dreh dich langsam um.«

Hartung tat es.

»Da hinten hängt die Fernsehkamera. Siehst du sie?«

Er ließ den Blick schweifen, bis er sie entdeckt hatte. Schwarz und böse funkelte ihn das Auge an. Er nickte.

»Die sieht alles. Aber ich habe die Zange für das Kabel.«

Er drückte Hartung einen Holzkasten in die Hand.

»Hier! Hol Nägel von Fischer. Der sitzt am nächsten beim Alarmknopf. Den müssen wir uns zuerst vornehmen.« Und wischte sich mit dem Handrücken den Schweiß aus der Stirn. »Los! Sieh dir den Knopf neben der Tür an.«

Hartung ging auf die Tür zu, vorbei an Haldern, der an der Hobelbank stand und ein Brett abhobelte, vorbei an Schrem, der ein anderes quietschend durch die Kreissäge zog. Keiner von beiden schien ihn zu bemerken. Kurz darauf passierte er Mautner, der andachtsvoll mit einem Schraubenzieher hantierte und ebenfalls keine Notiz von ihm nahm.

Da war sie also, die alles umfassende Kamera, ein Kabel führte in die Wand, gleichgültig ging er daran vorbei.

»Wo arbeitet der Fischer«, fragte er einen Gefangenen, der gerade ein Eisenband um eine Kiste legte, sich aufrichtete und die Hände am Hosenboden abwischte . . .

Und wieder saßen die Gefangenen im Schulungssaal auf ihren Plätzen und warteten auf Käfer. Haldern, Stock und Hartung, auf einer Bank, flüsterten miteinander.

»Ihr werdet schon sehen, jetzt läßt er uns auffliegen«, flüsterte Haldern mit ausdruckslosem Gesicht und reinigte sich mit einem Holzspan aus der Schreinerei die Fingernägel.

Stock lümmelte über dem Tisch und kratzte sich am Kopf.

»Scheiß dich nicht an«, zischte er hinter seinem Arm versteckt zwischen die Zähne.

Hartung malte Kringel auf das Blatt Papier, das vor ihm lag. »Wenn er uns anzeigen wollte, hätte er es gleich getan«, versuchte er sich seine eigenen Befürchtungen auszureden.

Die Tür ging auf, alle Augen richteten sich nach vorne, aber nicht Käfer war es, der da hereinkam und forsch auf das Pult zuschritt. Hartung, Haldern und Stock schauten sich verblüfft an, hefteten ihre Blicke wieder auf den Neuen, der inzwischen ans Pult getreten war, seine Aktenmappe abstellte und sich der Klasse zuwendete.

»Meine Herren, ich bin heute als Vertretung von Studienrat Käfer hier. Er ist erkrankt. Mein Name ist Schindel.« Er deutete eine leichte Verbeugung an und öffnete seine

Aktenmappe. »Wie ich höre, war mein Kollege gerade dabei, Sie mit Grund- und Aufrissen von Gebäuden vertraut zu machen . . .«

Ein kalter Wind pfiff über den Gefängnishof. Frierend standen die Gefangenen in kleinen Gruppen zusammen, rauchten, schwatzten, stellten ihre Kragen hoch und schlugen sich auf die Arme. Einige vertraten sich die kalten Füße, wechselten die Gruppe und machten dabei ihre derben Späße, immer unter den wachsamen Augen der Gefängniswärter.

Abseits in einer Ecke lehnten Haldern, Hartung und ein dritter Mann an der Wand und unterhielten sich leise, ohne die Beamten aus den Augen zu lassen. Der dritte hieß Löffler, eine Jammergestalt mit eingefallenen Backen und fiebrigen Augen. Eng zog er sich die gestreifte Jacke über seiner Hühnerbrust zusammen. Haldern zog gierig an seiner Zigarette. »Käfer hat sicher nur krank gespielt.« Mit fahrigen Blicken strich er über den brodelnden Gefängnishof.

Hartung blickte unbeteiligt zum wolkenverhangenen Himmel hinauf, wechselte von einem Fuß auf den anderen. »Kann sein«, sagte er und zog fröstelnd die Schultern hoch. »Aber er kommt diese Woche wieder. Zimmermann hat es mir gesagt.« Alles ganz unbeteiligt, in den Himmel hinaufstarrend.

Löffler wandte sich plötzlich ab, als ob er sich entfernen wollte. Hartung hielt ihn am Ärmel zurück.

»Wo willst du hin?«

Verzweifelt wand er sich in Hartungs eisernem Griff.

»Ich will nichts mit der Sache zu tun haben.«

Da stieß Stock zu der Gruppe, und Haldern steckte ihm leise: »Weißt du schon das Neueste, Willi? Löffler will nichts mehr mit uns zu tun haben . . .«

Stocks plötzliches Auftauchen hatte den Mann sichtlich eingeschüchtert. Hartung ließ ihn los, er trippelte von einem Fuß auf den anderen, als müßte er dringend verschwinden »Drei Jahre war ich hier drin«, sagte er hastig und atemlos, indem er wie flehend von einem zum andern schaute: »Wenn ich draußen gleich wieder etwas ausfresse, dann lochen sie mich für die doppelte Zeit ein.«

»Hör mal gut zu, Löffler,« erwiderte Stock ruhig und polierte mit dem Jackenärmel einen Knopf an seiner Jacke.

»Wenn sie dich morgen rauslassen, gehst du in eine Telefonzelle, rufst die Nummer an, die ich dir gegeben habe, und sagst: ›Willi braucht 'ne Knarre‹. Das ist alles.« Hingebungsvoll hauchte er auf den Knopf und polierte weiter.

Hartung warf einen Blick in Richtung der Beamten, die sich ebenfalls frierend die Füße vertraten und auf und ab gingen.

»Ein Anruf«, sagte er an allen vorbei, scheinbar ins Nichts.

»Und wenn du aus der Telefonzelle rauskommst«, nahm Haldern den Faden auf und zog wie geistesabwesend an seiner Zigarette, »sind wir für dich gestorben.«

Löffler schluckte, sein Adamsapfel tanzte auf und ab. Angst stand in seinen fieberglänzenden Augen.

Wohlgefällig betrachtete Stock seinen jetzt auf Hochglanz polierten Knopf, nahm sich den nächsten vor und spuckte darauf. »Die Knarre schickst du an Käfer. Klar?« Mit schiefgelegtem Kopf wienerte er an seinem Knopf herum.

Das überstieg Löfflers Fassungsvermögen. »Dem Studienrat?« Seine Stimme kippte beinahe um. »Ihr seid verrückt!« Vor Schreck hatte er sogar vergessen, von einem Fuß auf den anderen zu tippeln. Befriedigt sah Stock sich das Ergebnis seiner Putzwut an: »Tust du es, oder tust du es nicht?« fragte er hart.

»Und wenn die Sache auffliegt?« Seine Hysterie war nicht gespielt, nicht nur aus Angst sondern weil er sich wirklich gleich in die Hose machen mußte.

»Fällt dein Name nicht«, Stock räusperte sich und spuckte. »Also?«

In dem Augenblick näherte sich ihnen ein Aufsichtsbeamter, alles tat unbeteiligt, keiner sprach weiter, Stock zerrieb gedankenverloren mit der Schuhspitze seine Spucke auf dem Pflaster.

»Weitergehen!« forderte der Beamte sie auf. »Ihr sollt euch Bewegung machen und nicht rumstehen.«

Die Gruppe gehorchte augenblicklich, stieß sich von der Wand ab, Löffler drehte sich um und lief mit zusammengezwickten Knien in Richtung eines Emailleschildes mit der Aufschrift: Zu den Aborten.

Der Unterricht war zu Ende. Käfer stand wieder am Pult, raffte seine Sachen zusammen. Die Gefangenen verließen den Raum, Hartung, Haldern und Stock blieben zurück. Käfer tat, als bemerke er sie nicht. Die drei kamen auf ihn zu und stellten ihn.

»Sie haben etwas vergessen«, eröffnete Stock aggressiv die Unterhaltung.

Käfer blickte auf. »Was?«

»Uns anzuzeigen«, erwiderte Stock ebenso aggressiv wie zuvor. Käfer schwieg und rückte sich nervös die Krawatte zurecht.

»Oder uns zu sagen, daß wir die zweite Rate überweisen sollen.« Hartung sah ihn ruhig an.

»Nochmals 20 000?« fragte Haldern freundlich und suchte vergeblich nach einem Zigarettenstummel in seiner Jackentasche.

Wie oft hatte Käfer sich diese Szene vorgestellt, auch was er zu sagen hatte. Jetzt müßte von ihm kommen: »Was muß ich tun für das Geld?« Er sagte es auch. Stock ist mit dieser Frage einverstanden. »Bringen Sie uns eine Pistole mit.«

Das hatte er sich nicht einmal in seinen wildesten Phantasien vorgestellt. »Nein!«

Haldern, der, wenn er keine Zigarette zwischen den Fingern hielt, nicht wußte, was er mit seinen Händen anfangen sollte, kreuzte die Arme über der Brust und lehnte sich an das Pult. »Ihr Haus gegen eine Pistole. Das ist doch kein so schlechtes Geschäft, oder?«

Nein, so schlecht war das gar nicht, aber, o Gott, o Gott, o Gott! »Und wenn etwas passiert? Wenn ihr jemanden . . .«

»Wir werden nicht schießen«, fiel ihm Hartung ins Wort. »Wir müssen die Pistole nur haben.«

Käfer war so überrumpelt, daß er sich setzen mußte. Ja, sind die denn übergeschnappt? »Woher soll ich denn . . .?«

Stock beugte sich zu ihm herunter und flüsterte ihm ins Ohr: »Sie kommt per Post zu Ihnen.«

Der Studienrat zögerte, stand auf, griff nach seiner Tasche, wollte gehen, doch ehe er noch einen Schritt tun konnte, hatte Hartung das Buch unter seiner Jacke hervorgezogen, klappte es kurz auf – nur so lange, daß Käfer einen Blick hineinwerfen konnte. Die Seiten waren in der Mitte tief genug ausgeschnitten, um eine Pistole darin zu verbergen. Stock griff nach Käfers Aktentasche, machte sie auf und Hartung steckte das Buch hinein. Käfer war wie vom Donner gerührt.

»Bis zum nächstenmal«, sagte Hartung freundlich und tippte sich lächelnd grüßend an die Stirn.

Er mußte weg, keinen Augenblick hielt er es länger hier aus. Er rannte beinahe zur Tür und verschwand. Die drei Männer sahen sich besorgt an.

»Hat er angebissen?« fragte Stock unsicher.

»Ja«, antwortete Hartung fest und wandte sich zum Gehen.

Schrem und Haldern lagen in ihrer Zelle in ihren Betten. Es war Nacht, die Lampe aus dem Hof warf einen fahlen Fleck an die Decke. Beide waren wach und starrten mit offenen Augen ins Dunkel. »Wenn du hier rauskämst«, fragte Haldern plötzlich, »wenn du fliehen könntest – wo würdest du dich verstecken?«

Wenn Schrem so plötzlich aus seinen Gedanken aufgeschreckt wurde, die wie immer um seinen Bauernhof kreisten, um Lina, seine Frau, um das Kalb und um die ewig aufgeschrammten Knie seines Jungen, war er nicht gerade schnell von Begriff. Er richtete sich hoch.

»Wieso?« fragte er dümmlich.

»Nur mal so.« Haldern verschränkte die Arme unter dem Kopf und starrte regungslos auf den tanzenden Fleck auf der Decke. In der Welt außerhalb mußte Wind aufgekommen sein, die Lampe im Hof schaukelte. »Stell dir vor, drei oder vier Gefangene brechen aus. Dann ist natürlich der Teufel los, jedenfalls die ersten Wochen. Da bräuchten die Ausbrecher ein gutes Versteck, zumindest bis sich die Hektik etwas gelegt hat.«

Der Bauer drehte sich auf die Seite und starrte ihn ungläubig an.

»Wie willst du denn hier rauskommen?«

»Laß das doch mal weg.« Der junge Mann richtete sich auf und stützte sich auf einen Ellenbogen. »Sag mir lieber, wo du dich verstecken würdest? Eine ländliche Gegend, eine verlassene Scheune – du als Bauer müßtest so etwas doch kennen?«

Schrem schüttelte den Kopf. »Hier kommt keiner raus.«

»Ein Versteck«, drängte Haldern weiter in ihn. »Denk mal darüber nach.« Er legte sich wieder auf den Rücken und verschränkte die Arme hinter dem Kopf. »Nur so. Zeit hast du ja.«

Schrem drehte sich ebenfalls auf den Rücken und zog die Decke bis ans Kinn. Ein Versteck? Er wußte schon eins, ein gutes sogar. Aber wie hier rauskommen. Aus diesem Labyrinth aus Mauern, Gittern, Stäben, Stacheldraht, gibt es kein Entrinnen. Leergebrannt vor Müdigkeit schloß er die Augen.

Die Gefangenen, die den Zeichenunterricht belegt hatten, saßen wie so oft auf ihren Plätzen und blickten interessiert zur Tafel, an der Käfer schweigend eine Zeichnung anfertigte und immer wieder daran herumwischte. Er wirkte nervös und zerfahren. Schließlich drehte er sich um und wischte sich die Kreide von den Händen an einem Tuch ab.

»Herr Hartung!«

Hartung, der wie üblich zwischen Stock und Haldern auf der Bank saß, erhob sich.

»Ja, Herr Studienrat?«

Käfer winkte ihn an die Tafel.

»Kommen Sie doch bitte her und vervollständigen Sie diese Dachkonstruktion. Ich muß kurz in die Bibliothek. Bin gleich wieder zurück.« Mit diesen Worten zog er das ausgehöhlte Buch, das ihm die drei Gefangenen gegeben hatten, aus seiner Aktentasche, klemmte es sich unter den Arm und verschwand.

Hartung trat an die Tafel und begann, die Kreidezeichnung zu vervollständigen. Haldern und Stock nickten einander bedeutungsvoll zu.

Studienrat Käfer, das bewußte Buch unter seiner Jacke versteckt, eilte den Gang entlang, wobei er sich immer wieder verstohlen umsah und verschwand in der Bibliothek. Augenblicke später erschien Zimmermann aus derselben Richtung. Es sah fast so aus, als wäre er Käfer gefolgt. Nachdenklich blieb er in der Nähe der Bibliothek stehen und ging dann doch weiter.

In der Bibliothek war Mautner damit beschäftigt, ein neues Regal aufzustellen, und wurde von einem gelangweilten Beamten beaufsichtigt, der mit einem Zahnstocher in seinen Zähnen puhlte und dabei von Zeit zu Zeit laut schmatzte. Käfer war überrascht, die beiden hier vorzufinden, versuchte sich die Überraschung jedoch nicht anmerken zu lassen.

»Tag«, sagte er höflich.

»Tag«, erwidert der Beamte und fuhr sich mit zwei Fingern in den Mund. Käfer sah ihm wie hypnotisiert zu.

»Ich . . . ich wollte nur etwas nachsehen.« Er hatte sich wieder in der Gewalt. »Für meinen Unterricht.«

»Bitte«, schnalzte der Beamte, »Sie kennen sich ja hier aus.«

Endlich war er fündig geworden, zog eine dünne Fleischsehne mit zwei Fingernägeln aus den Zähnen, betrachtete sie eingehend, steckte sie wieder in den Mund und schluckte.

»Ja, ich kenne mich hier aus.«

Der Beamte hörte gar nicht hin, er war viel zu sehr mit sich selbst beschäftigt.

Der Studienrat stellte das ausgeschnittene Buch heimlich in ein Regal, Mautner beobachtete ihn dabei, während er ein Fach montierte. Der Beamte beachtete ihn überhaupt nicht und gähnte. Käfer steuerte schon wieder auf die Tür zu und sagte im Vorbeigehen: »Ein neues Regal? Dann gibt es wohl auch neue Bücher, was?«

»Keine Ahnung«, gähnte der Beamte und stierte gelangweilt aus dem Fenster.

Unten im Hof standen die Gefangenen wieder in Gruppen zusammen. Sie hatten Freizeit und machten, was sie sonst immer machten: rauchten, wenn sie was zu rauchen hatten, schwatzten oder vertraten sich die Beine.

In der bewußten Ecke lehnte Stock an der Wand und schien ungeduldig auf jemand zu warten. Hartung tauchte auf, sah sich suchend um, entdeckte Stock, schlendert auf ihn zu, so, als wollte er an ihm vorbeigehen.

Stock hielt ihn zurück. »Was ist?«

Hartung blieb stehen, drehte sich jedoch nicht um, sondern sprach gegen die hohe Gefängnismauer: »In der Bücherei wird etwas umgeräumt, ich kann nicht rein.«

»Umgeräumt?« Stock war von Natur aus mißtrauisch. »Wieso?«

Hartung bückte sich, als wollte er seine Socken hochziehen. »Weiß ich nicht«, antwortete er gereizt.

»Wenn einer das Buch in die Hand nimmt, merkt er sofort, daß es viel zu schwer ist.«

Erst der linke Socken, dann der rechte. »Was ist denn los mit dir?« Er richtet sich auf und schüttelte seine Beine aus. »Seit wann zeigst du Nerven?«

Stock stieß sich von der Wand ab, gemeinsam schlenderten sie weiter, immer an der Wand entlang, möglichst außer

Hörweite fremder Ohren. »Übermorgen kommen sie die Kisten holen«, sagte Stock und kratzte sich unterm Hemd. »Bis übermorgen müssen wir die Knarre haben.«

Hartung nickte. »Ich laß mir heute abend von Zimmermann die Bibliothek aufschließen.« Er blieb stehen, streckte beide Hände vor und fing an Kniebeugen zu machen. »Ich sag' ihm« – in die Knie – »ich muß was nachsehen für meinen Sohn.« Wieder hoch. »Ich habe schon so was angedeutet.« Wieder in die Knie. Stock folgte brummend seinem Beispiel.

Es war Abend. Zimmermann und Hartung schritten den Gang entlang und hielten auf die Bibliothek zu. Hartung hatte das Manuskript seines Sohnes in der Hand, Zimmermann einen dicken Schlüsselbund. Er schloß die Tür auf, knipste das Licht im Raum an und trat mit Hartung ein. Er wollte gerade die Tür hinter sich zumachen, da meinte Hartung vorsichtig: »Es könnte vielleicht länger dauern, Herr Zimmermann.«

»Keine Sorge, ich habe Zeit.« Er deutete auf einen Stuhl. »Setzen Sie sich, ich habe Ihnen etwas Interessantes zu erzählen.«

Er ging voraus, setzte sich an den Tisch und lud Hartung mit einer Geste ein, ihm gegenüber Platz zu nehmen. Hartung fühlte sich alles andere als wohl in seiner Haut.

Genüßlich lehnte Zimmermann sich zurück. »Also, was ich Ihnen sagen wollte, Käfer hat gekündigt. Und wissen Sie, warum?«

Er sah Hartung triumphierend an.

»Nein.«

»Weil er Dreck am Stecken hat!«

Eine kleine dramatische Pause entstand, die Zimmermann sichtlich genoß.

»Ja, da staunen Sie!« Er beugte sich vor und legte beide Ellenbogen auf die Tischplatte. »Und wissen Sie, wie es rausgekommen ist? Durch die Weiber!«

Triumphierend lehnte er sich wieder zurück.

»Was Sie nicht sagen.« Hartung tat nicht nur betroffen, er war es auch.

»Käfer war doch krankgeschrieben«, fuhr Zimmermann vertraulich fort. »Und da hat seine Frau meiner Frau erzählt, daß er an dem Tag die Rosen geschnitten hat.«

Erwartungsvoll blickte er Hartung an.

»Ich dachte, er hätte sein Haus verloren?«

Triumphierend schlug sich Zimmermann auf die feisten Schenkel. »Er hat plötzlich Geld aufgetrieben, die Versicherung hält jetzt still.«

Hartung schüttelte den Kopf.

Der Beamte wuchtete sich hoch, ging um den Tisch herum und stützte sich mit beiden Fäusten auf. »Aber passen Sie auf, was ich noch alles herausgekriegt habe. Vorigen Mittwoch hat der Briefträger bei Käfers ein Päckchen abgegeben. Das hat seine Frau auch erzählt.«

Hartung ließ sich nicht aus der Ruhe bringen.

»Na und?«

»Käfer hat es gleich an sich genommen und seiner Frau nicht gezeigt. Er war sehr nervös und hat furchtbar geheimnisvoll getan. Da stimmt doch was nicht! Und wo kommt das Geld her? Frau Käfer hat nicht die leiseste Ahnung.« Wie ein Stratege in der Schlacht reckte er sich hoch. »Das stinkt doch! Aber ich könnte mir denken, was in dem Päckchen war.«

Da er Hartung offenbar nicht verdächtigte, fühlte sich dieser erleichtert und legte das Manuskript auf den Tisch.

»Na?« Seine Haltung drückte diplomatische Bewunderung aus.

»Na, was wohl? Etwas, was Käfer für das Geld hier reinschmuggeln soll. Eine Waffe zum Beispiel, eine Pistole!«

Das hatte gesessen, Hartung riß die Augen auf.

»Nein!«

Zimmermann lachte kurz auf und fing an, auf und ab zu gehen. »In einem Buch vielleicht. Ein uralter Trick, Sägen, Feilen und so weiter in Büchern zu verstecken.« Er blieb stehen. »Ich habe selbst gesehen, wie er mit einem Buch unter der Jacke in die Bibliothek geschlichen ist. Ja, ich halte die Augen offen.«

Er blickte in die Runde.

»Da bleibt nur eins, wir müssen uns die Bücher ansehen – alle!« Er trat an das nächste Regel. »Der Reihe nach. Welches Buch ist es, und wo steht es?«

Er deutete auf ein anderes Regal. »Sie nehmen die Seite, ich die andere«, und fing an, Buch für Buch aus dem Regal zu ziehen und aufzuschlagen. »Wir werden das verfluchte Ding schon finden. Dann hol' ich mir den Käfer, und dann krieg' ich auch den Stock!«

Hartung erhob sich und ging auf die andere Seite der Bibliothek zu dem Regal, das Zimmermann ihm angewiesen hatte. Aber sehr zögernd, denn er hatte auf dessen Seite das bewußte Buch entdeckt. Inbrünstig wünschte er, er könnte es verschwinden lassen.

Haldern und Schrem saßen in ihrer Zelle am Tisch, über eine Zeichnung gebeugt. Es war Nacht, nur der Mond und der blasse Schein der Hoflampe warfen etwas Licht auf das Blatt Papier zwischen ihnen.

Schrem fuhr mit dem Finger die Linien nach, er sprach gedämpft. »Hier geht die Straße über den Fuchsberg und dann hinunter ins Tal. Der Militärflugplatz ist vier bis fünf Kilometer weiter.« Er deutete auf einen bestimmten Punkt. »Die Jäger steigen meist direkt über das Dorf weg auf.«

»Wie groß ist das Dorf?« erkundigte sich Haldern.

»Ach, ein Dutzend Häuser, mehr nicht.«

Der junge Mann warf ihm einen fragenden Blick zu.

»Und alle stehen leer?«

»Schon lange. Der Lärm«, erklärte der Bauer. »Weißt du, die Leute konnten ihn einfach nicht mehr aushalten.«

Eine Wolke schob sich vor den Mond, sein Schatten fiel auf das weiße, gespenstisch leuchtende Blatt.

»Bist du ganz sicher, daß da niemand mehr wohnt?« Unter dem Tisch angelte er mit kalten Zehen nach seinem Pantoffel. »Wenn wir erst einmal hier raus sind, haben wir keine Zeit mehr, nach einem Versteck zu suchen.«

Schrem schüttelte den Kopf. »Das Dorf ist leer. Mein Schwager hat bis vor einem halben Jahr selbst dort gewohnt. Dann ist er auch weg. Und er war der letzte . . .«

Plötzlich hörten sie eilige Schritte und Stimmen auf dem Gang, Türen wurden aufgesperrt, das Licht flammte auf.

»Alle Mann raus aus der Zelle! . . . Hierher, auf den Gang! . . . Durchsuchung! Kommen Sie, Stock!

Erschrocken waren Schrem und Haldern hochgefahren. Jetzt wurde auch ihre Zellentür aufgeschlossen, ein Wachtmeister betrat die Zelle.

»Rauskommen! Durchsuchung!«

Den beiden war es gerade noch gelungen, das Blatt in der Toilette verschwinden zu lassen und unter ihre Decken zu kriechen. Draußen auf dem Gang versammelten sich die Gefangenen. Aus allen Zellen kamen sie angeschlurft, nahmen neben ihrer Zellentür Aufstellung und wurden von den Beamten in einen großen Raum geführt. Mitten in dem kahlen Viereck, in dem eine einsame Birne nur ein paar Stühle beleuchtete, standen sich Stock und Zimmermann gegenüber. Stock hatte seine arroganteste Miene aufgesetzt. Zimmermann hielt das Buch hinter seinem Rücken versteckt. Jetzt faltete auch Stock seine Hände lässig hinter dem Rücken und schaute den Dingen, die da kommen mußten, gelangweilt entgegen.

Sobald sich alle Gefangenen um die beiden Figuren in der Mitte versammelt hatten und die Tür geschlossen worden war, kam Leben in die imposante Polizistengestalt.

»Stock, wo ist die Pistole?«

Der arrogante Blick wurde immer träger. »Ich habe keine Ahnung, wovon Sie reden.«

Zimmermann hielt Stock das Buch aufgeschlagen unter die Nase. »Haben Sie dieses Buch schon einmal gesehen?«

»Ich mach' mir nichts aus Lesen«, kam es gelangweilt zurück.

Zimmermann kam langsam auf Hochtouren.

»Das glaube ich. Aber Sie waren heute in der Bibliothek.«

Stock mimte die Unschuld in Person.

»Nein. Warum?«

Zimmermann fuchtelte ihm mit dem Buch unter der Nase herum. »Weil in dem Buch eine Pistole versteckt war. Davon wissen Sie wohl nichts?«

Die Tür ging auf. Bender, der junge Wachtmeister trat ein, die Gefangenen bildeten ihm eine Gasse, er trat in die Mitte des Kreises.

»Haben Sie bei Stock etwas gefunden, Bender?«

Bender schüttelte den Kopf. »Nichts, Herr Zimmermann.«

Zimmermann wandte sich wieder an das Objekt seiner Wut.

»Wenn ich rauskriege, daß Sie die Pistole haben, wandern Sie in die Arrestzelle. Das verspreche ich Ihnen.«

Auch damit konnte er den Sträfling nicht beeindrucken.

»Herr Zimmermann«, antwortete dieser gelassen, »wenn ich eine Knarre hätte, wäre ich längst über alle Berge. Aber wenn Sie meinen, daß es hier wirklich eine gibt, dann bin ich gespannt, wer das Ding zuerst findet – Sie oder ich!«

Damit wandte er sich kurz entschlossen ab.

»Zurück in die Zellen!« schrie der frustrierte Vollzugsbeamte.

»Los! Los! Alles zurück in die Zellen!«

Die Gefangenen wurden abgeführt, Zimmermann und Bender blieben allein zurück. Der Wachtmeister ließ sich auf einen der planlos herumstehenden Stühle fallen.

»Irgendwo muß die Knarre sein! Morgen, wenn die Brüder bei der Arbeit sind, nehme ich mir die Zellen vor.« Er schäumte vor Wut.

»Aber wie soll die Waffe denn reingekommen sein?« Der junge Beamte hatte für die Verstocktheit seines Vorgesetzten nicht viel übrig, doch der hielt ihm das Buch vor die Nase.

»In diesem Buch! Das ist . . .«

»Ja, sicher«, fiel ihm der ins Wort. »Aber wer hat sie reingeschmuggelt?«

Zimmermann warf sich in die Brust. »Das weiß ich eben nicht.«

»Haben Sie schon mit dem Direktor geredet?«

»Nein.« Er war verzweifelt. »Weil ich keine Beweise habe! Ich kann erst etwas unternehmen, wenn wir die verdammte Pistole gefunden haben. Aber ich krieg' ihn dran, diesmal kriege ich Stock dran!« In seiner hilflosen Wut hatte er fast etwas Tragisches an sich.

Hartung saß wieder am Tisch unter der nackten Glühbirne in seiner Zelle und las die Diplomarbeit seines Sohnes. Der junge Mautner lag auf seinem Bett und starrte an die Decke. Einige Augenblicke herrschte Stille. Plötzlich fragte Mautner: »Wie viele Fliegen sind da oben an der Decke? Was glaubst du?«

Hartung hörte nur mit halbem Ohr hin: »Keine Ahnung«, antwortete er, ohne aufzublicken.

Nach einer Weile: »Rate mal.«

Hartung zog irritiert die Stirne kraus. »Wie soll ich das wissen – zwanzig?«

»Elf.«

Er wandte den Kopf und blickte zu Hartung hinüber.

»Hast du das Buch gefunden?«

Das Wort »Buch« traf ihn unerwartet und wie ein Schlaghammer. Er sah vom Manuskript auf.

»Was für ein Buch?«

»Du wolltest doch in der Bibliothek etwas nachsehen, wegen der Diplomarbeit von deinem Sohn.«

Ach, das meinte er. »Ja, ja, ich habe das Buch gefunden.«

Er wollte weiterlesen, doch Mautners nächste Frage ließ ihn erstarren.

»Aber die Pistole war weg?«

Er blickte wieder zur Decke hinauf. »Es sind zwölf Fliegen«, stellte er lakonisch fest.

Hartung stand auf. »Was für eine Pistole?«

Mautner reagierte nicht, beobachtete nur interessiert die Fliegen an der Decke.

»Weißt du, ich habe immer gedacht, du bist mein Freund. Aber du willst ohne mich abhauen!«

Hartung antwortete nicht sofort, der Junge starrte weiter an die Decke.

»Klaus, ich wollte dich mitnehmen . . .«

»Ich habe dir geglaubt, daß du unschuldig bist«, unterbrach der andere ihn bitter. »Niemand sonst, nur ich.«

Hartung wollte nicht darauf eingehen.

»Wo ist die Pistole?«

»Versteckt!« Er sagte es, ohne den Blick von der Decke zu wenden. »Da ist sie ja wieder! Ich wette, es ist dieselbe Fliege.«

Hartung verlor langsam die Geduld. Er wandte sich ab und trat ans Fenster.

»Klaus, ich bin nicht allein in der Sache. Wir wollen morgen ausbrechen.«

»Du und wer noch?« Er schien gelassen und unbeeindruckt. Der Ältere zögerte, drehte sich: »Stock, Haldern und Schrem«, sagte er nach längerem Zögern.

Mautner dachte einen Augenblick nach.

»Die Pistole nützt euch nichts. Die ist nicht geladen.«

»Wo ist die Munition?« fragte der andere erstaunt.

»Sie war nicht geladen, als ich sie gefunden habe.«

Hartung setzte sich wieder an den Tisch.

»Wie hast du sie überhaupt gefunden?«

»Ich habe gesehen, wie du das Buch ausgeschnitten hast, und ich habe in der Bibliothek gearbeitet, als Käfer es heimlich ins Regal zurückgestellt hat.«

Eine kleine Pause entstand, in der Mautner, offensichtlich uninteressiert am Thema Pistole, weiter die Fliegen an der Decke zu zählen schien.

Hartung ertrug die Spannung nicht länger. »Gib uns die Pistole.«

»Ich habe dir doch gesagt, daß sie nicht geladen ist.«

»Wer weiß das schon? Stock hat einen Kassierer erschossen, und wenn Stock eine Pistole in der Hand hält, wissen alle, daß er auch schießen wird.«

Mautner wandte langsam den Kopf und sah seinen vermeintlichen Freund traurig an.

»Wenn ich die Pistole habe, bin ich genauso gefährlich.«

Hartung schwieg.

»Du wirst schon sehen.«

Hartung schwieg.

»Du denkst wohl, ich schaffe es nicht allein?«

Hartung stand müde auf und ging in der Zelle auf und ab. Schließlich blieb er stehen.

»Doch«, sagte er. »Du mußt es nur bald tun. Sie wissen, daß einer von uns die Waffe hat, also werden sie weiter danach suchen. So lange, bis sie sie gefunden haben.«

Mautner grinste. »Ich habe sie an einem Platz versteckt, wo sie sie niemals finden werden.«

Hartung trat zum Tisch zurück und setzte sich.

»Wie schön für dich . . .«

Er stützte den Kopf in beide Hände, als hätte er aufgegeben, als wollte er nichts mehr davon wissen, schob sich das Manuskript zurecht und las weiter in der Diplomarbeit seines Sohnes. Mautner tat ebenfalls so, als sei die Unterhaltung damit beendet. Nach einer Pause meinte er:

»Einer allein hat vielleicht eine bessere Chance durchzukommen als vier.«

Hartung blickte nicht einmal auf.

»Wo wollt ihr denn überhaupt hin? Stock haben sie das letztemal bloß deshalb erwischt, weil er nicht gewußt hat, wo er sich verstecken soll. Habt ihr ein gutes Versteck?«

»Wir hätten eines gehabt«, antwortete der andere, ohne aufzublicken.

Mautner schwieg. Darüber mußte er erst einmal nachdenken.

»Du willst mir natürlich nicht sagen, wo?«

»Laß es dir von Schrem erklären, der kennt es besser als ich.«

Wieder schwiegen sie eine Weile.

»Vielleicht nehme ich Schrem mit . . .« Und dann: »Oder wollte der auch nicht, daß ich mitkomme?«

»Wir haben nie darüber gesprochen.«

Mautner schwang die Beine über die Bettkante und setzte sich auf. Mit einer Hand strich er sich durch das volle schwarze Haar. »Na schön! Wenigstens weiß ich jetzt, woran ich mit dir bin.«

Hartung hatte sich bis jetzt beherrscht, aber seine Verzweiflung über den Halbverrückten, der sich zu einem unüberwindlichen Hindernis für die Flucht auszuwachsen schien, wurde immer größer.

»Laß mich in Ruhe!« sagte er verbissen.

»Okay!«

Draußen am Gang schrillte die Klingel, die allabendliche Warnung, daß das Licht gleich gelöscht wurde. Hartung schlug das Manuskript zu, ging zu seinem Bett und haute sich in die Falle. Kurz darauf ging das Licht aus.

»Neulich hast du noch gesagt, wir beide müßten zusammenhalten«, sagte Mautner leise und beherrscht in die sie umhüllende Dunkelheit.

»Na ja, wer meint schon alles, was er so sagt.«

»Du hast jemanden umgebracht«, erwiderte der Ältere ebenso leise und beherrscht, »du weißt, warum sie dich eingesperrt haben. Aber ich bin unschuldig und will hier raus.«

»Stock, Haldern und Schrem haben auch welche umgebracht.«

»Das geht mich nichts an.«

»Siehst du, du denkst nur an dich. Wir sind dir völlig egal.«

Jetzt war Hartung wütend.

»Sind wir dir etwa nicht egal?«

»Nein«, kam es ganz leise. »Du warst mein Freund – bis heute.«

Hartung stand auf, ging zu Mautner, packte ihn an den Schultern. »Gib mir die Pistole.«

Mautner drehte sich zur Wand. »Hau ab.«

»Wir nehmen dich mit.« Er legte ihm noch einmal die Hand auf die Schulter und rüttelte sie leicht.

»Hau ab oder . . .«

Der Junge schüttelte die Hand ab und setzte sich auf. Sekundenlang sah es so aus, als wollte er den Mann anspringen, der ihn so tief getroffen hatte. Doch dann kroch er wieder unter die Decke, rollte sich auf die andere Seite, und Hartung ging nachdenklich zu seinem Bett zurück.

In der Gefängnisschreinerei herrschte die übliche Geschäftigkeit. Hammer wurden geschwungen, kreischend fraß sich eine elektrische Säge ins Holz, Hobel glitten über Bretter. Späne vermischten sich mit dem Staub in der Luft. Hartung begab sich an seinen Arbeitsplatz neben Stock und fing an, eine Kiste zuzunageln.

Stock warf ihm einen Blick zu, richtete sich auf, wischte sich mit dem Handrücken den Schweiß von der Stirn und vergewisserte sich, daß Aufseher Vogt außer Hörweite war. Wieder über seine Kiste gebeugt, flüsterte er leise: »Ein Glück, daß Käfer zu feige war.«

»Käfer war nicht zu feige«, antwortete Hartung zwischen zwei Hammerschlägen. Ein Ruck ging durch Stock, alle Farbe war plötzlich aus seinem Gesicht gewichen.

»Wo ist die Knarre dann?«

Hartung nahm einen Nagel aus seinem Mund und setzte ihn an.

»Mautner hat sie«, sagte er leise zwischen zwei Schlägen.

»In eurer Zelle?« Beinahe wäre Stock vor Schreck aufgesprungen. Hartung warf ihm einen warnenden Blick zu.

»Nein, versteckt.«

»Wo?« Gespannt malte er mit einem schwarzen Pinsel eine Zahl auf seine Kiste.

»Das sagt er nicht.«

Stock angelte sich eine andere Kiste, auf die er ebenfalls eine Zahl malte.

»Ihr seid doch Freunde.«

»Er ist beleidigt, weil wir ihn nicht mitnehmen wollten.«

»Du mußt ihn rumkriegen.«

»Er ist stur.«

»Du mußt.«

»Du weißt doch, er ist nicht ganz normal.«

Die letzten Sätze waren wohl zu lebhaft gewechselt worden, denn plötzlich wurde der Aufseher aufmerksam. Er machte ein paar Schritte auf sie zu und fragte drohend: »Was gibt es denn, Stock?«

Die beiden trennten sich wortlos und widmeten sich wieder ihrer Arbeit.

Eine Gruppe von nackten Gefangenen stand im Duschraum unter der Dusche. Die Luft war voller Wasserdampf, so daß sich die Männer nur undeutlich gegenseitig erkannten. Sie prusteten, machten Witze, wuschen sich die Haare und schrubbten sich die Hände. Mautner war einer von ihnen. Plötzlich löste sich Stock aus dem schemenhaften Dunst und bewegte sich auf Mautner zu. Einer der Duschenden warf ihm ein Scherzwort zu, die anderen grölten, Stock fegte ihn beiseite. Dann stand er vor Mautner, der erschrokken innehielt, drängte ihn in die Ecke und fragte drohend:

»Wo ist die Pistole?«

Den anderen Gefangenen unter der Dusche war das Lachen und Scherzen vergangen, sie wandten sich ab, wollten nichts damit zu tun haben, wollten nichts sehen, nichts hören. Stock war gefährlich, das war bekannt.

Der Junge schwieg. Stock versetzte ihm einen Faustschlag in den Magen, Mautner krümmte sich, sagte jedoch kein Wort. Kein Laut war zu hören, nur das Rauschen des Wassers.

»Wo ist die Pistole?« Kalte Mordlust lauerte in seinem Blick. Hilfesuchend blickte sich Mautner nach den anderen um, doch die taten, als wäre er Luft.

»Laß mich in Ruhe«, wehrte er sich gegen den Stärkeren. Doch dieser schlug ihm erneut in den Magen, Mautner ging zu Boden, schlug mit dem Gesicht auf die Fliesen, Blut mischte sich mit dem Wasser, das auf den Boden prasselte. Plötzlich wurde es abgestellt, ein Aufseher erschien und entdeckte den Jungen am Boden liegend. Die anderen Gefangenen sahen weg, griffen nach ihren Handtüchern, der Wasserdampf verzog sich durch die offene Tür.

»Was ist denn hier los?« wollte der Aufseher wissen. »Wie oft habe ich euch gesagt, im Duschraum wird nicht geprügelt?«

Mautner rappelte sich hoch, Blut tropfte von seiner Lippe.

»Ich bin ausgerutscht. Auf der Seife.«

Der Aufseher sah Stock mißtrauisch an, der, sich die Haare trockenreibend, an ihm vorbeiging, zuckte mit den Schultern und wandte sich ab. Die Gefangenen begannen sich wortlos anzuziehen.

Später lagen Hartung und Mautner in ihrer Zelle im Bett. Auf dem Rücken. Es war schon Nacht, doch keiner schien zu schlafen. Plötzlich sagte Mautner in die Stille hinein: »Du kannst die Pistole haben.«

Hartung wandte den Kopf.

»Was?«

»Morgen.«

Wieso?«

»Nicht, weil Stock mich zusammengeschlagen hat.«

Wieder entstand eine Pause.

»Dir gebe ich sie freiwillig. Aber nur dir.«

Damit drehte er sich zur Wand. Stille senkte sich wieder über die beiden, drückend und schwarz. Noch lange glimmte Hartungs Zigarette in der Dunkelheit.

Jeder Tag war Routine. Ein Tag in der Schreinerei war wie der andere. Jeder Gefangene hatte seinen Platz an seiner Maschine, an seiner Kiste, an seinem Kasten. Alles arbeitete mehr oder weniger eifrig unter den Blicken des allgegenwärtigen Vogt und seiner Beamten. Maschinen liefen. Bretter wurden geschnitten. Hartung und Stock nagelten eine Kiste zusammen. Stock war nervös, immer wieder blickte er zu Mautner hinüber, der an der Kreissäge arbeitete.

»Warum holt der Scheißkerl nicht endlich die Knarre?«

Er wird sie schon holen«, versuchte Hartung ihn zu beruhigen.

Stock griff nach einem neuen Brett und legte es an die Kiste.

»Ja, aber wann? Der Wagen muß gleich hier sein.«

»Die Pistole auch.« Hartung ließ sich nicht aus der Ruhe bringen und trieb den nächsten Nagel durch das Brett.

»Der verdammte Idiot.« Wütend schwang der andere den Hammer.

Hartung vergewisserte sich, daß der Werkmeister sie nicht beobachtete. »Übrigens, Mautner kommt mit.« Stock starrte ihn wortlos an. »Ohne ihn säßest du jetzt in der Arrestzelle, hörst du? Er kommt mit!«

Noch ehe Stock darauf antworten konnte, steuerte der Werkmeister auf ihn zu.

»Die Kiste muß heute mit raus.«

»Sie ist gleich fertig, Herr Vogt«, erwiderte Stock eifrig, ohne in seiner Arbeit innezuhalten. Wie wild nagelte er weiter.

Als Vogt gerade weitergehen wollte, kam Mautner von seiner Kreissäge auf ihn zugelaufen und streckte einen blutenden Finger in die Höhe. Vogt schüttelte den Kopf.

»Wie haben Sie denn das angestellt?«

»Mit der Kreissäge«, lautete die lakonische Antwort.

»Lassen Sie sich verbinden.«

Vogt hatte längst jedes Interesse an den stets neuen Kindereien der Gefangenen verloren. Mautner drehte sich um und entfernte sich in Richtung Ausgang. Haldern und Schrem, die an der Hobelbank standen, beobachteten ihn, wie er an den Beamten vorbei die Schreinerei verließ.

Tief beugte Schrem sich über seinen Hobel. »Jetzt holt er sie.«

Haldern kehrte die Späne unter ihm zusammen und schickte ein Stoßgebet zum Himmel.

Mautner saß in der Sanitätsstation auf einem Schemel und

ließ sich von einem Sanitäter verbinden. Er blickte aus dem Fenster, vor dem sich die Gartenanlage des Gefängnisses ausbreitete. Da wurde Gemüse gepflanzt, Kraut und Kohl angebaut. Aber auch ein paar vereinzelte Gartenblumen blühten im Verborgenen und gaben dem tristen Fleckchen Erde etwas Anheimelndes, Versöhnliches.

»Eine Frage . . .«, begann Mautner zögernd.

Der Sanitäter blickte auf.

»Ja?«

Ganz sehnsüchtige Augen hatte das Kindergesicht vor ihm plötzlich bekommen.

»Könnte ich durch den Garten zurückgehen?«

Der Sanitäter lachte. »Aber keine Blumen abreißen!« Armer Teufel, wie lange hast du wohl schon keine Blume mehr gesehen? dachte er.

»Nein, ich rieche nur daran«, antwortete der Junge freundlich, fast verklärt.

Der Sanitäter befestigte die Bandage mit einer Gummizwecke.

»So, das wär's. Seien Sie in Zukunft etwas vorsichtiger.«

»Vielen Dank.«

Mautner erhob sich, betrachtete stolz seinen dickverbundenen Finger, der Sanitäter sperrte ihm die Gartentür auf.

Ein Firmenwagen der Elektrogesellschaft bog in die Einfahrt der Vollzugsanstalt. Der Fahrer hupte. Am Pförtnerfenster erschien ein Gesicht mit einer grauen Schirmmütze, das ihm zunickte. Das Tor schwang auf, der Wagen fuhr in den Hof, das Tor schwang wieder zu. Der Laster beschrieb einen Bogen und kam mit dem Heck zur Verladerampe vor der Schreinerei zum Stehen.

Mautner trat in den Garten und ging an fein säuberlich abgegrenzten Beeten vorbei. Nelken blühten immer wieder am Rande und Rittersporn. So lange er noch zu sehen war, blieb er immer wieder stehen, beugte sich hier über eine rosa Blüte, dort über eine blaue Kerze, ging weiter. Vor einer Brandmauer wuchsen Sträucher, Johannisbeeren oder Stachelbeeren, so genau konnte er das nicht unterscheiden. Es interessierte ihn auch nicht. Er blickte sich um, ob ihn auch niemand beobachtete, bückte sich, kroch zwischen die Büsche und fing mit der heilen Hand an zu wühlen. Plötzlich hatte er eine Pistole in der Hand, säuberte sie hastig und ließ sie in seinem Hemd verschwinden. Ein rascher Blick in die Runde, dann erhob er sich und verschwand um die nächste Ecke.

Die Tür zur Schreinerei und die hintere Ladeluke des Lasters standen offen. Unter der Aufsicht des Werkmeisters waren Schrem, Haldern, Stock und Hartung damit beschäftigt, die fertigen Kisten im Laderaum zu verstauen, wobei sie sich möglichst viel Zeit ließen. Die Atmosphäre war spannungsgeladen, die Blicke der Verschwörer schweiften nach allen Seiten. Mautner war immer noch nicht in Sicht, die Spannung kaum noch zu ertragen. Nur ein Vollzugsbeamter konnte so unsensibel sein, den Funken in der Luft nicht zu riechen. Den interessierte nur Tempo, Zeitplan, Disziplin. »Schlaft nur nicht ein! Hartung! Haldern! Was stehen Sie da herum?«

Die beiden drehten sich betont langsam um, rückten eine Kiste zurecht, verluden sie.

Stock, der die Kisten hinten im Laster stapelte, sprang auf die Rampe, um sich die nächste zu holen, und sah endlich, endlich Mautner die Verladerampe entlang auf sich zukommen. Wie unabsichtlich stellte er sich ihm in den Weg. Die beiden rempelten zusammen, die Pistole wechselte unauffällig den Besitzer. Und dann lief alles planmäßig ab, wie auf ein Stichwort hin, auf das jeder gewartet hatte. Hartung griff sofort nach einer schweren Zange, ging zum Kabel, das zum Monitor führte, und durchtrennte es. Haldern sprang von der Verladerampe herunter und rannte auf das Führerhaus des Lasters zu.

Schrem schob eine besonders voluminöse Kiste in den Ausgang der Schreinerei und blockierte ihn auf diese Weise. Das allerdings paßte Werkmeister Vogt gar nicht.

»Schrem, was machen Sie denn da?«

In dem Augenblick pflanzte Stock sich plötzlich mit entsicherter Pistole vor ihm auf.

»Hände hoch!«

Der Monitor erlosch.

Überrascht schoben sich die Gefangenen zum Ausgang und hoben die Hände. Stock drängte Vogt und die beiden Sicherheitsbeamten in eine Kammer und schloß sie ein. Hartung, Schrem und Stock stürzten zum Laster. Haldern riß die Tür zur Führerkabine auf, Stock schwang sich auf das Trittbrett, schlug dem verdutzten Fahrer die Pistole über den Kopf, schob ihn auf den Nebensitz, Haldern zwängte sich hinter das Steuer. Schrem war inzwischen hinten auf den Laster aufgesprungen. Hartung wollte es ihm gerade nachmachen, da hörte er eine vertraute Stimme hinter sich: »Hals- und Beinbruch!« wünschte die Stimme leise.

Er drehte sich um, es war Mautner, der auf der Verladerampe stand und sich gerade abwenden wollte. Hartung packte ihn am Arm und zerrte ihn mit sich in den Laster.

»Du kommst mit!«

Damit schleuderte er den Verdutzten zu Boden. Der Laster fuhr an. Hartung zog die Tür von innen zu. Noch hatte außer den Männern in der Schreinerei niemand etwas von dem Vorfall bemerkt, alles war viel zu schnell gegangen. Der Wagen fuhr über den Hof und hielt vor dem Tor. Der Beamte trat aus dem Pförtnerhaus, um den Laster wie üblich zu kontrollieren. Stock, der auf dem Beifahrersitz Platz genommen hatte, ließ ihn ruhig nach hinten gehen, sprang aus dem Führerhaus und drückte dem Mann die Pistole in den Rücken.

»Du gehst jetzt ganz ruhig mit mir zurück in deine Bude und machst das Tor auf!« Leise und drohend sagte er das.

Der Mann war im ersten Moment zu Eis erstarrt, tat aber, wie ihm befohlen worden war. Zusammen mit Stock, der sich schräg hinter ihm hielt, ging er zurück, drückte auf den Knopf, der die Automatik auslöste. Gleichzeitig jedoch bediente er unbemerkt mit dem Fuß die Alarmanlage. Sirenen heulten auf. Stock raste zum Laster, sprang auf, das Tor ging auf, Haldern fuhr an und bog mit quietschenden Reifen um die Ecke und brachte sie außer Sichtweite. Schüsse knallten.

Jetzt hatten ihn die Wachhabenden in den Türmen im Visier und schossen auf den davonrasenden Laster. Die Sirenen heulten weiter, die Männer schossen, waren jedoch scheinbar aus der Übung. Nicht eine Kugel traf das Ziel. Und dann war der Laster auch schon um die Ecke verschwunden.

In der Schreinerei hatten die Gefangenen in der Zwischenzeit die Tür zur Kammer geöffnet, in der die Aufsichtsbeamten eingeschlossen waren. Wie begossene Pudel traten die drei Männer heraus, nur viel wütender, eilten an die Rampe und blickten durch das Tor, durch das die vier Sträflinge entkommen waren. Schüsse peitschten von den Wachtürmen. Die Gefangenen konnten sich eine gewisse Genugtuung nicht verkneifen, als Zimmermann plötzlich durch ihre Reihen nach vorne drängte. In ohnmächtiger Wut schüttelte er die Fäuste hinterher, als wollte er sagen: Ich krieg' euch wieder. Jeden einzelnen kriege ich wieder!

Der Laster rollte durch die Landschaft, jedwede Zivilisation möglichst vermeidend, durch Waldstrecken und über Feldwege, über Hügel und an Flußläufen entlang. Irgendwann hielt er an, die Tür auf der Seite des Beifahrers öffnete sich, eine reglose Gestalt wurde herausgezogen und am Straßenrand gegen einen Baum gelehnt. Es war der Fahrer der Elektrofirma. Seine Augen waren mit einem Taschentuch verbunden, seine Hände am Rücken mit einem zweiten gefesselt. Der Wagen fuhr weiter über das weiße Band in der grünen Landschaft.

Spät in der Nacht rollte er in ein verlassenes Dorf. Die Dorfstraße war menschenleer, alle Türen, alle Fensterläden verschlossen oder vernagelt. Durch den dunklen Himmel rasten startende Düsenjäger. Ihr Dröhnen zerriß die Stille der Nacht, verschluckte das Motorengeräusch des Lasters, zerfetzte das Trommelfell. Bei einem kleinen Bauernhaus bog er in den Hof, fuhr in eine verlassene Scheune, deren Tore offen in den Angeln hingen, kam zum Stillstand. Lautlos stiegen die fünf entsprungenen Sträflinge aus, sprangen von der Ladefläche. Schrem gab ihnen ein Zeichen, sie schlichen zum Hoftor des Anwesens, es war nicht versperrt.

Der Raum dahinter lag im Dunkeln, die Fensterläden waren zu. Früher einmal war dies die Küche von Schrems Onkel gewesen. Nur ein alter Eisenherd in der Ecke, ein tropfender Wasserhahn über einem Spülbecken zeugten von einstiger bäuerlicher Traulichkeit. Über allem der ohrenbetäubende Lärm der Düsenjäger. Der Übungsplatz der Luftwaffe mußte tatsächlich in unmittelbarer Nähe sein.

Schrem zog die Tür hinter sich zu und legte vorsorglich den Riegel vor.

»So, hier sind wir erst mal in Sicherheit.«

Seine Worte gingen im Dröhnen der über das Haus röhrenden Flugzeugmotoren unter. Aber die Männer waren viel zu erschöpft, um sich noch unterhalten zu wollen, erschöpft von den Ereignissen des Tages, von ihren eigenen Emotionen, von der Anspannung ihrer Nerven. Einer nach dem anderen wickelten sie sich in Decken und machten es sich auf dem harten, staubigen Fußboden so bequem es eben ging.

Der Lärm der Düsenjäger hielt an, ebbte ab, brach erneut tosend über ihnen zusammen. Mitten in der Nacht richtete sich eine schemenhafte Gestalt auf und schlich vorsichtig zu einem der Schlafenden. Eine Hand tastete suchend nach etwas Verborgenem. Sofort war der Schläfer hellwach und packte das Schemen am Handgelenk. Es war Willi Stock, der Mautner fest umklammert hielt, an dessen linker Hand noch die Mullreste des Sanitäterverbands zu erkennen waren.

»Was suchst du denn?« zischte Stock leise.

»Die Pistole«, erwiderte Mautner ebenso leise. »Ihr habt sie mir versprochen.«

»Erst wenn wir hier raus sind.«

Mautner versuchte sich aus der eisernen Umklammerung zu befreien. »Gib sie mir jetzt.«

Stock sah ihn nachdenklich an, ließ ihn los. »Hör mal zu, die Pistole ist nicht geladen. Wie oft soll ich dir das noch sagen?«

In der Zwischenzeit waren auch die anderen aufgewacht.

»Was ist denn?«

»Willi!«

»Was ist los?«

Fragen drangen aus der Dunkelheit. Decken wurden zurückgeschlagen, hie und da war ein unterdrücktes Gähnen, ein Fluch zu hören.

»Mautner wollte sich die Pistole holen.«

In diesem Augenblick jaulte ein Düsenjäger so tief über das Dorf, daß das Haus erzitterte.

Nachdem der Lärm verebbt war, richtete sich Hartung auf. »Wie spät ist es eigentlich?«

Schrem blickte durch einen Spalt der verschlossenen Fensterläden. »So fünf rum, würde ich sagen.«

Haldern sprang plötzlich auf, stürzte auf die verriegelte Tür zu, rüttelte wie wild daran.

»Ich will hier raus! Ich will hier raus!« schrie der junge Mann hysterisch.

»Das wollen wir alle«, antwortete Hartung gelassen.

Haldern trommelte mit beiden Fäusten an die Türfüllung.

»Ich halte das nicht mehr aus! Ich muß hier weg!«

Stock wickelte sich aus seiner Decke, trat hinter ihn, packte ihn an den Schultern.

»Beruhige dich! Keiner haut hier ab, ehe Hartung es sagt.«

Er hatte mit Autorität gesprochen und mit einer gewissen Brutalität. Haldern sackte wie ausgebrannt in sich zusammen.

»Was ist das für ein Versteck, in dem man verrückt wird?«

»Du brauchst nur die Straße hinunterzugehen«, hörte er Hartung leise, aber bestimmt sagen. »Bis du zum Flugplatz kommst. Da sagst du einfach, du bist Jürgen Haldern, dann bekommst du freie Rückfahrt ins Gefängnis.«

Plötzlich erstarrten sie alle fünf und blickten nach oben. Deutlich war das Geräusch eines Helikopters zu hören, der langsam über sie hinwegflog.

Stock wandte sich an Haldern: »Was glaubst du, was der da oben sucht? Pilze?«

Ein kurzes Lachen der anderen quittierte seinen armseligen Versuch zu scherzen. Jürgen Haldern wickelte sich wieder in seine Decke.

Hartung suchte in seiner Jackentasche nach einer Zigarette, riß ein Streichholz an, zündete sie an. Das Ende glühte in der Dunkelheit des Raumes auf.

»Wenn wir hier noch ein paar Tage bleiben, haben wir bessere Chancen durchzukommen. In ein paar Tagen werden sie wenigstens aufhören, hier nach uns zu suchen.«

»Essen müssen wir trotzdem«, antwortete Mautner aufsässig.

»Richtig. Wir werden uns am Flugplatz bedienen.« Wieder glühte die Zigarette auf.

Schrem stand auf, streckte seine eingeschlafenen Glieder und gähnte geräuschvoll.

»Ich mach' den Anfang.«

Hartung war einverstanden.

»Ich gehe mit«, verkündete Mautner, sprang auf und trat zu Stock. »Gib mir die Pistole!«

»Die Pistole bleibt hier«, fiel Hartung ihm ins Wort, ehe er noch den Mund aufmachen konnte. »Aber du kannst mitgehen und tragen helfen. Und seht zu, daß ihr was Ziviles zum Anziehen findet. Monteuranzug, Overalls oder dergleichen. In unserer Anstaltskleidung kommen wir nicht sehr weit.«

Schrem nickte, schob den Riegel zurück, schlüpfte mit Mautner aus dem Haus. Die anderen blickten ihnen nach.

An die Hauswände geduckt, schlichen die beiden Männer

die Straße entlang. Die Nacht begann bereits dem ersten Grauen der Morgendämmerung zu weichen. Blasse Lichtfetzen zogen sich im Osten über den nachtschwarzen Himmel, und wieder verschlug ihnen das Heulen eines Düsenjägers, der über ihre Köpfe jagte, den Atem.

Vor ihnen lag der Militärflughafen. Am Rande einige Baracken und Schuppen, daran vorbei führte eine kleine Fahrstraße zum Kontrollturm, vor dem schemenhafte Vögel zur Startbahn rollten, aufheulten, Anlauf nahmen und sich donnernd in die verblassende Nacht schwangen, dem Horizont, der erahnten Sonne entgegen.

Das Gelände war eingezäunt. Schrem und Haldern fanden ein Loch im Maschendraht, schlichen die Fahrstraße, an einem Schuppen entlang, bis sie zu einem Fenster kamen. Es war verschlossen. Schrem zog die Sträflingsjacke aus, wickelte sie um seinen rechten Arm, drückte gegen die Glasscheibe, ein Klirren, ein Stück Glas brach aus der Scheibe, fiel nach innen. Der Weg war frei. Ein Griff durch das Loch, eine Drehung am Fensterriegel, und Schrem stieg ein. Mautner stand Schmiere. Vorsichtig blickte er sich um, lauschte in die Nacht, hörte ein Geräusch, ein Schaben. Schrem schob ihm einen Karton durchs Fenster. Plötzlich sah er in der Ferne die Scheinwerfer eines Wagens auftauchen, sofort schob er den Karton zurück in den Schuppen.

»Da kommt ein Wagen«, flüsterte er ihm leise hinterher. »Mach das Fenster zu.«

Schrem schloß das Fenster von innen, Mautner schlug sich in die Büsche am Straßenrand, betete darum, daß man das Loch in der Scheibe nicht erkennen konnte. Er warf sich zu Boden, beobachtete den näherkommenden Wagen, der immer langsamer wurde, bremste und vor der Baracke zum Stehen kam. Der Schweiß brach ihm aus den Poren, perlte auf der jungen Stirn, feuchtete sein Hemd. Sein Mund zuckte.

Die Wagentür ging auf, der Fahrer stieg aus und bewegte sich auf die Baracke zu. Das war zuviel für den von den Geschehnissen des Tages entnervten Jungen, er konnte seine Angst nicht mehr kontrollieren, kriechend bewegte er sich rückwärts wie ein gehetztes Tier, sprang auf, rannte geduckt über freies Feld, stolperte, raffte sich wieder auf, zerschunden die Knie, rannte weiter. Zwischen ihm und dem Schuppen lag das Gebüsch und verdeckte die Sicht.

Der Fahrer hörte ein Geräusch, blieb kurz stehen, sah sich um, ging ruhig auf den Schuppen zu, machte seine Hose auf, urinierte.

2. Kapitel

Er lief durch den Wald, immer nach Westen, er verkroch sich im Unterholz, weil Menschen auftauchten, oder er glaubte, es könnten welche auftauchen; er trank aus Bächen, er überquerte Straßen, schnell und unbemerkt, und kam schließlich an die Autobahn; er hockte im Dunkel des Waldes und starrte auf die Scheinwerfer, wie sie näher kamen, erst klein und langsam, dann immer größer, greller und schneller, bis sie vorbei waren. Sie erschienen ihm wie Gespenster. Er schoß nicht. Er hatte gar kein Gewehr, um zu schießen. Aber er dachte an die Scheinwerfer, auf die er geschossen hatte – tack-tack, erst der rechte, dann der linke, und dann das Krachen und Knirschen und Klirren von zerfetzendem Glas und Blech im Dunkeln.

Er dachte nicht an die Scheinwerfer, die er eigentlich meinte, nicht an den Abend, nicht an das Mädchen, das er eigentlich meinte; er starrte auf anonyme Scheinwerfer und dachte an andere beliebige Scheinwerfer, auf die er geschossen hatte, ehe sie ihn einsperrten.

Dann, als die Erregung abklang, ging er an der Autobahn entlang zu einem Rastplatz, sah einen Lastzug mit fremdem Nummernschild, schnürte die Plane des Hängers auf, kletterte hinein, fand im Innern Kisten, fand einen Spalt zwischen zwei Kisten, verbreiterte ihn, legte sich hinein, zog eine dritte Kiste darüber, lag wie in einem Sarg. Er hörte die Fahrer kommen und in einer fremden Sprache reden, er bemerkte das Anfahren und Rütteln des Wagens, das bald in ein Sirren und Rauschen überging, das nun seine Welt wurde. Irgendwann kam eine Grenze, man öffnete die Plane, leuchtete mit einer starken Lampe in das Innere des Anhängers – er versuchte sein Herz zu beruhigen, weil er glaubte, sie müßten das Dröhnen hören – und dann gingen sie wieder. Zweimal hielt der Wagen, wahrscheinlich um zu tanken. Er schlief ein oder wurde ohnmächtig, das war nicht mehr zu unterscheiden. Er hatte seit Tagen kaum gegessen. Einmal schob er die obere Kiste weg, kletterte hinaus, über andere Kisten hinweg in eine Ecke und pinkelte. Dann kroch er in seinen Sarg zurück.

Jetzt dachte er an das Gefängnis, aber es war seltsam wesenlos und außerhalb der Zeit, nicht nur der jetzigen, auch der gewesenen. Er mußte rechnen, um sich zu erinnern, wie lange er dort gewesen war. Er war 18 gewesen, als sie ihn geschnappt hatten, und jetzt war er 24, ja, so war das. Er hatte in der Bäckerei gearbeitet, war Bäckermeister geworden, sie hatten ihm eine Urkunde gegeben, die das bestätigte. Für wen bestätigte? Er mußte grinsen. Die da drinnen wußten, daß er nun Bäckermeister war, niemand anders durfte es je erfahren, darauf aufzupassen, überhaupt aufzupassen, war ihr Beruf. Sie hatten ihn schlecht ausgeübt. Sie waren eine Minute unaufmerksam gewesen. Er war nie unaufmerksam gewesen, wenn er Brot buk. Lebenslang.

Nun war er draußen. Er hatte in der Bäckerei immer genug zu essen gehabt. Jetzt hatte er Hunger. Er döste wieder ein, schlief nicht, war nicht wach, geriet auf gefährliches Gelände. Ein Kornfeld, kornblumenblau, klatschmohnrot, sie hatte eine klatschmohnrote Bluse getragen und kornfarbenes Haar gehabt und blaue Augen. Und gelacht. Und dann war's da, das schrille, gemeine Lachen und die Scheinwerfer und ihre Brüste und Schenkel, und er fuhr hoch und stieß mit dem Kopf hart an die Kiste über ihm. Er zwang sich, nicht mehr einzudösen. Es war schwer bei dem eintönigen Sirren der Räder und dem Rauschen des Fahrtwinds in der Plane, deshalb lauschte er auf seinen

Hunger, das Nagen in den Eingeweiden, den Schmerz in allen Knochen vom unbequemen Liegen auf den harten Planken in dem engen Versteck. Das hielt ihn wach.

Irgendwann hielt der Wagen. Er hörte Stimmen, die näher kamen, Worte in einer fremden Sprache, Schritte, die bedrohlich näher kamen, dann wurde die Plane geöffnet. Licht fiel in sein Versteck. Er machte sich klein, jeder Muskel in ihm zog sich zusammen, die Luft wich aus seiner Lunge, er schien in seinem armseligen Versteck zusammenzuschrumpfen, eins zu werden mit dem sargähnlichen Spalt. In seinen Ohren dröhnte die nackte Angst, Schweiß perlte auf seiner Stirn, jede Sekunde eine Ewigkeit. Dann war es vorbei. Die Plane wurde geschlossen, die Stimmen, die Schritte entfernten sich, der schwere Laster setzte sich wieder in Bewegung.

Später mußte er wieder pinkeln. Er kämpfte dagegen an, aber vergeblich. Er schob die obere Kiste weg, kletterte hinaus, ekelte sich vor dem, was er tun wollte, als er spürte, wie der Wagen bremste. Er schlingerte, hielt sich an der Kiste fest, merkte, wie der Lastzug nach rechts abbog, und, als noch stärker gebremst wurde, wie der Wagen anhielt. Entfernt das Schlagen der Türen, zwei Männerstimmen in der singenden, angenehm klingenden fremden Sprache, Schritte, die näher kamen und sich entfernten. Er kletterte nach hinten, wo sich die Plane öffnen ließ, er streckte seine Hände durch einen Spalt in der Plane, nestelte blind und hastig an dem Plastikseil – man konnte die Hände draußen sehen, es war Tag – brach sich die Fingernägel, arbeitete, zerrte, zwickte den Knoten auf, öffnete die Plane einen Spalt, sah niemanden, sah einen Parkplatz, andere LKWs und PKWs, entfernt ein Rasthaus, links die Autobahn, rechts weites grünes Land, kein Wald, sondern hüfthohes grünes Gesträuch bis weithin zu einer Bläue, die er für den Himmel hielt.

Flirrende Sonne, Stille, kein Mensch. Er sprang aus dem Wagen, schloß die Plane schnell und unordentlich, ging zwischen den Wagen auf das Grün zu. Ein Mann und eine

Frau bogen plötzlich um einen LKW, gingen auf ihn zu. Beide nickten, lächelten, der Mann sagte ein Wort. Dann waren sie vorbei, und er in dem Grün. Und als er sich umblickte, sah er den Mann und die Frau in ein großes Cabriolet steigen.

Nun war er allein mit dem Grün. Wenn man näher hinsah, war's grün und gelb, ginstergelb und dazwischen tausende Feldblumen in allen Farben und darunter – er erschrak für Sekunden – auch Mohn. Dann war da ein Weg, er folgte ihm, kam zu einem Bach, der sich zu einem Tümpel verbreiterte, kniete sich hin, trank aus den hohlen Händen, wusch dann Hände und Unterarme und Gesicht und Hals, saß ruhig in der starken südlichen Sonne, ließ sich von der Brise mehr liebkosen als trocknen, sah (zum ersten Mal) Flußkrebse am Boden des Baches, sah sein Gesicht, schmal mit großen Augen und wirrem dunklem Haar, jung, ein Kind von 24 lächelte ihm ungläubig zu, sah es mitlächeln.

Er ging weiter, pinkelte irgendwo, ging weiter, immer dem Pfad nach, hügelauf und -ab. Wenn er oben war, sah er wieder die ferne Bläue, und jetzt erkannte er, daß sie dunkler war als der Himmel und wußte, obgleich er es noch nie gesehen hatte, daß es das Meer sein mußte.

Als er vom nächsten Hügel kam, sah er das Haus. Es lag schräg unter ihm, und der Pfad führte nahe daran vorbei. Es war groß und weiß. Es hatte eine riesige Terrasse; um die Terrasse war ein Garten, und in der Terrasse ein ovaler hellblauer Fleck, der sich in der Brise kräuselte. Die Blendläden vor den Fenstern waren zurückgeklappt und die Tür, die ins Haus führte, stand offen. Niemand war zu sehen, und es war kein Auto da.

Als er auf der Terrasse stand und auf die geöffnete Tür zuging, war plötzlich, er wußte nicht von wo, der Hund da. Er stand starr. Der Hund hatte die Lefzen hochgezogen, knurrte. Es war ein großer hellbrauner Hund, eine Rasse, die er nicht kannte. Er hatte gelbe Raubtieraugen.

Der Mann begann zu sprechen.

»Hund«, sagte er, »du bist ein schöner Hund.«

Der Hund knurrte.

»Du bist ein schöner, starker Hund, du könntest mich sicher beißen. Aber das tust du nicht. Du weißt, daß ich Hunger habe. Hunger, hörst du ihn in meinem Bauch? Er knurrt, fast so wie du, hörst du es?«

Der Hund hatte aufgehört zu knurren, lauschte. Der Mann streckte die Hand aus.

»Komm her, Hund. Laß dich anfassen, laß dich streicheln.«

Der Hund knurrte wieder. Der Mann ging trotzdem mit ausgestreckter Hand einen Schritt näher, sah in die gelben Raubtieraugen.

»Laß uns zusammen essen, Hund. Du hast sicher einen Kühlschrank, und ich kann ihn aufmachen. Laß uns essen, du und ich, bitte.«

Er war bei dem Hund und legte ihm die Hand auf den Kopf.

Eva Jaigu war dreißig. Sie war Deutsche und mit dem besten Strafverteidiger Frankreichs verheiratet. Sie hatte in Paris Französisch studiert, als Jean-Jacques Jaigu sie kennengelernt und geheiratet hatte. Sie hatte mit Freuden eingewilligt in die Heirat, weil Jean-Jacques witzig und charmant und erfolgreich und ein zärtlicher Liebhaber war, und wie könnte sie besser französisch lernen als in der Ehe mit einem Franzosen?

Eva verlebte Frühjahr und Sommer an der Côtes d'Azur. Sie hatten ein Haus in der Maquis, oberhalb von Saint Tropez. Im Mai zog sie dort ein und blieb bis Ende September. Jean-Jacques kam an den Wochenenden mit dem Train Bleue oder flog nach Nizza und kam von da mit einem Wagen, den er sich extra für diesen Zweck gekauft hatte, ins Haus. In den Gerichtsferien, im August, blieb er ganz da.

In diesem Jahr verbrachte ihre Freundin Christine den Juni und Juli mit ihr. Christine war im gleichen Alter, Deutsche wie sie, hatte mit ihr zusammen studiert, war frech, chic, rücksichtslos und sentimental. Fast wie eine Pariserin.

Eva hatte sie gerne da. An den Wochenenden, wenn Jean-Jacques kam, verschwand sie mit Freunden.

Die beiden Frauen hatten eingekauft und fuhren zurück in das Haus. Das Radio des offenen Sportwagens spielte den Schlager des Sommers, und der Sommer spielte mit seinen Zikaden.

Eva fuhr den Wagen in die Einfahrt, nahm so viele Tüten heraus, wie sie tragen konnte, und ging über die Terrasse ins Haus. Christine folgte mit dem Rest.

Eva ging in die Küche, stellte ihre Tüten ab, wollte schon auspacken und einräumen, als sie Brot, Wurst und Käse und eine Flasche Mineralwasser auf dem Tisch bemerkte.

Sie wußte, daß sie nach dem Frühstück aufgeräumt hatte. Jetzt kam Christine herein.

»Hast du nach dem Frühstück noch etwas gegessen?«

Sie wußte, daß die Frage absurd war, und lief zur Tür, die auf den Flur und von da in die Wohnhalle und von dort hinauf zu den Schlafzimmern führte.

»Jean-Jacques – Jean-Jacques!«

Ihre Stimme klang freudig. Er mußte ein paar Termine verschoben haben und früher gekommen sein. Aber es kam keine Antwort. Sie blickte zum Tisch zurück. Brot, Wurst, Käse, Mineralwasser. Dann fiel ihr Blick auf den Hund. Er stand vor der Tür zur Speisekammer und knurrte leise. Sonst war es sehr still. Christine und Eva sahen sich an. Eva ging aus der Küche und kam mit einer Schrotflinte zurück, entsicherte sie, richtete den Lauf auf die Speisekammertür.

»Mach auf.«

Christine ging langsam zur Tür, stellte sich so, daß sie nicht im Schußfeld der Schrotflinte war, und öffnete die Tür.

Der Mann stand aufrecht in der Speisekammer. Seine Augen waren sehr groß, und er hatte ein Stück Salami in der Hand. Die Augen waren zunächst auf Eva gerichtet, wanderten dann zu Christine, dann zurück zu der Schrotflinte.

»Kommen Sie da raus«, sagte Eva auf französisch.

Der Mann gehorchte.

Er sah Christine an. Er sah sofort, daß sie dieselben gelben Raubtieraugen hatte wie der Hund.

»Ich hatte Hunger«, sagte er zu ihr auf deutsch.

»Rappel la police«, sagte Eva und deutete mit dem Kopf zum Wohnzimmer, wo das Telefon war.

»Il avez faim«, sagte Christine.

Ihr Blick war auf den Mann geheftet, der wie ein Kind aussah. 18, 19 – dachte sie und wußte gleichzeitig, daß etwas nicht stimmte.

»Tu das Gewehr weg«, sagte sie zu Eva.

»Es gehört sich nicht, in ein fremdes Haus einzubrechen«, sagte Eva, senkte die Schrotflinte jedoch.

»Wenn er doch Hunger hatte.«

Der Mann (das Kind) hatte noch immer das Stück Salami in der Hand.

»Es ist dein Haus.«

Eva drehte sich um und ging ins Wohnzimmer, wo der Gewehrschrank stand.

»Wie sind Sie mit dem Hund fertig geworden?« fragte Christine den Mann. »Er ist sehr böse zu Fremden.«

»Ich habe mit ihm geredet«, sagte der Junge.

»Essen Sie weiter«, sagte Christine zu dem Mann.

Und im Hinausgehen: »Schäm dich, Sheila!« zu dem Hund.

Später saßen die Frauen auf der Terrasse und aßen zu Mittag. Entfernt hörten sie das Klicken einer Gartenschere.

»Das Geräusch geht mir auf die Nerven«, sagte Eva. »Was macht er denn da drüben?«

»Laß ihn doch«, antwortete Christine gut gelaunt und lutschte genüßlich an einem Froschschenkel. »Er macht sich nützlich.«

»Hast du ihm gesagt, er soll die Hecke scheren?«

»Nein, er ist von selber drauf gekommen.«

Eva schaufelte sich Salat aus einer großen Schüssel auf

den Teller, Christine brach ein Stück von einem langen weißen Brot ab.

»Hast du überhaupt gefragt, wie er heißt und was er macht?« Eva war mißtrauisch und verstimmt. Sie hatte es schöner gefunden, als sie allein waren.

»Er heißt Kurt und macht den Pool sauber, wäscht das Auto, schneidet die Hecken. Möchtest du noch einen Schluck Wein?« Christine war sorglos und heiter, sie genoß den makellosen Sommertag.

»Ja, bitte, noch ein halbes Glas.« Eva reichte ihr das Glas, Christine schenkte nach. »Und was hat er gelernt? Wo kommt er her? Wo will er hin?«

Christine lehnte sich zurück und wischte sich mit der Serviette den Mund ab, zupfte sich eine blaue Traube ab, schob sie zwischen die Raubtierzähne, lachte. Klick, klick, machte die Heckenschere. »Du kennst doch diese jungen Leute. Plötzlich haben sie keine Lust mehr, alles kotzt sie an, sie schnüren ihr Bündel, treiben sich eine Zeitlang rum und kommen irgendwann zurück zu Mutters Fleischtöpfen.«

»Er hat nicht einmal ein Bündel . . .« Eva faltete ihre Serviette zusammen und stand auf.

»Okay, ich frage ihn mal aus.« Damit erhob sie sich und ging dem Klicken nach.

Der Mann, den sie Kurt nannten und der doch nicht Kurt hieß, hatte einen alten Backofen entdeckt und die Heckenschere weggelegt. Er machte die Ofentür auf, blickte hinein, hörte Christines Schritt auf dem Rasen nicht.

»Nun?«

Erschrocken fuhr er herum, fast ertappt, fühlte sich bemüßigt, sich zu entschuldigen.

»Ich mache gleich weiter mit der Hecke.«

»Lassen Sie sich Zeit.« Christine lächelte freundlich.

Wie schön sie doch ist! Mautner entspannte sich ein wenig, wies auf den Ofen.

»Wissen Sie, was das ist?«

»Ein . . . ein Backofen.«

»Ja. Er ist völlig in Ordnung. Man könnte Brot darin backen, frisches Holzofenbrot.«

Christine setzte sich auf den Rasen und verschränkte ihre langen schlanken Beine unter sich.

»Verstehen Sie etwas davon?«

Der Mann, der für sie Kurt und in Wirklichkeit doch ein anderer war, schob die Ofentür zu, schob den Riegel vor.

»Ich bin Bäcker. Ich habe das gelernt.«

»Dann backen Sie uns doch Brot. Was Sie brauchen ist im Haus.«

Sie stand auf, mit ihren langen schlanken Beinen. «Oder Sie sagen uns, was wir kaufen sollen.«

Er lächelte schüchtern, sagte fast verträumt: »Das wäre schön.« Und kaute an einem Grashalm.

»Sie müssen es nur tun«, erwiderte sie lachend.

Der Junge war beglückt über den freundlichen, leichten Ton der schönen Frau, und doch machte sie ihn verlegen. Er begann zu stottern: »Ich . . . Sie . . . ja, ich backe Brot für Sie.«

Christine trat auf ihn zu, nahm seine verletzte Hand.

»Das sieht aber nicht gut aus.«

Er sah sie erstaunt an.

»Kommen Sie mit.«

Sie ging ihm voran ins Haus, er folgte wie ein junger Hund, sah nur die schöne Frau vor sich, spürte den Schmerz in seiner Hand schon längst nicht mehr. Sie brachte ihn ins Badezimmer, holte ein Heftpflaster aus einem Wandschränkchen, Schere, Salbe, Alkohol, nahm ihm ab, was noch übrig war von seinem Verband, reinigte die Wunde, betupfte sie mit Alkohol, mit Salbe, schnitt einen Streifen Heftpflaster ab, klebte ihn über die Wunde. Gleichzeitig versuchte sie, ihn auszuhorchen.

»Wo kommen Sie eigentlich her, Kurt?«

Er erschrak. »Wie meinen Sie das?« Er war so versunken gewesen in ihre Gegenwart.

»Wo sind Sie geboren, wo sind Sie aufgewachsen?« Sie strich sich eine schimmernde Strähne aus der Stirn.

»In einem Dorf in der Eifel.«

»Und jetzt sehen Sie sich ein bißchen die Welt an?«

»Ja.« So konnte man es auch nennen.

Das Pflaster war aufgeklebt, sie verstaute die Utensilien im Wandschrank, stöpselte das Fläschchen zu, verschraubte die Salbe.

»Haben Sie kein Gepäck? Ich meine, einen Rucksack, eine Zahnbrüste. Irgend etwas müssen Sie doch haben.«

Er fühlte sich ertappt. »Ich ... es ist mir gestohlen worden.«

Er stotterte.

»Sie Armer.«

Darauf wußte er nichts zu sagen, es entstand eine verlegene Pause, welche die Frau elegant überbrückte, indem sie das Gespräch beendete.

»So, und jetzt backen Sie uns Brot, okay? Ich freue mich schon darauf.« Ihr Lächeln war überwältigend.

Sie ließ ihn aus dem Badezimmer und sah ihm nach. Nach einem kurzen Blick in den Spiegel ging auch sie hinaus, über die Terrasse, die wenigen Stufen zum Swimmingpool hinunter, an dem auf einer eleganten Liege, unter einem Sonnenschirm, Eva bereits im Bikinihöschen saß und sich einölte. Christine ließ sich auf einer Liege daneben nieder, streifte die Sandalen von den Füßen, schlüpfte aus der langen Hose, aus der dünnen Bluse, streckte sich aus und beobachtete ihre Freundin, die Öl in ihre Beine massierte.

»Ich weiß gar nicht, was du gegen ihn hast. Er macht auf mich einen guten Eindruck.« Sie spielte mit der Sonnenbrille.

Eva schraubte das Sonnenöl zu, legte sich auf den Rükken, schloß die Augen.

»Nichts, es war nur friedlicher allein.«

»Okay, wenn er gemacht hat, was ich haben möchte, geht er wieder.«

Jetzt lagen sie eine Weile still da. Sie waren beide sehr braun. Eva eine Spur dunkler, Christine honigfarben, Eva rassiger, Christine weicher. Beide trugen nur die winzigen

Höschen ihrer Bikinis, boten ihre Brüste der Sonne dar, die sie sich keine Sekunde entgehen ließen. Winzige Schweißperlen bildeten sich auf Evas Oberlippe und um Christines Bauchnabel.

»Ich habe Durst«, sagte Christine, richtete sich auf, drehte das Transistorradio an, das auf einem Tischchen zwischen den Liegen stand, eine zärtliche Stimme sang ein sehnsüchtiges spanisches Lied.

»Soll ich uns was zu trinken machen?« fragte Eva träge.

»Wozu haben wir denn einen Butler?« Sie warf Eva einen schalkhaften Blick zu und rief dann laut: »Kurt!«

Damit legte sie sich wieder zurück, schloß die Augen, bot sich der Sonne dar. Ein Räuspern ließ sie nach einer Weile die Augen wieder aufschlagen. Der Mann stand zehn Meter entfernt auf der Terrasse. Das amüsierte sie.

»Wenn Sie ein wenig näher kämen, dann muß ich nicht schreien.«

Langsam und zögernd kam er die Stufen herab und vermied geflissentlich, die beiden spärlich bekleideten Frauen anzusehen. Beide bemerkten das und waren belustigt über seine Schamhaftigkeit. Der Hund war mit ihm im Garten gewesen und legte sich jetzt neben ihn.

»Könnten Sie uns etwas zu trinken bringen?«

»Was?« Er blickte an ihnen vorbei.

»Mind à l'eau für mich. Was möchtest du?«

»Campari«, sagte Eva. »Mit Eis.«

Christine sah, daß er nicht wußte, wovon sie redeten.

»Mind ist das Grüne, Campari das Rote, beides steht auf dem Tisch. Dazu aus dem Kühlschrank Eis und klares Wasser.«

Er ging. Der Hund blieb liegen. Als er sich wieder räusperte, stand er mit einem Tablett, den Getränken, Eis und Wasser neben dem Hund, wieder gute zehn Meter von den Frauen entfernt.

»Sollen wir's uns holen oder könnten Sie es hierherstellen?« fragte Christine. Sie meinte es nicht herablassend oder demütigend, es war einfach zu blöd, wie er neben dem

Hund stand, als wolle er ihm die Drinks servieren. Der Mann kam langsam näher. Zwischen den Liegen der beiden Frauen stand ein Plastiktischchen.

»Stellen Sie es dahin«, sagte Christine.

Er tat es. Er blickte dabei starr geradeaus, zwischen den fast nackten Frauen hindurch in die Maquis, das Gesicht angespannt, so, als bemühe er sich krampfhaft, sein Blickfeld zu verengen. Schweiß bedeckte sein Gesicht. Seine Hände zitterten, als er das Tablett abstellte. Christine fand ihn albern und prüde.

»Zwei Würfel Eis«, sagte sie. Der Löffel klirrte gegen das Glas. »Und zwei Finger breit Wasser«.

Jetzt machte es ihr Spaß. Ein erwachsener Mann, es war einfach zu albern.

»Bringen Sie uns noch eine Schale Oliven. Und ein paar Scheiben Salami. Und Obst.«

Als er gegangen war, merkte sie, daß Eva sie ansah.

»Warum tust du das?«

»Was?«

»Du ißt nie etwas um diese Zeit.«

»Seine Prüderie ärgert mich. Hast du bemerkt . . .«

»Ja«, unterbrach Eva. »Er langweilt mich.«

Beim zweiten Servieren war es eher noch schlimmer.

»Die Scheuklappen sind im Stall«, sagte Eva.

Der Mann verzog keine Miene. Christine lachte. Er wurde tief rot.

Am Abend saßen die Frauen im Haus. Das Licht und die Wärme, die sie den Tag über aufgesogen hatten, strahlten von ihnen aus. Das trockene Holz im Kamin knisterte. Das Feuer schuf Fabeltiere. Das Radio spielte »Bobby Mc Gee«. Der Hund schlief. Ein Schatten ging über die Terrasse.

»Kurt«, rief Christine. Der Mann kam herein.

»Wir brauchen noch Brennholz«.

Er ging hinaus. Als er mit dem Holz zurückkam, sang Astrid Gilbert »The girl from Ipanema«.

Christine ließ ihn das Holz stapeln und ein paar Scheite

auflegen und stand, als er sich aufrichtete, hinter ihm.

»Tanzen Sie mit mir.«

Er wich zurück, auf das Feuer zu, verbrannte sich fast, mußte zur Seite ausweichen. Christine folgte, legte eine Hand auf seine Schulter, bewegte spielerisch ihre Hüften. In ihren Augen war Freude und Spott.

»Ich kann nicht tanzen.«

»Ich zeige es Ihnen.«

Sie legte auch die andere Hand auf seine Schulter und kam näher, bewegte seine Schultern rhythmisch mit ihren Händen. Er wirkte wie ein Hampelmann.

»Die Füße«, sagte sie, »man bewegt die Füße beim Tanzen.«

Sie ließ ihn los, machte ein paar Tanzschritte, drehte sich plötzlich herum, war wieder bei ihm, nah an ihm, versuchte nun, ihn mit ihrem ganzen Körper zur Bewegung zu zwingen.

Plötzlich nahm er seine Hände hoch, faßte hart ihre Schultern und stieß sie von sich weg. Sie stolperte, wäre beinahe gefallen, löste das Stolpern in Tanzschritte auf, stand mit einer neuen Drehung wieder vor ihm, sah ihn an.

In ihren Raubtieraugen funkelte Zorn, in seinen lag Furcht und etwas, was sie nicht deuten konnte. Für eine Sekunde sah es so aus, als wollten sie sich aufeinander stürzen, sich um die Beute zu reißen, er in der verzweifelten, panischen, nutzlosen Gegenwehr des Todeskampfes, sie in der triebhaften, unbeherrschten Mordlust des Raubtiers. Dann drehte sie ihm lässig den Rücken zu, die Lippen entblößt, nun nicht mehr zum Biß, sondern zu einem Lachen, das ihn noch einmal verschonte.

Auch der Mann wandte sich abrupt ab und ging rasch aus dem Zimmer.

»Das sah gefährlich aus«, sagte Eva.

»Hast du nie einen Stierkampf gesehen?« fragte Christine.

»Der Matador weiß genau, wann er dem Stier den Rücken zudrehen darf.«

»Warum?«

Dann, als Christine nicht antwortete, noch einmal: »Warum tust du das?«

Christine saß wieder in ihrem Sessel, die Augen gesprenkelt vor Spott.

»Als ich 16 war, verbrachte ich einen Sommer im Haus meines Onkels. Es ist gar nicht weit von hier. Er machte mich verrückt, den ganzen Sommer lang. Er machte mich so verrückt, daß ich nachts wach lag und die unerträgliche Spannung aus mir herausstreichelte. Er wußte es und genoß es. Er tat nichts mit mir, das hätte Ärger geben können, dazu war er zu klug. Er brachte mich nur um den Verstand.«

Sie zündete sich eine Zigarette an.

»Vielleicht räche ich mich jetzt dafür.«

»Warum lädst du nicht deinen Onkel ein?«

»Es würde nicht klappen. Er sieht immer noch zu gut aus.« Sie lachte.

Der Mann, den sie Kurt riefen und der nicht Kurt hieß, hatte in einem Schuppen übernachtet, der ein Stück vom Haus entfernt stand und früher einmal ein Stall gewesen war. Er hatte nach den schlaflosen Nächten der Angst und Aufregung vor und nach der Flucht, nach den Tagen und Nächten im Wald, nach den Nächten und Tagen im LKW, tief und traumlos geschlafen. Einmal war es ihm gewesen, als stehe die Frau mit den Raubtieraugen über ihm und sehe auf ihn herab, ausdruckslos, die Zähne weder zu einem Biß noch zu einem Lächeln gebleckt, teilnahmslos, fremd. Aber als er aufwachte, die Sonne stand schon hoch, verflüchtigte sich dieses Bild schnell. Er wurde überwältigt von der prallen, um diese Morgenstunde schon lichtdurchglühten, duftenden, zirpenden, leuchtenden, bunten Wirklichkeit der Maquis. Er war, vielleicht zum ersten Mal in den 24 Jahren seines Lebens, glücklich.

Er ging in die Küche – die Frauen schliefen noch –, der Hund gesellte sich von irgendwo zu ihm, er aß, nun ohne

Schuldgefühl, Brot, Wurst, Käse, gab dem Hund von allem ab, trank etwas Milch und dann ein Glas Wein, knabberte Oliven, wie er es von den Frauen gesehen hatte, genoß ihren ölig-bitteren Geschmack; dann, als er satt war, stellte er einen Tisch auf die Terrasse, stellte einen Sonnenschirm daneben, spannte ihn auf, deckte den Tisch mit Tellern, Tassen und Besteck und wartete auf die Frauen. Als sie nicht kamen und es ihm langweilig wurde, ging er mit dem Hund den Weg zurück, den er am Vortag gekommen war, bis zu dem Punkt, von dem er das Haus zum ersten Mal gesehen hatte. Er blickte hinab, und jetzt waren die Frauen auf der Terrasse, saßen unter dem Sonnenschirm an dem Tisch, den er für sie gedeckt hatte, und frühstückten. Er sah ihnen eine Weile zu, saß auf der warmen Erde, streichelte den Hund, sprach mit ihm:

»Du hast dieselben Augen wie sie, Hund. Du bist schön, Hund. Sie ist schön. Du bist der schönste Hund, und sie ist die schönste Frau, die ich gesehen habe. Ist sie gut zu dir, Hund?«

Er redete noch eine Weile so, dann gingen sie langsam zurück zum Haus. Er nahm sich vor, am nächsten Tag bis zu der dunklen Bläue zu gehen, von der er jetzt sicher war, daß sie das Meer war. Er konnte nicht schwimmen, aber er würde die Schuhe ausziehen und die Hose hochkrempeln und am Saum des Meeres durch das Wasser waten, wie er es auf Fotos und in Filmen gesehen hatte.

Die Frauen lächelten, als sie den Mann und den Hund auf die Terrasse treten sahen. Der Hund ging zu Christine und leckte ihre Hand, die sie ihm überließ.

»Danke, Kurt«, sagte sie zu dem Mann, »danke für das Tischdecken und dafür, daß sie Sheila spazierengeführt haben. Sie hat viel zu wenig Bewegung, liegt den ganzen Tag nur herum.«

Sie streichelte den Hund.

»Setzen Sie sich doch«, Christine wies auf einen Stuhl, doch er schüttelte den Kopf und setzte sich auf das Mäuerchen, das um die Terrasse lief. Er fühlte sich höchst unbehaglich und verkrampfte sich immer mehr.

»Erzählen Sie doch etwas von sich. Wo waren Sie schon überall?«

Sie nippte an ihrem Orangensaft.

Er antwortete nicht.

»Was haben Sie von Frankreich gesehen? Nancy, Paris, Lyon, Marseille?«

Eva nahm eine Zeitschrift, die neben ihr auf dem Tisch lag, blätterte darin und folgte dem Gespräch.

»Wir sind durchgefahren . . .«

»Wer ist wir?«

Nervös schlug er ein Bein über das andere.

»Ein Lastwagen hat mich mitgenommen. Die ganze Nacht und den ganzen Tag.«

Christine stellte den Orangensaft ab. »Sind Sie getrampt?«

Mautner nickte mit dem Kopf.

»Und immer allein?« Sie warf ihm einen schalkhaften Blick zu. Er nickte.

Sie wußte ganz genau, wo sie ihn haben wollte, und freute sich schon darauf.

»Keine Mädchen?«

»Nein.«

»Komisch, ich nehme oft Tramper mit, aber es sind immer Pärchen.«

Das Gespräch wurde ihm immer unangenehmer. Was wollte sie nur von ihm?

»Zu zweit kommt man nicht so leicht mit.«

»Das glaube ich Ihnen nicht.« Sie beugte sich vor und lachte ihm ins Gesicht. Ihr Haar bildete eine goldene Aureole. »Wissen Sie, was ich glaube? Sie haben Angst vor Mädchen. Stimmt's?«

Diese Attacke traf ihn unvorbereitet, er stand auf.

»Ich werde jetzt das Auto waschen.«

Damit drehte er sich um und verschwand. Christine zwinkerte Eva zu, sie legte die Zeitschrift weg und schüttelte den Kopf.

»Was machst du nur immer mit dem armen Kerl?«

Christine lächelte. »Ich nehme ihn hoch, merkst du das nicht?«

»Gefällt er dir?«

Sie war ärgerlich. »Unsinn, ich ziehe unseren Bäcker ein bißchen auf. Du mußt zugeben, daß er sich bestens dafür eignet.«

Eva blinzelte in die Sonne.

»Und wenn er es falsch versteht?«

Christine lachte unbekümmert. »Erstens sind wir zu zweit, zweitens werde ich auch allein mit ihm fertig und drittens . . .« – sie sah das junge Gesicht vor sich, die dunklen Augen mit den langen Wimpern, den vollen Mund – »hat er viel zuviel Angst. Merkst du das nicht?«

Der Mann, das verwirrte Kind, begann das Auto zu waschen, sah von Zeit zu Zeit zu den Frauen hinüber, die noch immer am Frühstückstisch saßen und plauderten. Jetzt rief die, die Christine hieß, nach ihm. Er ging zu ihnen. Erst jetzt merkte er, daß sie inzwischen Champagner tranken. Und daß die Flasche leer war.

»Hören Sie, Kurt, wir möchten einen Test mit Ihnen machen«, sagte die schöne fremde Frau.

»Wir leben hier mit Ihnen und kennen Sie kaum, und das finden wir nicht in Ordnung. Aber es gibt einen Test, der sagt uns alles über Sie, über Ihr Wesen, über Ihren Charakter.«

Der Mann spürte die Angst zurückkehren, in einer heftigen, heißen Welle, die seinen Mund in Sekunden austrocknete.

»Keine Angst«, sagte die Frau. »Es tut nicht weh.«

Sie schob einen Block und einen Kugelschreiber auf den freien Platz am Tisch, deutete auf einen Stuhl.

»Auf dem Block stehen untereinander Buchstaben, sehen Sie? S/A/L/I/P/A. Setzen Sie sich.«

Der Mann wollte nicht, aber er gehorchte, er war zu lange im Gefängnis gewesen.

»Sie schreiben jetzt hinter jeden Buchstaben ein Tier, das mit diesem Buchstaben anfängt, z. B.: S – Seelöwe, A – Antilope, und so weiter . . . Klar?«

Der Mann nickte.

»Gut, dann schreiben Sie.«

Er schrieb: Schwalbe – Affe – Lama – Igel – Panther – Adler.

»Und jetzt geben Sie jedem Tier eine Eigenschaft. Z. B. Hund – wachsam (sie lachte), Katze – zärtlich, Zebra – gestreift . . .«

Sie lachte wieder. Auch die andere lachte jetzt.

»Gestreift ist gut«, sagte sie.

Der Mann wollte nicht schreiben. Sie lachten jetzt schon und würden weiter lachen, und sie würden über ihn lachen.

»Los, schreiben Sie«, sagte Christine, »es ist ein Spiel.«

Er schrieb.

»Fertig?«

Er nickte.

Sie nahm ihm den Block weg.

»Also«, sagte sie, »jeder Buchstabe bedeutet eine Verhaltensweise, eine spezielle Verhaltensweise. Das Tier ist unwichtig, es ist nur die Assoziationsbrücke. Das Adjektiv zählt, es gibt genau an, wie Sie sich in der entsprechenden Situation verhalten. Klar?«

Der Mann sah sie flehend an, aber sie blickte nur auf den Block.

»S heißt social (sie sprach das Wort französisch aus), Ihr allgemeines Verhalten zu Menschen. Hier steht »frei«, frei wie die Schwalbe, vogelfrei.«

Eva lachte.

»A ist amour, die Liebe. In der Liebe sind Sie drollig. Na ja, ich habe schon Schlechteres erlebt, warum nicht drollig. L bedeutet au lit, im Bett. Weißt du, was er im Bett macht, Eva? Er spuckt.«

Sie schüttelten sich vor Lachen.

»Welches Tier spuckt?« wollte Eva wissen.

»Er spuckt«, Christine hatte Mühe beim Lachen zu sprechen, »wie ein Lama. Warst du schon einmal mit einem Lama im Bett?«

Der Mann saß reglos. Klatschmohn und Kornblumen, Scheinwerfer und ein dralles Mädchen, das lachte. Scheinwerfer. Er schloß die Augen. Aber die Stimme blieb, das Lachen wurde ausgelassener und hämischer.

»I steht für ›initial‹, das Vorspiel, da ist er stachelig. Aber dann, ›pendent‹, dabei wird er wild, wild, wild wie ein Panther.«

Schweiß lief seinen Rücken herunter, sammelte sich am Gürtel.

»Und arrière, nachher, ist er tödlich. Schlicht und einfach tödlich.«

Das Lachen wurde leiser, Christine sah ihn an. Sie merkte, daß er weiß war wie der Kalk an den Hauswänden.

»Ja«, sagte sie kühl, »nun, so ist das. Es tarnt sich das Spiel, aber es bringt die Wahrheit an den Tag. Wild und tödlich, so ist das nun mal.«

Sie lachte schon wieder, jetzt ein wenig krampfhaft, stand dann auf, schlenderte zum Pool hinüber, zu den Matratzen, begann sich auszuziehen. Die andere folgte ihr.

Jetzt war der Mann im Wohnzimmer, hielt das schwere Jagdgewehr in der Hand, das er neben der Schrotflinte im Gewehrschrank gefunden hatte. Er schob eine Patrone in den Lauf, lud durch, entsicherte, hob die Waffe, blickte durch die Jalousien auf die nackten Frauen am Pool. Er zog sie mit dem Zielfernrohr näher heran, strich mit der Waffe über ihre Körper.

Das Schamhaar war deutlich in der Vergrößerung, die Brüste, eine nach der anderen, die Gesichter entspannt, mit geschlossenen Augen der Sonne hingegeben. Die Hände des Mannes waren ruhig, das Holz des Kolbens glatt, das Metall kühl. Er blickte groß in Christines ebenmäßiges Gesicht, das jetzt ohne Lachen war, das Fadenkreuz lief wie Spinnweben darüber.

Der Mann verließ das schlafende Haus. Schweigend und schwarz dehnte sich die Maquis vor ihm, die fahle Himmelssichel zauberte geisterhaftes Licht, segelnde Wolkenfetzen warfen Schatten. Wie automatisch begann er zu gehen, setzte einen Fuß vor den anderen. Seine Erregung war wie ein kaltes Fieber, das ihn verbrannte und gleichzeitig erstarren ließ vor Kälte und Grauen.

Lautlos war der Hund aus der Nacht an seine Seite geglitten, stieß mit kalter Schnauze an seine Hand, leckte sie, trabte an seiner Seite.

Der Mann war unwillkürlich zusammengezuckt, dann nahm er den Hund am Halsband, spürte die Wärme des Tieres, spürte die geschmeidige Kraft und spürte um so schmerzhafter seine eigene Kälte.

»Hund, kennst du sie auch, die Ohnmacht und die Wut? Nein, du kennst sie nicht.«

Dann war er an der Straße, hockte sich hinter ein Gebüsch, umschlang den Hund mit beiden Armen, beobachtete die näherkommenden und vorbeigleitenden Scheinwerfer der Autos, feurige Kreise, die in die Nacht schnitten, immer größer wurden, ihn mit ihrem kalten Licht versengten und rot zurückwichen in die Finsternis. Lange Zeit saßen sie so da. Irgendwann vergrub er den Kopf in der Flanke des Tieres. Er zitterte vor Kälte, Erregung und Einsamkeit.

Dieselbe Straße durch die Maquis. Aber jetzt war es nicht der Mond, der sie in sein silbriges Licht tauchte, die heiße Mittelmeersonne brachte die Luft über dem Asphalt zum Zittern. Zwei Autos fuhren hintereinander. Das erste fuhr in die Kurve, kam plötzlich ins Schleudern, schoß über die Kurve hinaus, schlingerte die Böschung hinunter, überschlug sich, blieb auf dem Dach liegen. Sinnlos drehten sich die Räder im Kreis.

Der zweite Wagen, es war ein Kleinbus, kam durch die Kurve, wurde langsamer, blieb am Straßenrand stehen. Der Fahrer stieg aus, entsetzte Kindergesichter drückten ihre

Nasen an den Scheiben platt, schrien, gestikulierten. Der Fahrer rannte zurück, stolperte die Böschung hinunter, kam zu dem verunglückten Fahrzeug, blieb atemlos stehen. Er versuchte die Tür aufzureißen, sie klemmte. Er stemmte den Fuß gegen die Karosserie, zog mit aller Kraft, endlich gab sie nach. Wie ein Embryo, mit dem Kopf nach unten, hing der Unglücksfahrer in den Gurten. Blut sickerte in den Sitz. Der andere beugte sich in den Wagen, wollte den Sicherheitsgurt lösen, der Verschluß klemmte.

»Merde!«

Er zog ein Schweizer Messer aus der Hosentasche, begann wie wild an einem Gurt zu säbeln, säbelte, bis dieser nachgab. Die leblose Gestalt sackte noch mehr in sich zusammen. Vorsichtig faßte er unter die Achseln, zog den Mann heraus, legte ihn ins Gras. Das Gras färbte sich rot. Der Fahrer mußte sich abwenden – ihm war schlecht – er hastete wieder die Böschung hinauf. Oben standen die neugierigen Kinder, die er gerade von der Schule abgeholt hatte – und Eva.

Der Sportwagen war auf der anderen Straßenseite geparkt.

»Was ist denn passiert?«

Der Fahrer drängte die Kinder zurück in den Wagen.

»Er ist plötzlich ins Schleudern gekommen und über die Böschung geschossen. Der Fahrer ist schwer verletzt.« Und zu den aufgeregten durcheinanderschreienden Kindern: »Allez, enfant, il me faut informer la police!«

»Das übernehme ich, bringen Sie die Kinder nach Hause.«

Ein letzter Blick zu dem regungslos im Gras Liegenden, drehte sich um, stieg in ihren Sportwagen und flitzte davon.

In der Zwischenzeit aalte Christine sich am Swimmingpool in der heißen Mittagssonne. Sie hatte Hunger und Durst. Und sie langweilte sich.

»Kurt!« rief sie. »Kurt!«

Keine Antwort. Wo steckt er denn? Und wo bleibt Eva?

Die müßte doch längst zurück sein.

Sie stand auf, wickelte sich in ein Badetuch, strich sich das Haar aus der heißen Stirne und schritt die Treppe hinauf zur Terrasse.

»Kurt!«

Wieder keine Antwort.

Von der Sonne geblendet, betrat sie das dunkle Haus, rief, umsonst, schaute in die Küche, nur der Hund kam ihr schwanzwedelnd entgegen. Als sie wieder in den Flur kam, hatten sich ihre Augen an das gedämpfte Licht im Haus gewöhnt, sah eine Schranktür offen stehen. Automatisch schob sie sie zu, drehte den Schlüssel um. Daß es der Gewehrschrank war, der eigentlich abgeschlossen sein sollte, kam ihr gar nicht zum Bewußtsein.

Als sie auf die Terrasse trat, bog Eva gerade mit einem in ein Tuch eingeschlagenes Bild um die Ecke.

»Wo bleibst du denn so lange?«

Sie legte das Bild auf den Tisch.

»Stell dir vor, auf der Departementale ist etwas Fürchterliches passiert«, sprudelt sie aufgeregt hervor.

»Ein Unfall?«

»Ja. Ich weiß nicht.« Sie ließ sich auf einen Stuhl fallen und schleuderte ihre Sandalen quer über die Terrasse. »Ich bin zu spät gekommen. Ich habe die Polizei geholt und an den Unfallort geführt. Jemand hat auf den Fahrer eines Wagens geschossen. Verdammt, meine Füße sind von der Hitze ganz geschwollen.«

Sie zog die Knie hoch, stellte ihre Füße vor sich auf den Sitz und fing an, ihre Zehen zu massieren.

»Jemand? Wer?« fragte Christine gereizt und ungeduldig.

»Das weiß niemand. Zuerst sah es so aus, als wäre das Auto von der Straße abgekommen, weil der Fahrer eingeschlafen war – oder besoffen – oder irgendein technischer Defekt, aber dann haben sie festgestellt, daß auf ihn geschossen worden ist.«

Christine setzte sich. »Aber warum?«

Eva streckte die Beine aus und wackelte mit den Zehen.

»Keine Ahnung, der Schütze muß sich in der Maquis versteckt haben.«

Plötzlich fiel ihr das Bild wieder ein.

»Schau, was ich Jean-Luc abgekauft habe.«

Sie wickelt es aus.

»Wann, sagst du, ist es passiert?«

»Vor ungefähr einer halben Stunde.«

Sie stellte es hochkant auf den Tisch.

»Na, was sagst du dazu?«

Christine antwortete nicht, stand auf und ging ins Haus. Irritiert sah Eva ihr nach, drehte das Bild um, betrachtete es liebevoll.

Christine betrat das Haus, ging zum Gewehrschrank, schloß ihn auf, stellte fest, daß alle Gewehre an ihrem Platz waren. Fast schien sie überrascht darüber, drehte sich um, ging zur Küche, blickte hinein, sah den Mann, der mit der Hündin spielte.

Ihr Gesichtsausdruck entspannte sich.

Am nächsten Morgen saßen Eva und Christine am Frühstückstisch. Neben ihnen, auf einem Abstelltischchen stand ein tragbares Kofferradio, aus dem Schlagermusik ertönte. Aznavour sang.

Die beiden jungen Frauen strichen sich Marmelade auf die Croissants, tranken Milchkaffee und hingen beide ihren Gedanken nach. Der Song ging zu Ende, eine Stimme drang durch den Lautsprecher: »Et maintenant une annonce de la police. Hier sur la departementale près de Mandelieu on a tiré sur une voiture. Le conducteur a été grièvement blessé. L'enquête était sans succès. Mais la police croit connaître le coupable. Il s'agit vraisemblablement de Klaus Mautner, qui a été condamné pour un tel délit en Allemagne Fédérale.

Il a échappé d'un prison récemment.«

Christine, die gerade einen Schluck aus ihrer Tasse machen wollte, verschüttete vor Schreck den Kaffee. Eva blieb der Bissen im Halse stecken. Entsetzt sahen sie sich an und hörten gespannt zu. »Mautner mésure 1 mètre 92, il a des cheveux noirs et des yeux marrons. Si vous avez des informations, qui peuvent être importants pour la police, rendezvous au prochain poste de gendarmérie. Alors nous suivons le programme . . .«

Der Sprecher kündigte das nächste Lied an. Während der Durchsage hatten Christine und Eva so konzentriert zugehört, daß sie gar nicht bemerkten, daß Mautner hinter dem Haus angefangen hatte, Holz zu hacken. Jetzt erst wurden sie auf das typische Geräusch aufmerksam. Eva warf ihrer Freundin einen Blick zu, stand auf, lief barfüßig ins Haus, zum Gewehrschrank, nahm ein Gewehr heraus, schritt rasch durch die Küche, trat kurz darauf aus der Küchentür, das Gewehr in der Hand. Da stand er, mit dem Rücken zu ihr, groß und schlank und doch kräftig, die Axt zum Schlag erhoben, ließ sie krachend heruntersausen, in zwei Teilen fiel das Holzscheit zu Boden. Er bückte sich nach dem nächsten. Inzwischen war auch Christine neben sie getreten und verfolgte das Schauspiel. Langsam gingen sie auf ihn zu, Eva hielt das Gewehr auf ihn gerichtet. Erst als sie dicht hinter ihm stand, spürte er ihre Gegenwart, drehte sich um und blickte ihnen ruhig entgegen.

»Haben Sie aus diesem Gewehr geschossen?« fragte Eva und hob unmerklich die Waffe an.

»Ja«, erwiderte er ruhig und legte die Axt auf den Hackklotz.

»Wo?«

»In der Maquis«.

»Auf was?«

Beide ließen kein Auge von ihm, warteten gespannt auf irgendeine verräterische Geste, einen Blick, ein Mienenspiel.

»Auf ein Kaninchen.«

»Haben Sie es getroffen?« Betroffen fragten alle beide gleichzeitig.

»Ja.«

»Kann ich es sehen?«

Noch immer kein verräterisches Anzeichen.

»Ich hole es.«

Ruhig drehte der Mann sich um, schritt langsam um den Backofen herum. Die beiden Frauen folgten ihm zögernd. Eva hielt das Gewehr zwar nicht direkt auf ihn gerichtet, aber doch schußbereit. Es dauerte nur wenige Augenblicke, bis er wieder zum Vorschein kam, ein totes Kaninchen in der Hand. Er hielt es Eva hin, aber sie gab nicht auf.

»Wann haben Sie es geschossen?«

Er ließ den Arm mit dem Kaninchen sinken.

»Heute morgen, als es hell wurde.«

»Und wo waren Sie gestern mittag, gegen halb zwei?«

»Hier«, kam die Antwort, ebenso ruhig wie zuvor.

Sekundenlang herrschte gespannte Stille, die von Christine unterbrochen wurde, die damit zum ersten Mal das Wort an ihn richtete.

»Ja, das stimmt«, sagte sie ruhig und sah dem Mann in die Augen.

»Als du gestern das Bild geholt hast, war Kurt hier beim Backofen.«

»Als ich zurückkam, habe ich ihn nicht gesehen.« So leicht ließ Eva nicht locker. Irgend etwas stimmte hier nicht. Sie wollte der Sache auf den Grund gehen.

»Aber ich«, antwortete die andere bestimmt. Und fügte hastig hinzu: »Warum tun Sie das Kaninchen nicht in den Kühlschrank, Kurt?«

Der Mann nickte, ging mit dem Kaninchen an Eva vorbei und verschwand in der Küche. Die beiden Frauen blickten ihm nach, Eva ließ das Gewehr sinken. Erst als er außer Hörweite war, wandte sich Christine ihr zu:

»Du bist verrückt. Kurt ist ein scheuer Junge, jedoch kein Mörder.«

Eva zuckte mit den Schultern.

»Wenn du ihn zur Tatzeit hier gesehen hast, ist ja alles gut.«

Sie wollte sich abwenden, sah Christine noch einmal an und sagte im Gehen: »Ich habe Jean-Luc übrigens versprochen, heute noch einmal vorbeizuschauen. Kommst du mit?«

Christine schüttelte den Kopf.

»Du weißt, daß ich ihn nicht ausstehen kann. Nein, der ist mir zu theoretisch.« Sie drehte sich um und ging ums Haus. Eva folgte ihr, schritt leichtfüßig über die Terrasse, betrat das Haus, stellte das Gewehr in den Schrank und sperrte ab. Dann ging sie hinauf in ihr Zimmer, holte sich ihre Handtasche, ihre Autoschlüssel, warf einen Blick in den Spiegel, zog die Lippen nach und lief wieder nach unten. Auf der Terrasse war Christine gerade dabei, das Frühstücksgeschirr auf einem Tablett zusammenzustellen. Das Radio hatte sie abgedreht.

Eva trat auf die Terrasse.

»Salut, ich bleibe nicht lange.«

Christine blickte auf.

»Salut, und bring bitte Zigaretten mit. Wir haben fast keine mehr.«

Eva hob die Hand zum Gruß.

Christine starrte über den Pool in die Bläue jenseits des Hügelkammes, die das Meer war, auf dem weiße Schaumkronen kräuselten. Sie starrte unverwandt und nahm doch nichts wahr. Eine steile Falte zeichnete sich zwischen ihren Brauen ab.

Der Mann war an seine Arbeit zurückgekehrt. Ruhig und kraftvoll spaltete er das Holz. Da hörte er einen Motor starten, ein Auto anfahren, hob den Kopf, lauschte, ging um die Ecke und sah Eva mit dem offenen Wagen wegfahren.

Plötzlich hörte er hinter sich eine Stimme: »Wo waren Sie gestern?« Unwillkürlich zuckte er zusammen und drehte sich um. Da stand die Frau in der Küchentür, braungebrannt, in weißen Shorts über honigfarbenen Schenkeln, mit Haaren wie schimmerndes Mondlicht, das die bloßen Schultern liebkoste, unendlich begehrenswert, unendlich fern.

»Hier. Das haben Sie doch selbst gesagt.«

»Ich habe gelogen.«

Der Mann sah sie an und schwieg.

»Weil ich es nicht wahrhaben will«, fuhr sie fort.

»Was?« fragte er ruhig.

Im Gegensatz zu ihm wurde sie immer erregter, immer intensiver versuchte sie in ihn zu dringen.

»Daß Sie ein Mörder sind.«

Einen Augenblick lang schloß er die Augen. »Er ist ja nicht tot«, sagte er dann leise.

Sie machte einen Schritt auf ihn zu, wollte ihn packen, mit beiden Händen schütteln, aber sie wagte es nicht.

»Und der andere? Der in Deutschland?«

Er antwortete nicht, blickte zu Boden.

»Und warum? Ein wildfremder Mensch, der Ihnen nichts getan hat, den Sie nie gesehen haben – warum?«

Wer kann so etwas schon verstehen? Kein Mensch und keine honigfarbene Göttin. Der Mann ließ die Schultern hängen.

»Ich wollte es nicht.«

»Warum haben Sie es dann getan?« drängte sie fast verzweifelt in ihn. »Sie sind doch nicht verrückt, oder?«

»Doch.« Trotzig sah er ihr in die Augen.

Unwillkürlich wich sie einen Schritt zurück, und plötzlich schrie sie, schrie aus Verzweiflung, aus Enttäuschung, aus Entrüstung – wer weiß?

»Dann gehören Sie in ein Irrenhaus! Ich rufe die Polizei!«

Jäh wandte sie sich ab, stolperte beinahe über die Küchenschwelle, lief über den Flur, lief in den Salon, wo auf dem Sekretär der Telefonapparat stand, hob ab, wählte mit bebenden Fingern eine Nummer. Hinter ihr, in einem Flügel der Glastür erschien der Mann, blieb stehen, sah gebannt auf den Rücken der Frau. Während es läutete, drehte sie sich um, blickte sich suchend nach einer Zigarette um, sah den Mann, ein Kind noch, auf der Schwelle stehen, so tief traurig, so verletzlich wie ein verwundetes Tier.

»Hallo, Inspection de police Mandelieu«, sagte die Stimme in ihrem Ohr. Und noch einmal: »Hallo? Ici la police.«

Nein, sie konnte diesem verwundeten Geschöpf das Messer nicht zwischen die Rippen stoßen, sollte das tun, wer wollte, sie konnte es nicht. Langsam ließ sie die Hand mit dem Hörer sinken.

»Parlez s'il vous plaît . . .« Es klang undeutlich und weit entfernt.

Sie legte den Hörer auf.

Ein langer rätselhafter Blick aus dunklen, verhangenen Augen, dann drehte sich der Mann um, trat auf die sonnenüberflutete Terrasse, blinzelte in das flirrende Licht, schritt langsam ein paar Stufen zum Swimmingpool hinunter und setzte sich auf die Treppe. Sehnsüchtig blickte er über die ausgedörrte Maquis, über die Hügelkette, hinaus auf das schimmernde Blau, das das Meer war und das er jetzt nie mehr sehen würde. Nein, es war unaufhaltsam, abzuzählen die Stunden, in denen sein Blick noch frei schweifen konnte, in denen sich sein Herz, seine Augen an der schimmernden Frau erfreuen konnten. Plötzlich legte sich etwas Warmes auf seinen Fuß. Der Hund war unbemerkt zu ihm gekommen, hatte sich neben ihm ausgestreckt und ihm die Schnauze auf den Fuß gelegt.

»Hund, was bist du nur für ein Hund? Ich wünschte, ich wäre wie du. Ich wünschte, ich könnte so unbemerkt verschwinden, wie du immer auftauchst.« Er beugte sich zu ihm hinunter, streichelte ihn, kraulte sein rotbraunes Fell.

Auch Christine war auf die Terrasse getreten, sah den Mann mit dem Hund spielen, trat hinter ihn, faßte ihm brutal ins Haar, drehte sein Gesicht zu sich empor, so daß er sie ansehen mußte, daß er erkennen mußte, wie erregt sie war. Das Herz tat ihm zum Sterben weh.

»Als ich mit Ihnen getanzt habe, da haben Sie mich angesehen, als wollten Sie mich umbringen«, stieß sie hervor und griff noch fester in sein Haar. »Mich – nicht irgendeinen Autofahrer wollten Sie umbringen. Habe ich recht?«

Er antwortete nicht, sah nur die Erregung in dem schönen Gesicht.

»Ob ich recht habe?« riß sie wütend an seinem Haar.

Seine Augen wurden ganz groß, ganz dunkel, ganz tief. »Ihnen könnte ich nie etwas antun«, sagte er leise.

Sie ließ ihn los, stieß mit derselben Bewegung seinen Kopf zur Seite, blieb jedoch vor ihm stehen. Der Hund hatte sich vornehm zurückgezogen, sich weiter unten auf die warmen Fliesen fallen lassen und blickte ins Weite. Golden und rätselhaft wie eine Sphinx.

Langsam stand er auf, strich sich das Haar glatt, lehnte sich an die Mauer, blickte wieder hinaus aufs Meer, horchte auf den ziehenden Schmerz in seiner Brust, wußte, daß er für immer da drinnen wohnen bleiben würde, hörte kaum, was sie sagte, hörte es doch, weil er sich nie ein Wort von ihren Lippen entgehen lassen würde.

»Sie meinten mich, und haben auf jemand anders geschossen.«

Langsam schüttelte er den Kopf. So soll das gewesen sein? Nein, so hatte er das doch nie gesehen.

»Schütteln Sie nicht den Kopf!«

Warum wird sie nur so . . . so . . . aggressiv? Aggressiv hatte der Psychiater immer gesagt. Ja, das war das Wort. »Reden Sie!«

Und er redete, stockend erst, aber mit ihr konnte er darüber reden, ihr konnte er alles sagen, sie würde ihn vielleicht verstehen.

»Ich weiß nicht. Es ist . . . es steigt etwas in mir hoch . . . etwas Schwarzes. Erst ist es da« – er legte die Hand auf den Bauch – »dann ist es da« – dann auf die Brust – »und immer höher, bis der Kopf voll ist davon, und dann . . .«

»Und dann schießen Sie?« Sie war in seinen Bann geraten.

»Ich will es gar nicht«, kam es fast unhörbar, wie ein Hauch.

Die Frau sah ihn lange an, versuchte zu verstehen, was nicht zu verstehen war, suchte zu begreifen, was krankhaft war an diesem so natürlich und unschuldig wirkenden Geschöpf.

»Aber, das geschieht doch nicht ohne Grund, oder?«

Hilflos zuckte er mit den Schultern; doch sie mußte es wissen. Um jeden Preis. »Es passiert, weil die anderen etwas tun?« bohrte sie weiter.

»Ja.«

»Etwas, was auch ich getan habe?«

»Ja.«

»Ich bin halbnackt vor Ihnen herumgelaufen, ich habe ein Spiel mit Ihnen gespielt – war es das?«

Da drehte er sich um, ging die Treppe hinauf, über die Terrasse, die Hündin folgte ihm. Die Frau versuchte, sie zurückzurufen: »Sheila! Sheila! Komm her!« Aber sie gehorchte nicht. Der Mann und der Hund verschwanden im Gestrüpp der Maquis.

Christine saß reglos vor dem Backofen auf der Erde, starrte vor sich hin, das Haar fiel ihr ins Gesicht, sie zeichnete mit einem Stöckchen Linien in den Sand. Auf einem Stein in der Nähe döste eine graugrüne Eidechse in der warmen Abendsonne, blinzelte träge. Ein lauer Wind spielte mit dem wilden Wein an der Hausmauer, irgendein unhörbarer Laut erschreckte die Eidechse, huschend verschwand sie im Gras.

Ihre Gedanken stießen auf Hindernisse, streiften Pinien, Hügelkämme, ein unschuldiges Gesicht mit verletztem Blick, mit Augen voller Vertrauen. Sie wußte nicht weiter, fühlte sich mitschuldig an der Tat, wußte andererseits, daß es ihre Pflicht wäre, die Polizei zu rufen, schreckte jedoch zurück vor dem Gedanken, dieses unschuldige Gesicht verraten, ausliefern zu müssen.

Plötzlich tauchte die Hündin auf, kam zu ihr, schnupperte an ihr, leckte ihr über das Gesicht, legte sich neben sie, die Schnauze auf den Vorderpfoten, Unergründliches in bernsteinfarbenen Augen.

Sie schüttelte sich die Haare aus dem Gesicht, blickte auf. Da stand der Mann, stand einfach da und starrte sie an.

»Was soll ich tun?« fragte er wie ein verirrtes Kind. Wieder dieses Vertrauen, als ob sie eine Lösung wüßte.

Auch sie starrte ihn an, wie er so dastand, als dunkle Silhouette vor der untergehenden Sonne, ein Kind an der Schwelle zu Gedeih oder Verderb.

»Stellen Sie sich der Polizei.«

Er schüttelte den Kopf, etwas Wildes lag in seinem Blick. »Ich will nicht zurück ins Gefängnis.«

Sie blickte in die sinkende Sonne, bis ihre Augen tränten, blickte über das weite Land, über das Meer in der Ferne. Ja, das konnte sie verstehen, aber – »wenn Sie krank sind, wird man Sie in eine Heilanstalt bringen.«

Schwer ließ er sich auf die Erde fallen, stützte den Kopf in beide Hände. »Das haben sie damals auch nicht getan.«

»Vielleicht hat es am Richter gelegen, Klaus.« Unbewußt war ihr sein richtiger Name über die Lippen gekommen.

Wieder schüttelte er den Kopf, ließ die Arme sinken.

»Alle Richter sind gleich«, antwortete er tonlos.

Sie stand auf, machte ein paar Schritte auf ihn zu, hätte ihm so gern geholfen, würde ihm so gerne helfen.

»Ich weiß nicht, was Sie machen sollen.« Sie blieb stehen, zupfte ein welkes Blatt von einem Strauch. »Wenn Sie wenigstens hier Ruhe gegeben hätten.«

»Ich werde es nicht wieder tun.« Da war es wieder, das Kind, das die Welt nicht kannte, die Menschen nicht, sich selbst nicht, das ihr sein grenzenloses Vertrauen vor die Füße legte.

»Haben Sie sich das nicht schon mal versprochen?«

Er ließ den Kopf sinken. »Doch.«

Schweigen.

»Kommen Sie ins Haus«, sagte sie nach einer Weile, drehte sich um, schritt durch den Garten. Er stand auf, folgte ihr langsam, wie ein Hund. Wie die Hündin, die jetzt gähnte, sich streckte und hinter ihr hertrottete.

Die Vernissage im Atelier war eröffnet, in den umliegenden Fenstern brannte bereits Licht. Menschen schritten an den Wänden entlang, betrachteten die ausgestellten Bilder, unterhielten sich leise, debattierten, diskutierten. Jean-Luc, der Maler und Veranstalter dieser Kunstausstellung, erklärte einigen interessierten Touristen seine Kunstauffassung.

Eva kam den Aufgang herauf, sah sich suchend nach ihm um, entdeckte ihn, kam langsam auf ihn zu. Als er sie erblickte, unterbrach er sich, murmelte einige entschuldigende Worte, kam ihr entgegen, umarmte sie ernster als sonst, drückte ihr eine Zeitung in die Hand, führte sie zu einer Steinbank, bedeutete ihr, sich zu setzen. Und kümmerte sich weiter um seine Gäste.

Eva setzte sich, schlug die Zeitung auf, las die Schlagzeile: »L'Assassin de l'Autoroute«, sah ein Foto, ein Gesicht, das sie kannte, dunkle, verhangene Augen, ein voller Mund. Und erstarrte. Also doch!

Es war Nacht geworden über der Maquis. Im Salon brannte eine einsame Lampe und verbreitete trauliches Licht, trügerische Harmonie. Auf einem niedrigen Tisch eine Kerze, in einem Sessel der Mann. Die Hündin lag vor ihm auf dem Teppich. Die Frau stand am Telefon, versuchte eine Verbindung herzustellen. Während sie wählte, sprach sie zu dem Mann:

»Ich kenne einen der besten Strafverteidiger Frankreichs. Ich kenne ihn ziemlich gut. Er ist Evas Mann. Vielleicht weiß er einen Rat.«

Jetzt war die Verbindung hergestellt, am anderen Ende der Leitung läutete es.

»Hallo? Ich möchte Maître Jaigu sprechen«, sagte sie ins Telefon und wandte sich ab. »Christine Schönborn. Ich bin eine Freundin seiner Frau . . . Wann . . . Ja, in seinem Haus . . . Ja, ich bin den ganzen Abend zu erreichen.«

Damit legte sie auf, drehte sich um, ging zu einem großen, alten Schrank, machte ihn auf, Licht ging an, ein großer Spiegel, davor Flaschen, die sich im Spiegel vervielfältigten, geschliffene Gläser, ein kristallener Mixer. Sie schenkte sich einen Cognac ein und fragte den Mann, der sie keine Sekunde aus den Augen ließ, über die Schulter:

»Wollen Sie etwas trinken?«

Er schüttelte den Kopf.

»Warum trinken Sie nicht?« Sie drehte sich um, stand eingerahmt vor dem kostbaren Schrank. »Haben Sie auch davor Angst? Haben Sie Ihren ersten Mord unter Alkohol begangen?«

»Nein.«

Nervös schritt sie mit ihrem Glas auf und ab, bückte sich, nahm eine Zigarette aus einer silbernen Dose, gab sich Feuer aus einem schweren Tischfeuerzeug, zog den Rauch tief in die Lungen, richtete sich auf.

»Warum haben Sie es getan? Damals. Sagen Sie mir bitte, warum!«

Er saß da, preßte seine Hände zusammen, bis die Knöchel weiß hervortraten, zögerte und sagte dann fast trotzig: »Weil sie gelacht haben.«

»Wer hat gelacht?«

»Alle.«

»Mein Gott, ich bin auch schon ausgelacht worden und habe trotzdem nie jemand erschossen«, antwortete sie gereizt in fast ohnmächtiger Wut.

Der Hund stand auf und legte sich auf den Flur.

Der Mann senkte den Kopf, starrte auf den Boden, spielte hilflos mit seinen Fingern. Die Frau setzte das Glas ab, tat noch einen Zug an der Zigarette, drückte sie im Aschenbecher aus, setzte sich zu ihm auf die Sessellehne.

»Komm, erzähl mir alles«, sagte sie weich. Das »Du« kam ihr ganz natürlich über die Lippen. »Alles, von Anfang an. Was haben sie dir getan?«

Es dauerte eine Weile, ehe er stockend zu erzählen begann.

»Brigitte . . . Brigitte war ein Mädchen in unserem Dorf. Ich mochte sie. Sie hatte lange braune Haare und lachte immer. Ich hatte immer gedacht, ich hätte keine Chance bei ihr, aber . . .« Der Damm war gebrochen, jetzt floß es nur so aus ihm heraus. ». . . dann hat sie mir Äpfel geschenkt . . . und Briefe geschrieben und mit mir getanzt auf dem

Schulfest und . . . eines Abends sind wir durch die Felder gegangen und haben uns ins Gras gesetzt und . . .«

Er stockte. Er war völlig außer Atem.

»Du hast mit ihr geschlafen«, sagte sie feststellend.

»Ich wollte, aber da . . . da waren plötzlich lauter Scheinwerfer, von Mopeds, von Motorrädern, von Autos, das ganze Dorf um uns herum – alle Jungen und Mädchen – und haben gelacht.« Wieder stockte er. »Und Brigitte am meisten«, kam es nun noch ganz leise. »Sie hat am meisten gelacht.«

»Und da hast du ein Gewehr genommen und geschossen?«

Er schloß die Augen und lehnte sich zurück.

»Nein. Das war viel später.«

Ratlos schüttelte sie den Kopf. Wie hätte sie auch verstehen sollen, daß er nicht auf eine bestimmte Person geschossen hatte, sondern in einer Art Übersprungreaktion gehandelt hatte.

»Auf der Autobahn?« fragte sie.

»Auf die Scheinwerfer, immer auf die Scheinwerfer.« Er war so müde.

»Und dann hat das Lachen aufgehört.«

Die Frau stand auf, nahm ihre Wanderung durch das Zimmer wieder auf, immer hin und her, ballte die Fäuste, drehte sich um, sah ihn an.

»Und hier hat es wieder angefangen?«

Er schwieg, den Kopf zurückgelehnt, die Augen geschlossen. Die dichten Wimpern warfen Schatten auf die blassen Wangen.

»Als du Eva und mir die Drinks gebracht hast?« fuhr die Frau fort. »Als wir das Spiel mit dir gespielt haben?« Sie hatte endlich begriffen. Er beugte sich vor und vergrub sein Gesicht in beide Hände.

»Sie konnten ja nicht wissen, daß . . . daß ich so bin.« Die Antwort klang wie ein Stöhnen.

»Nein, man weiß ja nie, wie Menschen sind. Aber das ist auch egal. Hauptsache, man amüsiert sich«, sagte sie voll

Zynismus und Bitterkeit. Sie nahm ihr Glas, stürzte den Cognac hinunter, setzte es ab, sah ihn nachdenklich an.

»Hast du dem Psychiater deine Geschichte erzählt?«

Er schüttelte den Kopf.

»Du bist doch vor der Verhandlung psychiatrisch untersucht worden, oder nicht?«

»Ja.« Er ließ den Kopf hängen.

»Und? Hast du ihm nicht erzählt, was dir damals passiert ist?«

Wieder schüttelte er den Kopf.

»Warum nicht?«

»Ich habe mich geschämt.«

»Und jetzt schämst du dich nicht?«

»Nicht vor dir.« Sehr leise, sehr schüchtern klang das.

Jetzt hatte auch er zum ersten Mal das vertraute »Du« gebraucht, aber keinem von beiden fiel es auf. Die Frau streckte die Hand aus, strich ihm zart über das Haar, sie sahen sich an, der Mann nahm sie in die Arme, sie klammerten sich aneinander wie verzweifelte Kinder.

Da schrillte das Telefon. Christine löste sich, strich sich eine Strähne aus der Stirn, ging an den Apparat und hob ab.

»Christine Schönborn«, meldete sie sich. Und dann: »Ives! Comment tu vas? . . . Hast du von dem Fall Mautner gehört? Ein Mann, der auf fahrende Autos schießt? Ja, l'assassin de l'autoroute. Er war in Deutschland im Gefängnis und hat jetzt wieder . . . Oui, il est ici. In eurem Haus . . . Er will sich stellen . . .« Sie blickte zu ihm hin, der zusammengesunken in seinem Sessel saß. »Aber er will nicht ins Gefängnis zurück. Er ist krank.« Mit diesen Worten wandte sie ihm den Rücken zu. »Er gehört in eine Heilanstalt. Kannst du herkommen und . . .«

Als der Mann die Worte »krank« und »Heilanstalt« hörte, vergrub er für Sekunden sein Gesicht in seinen Händen, aber nur für Sekunden, um einen trockenen Schluchzer zu unterdrücken, dann stand er auf, ging rasch aus dem Zimmer. Christine, die gerade über eine witzige Bemerkung ihres Gesprächspartners lachen mußte, bemerkte es nicht.

Er schritt durch den Flur, sperrte den Gewehrschrank auf, sah die säuberlich aufgereihten Gewehre, sah »sein« Gewehr, wandte sich ab und ging rasch durch die Küche und in die Nacht hinaus.

Vor dem Haus warf er einen Blick hinauf zum sternenübersäten Himmel, lief mit bleiernen Füßen den Hügel hinauf, durch die Maquis, drehte sich noch einmal um, sah zurück zum Haus, sah das erleuchtete Fenster, das offenstand, hörte Wortfetzen wie »du mußt« und »herkommen«, drehte sich um, wollte weitergehen, da entdeckte er die Scheinwerfer, die von der Straße in den Privatweg einbogen, plötzlich auf Standlicht schalteten und leise heraufgekrochen kamen. Am Wegrand stand eine kleine Kapelle, vor der ein ewiges Licht glühte. Mit einem Satz war er an der Tür, die nur angelehnt war, schlüpfte hinein. Der Wagen hatte den Kamm des Hügels erreicht, blieb kurz vor der Kapelle stehen, drei Polizisten stiegen aus, schritten geräuschlos den Weg zum Haus hinunter.

Mautner stand in der Dunkelheit und zitterte. Seit der Motor abgestellt worden war, hörte er keinen Ton mehr, vorsichtig spähte er durch den Türspalt, sah die drei Polizisten auf halbem Weg zum Haus, schlüpfte aus der Kapelle, lief in die entgegengesetzte Richtung, hechtete über ein Mäuerchen in die Maquis, verschwand in der Dunkelheit. Doch leider nicht geräuschlos.

Die Polizisten hörten das Knacken im trockenen Gestrüpp.

»Halt! Ne bougez pas!«

Sie zogen ihre Waffen, hasteten den Weg hinauf, folgten den Geräuschen des vor ihnen fliehenden Wildes.

Christine war im Salon auf ihr Anliegen zu sprechen gekommen.

»Alles wird anders verlaufen, wenn du von Anfang an dabei bist, wenn er mit dir zur Polizei geht . . .« Sie brach ab, lauschte in den Hörer, wollte unterbrechen und lächelte plötzlich dankbar und erleichtert.

»Merci, Ives, danke. Das finde ich fabelhaft von dir . . . Alors, à demain . . . Mach' ich. Ciao und danke.«

Damit legte sie auf, wandte sich zu dem Sessel um, auf dem der Mann gesessen hatte, in ihrem Gesicht leuchtete die Freude, daß sie den berühmten Strafverteidiger, Evas Mann, für die Sache gewonnen hatte. Da sah sie, daß der Mann verschwunden war. Sie lief hinaus auf die Terrasse und rief: »Klaus! Klaus!« Sie machte die Flurtür auf, rief ins Haus: »Klaus, wo bist du?« Da entdeckte sie den offenen Gewehrschrank, lief hin, stöhnend vor Entsetzen, blickte hinein, erkannte aufatmend, daß alle Gewehre an ihrem Platz standen, lief durch die Küche, hinaus in den Garten, rief seinen Namen. Nichts! Verwirrt machte sie kehrt, schritt durch das Haus, zurück auf die Terrasse, blickte in die Finsternis, rief erneut seinen Namen. Nichts!

Und plötzlich die Schüsse. In einiger Entfernung peitschten Schüsse durch die Nacht. Sie zuckte zusammen, so als sei sie selbst getroffen, schloß die Augen, spürte die Kälte in ihren Adern, hörte das Dröhnen ihres Herzens, mußte sich an der Türklinke festhalten, sonst hätten die Knie unter ihr nachgegeben.

Irgendwie schleppte sie sich zurück in den Salon, setzte sich in den Sessel des Mannes, starrte vor sich hin, verlor jedes Gefühl für Raum und Zeit und Realität. Bis der Polizist, von der Terrasse kommend, in die Tür trat.

»Pardon, madame, est-ce qui je peux téléphoner?« fragte er und tippte sich an die Mütze.

Entsetzt starrte Christine ihn an, weiß wie die Wand hinter ihr.

»Beruhigen Sie sich, madame«, sagte er und kam auf sie zu. Sie sah ihn wie durch einen Schleier. »Dürfte ich kurz telefonieren?«

Mechanisch deutete sie auf den Apparat, stand auf, wollte ihn fragen, wagte es nicht, konnte es nicht, die Stimme versagte ihr den Dienst. Der Fremde wählte eine Nummer und wartete auf die Verbindung.

»Oui, Paul? – – Nous sommes ici à Beuaregard. Il est mort

– – Il nous avait prèsque échappé – – oui – – tu passes tous ça à la prèfecture? – – C'est correct: en fuyant.«

Auf der Flucht. Er war tot. Erschossen. Vorbei. Das arme, verirrte Geschöpf. Langsam ging sie hinaus, über den Flur, durch die Küche, hinaus in die sanfte Dunkelheit, bis zum Backofen und setzte sich auf die Erde. Hinter ihr kam die Hündin angetrottet und leckte ihr die Hände.

3. Kapitel

Tiefe Wolken jagten über den Himmel, der Wind peitschte die Baumkronen, beugte das Gras zur Erde, heulte über die Dächer des kleinen verlassenen Dorfes am Waldrand und konnte doch nicht an gegen das donnernde Geheul der Düsenjäger, die wie schwarze Pfeile durch die Wolken pfiffen. Einer nach dem anderen, in wechselnden Abständen, Stunde für Stunde, ein gewaltiger Triumph der Technik unter dem Firmament.

Weit unten, in einem der leerstehenden Bauernhäuser, kauerten vier Männer um einen alten Radioapparat. Kein Feuer brannte im Herd, die Fensterläden waren verriegelt, nur spärliches Licht drang durch die Ritzen, die Luft war dick und feucht und schmeckte nach abgestandenem Rauch. Aus dem Radio drang die Stimme eines Nachrichtensprechers.

». . . daß die Inflationsrate im letzten Monat 5,4 % betrug. Das sind 0,8 % weniger als im gleichen Monat des Vorjahres. – Frankreich: Klaus Mautner, einer der fünf aus der Vollzugsanstalt Bergheim ausgebrochenen Strafgefangenen, der in Frankreich wieder einen Mordanschlag an der Autobahn begangen hat – wurde bei dem südfranzösischen Dorf St. Galon von der französischen Polizei gestellt und, als er sich der Festnahme zu entziehen suchte, erschossen. Von den übrigen Ausbrechern fehlt bisher jede Spur.«

Eine Hand drehte das Radio ab. Wieder brach sich das zur Unerträglichkeit anschwellende Geheul eines Düsenjägers in dem engen Raum, Fäuste preßten sich an Ohren. Der Lärm ebbte ab, schwoll wieder an, wurde zum ohrenbetäubenden Tosen und verflüchtigte sich. Zermürbt ließen die Männer die Hände sinken, die Köpfe hängen. »So wie dem Mautner wird es uns allen gehen.« Haldern war der erste, der sich aus der Erstarrung löste, Haldern, der junge Mann aus reichem Hause, der auf der Reeperbahn einen Mörder gedungen und im Gefängnis erfolglos um seine Rehabilitierung gekämpft hatte.

Stock, der Lebenslängliche, der schon Erfahrung hatte im Ausbrechen, der jedesmal fest daran glaubte, diesmal würden ihn die Bullen nicht mehr schnappen, warf ihm einen wütenden Blick zu.

»Nein! Mir nicht.«

Haldern vergrub den Kopf in beiden Händen.

»Ich gehe hier nicht raus.«

Schrem, der Bauer, kratzte sich am Nacken, stand auf, ging zur Tür, schob den Riegel zurück, spähte hinaus in den wolkenverhangenen Himmel, atmete tief durch, lauschte in den Wind, sah eine Schwalbe im Tiefflug über den Hof flitzen, machte die Türe wieder zu und verriegelte sie. Langsam drehte er sich um, sah von einem zum andern, sah Hartung, der an der Wand lehnte und ins Leere starrte, sah Stock, der an einem trockenen Zwieback kaute, und den verzagten Haldern beobachtete, der immer noch den Kopf in seinen Händen vergraben hatte und leise vor sich hinstöhnte.

»Ich weiß nicht, was ihr macht, aber ich geh' morgen,« sagte er ruhig, ging zu seiner Decke, wickelte sich ein, drehte sich zur Wand und schlief sofort ein.

Wie ein heulendes Schlachtroß schoß der Düsenjäger unmittelbar über ihre Köpfe hinweg.

Es dämmerte. Die Berge hatten noch ihre langen Flanellnachthemden aus Morgennebel an, die Wiesen wuschen sich im frühen Tau, ein Bächlein sang ein Morgenlied. Ein Bauer im blauen Monteuranzug schritt schweren Schrittes über den schmalen Holzsteg. Vor ihm lag ein gepflügter Acker, und dahinter, in der Ferne, ein Bauernhof einsam in der Landschaft. Ein Wohnhaus, Stallungen, ein Silo, rote Dächer, alte Bäume, Kastanien, Lindenblüten. Eine Lerche stieg jubilierend in den Himmel. Die ersten Sonnenstrahlen der aufgehenden Sonne tasteten sich über den Bergrücken, fraßen sich durch die Nebelschwaden, sogen sie allmählich auf. Der Bauer stand auf seinem Feld, auf seiner eigenen Scholle, blickte über das Land, das sein eigen war, über den Wald zu seiner Linken, der sein eigen war, über die Wiesen und den Obstgarten und hinüber zu seinem Hof, in dem seine Familie jetzt wohl beim Morgenkaffee saß. Seine Frau Lina, die er vor 25 Jahren geheiratet hatte, die ihm treu und sanft zur Seite gestanden hatte, in all den Jahren, besonders in den letzten, schlimmen; sein Sohn Stefan, der geheiratet hatte, während er im Gefängnis war, die Anna, ein Bauernmädel aus dem Nachbardorf, sauber zum Anschauen, aber mit Haaren auf den Zähnen, wenn er das, was Lina nicht ausgesprochen, richtig verstanden hatte. Stefan führte den Hof, seit sie ihn abgeholt hatten, und er machte seine Sache gut, er hatte eine gute Hand, für die Erde wie für die Tiere; vielleicht war auch Hansi da, der Nachzügler, sein Herzblatt, der tagsüber in die Stadt aufs Gymnasium ging, weil er einen hellen Kopf hatte, und abends nach Hause kam. Zwölf war er gewesen, als er ihn zum letzten Mal gesehen hatte, ein Kind, mit großen erschreckten Augen, hatte er am Tor gestanden, jetzt mußte er siebzehn sein. Und Werner, der Knecht, der seit einem halben Jahr im Haus war, seit seine Frau krank gewesen und Stefan es nicht mehr allein geschafft hatte.

Er bückte sich, nahm eine Handvoll Erde, zerbröselte sie zwischen seinen Fingern, rupfte ein zartes Grün aus dem Boden, richtete sich wieder auf. Der Rücken tat ihm weh. Den ganzen gestrigen Tag war er gewandert, die ganze Nacht, hatte sich ferngehalten von den Menschen, so gut es ging, hatte ein paarmal Rast gemacht, nichts gegessen, nur das klare kalte Wasser aus den Bächen getrunken, die er überqueren mußte. Jetzt war er hungrig und müde.

Er warf einen letzten Blick über den Hof, der gerade im ersten Sonnenlicht lag, über das Land, das ihm vertraut war wie früher der Leib seiner Frau, atmete die frische freie Luft ein und wandte sich nach links zum Wald, er wollte den Abend abwarten und schlafen. An einer leeren Heuraufe kam er vorbei, an der im Winter das Wild gefüttert wurde, rüttelte an ihr, um festzustellen, ob sie noch in gutem Zustand war, nickte befriedigt mit dem Kopf. Er drang tiefer in den Wald ein, setzte sich unter eine Tanne, lehnte sich mit dem Rücken an den Stamm, streckte die schmerzenden Beine von sich, machte die Augen zu und schlief ein. Irgendwann, als die Sonne schon höher am Firmament stand, rutschte er, ohne aufzuwachen, sanft zur Seite, rollte sich zusammen wie ein Igel und schlief weiter.

Als er die Augen aufschlug, dämmerte es bereits. Das Licht, das durch die Bäume drang, hatte keine Leuchtkraft mehr. Er richtete sich auf, streckte die steifen Glieder, gähnte kräftig, einmal und dann noch einmal, fuhr sich über das stoppelige Kinn und das wirre Haar und spuckte aus. Er hatte einen schalen Geschmack im Mund. Und weiche Knie. Vor Hunger.

Als er aus dem Wald trat, war die Sonne untergegangen. Vor ihm lag das weite, brache Feld. Schatten griffen nach dem Hof in der Ferne. Er schritt rüstig aus, vorbei am Kartoffelacker, am Weizenfeld, die klobigen Hände in die Hosentaschen gegraben, und mit feuchten Augen.

Er erreichte den Hof. Es war noch dunkler geworden. In der Küche brannte Licht. Er ging an den Ställen vorbei, roch den warmen Geruch nach Dung und Milch, hörte das Scharren der Kühe, vertraute, lange entbehrte Geräusche. Am Wagenschuppen zögerte er, blieb stehen. Da hatten sie gestanden, die beiden dunklen Gestalten mit den schwarzen Strümpfen über dem Kopf, die sein ganzes Leben verändert hatten. Er war bereits im Bett gewesen, hatte jedoch nicht schlafen können, warum, konnte er jetzt nicht mehr sagen, hatte verdächtige Geräusche vernommen.

Leise war er aufgestanden, um Lina nicht zu wecken, war barfuß im Nachthemd über den Gang geschlichen, hatte die Jagdflinte vom Haken genommen, auf dem sie immer hing, war hinuntergeschlichen, hatte die Haustür aufgesperrt und da hatte er sie gesehen, wie sie über den Hof huschten, wie zwei Schatten, hinüber zum Wagenschuppen, mit Dietrichen handwerkten, die Tür aufsperrten und im Dunkeln verschwanden. Unbemerkt hatte er sich angeschlichen, hinter der offenen Türe Posten bezogen, und als sie wieder auftauchten – der eine schob das Motorrad seines Ältesten, der andere das Fahrrad des Jüngsten – da hatte er rot gesehen, die Flinte ans Kinn gerissen und gefeuert. Zweimal. Er war immer ein guter Schütze gewesen, kein Kaninchen, keine Wachtel war vor ihm sicher gewesen.

Das Motorrad war langsam zur Seite gekippt, wie bei einer Zeitlupenaufnahme, die Gestalt darüber zusammengesackt, das Fahrrad war hineingerollt in das Knäuel, umgestürzt. Die zweite Gestalt war noch ein paar Schritte weitergestolpert, in die Knie gegangen und mit dem Gesicht auf die Erde gesunken.

Das alles sah er plötzlich wieder überdeutlich vor sich, sah wie sich die Blutlachen ausbreiteten, sah wie die Räder sich noch eine Weile in der Luft drehten, hörte, wie seine Flinte zu Boden schlug, weil sie ihm aus der Hand geglitten war. Und dann war überall im Haus das Licht angegangen, seine Frau hatte nach ihm gerufen, sein Sohn Stefan war herausgestürzt auf den Hof und ebenso schreckensstarr dagestanden wie er. Dann hatte er die Polizei verständigt, weil er sich im Recht fühlte. Ist es nicht das gute Recht eines Manns, sein Hab und Gut, Haus und Hof, Weib und Kind zu verteidigen? Deshalb war er auch ganz ruhig gewesen. Und dann hatte alles eine ganz andere, unerwartete, zutiefst ungerechte Wende genommen. Eine Welt, der Glaube an die menschliche Ordnung und Gerechtigkeit, war für ihn eingestürzt.

Er schüttelte die unliebsamen Visionen ab, ging weiter. Ein Hund kam ihm entgegen, stutzte, sprang freudig bellend an ihm hoch. »Ist ja gut, Alter, ist ja gut.« Er tätschelte ihm den Kopf. Die Haustür stand offen. Er trat in den Flur, sah den Lichtstreifen unter der Küchentür, hörte Stimmen, Tellergeklapper. Langsam drückte er die Klinke hinunter.

Um den großen Küchentisch saß seine Familie beim Abendbrot. Lina, seine schmächtige, immer etwas erschrokken wirkende Frau – wie grau war sie doch geworden, das erkannte er erst jetzt so recht, im sanften Licht der Lampe über dem Tisch; Stefan, sein Ältester; daneben eine dunkelhaarige, junge Person; am anderen Ende ein Fremder, das mußte Werner sein, der Knecht. Auf dem Tisch dampfte eine Schüssel Kartoffeln, der Milchkrug stand daneben, ein Laib Brot, goldgelbe Butter.

Bei seinem Eintreten blickten sie auf. Fassungsloses Erstaunen malte sich in ihre Gesichter. Lina schob ihren Stuhl zurück, lief auf ihn zu, warf sich an seine Brust und schluchzte. Unbeholfen schloß er seine Arme um sie, streichelte ihr über das Haar.

»Franz . . . Franz . . .«, stammelte sie zwischen zwei Schluchzern. »Hast du schon gegessen?«

»Heute noch nicht«, antwortete er mit einem Anflug von sarkastischem Humor.

Sie zog ihn an den Tisch.

»Setz dich, Franz. Ich mach' dir gleich was.« Sie ließ ihn stehen und lief zum Herd.

Stefan und Anna waren aufgestanden, aber an ihren Plätzen stehengeblieben.

»Na, Stefan, wie geht's denn so?«

»Gut, Vater.« Er schluckte, warf Anna einen Blick zu. »Vater, das ist . . .«

»Ist das die Anna, deine Frau?«

»Ja.«

Er sah ein rundes Gesicht, dunkle Augen, kräftige Arme, Hände, die zupacken konnten. Aber etwas Feindseliges ging von ihr aus, hart blickten die Augen. Jetzt verstehe ich, was die Lina meint, dachte er.

»Grüß dich Gott, Anni.« Er streckte ihr die Hand hin.

»Grüß Gott, Herr Schrem«. Zögernd schlug sie ein.

»Du kannst ruhig ›du‹ und ›Vater‹ zu mir sagen.«

Eine leichte Röte stieg ihr in die Wangen.

Hinten am Herd hantierte die Bäuerin mit Pfanne und Töpfen, gab Stefan ein Zeichen, den Vater an seinen angestammten Platz zu lassen. Stefan und Anna rückten zur Seite, rückten ihre Teller, ihr Besteck zur Seite.

»Da, Vater, setz dich.«

Der Bauer setzte sich auf seinen alten Platz. Schweigen war eingetreten. Er ließ den Blick schweifen, zum Kruzifix über der Ecke, zu der stets mit frischen Wiesenblumen gefüllten Vase davor, zu der Anrichte mit den Glastüren am Aufsatz, hinter denen man aufgereiht Teller und Tassen sehen konnte, zu den Kupferpfannen an der Wand über dem Herd, an dem seine Frau gerade Eier in die Pfanne schlug. Nichts hatte sich verändert: Die Standuhr stand noch an ihrem Platz, die Milchkanne auf dem Schemel, auch die Vorhänge waren dieselben.

Der Knecht war inzwischen aufgestanden, hatte Teller, Besteck und auch ein Glas geholt, stellte alles vor ihn hin.

»Du bist also der Werner.«

»Grüß Gott, Bauer.«

Etwas hölzern stakste er zurück zu seinem Stuhl, ließ sich nieder. Ihn plagte das Rheuma schon seit geraumer Zeit.

»Ein Glas Milch, Herr . . .«

Anna hielt den Milchkrug in der Hand, sah ihn fragend an.

»Vater . . .«, verbesserte sie sich.

Der Bauer nickte.

»Gern. Dank dir schön.«

Anna goß ihm ein, er leerte sein Glas in einem Zug, stellte es ab, blickte sich um.

»Wo ist denn der Hansi?«

»Der ist noch in Krailling, auf dem Gymnasium«, beeilte sich Stefan zu antworten.

»Auf d' Nacht?«

»Da habens' zweimal in der Woche einen Kurs in Französisch. Er möcht im Sommer nach Paris.«

Schrem nickte vor sich hin. Paris! Was denn nicht noch alles?

»So, so.«

Jetzt fiel sein Blick auf den Knecht, der sich die Butter dick aufs Brot strich.

»Du bist jetzt schon ein Jahr bei uns«, sagte er.

»Ja, Bauer.«

»Und wie gefällt's dir?«

»Ich bin gern da, Bauer. Ihr Sohn führt den Hof wie ein Alter. Das sagen alle im Dorf. Und die Bäuerin versteht sich aufs Vieh.«

Kräftig biß er in das dunkle Brot.

Schrem deutete auf Lina, die am Herd stand, ihn immer wieder ungläubig anschaute, sie konnte es immer noch nicht fassen.

»Das ist die Bäuerin, Werner«, sagte er mit Nachdruck.

»Wohl, wohl, Bauer«, nickte der Knecht und schob sich eine Kartoffel in den Mund.

»Anni, jetzt bringst mir a Bier.«

Schweigend stand sie auf.

»Nimm dir schon, Franz«, rief Lina vom Herd. »Die Eier sind gleich fertig.«

Er schaufelte sich Kartoffeln auf den Teller, schnitt sich ein dickes Stück goldgelbe Butter ab, legte es darauf, ließ es zergehen.

»Also, du hast den Hof geführt wie ein Alter.« Er wandte sich an seinen Sohn. Wie erwachsen er geworden war, wie ernst und männlich. Das dunkelblonde Haar war staubig von des Tages Arbeit. Die lebhaften braunen Augen blickten müde, nur wenn er seine Frau anschaute, sah man es in ihnen blitzen. »Das freut mich, Stefan. Wieviel Stück Vieh haben wir denn?«

»Zweiundzwanzig Kühe und zwölf Kälber«, berichtet er stolz und tunkte mit einem Kanten Brot die braune Butter auf. »Heut nacht kriegen wir noch ein Kalb.«

Der Bauer nickte und zerdrückte eine Kartoffel in der Butter. Er blickte zu seinem Sohn hinüber.

»Das machen wir miteinander.« Dann schaute er Anna an.

»Sonst hat dir deine Frau dabei geholfen, was?«

Stefan warf seiner Frau einen unsicheren Blick zu.

»Nein, Vater«, erwiderte sie trotzig an seiner Statt.

»Und warum nicht?«

»Vater, das ist so«, wollte Stefan vermitteln.

Der Bauer legte seinem Sohn eine Hand auf den Arm, ohne den Blick von Anna zu wenden.

»Warum sagst du es nicht selbst, Anna?« fragte er ruhig.

Die Spiegeleier waren fertig, die Bäuerin kam mit der Pfanne an den Tisch und schob sie ihrem Mann auf den Teller. Er schnupperte, kostete, ließ die einfache, langentbehrte Speise auf der Zunge zergehen. Es schmeckte ihm köstlich. Seine Frau strich mit der Hand schüchtern über sein Haar.

»Vater!«

Er blickte auf, steckte sich ein Stück Brot in den Mund und sah Anna fragend an.

»Du wolltest wissen, warum ich dem Stefan nicht beim Kalben helfe?«

Er nickte, kaute.

Herausfordernd reckte sie das Kinn hoch.

»Weil ich kein Blut sehen kann.«

Die Herausforderung war nicht zu überhören gewesen, alles wartete gespannt auf die Reaktion des Bauern, der sie nur erstaunt ansah.

»So, du kannst kein Blut sehen? Du bist doch auf einem Bauernhof aufgewachsen?« Er schüttelte den Kopf. »Na, das wird schon noch.«

Damit war das Thema für ihn erledigt. Er aß seine Eier auf, spülte sie mit dem Rest der Milch hinunter, wischte sich mit dem Handrücken über den Mund und sagte zu Stefan:

»Weckst du mich, wenn es soweit ist, Stefan?«

»Sie müssen doch müde sein, Bauer«, mischte der Knecht sich ein. »Ich helfe dem Stefan gern.«

»Schon recht«, wehrte der Bauer ab, stand auf, schob den Stuhl zurück. »Ja, ich bin müde, ich geh' jetzt rauf.«

Er drehte sich um. Lina ließ Wasser in die Abwaschschüssel laufen.

»Kommst du auch?«

»Ja, gleich, sowie ich abgespült hab.«

Er schritt zur Tür, dreht sich noch einmal um, nickte freundlich in die Runde und trat in den matterleuchteten Flur. Die Wanduhr schlug die halbe Stunde. Der Bauer, der schon einen Fuß auf die Treppe gesetzt hatte, die hinaufführte zu den Schlafkammern, drehte sich um, ging wieder zurück, machte die Uhr auf, zog sie auf. Dies hatte er viele Jahre hindurch getan, dies würde er auch in Zukunft tun, er war wieder der Herr in seinem Haus. Dann stieg er die Treppe hinauf. Liebevoll strich er mit der Hand über das vor Alter glänzende Stiegengeländer. Aha, die achte Stufe knarrte immer noch! Dann war er oben, schritt zur Tür der großen Schlafkammer, machte sie auf, knipste das Licht an und blieb betroffen stehen. Wo waren denn die Möbel, die Lina damals mit in die Ehe gebracht hatte? Die beiden großen, schweren Betten, der alte Bauernschrank? Dieses neumodische Doppelbett, dieser dünnbeinige Schreibtisch, das konnte nur von Anna stammen. Also waren die jungen Leute hier eingezogen. Plötzlich fühlte er sich sehr müde. Leise zog er die Tür wieder zu, drehte sich um, nahm jetzt auch im Flur Veränderungen wahr: eine neumodische Dekkenlampe, ein neuer Läufer; der alte Fleckerlteppich war wohl nicht mehr gut genug gewesen, der noch bei seiner Mutter auf dem Holzfußboden gelegen hatte. Er ging zur Tür, die zur kleinen Schlafkammer führte, drehte das Licht an und sah seine Mutmaßung bestätigt. Durch die großen schweren Möbel wirkte der Raum noch kleiner als er ohnedies bereits war. Doch hier fand er alles Vertraute wieder, die alte Lampe, den Schrank, die Waschkommode, die Ehebetten. Schwer ließ er sich auf seinem Bett nieder und zog die Schuhe aus. Es war alles wie früher – fast.

Unten in der Küche spülte die Bäuerin das Geschirr, in ihrem Rücken hatte sich eine erregte Unterhaltung zwischen Stefan und Anna angesponnen. Der Knecht saß etwas abseits, hörte schweigend zu.

»Wie soll denn das jetzt weitergehen?« fragte Anna heftig. »Er kann doch nicht einfach so hierbleiben!«

»Nun laß ihn doch erst einmal ausschlafen«, versuchte Stefan sie zu beruhigen.

»Und dann, was ist morgen?«

Das Mädel hat einen harten Kern, dachte die Bäuerin, drehte sich um, wollte die ungute Unterhaltung unterbrechen, das Mädel erst einmal ablenken.

»Du könntest mir abspülen helfen.«

Anna blickte unwillig auf. Stefan bat den Knecht, im Stall nach der Kuh zu sehen. Er begriff, daß die Familie jetzt unter sich sein wollte. Schweigend warteten sie, bis er gegangen war.

»Also, dableiben kann er nicht«, sagte Anna, kaum, daß die Tür ins Schloß gefallen war.

»Anna, ich hab' dir gesagt, du sollst mir helfen«, versuchte die Bäuerin es noch einmal. Aber Anna rührte sich nicht vom Fleck, tat so, als hätte sie nichts gehört.

»Die Polizei ist schon zweimal dagewesen. Glaubt ihr, die kommt nimmer?«

Bekümmert ließ Stefan den Kopf hängen. Geistesabwesend zeichnete er mit dem Daumennagel die Maserung des Holzes auf der Tischplatte nach.

»Der Vater bleibt, solang er will.«

Aber Anna wollte nicht, daß er blieb. Sie hatte ihre guten Gründe dafür.

»Das glaubst du doch selbst nicht. Damit wir dann auch noch bestraft werden, weil sie sagen, wir haben einen Mörder versteckt.«

Die Bäuerin drehte sich um, trocknete ihre Hände an ihrer Schürze ab: »Der Vater ist kein Mörder«, sagte sie ruhig.

»Das sagst du«, fuhr Anna sie an, zornig blitzten ihre

dunklen Augen. »Aber der Richter hat gesagt, er hat ihnen aufgelauert, damit er's erschießt. Vorsätzlicher und heimtückischer Mord, hat der Richter gesagt.«

Begütigend legte Stefan ihr die Hand auf den Arm.

»Das brauchst uns nicht immer wieder zu erzählen.«

Aber Anna ließ sich nicht beirren.

»Die lassen doch keinen Lebenslänglichen laufen, bloß weil er wieder Herr im Haus sein will.«

Der Bäuerin war der Teller, den sie eben abgetrocknet hatte, aus der Hand geglitten, klirrend zersprang er auf dem Steinboden in tausend Scherben. Sie lief aus der Küche. Stefan sprang auf, wollte ihr nach.

»Mama! Mama!« Er kam nur bis zur Tür, Anna hatte ihn eingeholt, ihn am Hemdzipfel zu fassen gekriegt.

»Davonlaufen! Allerweil davonlaufen! Das versteht's ihr!«

Vierschrötig stand der junge Bauer vor ihr, die kleiner war als er, doch stämmig und stark, deren unbeugsamen Willen er so oft schon zu spüren bekommen hatte und dem er wohl nie gewachsen sein würde. Er war ihr verfallen, dieser kleinen Hexe, die ihm nachts so gut tat, die ihm so sehr gefiel. Und plötzlich sah er es feucht glitzern in ihren Augen.

»Ich will dir ja bloß helfen, Stefan!«

Verdutzt riß er die Augen auf. »Mir?«

»Ja, dir.« Tatsächlich, zwei große Tropfen kullerten die Wange hinunter. Bestürzt verfolgte er ihren Weg, sah das Zittern ihrer Lippen, während sie weitersprach: »Drei Jahre warst du der Bauer, und die Leute sagen alle, daß du es gut gemacht hast.«

Sein Blick glitt weiter hinunter, über den kräftigen Hals, sah den Ansatz der festen Brüste unter der derben Leinenbluse. »Du warst der Herr im Haus. Willst du jetzt wieder Knecht sein?«

Was hatte sie da gesagt? Nein, das wollte er nicht hören. Das wollte er sich nicht mehr anhören, drehte sich um, bückte sich, begann die Scherben des zerbrochenen Tellers aufzusammeln.

Sie stemmte die Fäuste in die Hüften.

»Jetzt red, sag was!« Es war zum Verzweifeln mit ihm. »Du kannst mir doch wenigstens Antwort geben.«

Stefan sagte nichts. Da ließ sie ihn stehen, ließ sich auf einen Stuhl fallen, legte die Arme auf den Tisch, den Kopf darauf und begann hemmungslos zu schluchzen. Stefan warf die Scherben in den Mülleimer, trat zu ihr an den Tisch, blickte hinab auf die zuckenden Schultern, war wie immer unterlegen, wenn sie Verzweiflung mimte, war wie Wachs in ihren Händen.

»Ich kann doch meinen Vater nicht anzeigen«, sagte er beschwörend und legte ihr eine unbeholfene Hand auf den Rücken.

»Das verlangt ja auch keiner«, schluchzte sie weiter.

»Was willst du denn?« Verwirrung sprach aus seinem Blick.

Sie hob den Kopf, strich sich das Haar aus der Stirn, sah ihn jedoch nicht an.

»Du sollst mit ihm reden.« Sie schniefte. »Ihm klarmachen, daß er nicht dableiben kann. Nicht bloß wegen der Polizei.« Sie warf ihm einen mitleidheischenden Blick zu. »Was meinst du, was die Leute sagen?«

»Beim Prozeß sind alle auf seiner Seite gewesen.« Nein, das wußte er besser, die Leute waren nicht das Problem.

»Auf die Wiederergreifung der Ausbrecher ist eine Belohnung von fünfzehntausend Mark ausgesetzt«, zitierte sie leierkastenartig, ließ ihn nicht mehr aus den Augen.

Mit einer großen Handbewegung fegte er dieses Argument vom Tisch. Alle hatten gesagt, ein Bauer hat das Recht, seinen Besitz zu verteidigen – wenn's sein muß, auch mit dem Gewehr. Und genau das sagte er auch laut.

»Ja, wenn's sein muß.« Jetzt wurde sie zynisch.

»Was hätt er denn tun sollen?« fragte er erregt und packte sie an den Armen. »Was hätt er denn tun können gegen zwei. Die hätten ihn doch glatt zusammengeschlagen.«

Ehe die junge Frau den Mund aufmachen konnte, ging die Tür auf, die Bäuerin steckte den Kopf herein.

»Stefan!«

Er blickte auf, ließ Anna los.

»Der Vater möcht mit dir reden.«

Zusammen mit seiner Mutter verließ er die Küche. Anna blickte ihnen wütend nach.

Mutter und Sohn stiegen die Treppe hinauf zum ersten Stock, schweigend zuerst, alle beide. Auf dem Treppenabsatz blieb sie stehen, lehnte sich an das Geländer.

»Stefan«, fing sie zögernd an.

»Ja?« Auch er war stehen geblieben, in Gedanken allerdings noch in der Küche, bei seiner resoluten Frau.

»Sei gut zu Vater. Widersprich ihm nicht.« Die Mutter sah ihn flehend an.

»Was möcht er denn von mir?«

»Das wird er dir schon selber sagen.« Sie stieg die Treppe weiter hinauf, müde, es war ein harter Tag gewesen.

Als die beiden die kleine Schlafkammer betraten, stand der Bauer am Fenster, blickte hinaus in die Nacht, schien sie gar nicht bemerkt zu haben. Erst als sie an seine Seite trat, leicht seinen Arm berührte, drehte er sich um, als sei er aus einem Traum erwacht.

»Vater . . .«, sagte sie leise, wie um ihn nicht zu erschrecken.

»Da seid ihr ja.« Fast überrascht.

»Du wolltest mit mir reden.« Stefan machte einen Schritt auf ihn zu und wußte nicht wohin mit seinen klobigen Händen.

»Ja, Stefan«, erwiderte er ruhig und gelassen. »Du hast dir unser Schlafzimmer genommen und Mutter hier in der kleinen Kammer schlafen lassen. War das nötig?«

»Der Stefan hat mir schon nichts abgehen lassen«, warf die Mutter rasch dazwischen. Ihr lag nichts an der großen Kammer, seit ihr Mann nicht mehr im Hause war.

»Um so besser.« Er lächelte und legte den Arm um seine Frau. »Du kannst morgen mit der Anna da hereinziehen, und Mutter und ich schlafen wieder in der großen Kammer.«

Schwer ließ er sich auf der Bettkante nieder.

»Und weck mich, wenn's soweit ist. Bei euch drüben hört man's besser.«

Dankbar griff Stefan nach dem Strohhalm. »Deswegen bin ich auch drüben eingezogen, Vater.«

»Ist schon recht, Stefan.« Er nickte und lächelte. »Ich bin jetzt müd'.«

Damit war er verabschiedet, zog leise hinter sich die Tür zu und schritt langsam und nachdenklich die Treppe hinunter.

Kurze Zeit später lagen die beiden Alten nebeneinander in ihren Betten. Die Lampe war abgedreht, nur durch das Fenster, durch die dünnen Vorhänge fiel das fahle Licht des aufgehenden Mondes. Sie schliefen nicht, hingen beide ihren Gedanken nach, voller Scheu, nach der langen Zeit, in der sie voneinander getrennt waren. Endlich faßte Lina sich ein Herz und wandte den Kopf.

»Du mußt es loswerden, Franz«, sagte sie in die Dunkelheit. »Du mußt darüber reden.«

Stille. Eine Fliege summte durch die Kammer, ließ sich nieder, summte woanders weiter.

»Mit Reden werd ich's nicht los«, erwiderte er ruhig, blickte zu ihr hinüber. »Ich weiß, du meinst es gut.«

Lina richtete sich halb auf, versuchte, die Umrisse seines Gesichtes auszumachen, dieses Gesichtes, das ihr früher so vertraut gewesen und das jetzt eingefallen war von Kummer und Entbehrungen und Heimweh nach seinem Land.

»Du hast nur getan, was recht ist.« Es klang, als dulde sie keinen Widerspruch.

Er griff nach ihrer Hand, drückte sie.

»So seh ich's auch. Die zwei waren selber schuld.«

»Es ist dein Hof, Franz, und . . .«

»Schon gut«, unterbrach er sie. »Schon gut, Lina.«

Er streckte den Arm nach ihr aus, sie kam zu ihm, schmiegte sich an ihn, legte den Kopf auf seine Schulter. War Wärme, Geborgenheit und Erde.

»Warst arg allein?« fragte er leise.

Energisch schüttelte sie den Kopf. »Ich hab' die Kinder gehabt.«

Nein, sie würde ihm das Herz nicht schwermachen.

Wieder entstand eine Pause. Er dachte an die andere, die gräßliche, unbeschreibbare, Herz und Gemüt abtötende Welt, die er verlassen hatte.

»Die Kinder, den Hof und das Vieh«, sagte er nachdenklich. »Weißt du, Lina, wenn du da drinnen bist, dann kommst du dir selber vor wie ein Stück Vieh. Wartest, bis sie dir das Essen bringen, wartest, bis sie dich rauslassen. Der Wärter, das ist ein Mensch, du bist das Vieh.«

»Sag doch so was nicht.«

»Ist ja jetzt alles vorbei.«

Die Bäuerin hob den Kopf, blickte ihn an. Glaubte er das wirklich?

»Und wenn sie dich holen kommen?«

»Dann war ich wenigstens wieder einmal da. Daheim. Das ist doch was, oder?«

»Ja, Franz, bist wieder da.«

Sie schmiegte sich enger an ihn, unterdrückte ein Schluchzen.

»Na, na, was soll denn das?« versuchte er sie unbeholfen zu beruhigen und nahm sie fest in die Arme.

Auch in der großen Kammer war der Schlaf nicht eingezogen. Die Nachttischlampe brannte. Die beiden jungen Leute lagen in ihrem neumodischen Doppelbett. Stefan hatte die Arme unter dem Kopf verschränkt, Anna zog nervös an einer Zigarette, drückte sie schließlich im Aschenbecher auf dem Nachttisch aus.

»Die Thönnes-Bäuerin war gestern abend noch da und hat gesagt, der Vater ist in Krailling gesehen worden.«

Stefan nickte. »Ja, das hat sie mir auch erzählt.«

»Und da glaubst du, daß die Polizei nicht kommt?«

»Nein!« Das glaubte er nicht, so weltfremd war er wirklich nicht.

Anna überhörte das. »Und der Werner? Der hockt doch jeden Abend in der Wirtschaft, Glaubst du, der sagt nichts?«

Wütend schaute sie ihren Mann an, sah den wehen Zug um seinen Mund, sah das Blut in seinem Hals pochen. Warum verstand er sie nicht, warum war er so, wie er war, warum war er nicht vernünftig wie sie?

»Ich hab dir doch schon mal gesagt, ich kann meinen Vater nicht anzeigen.«

Ja, begriff er denn überhaupt nichts? Sie setzte sich auf.

»Du führst jetzt den Hof. Dein Vater kann frühestens in fünfzehn oder zwanzig Jahren begnadigt werden. Dann wird er sowieso aufs Altenteil gesetzt. Und deine Mutter ist ganz zufrieden so, wie es jetzt ist.«

Er wandte den Kopf. »Wie kommst du denn auf so was?«

Endlich eine Reaktion, war ja fast, als hätte man einen Toten im Bett. Resolut strich sie die Bettdecke glatt.

»Sie hat's mir selber gesagt. Sie hat sich abgefunden.«

»Ja, abg'funden.«

Er hatte sich wieder abgewandt, starrte wieder hinauf zur Decke. Als ob dort die Antwort stünde!

»Sie wird sich auch damit abfinden, daß er zurück muß ins Gefängnis,« erwiderte sie verbissen. Ganz hart war das junge Gesicht geworden. »Wenn's morgen nicht ist, dann in ein paar Tagen.«

Damit knipste sie das Licht aus, rutschte unter die Decke, drehte sich weg von ihm, drehte ihm den Rücken zu. Er schien es gar nicht zu merken, starrte weiter vor sich hin, hinein in die Finsternis, wußte nicht, warum ihm so elend zumute war, wußte nicht, daß es sein Herz war, das ihm so schwer wie ein Stein in der Brust lag. Wußte nur, daß er wünschte, sie wäre nicht so hart, so selbstsüchtig und bestimmend.

Mitten in der Nacht klopfte es an die kleine Kammertür. Lina lag wieder in ihrem eigenen Bett. Der Bauer atmete ruhig. Es war sehr still. Sofort war sie hellwach, stand auf, ging im Nachthemd zur Tür, öffnete einen Spalt.

Draußen stand der Knecht.

»Es ist soweit, Bäuerin.«

Unentschlossen blickte sie sich zu ihrem Mann um.

»Ich weiß nicht, ob wir ihn wecken sollen«, flüsterte sie.

Aber er war schon wach, richtete sich auf, schlug die Decke zurück.

»Bin schon auf. Ich komm gleich.«

Der Knecht stampfte die Treppe hinunter, trat aus dem Haus in die kühle Nacht, blickte hinauf in den sternenklaren Himmel, schritt über den Hof und machte die Tür zum Stall auf. Warmer Stalldunst schlug ihm entgegen, hüllte ihn ein.

Stefan war bereits bei der kalbenden Kuh, die stöhnend auf ihrem Platz im Stroh lag, kniete neben ihr. Eine einsame Birne beleuchtete die Szene. Die anderen Kühe im Stall waren unruhig, rasselten mit ihren Ketten, hier und dort muhte ein Kälbchen.

Der Knecht trat neben ihn, krempelte die Ärmel hoch. Stefan blickte hoch.

»Noch nichts.«

Die Stalltür ging auf, ein kühler Luftzug drang herein, der Bauer betrat den Stall, knöpfte sich gerade noch das Hemd zu.

»So, das machen wir schon allein«, sagte er zum Knecht und klopfte ihm auf die Schulter. Der Knecht drehte sich um, sah ihn erstaunt an.

»Kann ich dir wirklich nicht helfen, Bauer?« Zwei knorrige Arme, zum Zupacken bereit.

Die Kuh stöhnte auf, ihr Leib öffnete sich, zwei kleine Füße schoben sich aus der blutenden Öffnung.

»Ich komm schon zurecht.« Er kniete sich ins Stroh, nahm seinem Sohn den Strick aus der Hand, schlang ihn geschickt um die beiden Vorderfüße des Kalbes.

Der Knecht überblickte die Szene. Vielleicht war er wirklich überflüssig, es war ja nicht ihr erstes Kalb, Komplikationen würde es voraussichtlich keine geben, drehte sich um und ließ Vater und Sohn allein. Schweigend hantierte der Bauer weiter, glücklich, wieder in seinem Element zu sein. Er zog am Strick, die Vorderbeine rutschten bis über das Knie aus dem hohen Leib des Muttertieres. Dann gab es eine Stockung. Die Kuh hob den Kopf und stierte blöde auf ihr Hinterteil. »Komm, faß mit an.« Auf den Knien rutschte Stefan hinter seinen Vater, ergriff das Ende des Stricks. Gemeinsam zogen sie daran, die Öffnung weitete sich gewaltig, das Köpfchen erschien, das Maul, die geschlossenen Augen mit den langen Wimpern, der Hals.

»Laß sie ein bissl verschnaufen.«

Die Kuh atmete schwer, der Leib krampfte sich zusammen, der junge Bauer warf seinem Vater einen verstohlenen Blick zu. Auch wenn es sich nur um bäuerliche Routine handelte, was sie da gerade machten, um etwas ganz Alltägliches auf einem Bauernhof, der Alte verstand sein Handwerk, das mußte er zugeben, hatte Verständnis für das Vieh und Einfühlungsvermögen. Der Sohn verstand jetzt auch allmählich, warum er Strafverschärfung riskiert hatte, nur um eine Weile wieder daheim sein zu können.

Wieder legten sie sich mit gemeinsamer Kraft in den Strick. Zusammen mit einem Schwall von Fruchtwasser flutschte das Kalb zur Gänze aus dem Mutterleib und lag naß im feuchtroten Stroh. Die Kuh warf den Kopf, stöhnte und legte sich zurück. Das Schlimmste war überstanden, das Neugeborene abgenabelt.

»Ein Stierkälbchen«, sagte Stefan erfreut, reichte dem Vater eine Handvoll trockenes Stroh, damit er es abreiben konnte. Er tätschelte der Kuh die Flanke, richtete sich auf, holte einen Kübel Milch und ließ sie trinken. Dankbar sah sie ihn an, leckte sich über die Schnauze und richtete sich mühsam auf. Auch das Kälbchen versuchte bereits auf staksigen Beinen zu stehen, brach immer wieder zusammen, weil ein Bein unter ihm wegknickte, stand schließlich doch auf allen vieren, wackelig zwar, aber es stand. Die Mutter neigte den schweren Kopf und leckte es ab.

»Ein Prachtkerl«, sagte der Bauer stolz und wischte sich

die blutigen Hände am trockenen Stroh ab. Als das kleine Tier mit dem sicheren Instinkt des Neugeborenen, mit noch blinden Augen, nach dem Euter der Mutter tastete, ungeschickt nach den Zitzen suchte, dabei immer wieder einknickend, bis es endlich eine mit seinen zahnlosen Kiefern zu fassen bekam und der Kuh in den Bauch stieß, wußte er, das alles getan war. Sein Hof war um ein neues Leben reicher geworden.

Stefan hatte sich eine Gabel geholt, häufte trockenes Stroh auf das nasse, blutdurchtränkte, und überlegte angestrengt, wie er seinem Vater sagen sollte, was er ihm sagen wollte. Sagen mußte er es.

»Du, Vater . . .«

»Ja, Stefan.« Der Bauer war hinter die Kuh getreten, die Nachgeburt mußte erst noch kommen.

Es entstand eine Pause. Stefan wußte nicht so recht weiter, er war auch nur ein wortkarger Bauer, dem die Worte nicht so leicht über die Lippen kamen.

»Willst du mir sagen, daß ich nimmer dableiben kann?« half ihm der Vater weiter und schob die Kuh etwas zur Seite.

Stefan steckte die Mistgabel in den Strohhaufen, auch er wartete jetzt auf die Nachgeburt.

»Du hast keine Ahnung, was das für einen Wirbel gemacht hat, euer Ausbruch.« Unbeholfen zog er ein riesiges Taschentuch aus der Hose und putzte sich umständlich die Nase. »Jeden Tag steht was drüber in der Zeitung. Einen von euch haben's schon erwischt.«

»Ich weiß.« Der Bauer lehnte sich an die hölzerne Wand des Verschlages. »Den Mautner.«

»Den, der auf die Autofahrer geschossen hat.«

»Ja«, meinte der Bauer nickend, »der ist krank.« Für ihn war der Knastbruder nicht tot. Ohne aufzublicken fuhr er fort, in seiner langsamen, bedächtigen Sprechweise: »Übrigens, was ich dir noch sagen wollt, Stefan, bist schon richtig, so, wie du den Hof geführt hast. Sollst ihn auch weiter führen.« Das Kalb saugte schmatzend, hingebungsvoll leckte die Kuh es ab. »Zwischen uns ist das klar. Nur nach außen – verstehst mich? Die Leut sollen nicht sagen, ich sei nicht mehr Herr im Haus, weil ich gesessen hab. Das könnt ich nicht ertragen. Du hast deine Sache gut gemacht, jetzt bist du der Herr im Haus, aber gell, das bleibt unter uns.«

Er deutete auf das Kalb und lachte.

»Jetzt ist es umgefallen.« Der Jungbauer bückte sich und strich ihm über das nasse Köpfchen.

Der aufgehenden Sonne krähte der Hahn seine Morgenfanfare entgegen, der Hofhund kam aus seiner Hundehütte, streckte sich und gähnte geräuschvoll, die Tauben plusterten ihr Gefieder und gurrten ihr Morgengebet, leise blökten die Kühe im Stall, der Hof erwachte.

Der Knecht trat aus seiner Kammer über dem Geräteschuppen, zog sich, noch reichlich verschlafen, seine Jacke über, kratzte sich das stoppelige Kinn und stolperte die Treppe hinunter. Fast immer war er der erste, mußte er doch die Kühe melken, den Stall ausmisten, die vollen Milchkannen an die Straße stellen, wo sie der Molkereiwagen abholte. Im Hof blieb er erst einmal stehen, blickte prüfend zum Himmel hinauf, ja, das Wetter würde halten, atmete tief die frische Morgenluft ein und gähnte noch einmal kräftig. Dann schritt er über den Hof auf die Stalltür zu. Hinter ihm ging das Fenster auf.

»Guten Morgen», rief die Bäuerin ihm zu. »Magst heut a Milchsuppn oder an Kaffee?«

Der Knecht drehte sich um.

»An Kaffee, Bäuerin, aber es dauert noch.«

Damit wandte er sich ab, verschwand im Stall.

Die Bäuerin goß die Betunien vor dem Fenster, zupfte ein welkes Blatt ab, trat wieder in die Küche und setzte sich. Bis auf ihren Mann war die Familie bereits vollzählig am Frühstückstisch versammelt. Auch Hansi, der Jüngste, der den Vater noch gar nicht gesehen hatte, weil er erst spät abends aus der Stadt gekommen war, war schon aufgestanden.

Anna tauchte ein Stück Semmel in ihren Kaffee und verfolgte stirnrunzelnd die lebhafte Unterhaltung zwischen ihrem Mann und seinem jüngeren Bruder.

»Nein, du mußt es ihm sagen, Stefan.« Hansi beugte sich vor, eine blonde Strähne war ihm vor Aufregung in die Stirn gefallen, seine Sommersprossen sprühten. »Vater und du, ihr seid immer gut miteinander ausgekommen.« Er sah seine Mutter an, die ihm gegenübersaß und gedankenverloren Brot zwischen den Fingern verkrümelte. Müde sah sie aus, und doch ging ein Strahlen von ihr aus. Arme Mutter, vielleicht konnten sie ihr doch noch zu einem späten Glück verhelfen. »Es ist dir doch recht so, Mutter?«

Die Mutter lächelte weich.

»Alles ist mir recht, wenn er nur nicht wieder dahin muß.«

Aber Stefan war es gar nicht recht, er hätte sich am liebsten vor dieser Aufgabe gedrückt, einen unruhigen Blick warf er Anna zu, die ihm die ganze Nacht die Hölle heiß gemacht hatte.

»Heute, am Samstag.« Er schnitt sich ein Stück Speck ab und schob es in den Mund. »Heute können wir doch nichts machen. Wir können eh bloß warten.«

»Warten auf was? Auf die Polizei?« unterbrach Anna ihn ungeduldig und warf den Kaffeelöffel klirrend auf den Tisch.

Lina und Hansi tauschten einen Blick. Warum ist das Mädel nur immer so jähzornig?

»Vielleicht kann ich ihn dazu bringen, daß er sich bis Montag nicht sehen läßt«, versuchte Hansi die Befürchtungen seines Bruders und dessen Frau zu zerstreuen. Doch Stefan schüttelte den Kopf.

»Das schaffst du doch nie. Er glaubt nicht, daß einer vom Dorf ihn anzeigen wird.« Bestätigung heischend, blickte er seine Frau, dann seine Mutter an.

Hansi schob seine Tasse zurück und stand auf.

»Wie d' meinst. Dann geh ich jetzt rauf und schlag's ihm vor.«

»Dann nimmst ihm gleich eine Tasse Kaffee mit.«

Die Bäuerin ging zum Herd, auf dem der Kaffee stand, goß eine Tasse ein, übergab sie ihrem Jüngsten, der, sie vorsichtig balancierend, um ja nichts zu verschütten, die Küche verließ, die Treppe hinaufstieg und an die Tür der kleinen Kammer klopfte.

Franz Schrem schlief noch tief und fest, das karierte Bettuch bis über die Ohren gezogen. Die bunten Vorhänge waren geschlossen, die Sonne schimmerte durch. Als sich nichts auf sein Klopfen rührte, klinkte Hansi die Tür auf, ging mit dem Kaffee in die Kammer, zum Fenster, zog die Vorhänge auf, ging dann zum Bett und stellte die Tasse auf dem Nachttisch ab. Er blickte auf seinen schlafenden Vater und war erstaunt, wie zufrieden er aussah. Einem spontanen Impuls nachgebend, beugte er sich rasch hinunter und drückte ihm schüchtern einen Kuß auf die Wange. Der Bauer schlug die Augen auf und lächelte.

»Hansi!« Wie groß er geworden war, hochaufgeschossen und kräftig. Gut sah er aus. Der Bart fing auch bereits an zu sprießen. Unbewußt schielte er nach den Beinen seines Sohnes. Nein, er trug keine kurzen Hosen mehr, über zerschundenen Knien, er trug jetzt das, was die jungen Leute getragen hatten, bevor er ins Gefängnis gekommen war, was sie wahrscheinlich immer noch trugen, wenn sich die Mode nicht geändert und sie jetzt nicht einen neuen Spleen hatten, er trug diese neumodischen blauen Jeans. Wie? Was hatte er eben gesagt?

»Ich hab dir deinen Kaffee gebracht.«

Schrem schüttelte sich die Schlaftrunkenheit aus dem Kopf.

»Wie spät ist es denn?«, fragte er und richtete sich auf.

»Acht Uhr«, erwiderte der Bengel lachend.

»Herrgott, so lange hab ich noch nie geschlafen. Ihr habt sicher schon Kaffee getrunken.«

Er schlug das Bettuch zurück, wollte aufstehen, doch der Junge setzte sich ostentativ auf die Bettkante und hinderte ihn daran.

»Ist schon recht«, sagte er.

»Aber ich will doch mit dem Stefan aufs Feld.«

Doch Hansi wollte sich mit seinem Vater unterhalten.

»Erst muß ich mit dir reden.«

Im Gegensatz zu Stefan war Hansi immer der Diplomatischere gewesen, der Gescheitere. In gewisser Hinsicht hatte sich der Bauer seinem jüngeren Sohn stets unterlegen gefühlt. Er nahm die Tasse, trank, der Junge beobachtete ihn.

»Vater, ich möchte dir einen Vorschlag machen.«

Der Bauer genoß den heißen Kaffee, der nicht schal und abgestanden schmeckte wie in der Vollzugsanstalt.

»Ich möchte, daß du uns erlaubst, eine Hypothek auf den Hof aufzunehmen.«

Überrascht setzte der Bauer die Tasse ab.

»Ja, habt ihr denn Schulden?«

»Nein, wir haben keine Schulden. Wir möchten alle, daß du bei uns bleibst. Aber wie lange geht das gut?« Jetzt sprudelte es nur so aus ihm heraus. »Eines Tages kommen sie ja doch, und dann mußt du dahin zurück, wo du jetzt hergekommen bist. Und das willst du doch auch nicht, oder?«

Schrem hatte anfangs erstaunt zugehört, dann blickte er aus dem Fenster und schwieg.

»Mit hunderttausend Mark kommst du ganz schön weit weg von hier«, fuhr Hansi fort, »und kannst dir dort ein neues Leben aufbauen.«

Was redete der Bengel da? Vor seinen Augen lag sein Land, seine Erde.

»Ich bin hier daheim – so wie du und deine Mutter und . . .«

»Vater, du bist da daheim, wo deine Leute sind, die zu dir gehören«, unterbrach ihn der Junge.

»Ja – aber der Hof?« Der Bauer betrachtete seinen Jüngsten wie ein exotisches Tier.

»Den kannst du natürlich nicht mitnehmen.« Der Bauer wollte aufstehen. »Aber wir können ja nachkommen . . .

Mutter, und ich auch. Ich gehe nach dem Abitur sowieso nach Frankreich studieren . . .«

Jetzt reichte es ihm aber. »Und was soll ich in Frankreich?« Gespannt wartete er auf die Antwort. »Vielleicht Französisch lernen?«

»Wir haben eigentlich an noch weiter weg gedacht«, gestand der Bengel zögernd.

Das wurde ja immer schöner!

»Ach, noch weiter weg als Frankreich! Wohin wollt ihr mich denn schicken?« Langsam begann es interessant zu werden.

»Kanada! Australien.«

Jetzt hatte er genug von dem Unsinn.

»Nein, nein, nein«, sagte er leise, aber bestimmt. »Dort würde ich zugrunde gehen.«

»Vater, man fliegt in acht Stunden von Deutschland nach Kanada«, versuchte der Sohn ihm mit Vernunft beizukommen. Ja, begriff er denn nicht, in was für einer Lage er war? Daß er sich hier nicht aufhalten konnte, daß sie kommen würden, kommen mußten, um ihn abzuholen und zurückzuschicken in das Loch, in die Verbannung. Aber der schüttelte nur den Kopf, eigensinnig wie ein alter Esel.

»Du vielleicht, ich nicht. Ich weiß, ihr meint es gut, aber ich bleibe. So, und jetzt will ich mich anziehen.«

Mit einer energischen Bewegung zwang er seinen Sohn aufzustehen, schwang sich aus dem Bett, stand mit nackten Füßen auf dem Bettvorleger, zögerte, ging zum Fenster, starrte in den Hof hinunter. Die Morgensonne warf den Schatten der Linden auf das Pflaster, der Duft ihrer Blüten erfüllte die Luft, der Hund machte Morgentoilette, im Stall rasselte das Vieh an den Ketten. Ansonsten Stille.

Hansi wußte nicht, was er tun sollte. Er kratzte sich am Hinterkopf, räusperte sich verlegen, trat neben seinen Vater ans Fenster und folgte seinem Blick. Vor ihnen lag der Wagenschuppen im Morgenlicht.

»Was ist, Vater?« fragte er nach einer Weile beklommenen Schweigens.

»Ich seh die zwei immer noch da liegen.« Tief atmete er ein, fast klang es wie ein Seufzen, und er drehte sich um. »Die wollten das Motorrad und dein Fahrrad stehlen.«

»Ja, Vater.«

»Ich war im Recht. Es war mein gutes Recht.«

Hansi blickte zu Boden und schwieg.

Der Bauer machte eine ungeduldige Handbewegung.

»Ich will jetzt hinaus aufs Feld.«

»Ja, Vater.«

Er schob seinen Sohn zur Seite. Der drehte sich wortlos um und ging aus der Kammer. Verwirrt blickte der Bauer ihm nach. Er wurde immer noch nicht schlau aus diesem Kind.

Die Sonne war inzwischen höher gestiegen, eine Lerche verlor sich jubelnd im Blau, die Erde dampfte, der Bauer konnte sie förmlich riechen. Auf einem Traktor fuhr er mit seinem Sohn Stefan am Rande eines Ackers entlang. Er fühlte sich wohl in seinen Kleidern. Lina hatte ihm eine braune Arbeitshose herausgelegt und ein kariertes Wollhemd. Es tat gut, wieder eigene vernünftige Kleidung zu tragen. Es tat gut, das heftige Vibrieren der starken Maschine unter sich zu spüren. Seit langer, langer Zeit fühlte er sich wieder als Mensch. Stolz blickte er über seine wohlbestellten Felder.

Als sie zu einer Kreuzung kamen, begegneten sie einem anderen Traktor, dann trafen sie einen Bauern, der ungefähr im selben Alter wie Schrem war. Er hieß Toni Fitz, war der Nachbar und machte große Augen, als er erkannte, wer da neben Stefan saß. Verdutzt erwiderte er den Gruß der beiden. Stefan schaute ihm nach, wie er in Richtung Dorf fuhr.

»Ausgerechnet der Fitz!«

Schrem blickte unbeteiligt.

»Wieso?«

»Na, der wird doch jetzt im ganzen Dorf rumerzählen, daß er uns gesehen hat.«

Schrem nahm keine Notiz davon. Eine kleine Pause entstand, Stefan zog die junge Stirn in Falten, dachte angestrengt nach, dachte an sein starrsinniges Weib.

»Ist er immer noch hinter unserem Feld oben am Wald her«, fragte der Bauer plötzlich.

Stefan warf ihm einen erstaunten Blick zu. Den Alten konnte wohl nichts aus der Ruhe bringen.

»Er würde jetzt dreißigtausend dafür zahlen.«

»Was meinst du dazu?«

»Dasselbe wie du. Wir verkaufen nicht.«

Der Bauer nickte zufrieden. Sein Sohn war ein echter Bauer geworden, verwachsen mit der Scholle, voller Liebe und Verantwortungsbewußtsein für das Land, das ihm von Generationen anvertraut war.

»Gut.«

Einträchtig fuhren sie weiter. Der alte Bauer stellte Fragen, der junge erklärte seine Anbaupläne für das nächste Jahr. Tiefe Dankbarkeit erfüllte den Alten für diesen Sohn, der geworden war, wie er ihn sich gewünscht hatte, der wie er selbst geworden war.

Die Bäuerin stand am Herd und kochte das Mittagessen. Speckknödel zu Wasser und zu Land in der Suppe und mit grünem Salat, das war dem Franz seine Lieblingsspeise. Hansi saß mit seinen Büchern über ein Schreibheft gebeugt am Küchentisch und büffelte. Mit mehligen Fingern formte Lina Knödel aus der Teigmasse in der großen Schüssel und legte sie vorsichtig in die leise simmende Suppe.

»Hast du ihm auch gesagt, daß ich überallhin mit ihm mitgeh?« fragte sie, ohne sich umzudrehen.

Hansi hob den Kopf.

»Natürlich, Mutter.«

»Dann versteh ich ihn nicht.« Sie legte den letzten Knödel ein, drehte sich um, trat an den Tisch.

»Ich versteh ihn ganz gut, Mutter.« Er lehnte sich zurück. »Da, wo sein Hof ist, wo wir sind, da fühlt er sich daheim. Das könnt er sonst nirgendwoanders.«

»Aber das glaubst schon auch, daß ihn die Polizei findet und wieder holt?« Besorgt wischte sie sich die mehligen Hände an der Schürze ab.

»Ja, Mutter, aber dann war er wenigstens noch einmal daheim.«

Begütigend hatte er ihr eine Hand auf den Arm gelegt. Sie wollte antworten, wollte fragen, Dinge, die dieses Kind ihr doch nicht beantworten konnte, da hörten sie einen Wagen in den Hof fahren. Wie ertappt blickten beide auf, sahen aus dem Fenster. Anna stieg aus und kam gleich darauf mit Einkaufstüten beladen in die Küche gestürmt. Bester Laune. Irritiert begab sich die Bäuerin an ihre Spüle und wusch den Salat.

»Grüß Gott, Mutter.« Sie stellte die Plastiktüten auf die Bank, glättete ihre Dirndlschürze, strich sich das dunkle Haar aus der Stirn, ging zu Hansi, wuschelte ihm das Haar, sprühte Lebenslust aus, als läge nicht Sorge und Angst wie eine bleischwere Wolke über dem Hof.

»Na, wie geht's denn unserm kleinen Klugscheißer? Lernt er wieder Französisch?« Sie nahm eines der Bücher vom Tisch, warf einen flüchtigen Blick darauf. »Deutsch ist nicht gut genug für ihn.«

Sie lachte über seine undurchdringliche Miene, wirbelte herum, zog eine Bluse aus einer Einkaufstüte, hielt sie triumphierend hoch.

»Schaut her, was ich in der Textilstube gefunden hab!«

Sie drehte sich um ihre eigene Achse, damit die beiden das gute Stück sehen konnten. »Im Ausverkauf! Was meint ihr, was die gekostet hat?«

»Komm, Hansi, räum jetzt deine Sachen weg«, sagte Lina unbeeindruckt, ohne sich umzudrehen. »Und du, Anna, deck den Tisch.«

Anna hörte gar nicht hin, hielt ihre Bluse in die Höhe und bewunderte sie.

»War eigentlich die Polizei schon da?« fragte sie plötzlich scheinheilig.

Die Bäuerin und ihr Sohn wechselten einen Blick.

»Na ja, das ganze Dorf weiß doch mittlerweile, wer seit gestern da ist.«

Ganz langsam stemmte der Junge sich vom Tisch hoch.

»Von wem? Von dir?« fragte er drohend.

»Was, von mir? Wie kommst denn darauf?« fragte sie, ganz die Unschuld vom Lande. »Der Toni Fitz hat an Stefan mit'm Vater auf'm Feld gesehen. Das langt.« Und ohne jeden Übergang: »Also, was glaubt's, hat die Bluse gekostet?«

Lina zog den Suppentopf vom Feuer, hielt sich die Schürze vor die Augen, verließ die Küche. Anna sah ihr erstaunt lächelnd nach. Hansi kam langsam auf sie zu. Sie standen sich gegenüber. Nichts verriet, was in ihm vorging, höchstens das eigenartige Lächeln.

»Zwanzig Mark?« fragte er leise.

»Zehn!« verkündete sie triumphierend.

»Laß mal sehen.«

Er streckte die Hand aus. Sie überließ ihm ihren Stolz, er befühlte den Stoff, begann die Bluse auseinanderzuziehen, auseinanderzuzerren.

»He, du! Du machst sie ja kaputt!« schrie sie erschrocken.

Der Stoff gab nach, kreischend entstand ein Riß. Zwei Teile hielt er in der Hand, schleuderte sie zu Boden.

Entgeistert blickte sie auf die traurigen Reste ihres Gelegenheitskaufes.

»Das wirst du mir büßen!« zischte sie leise und böse.

Doch er hörte es nicht mehr, er hatte die Küche bereits verlassen.

Am Abend, nach getaner Arbeit, saßen der Bauer und sein Sohn in der guten Stube. Es war ein schöner Raum, mit Kachelofen, Wandschränken, einem Kronleuchter aus Geweihen, mit Blumen in den Fensternischen. Wie in alten Zeiten hatten Vater und Sohn am Ecktisch Platz genommen und waren über eine Zeichnung gebeugt, die vor ihnen lag. Der Bauer zeigte mit dem Finger auf die Zeichnung.

»Hier wär ein guter Platz für das neue Silo.«

»Willst du das alte stehen lassen?«

»Wir könnten es auch abreißen. Dann kann man wieder besser in den Hof reinfahren.«

Der Junge nickte bedächtig.

Plötzlich klopfte es.

Sie blickten zur Tür.

»Herein«, rief der Alte.

Die Tür ging auf und Bauer Fitz kam herein. Lächelnd stand er auf der Schwelle.

»Grüß Gott miteinander. Komm ich grad ungelegen?«

»Nein, nein«, sagte der Bauer. »Komm nur rein und setz dich her.«

Er reichte ihm die Hand über den Tisch.

Der alte Fitz zog vorsichtig die Tür hinter sich ins Schloß, nahm den Hut ab, trat heran, schüttelte Schrem die Hand, zog sich einen Stuhl herbei und setzte sich. Er warf einen Blick auf die Zeichnung.

»Was studiert ihr denn da? Wollt ihr umbauen?«

Schrem schüttelte den Kopf. »Nein, nein.«

»Da käm ich nämlich grad recht«, meinte der Fitz gutgelaunt.

»Wie steht's denn mit eurem Feld oben am Waldrand? Ich tät euch gern wieder ein Angebot machen.«

»So, ein Angebot?« Schrem wiegte seinen Kopf hin und her.

»Ja, ich bin zwar nicht reich, Franz«, meinte er vorsichtig, »aber dreitausend wäre mir das Feld schon wert.«

Stefan traute seinen Ohren nicht. »Beim Wirt hast du vor einer Woche gesagt, du würdest dreißigtausend dafür zahlen.« Was fiel denn dem Schlawiner ein? Kam einfach daher und wollte sie hochnehmen?

»Ach geh, dreißigtausend!« Der alte Fitz lachte hüstelnd. »Dreitausend hab ich gesagt! Darüber tät ich schon mit mir reden lassen.« Er lehnte sich zurück und blickte erwartungsvoll in die Runde.

»Soll das ein Witz sein?«

»Nein, Franz, kein Witz, mein heiliger Ernst!« Fitz war die

Freundlichkeit in Person, hob drei Finger wie zum Schwur.

Stefan wollte aufbrausen, doch sein Vater legte ihm die Hand auf den Arm, um ihn ruhigzuhalten. Der alte Fitz zog ein Papier aus seiner Tasche, entfaltete es umständlich, legte es vor Schrem auf den Tisch und strich es glatt.

Schrem betrachtete es gleichgültig.

»Was ist denn das?«

»Ein Kaufvertrag.« Fitz setzte eine zufriedene Miene auf und lehnte sich zurück. »Ich hab die dreitausend schon eingesetzt. Deine Frau müßte den Vertrag allerdings unterschreiben, weil . . .«, er hüstelte diskret, ». . . na, du weißt ja, unter den jetzigen Umständen kannst du das nicht. Aber die Unterschrift von der Lina genügt mir«, fügte er gönnerhaft hinzu. Das war zuviel. Jetzt hatte Stefan die Nase voll, er stemmte sich in die Höhe, doch erneut griff der Vater nach ihm.

»Toni?« fragte der Bauer ruhig.

»Ja?«

»Was meinst du, was das Feld wirklich wert ist?«

»Das kommt ganz darauf an«, erwiderte der Gast vorsichtig.

»Du meinst, es kommt auf die Umstände an, unter denen das Land verkauft wird.« Er beugte sich über den Tisch.

»Ganz recht, ganz recht«, strahlte der pfiffige Fitz und stand rasch auf. »Ich muß am Montag in Krailling sein. Es wär mir recht, wenn ihr's mir morgen auf die Nacht sagen könntet.« Er schob seinen Stuhl zurück. »Dann könnt ich am Montag gleich alles eintragen lassen.«

»Wenn's recht ist, komm ich morgen abend vorbei und hol mir den Vertrag. Also, bis morgen!«

Schweigend ließ Schrem den alten Fuchs zur Tür gehen. Erst als er die Klinke in der Hand hielt, rief er ihm nach:

»Toni!«

Fitz drehte sich lächelnd um, Schrem nahm den Vertrag, zerriß ihn unbeeindruckt in zwei Teile und wandte sich, als wäre nichts geschehen, wieder der Zeichnung zu, die vor ihm auf dem Tisch lag.

»Was meinst du Stefan? Ich glaube, wir sollten das alte Silo doch stehen lassen . . .«

Der alte Fitz war verschwunden. Im Hof sprang stotternd ein Wagen an, knallte, hustete, verflüchtigte sich in der Ferne. Vater und Sohn sahen sich an, lachten, lachten zum ersten Mal nach langer Zeit, lachten, bis ihnen die Tränen über die Wangen liefen.

Es war Sonntag. Das ganze Haus roch nach frischem Kaffee und Napfkuchen. Vom Dorf her läuteten die Glocken. Die Bäuerin kam im Sonntagsstaat die Treppe herunter, Trachtengewand, seidene Schürze, schwarzer Trachtenhut mit langer Schleife, silberne Ketten um den Hals, ein altes Gebetbuch in der Hand.

»Wo ist denn der Hansi?«

»Der ist mit dem Werner vorausgefahren«, antwortete Stefan, der mit Anna an der Haustür stand. Auch die beiden jungen Leute waren in die traditionellen Trachtengewänder gekleidet. Anna war mürrisch und ungeduldig, sie wartete nicht gerne.

»Also, dann komm. Geh weiter, Mutter.«

Lina überhörte den gereizten Ton.

»Ich warte noch . . .«

»Auf was?«

Noch ehe sie antworten konnte, kam der Bauer langsam die Treppe herunter, ebenfalls im Sonntagsstaat, eine rote Schleife um den weißen Hemdkragen geschlungen. Lina hatte ihn erwartet, die anderen nicht. Fassungslos starrte Anna ihm entgegen. Ja, war der denn von allen guten Geistern verlassen?

Stefan machte einen Schritt auf ihn zu.

»Vater, bleib da.«

Ruhig schritt der Bauer an seinem Sohn vorbei, auf seine Frau zu, lächelte sie an, zog seinen Janker am Knopf nach vorne, um zu zeigen, wie weit er ihm geworden war.

»Schau mal, viel zu weit.«

»Den müssen wir enger machen«, antwortete sie rasch.

»Gehn wir?« Stolz lächelnd blickte er in die Runde.

»Vater, sei doch gescheit«, versuchte Stefan es noch einmal.

»Laß ihn«, fiel Anna dazwischen und schritt entschlossen durch die Tür. »Er wird schon wissen, was er tut.« Vielleicht, nein, ganz gewiß, war das die Lösung.

Stefan zögerte einen Augenblick, dann folgte er seiner Frau. Bewundernd sah der Bauer seine Bäuerin an.

»Gut schaust aus, Lina. So müßten wir jetzt Silberne Hochzeit feiern. Wäre eh fällig gewesen, heuer im Februar.«

Verschämt lächelnd, zog sie ihn durch die Tür. Im Hof stand der alte Mercedes Diesel, Stefan saß bereits am Steuer, Anna dahinter. Galant half Schrem seiner Frau in den Wagen und stieg dann vorne ein. Stefan fuhr aus dem Hof.

Die letzten Glockenschläge tönten von der roten Kirchturmspitze. Die Messe war eingeläutet, der Platz vor der Kirche leerte sich, fast alle Dorfbewohner hatten bereits im Gotteshaus Platz genommen. Hansi und der Knecht standen bei ihrem Motorrad, putzten sich den Staub von den Schuhen und warteten auf den Rest der Familie. Da kam der Wagen auch schon um die Ecke gebogen, parkte neben dem Motorrad, der Bauer stieg aus, blieb breitbeinig mitten auf dem Kirchplatz stehen, blickte sich um. Alles war noch an seinem alten Platz. Das Wirtshaus mit den schönen alten Fresken unter dem weit vorgezogenen Dach, die Post gegenüber, daneben das Lebensmittelgeschäft von der alten Marei. Nur das Rathaus hatte ein neues Gewand bekommen, es war frisch gestrichen. Lina hakte ihren Mann unter, störte ihn in seinen Betrachtungen.

»Komm, Franz, sonst versäumen wir noch die Predigt.«

Er tätschelte ihre Hand und schritt gemessenen Schrittes mit seiner Frau am Arm, die Stufen hinauf zum Kirchenportal. Paarweise folgten ihnen die anderen.

Niemand schien sie zu beachten. Kein Kopf drehte sich

nach ihnen um, als sie durch den Mittelgang schritten, als wäre es das natürlichste von der Welt, daß ein entsprungener Sträfling am Sonntag im Kreis seiner Familie die Messe besucht. Sie nahmen Platz auf ihrer angestammten Bank, Schrem zwischen Lina und Stefan. Die Messe begann, die Orgel setzte ein. Schrems Blick war nach innen gerichtet und nahm doch alles wahr, das Läuten der Ministranten, den Pfarrer, der sich umdrehte, seine Arme ausbreitete und Dominus vobiscum sang, die Weihwasserkessel, das Weihrauchfaß, die Orgelmusik, die Predigt.

»Wer ohne Schuld ist, werfe den ersten Stein.«

Und dann waren seine Gedanken auf die Wanderschaft gegangen – werfe den ersten Stein – nein, mehr hatte er von der Predigt nicht mitbekommen, zu weit weg war er gewesen, erst beim Schlußsegen, beim letzten Aufrauschen der Orgel, war er wieder zu sich gekommen. Und dann war auch schon alles vorbei. Alles erhob sich, schob sich durch den Mittelgang, durch das Portal hinaus, und da standen sie. Alle Dorfbewohner schienen sich danach zu drängen, ihn zu begrüßen, ihm die Hand zu schütteln, ihm aufmunternd auf die Schulter zu klopfen. Auch Lina wurde aufgenommen in dem warmen Begrüßungssog, und Hansi, der strahlte, nur Anna und Stefan hielten sich etwas abseits. Auch der Pfarrer wollte es sich nicht nehmen lassen, den Heimkehrer zu begrüßen. Mit ausgestreckten Händen trat er aus der Kirche.

»Freut mich, dich zu sehen, Franz«, sagte er unbefangen.

Schrem blickte ihm fest in die Augen.

»Sie haben schön gepredigt, Herr Pfarrer.«

»Du meinst, weil ich gesagt habe, wer ohne Schuld ist, werfe den ersten Stein?« Ein leises Lächeln huschte über das gütige Gesicht. »Ich schreibe meine Predigten immer schon Wochen im voraus.«

Er nickte ihm noch einmal zu und wandte sich an den nächsten, der aus der Kirche trat.

Als Schrem mit seiner Lina die Stufen herunterkam, wartete eine Gruppe von Männern auf ihn.

»Komm, Franz, trink ein Bier mit uns«, sagte ein Bauer mit einem besonders schönen Gamsbart auf seinem Hut.

Schrem sah seine Frau fragend an, aber sie lächelte nur.

»Geh nur, Franz.«

»Gut, gemma, worauf warten wir noch?« forderte er die anderen auf, alles Bauern wie er, die er kannte, solange er denken konnte, und stapfte ihnen voraus ins Wirtshaus. Lina blickte ihm nach, bis er im Toreingang verschwunden war, drehte sich suchend um, sah Stefan und Anna am Auto stehen. Was fährt sie ihn denn wieder an? Wie böse und hart das Mädel manchmal aussehen konnte, dachte sie.

»Du gehst nicht mit in die Wirtschaft«, hatte Anna ihrem Mann zugezischt und war mit unheildrohender Miene eingestiegen.

Hansi und der Knecht schlenderten über den Dorfplatz und sahen Schrem im Gasthof verschwinden.

»Gehst mit auf ein Bier?« fragte der Knecht.

»Wenn der Vater geht, geh ich auch.«

Sie winkten der Mutter zu.

»Zum Mittagessen sind wir wieder daheim.«

Lina nickte, Hansi hielt ihr die Wagentür auf.

An der Theke lehnten Werner und ein paar Dorfbewohner. Hinter der Theke wusch der Wirt Biergläser, zapfte Pils, streifte den überschüssigen Schaum mit einem flachen Holzlöffel ab, schenkte Schnaps in schmalen hohen Gläsern aus. Der Rauch hing in dichten Schwaden in der getäfelten Wirtsstube mit den karierten Gardinen an den Fenstern und den schweren alten Tischen und Bänken an den Wänden. Um den Stammtisch in der Ecke saßen Schrem und seine Freunde und spielten Schafskopf. Hansi stand hinter seinem Vater. Jeder hatte ein Glas Bier neben sich. Das Spiel war bereits im vollen Gang, todernst droschen die Männer die Karten auf die Tischplatte.

»Noch ein Bier?« rief der Wirt von der Theke.

»Hier kommt noch eins her«, antwortete der Huber-Bauer, der mit dem schönen Gamsbart auf dem Hut. »Franz?«

Schrem blickte auf.
»Ja, ich nehm' auch noch eins.«
»Zwei Bier!«
Die Spieler hatten sich nicht stören lassen, eine Eichelneun kam auf den Tisch, ein Aß, ein Schellenkönig, ein Herzunter. Herz war Trumpf. Das Spiel war zu Ende. Während gemischt wurde, entstand eine Pause. Der Gamsbart räusperte sich.
»Hast ganz recht getan, Franz.«
Alle nickten bedächtig. Der Ochsensepp nahm seine Pfeife aus dem Mund.
»Darauf trinken wir eine Runde!«
Der Wirt, der gerade mit den zwei Bier an den Tisch kam, hatte die letzten Worte gehört.
»Die spendier' ich.«
Er stellte die Gläser ab und verschwand Richtung Theke. Leben war in die Kartenrunde gekommen.
»Die Kerle hätt' ich auch fertiggemacht«, ließ sich der Ochsensepp vernehmen. »Die werden ja heutzutage immer frecher.«
Der Bürgermeister leert sein Glas aus. »Wir hätten es genauso gemacht, Franz.«
»Alleweil!« bestätigte der Moosbauer und drosch mit der Faust auf den Tisch.
»Auf uns kannst du dich verlassen, Franz«, versicherte der Huber-Bauer mit bestätigendem Kopfnicken und mischte umständlich die Karten in seinen schwieligen Händen. »Wer gibt eigentlich?«
»Alleweil der, der fragt.« Ein Lächeln begleitete die Antwort.
Der Ausdruck von spontaner Solidarität seitens der Dorfgemeinschaft tat Schrem unendlich gut. Er hatte es ja gewußt, die würden ihn nicht an die Polizei verraten. Vielleicht waren sich nicht alle sicher, daß es sein gutes Recht gewesen war, die Diebe zu erschießen, aber prinzipiell standen die Männer im Dorf auf seiner Seite.
Nur Hansi schien anderer Meinung zu sein, er drehte den

Spielern den Rücken zu, entfernte sich vom Tisch, seiner Meinung nach hatte kein Mensch das Recht, einen anderen umzubringen, schon gar nicht zwei.

Neben dem Knecht lehnte ein junger Mann an der Theke, er trug die Post jeden Morgen aus und schien sich vorgenommen zu haben, den Bierbestand restlos zu eliminieren, ein Glas nach dem anderen schüttete er hinunter. Von Zeit zu Zeit warf er einen Blick auf die Stammtischrunde, auf Hansi, auf den Knecht. Plötzlich beugte er sich zur Seite und fragte leise seinen Nachbarn:

»Wann ist er denn gekommen?«

»Freitag abend«, erwiderte der Knecht ebenso leise.

»He, Wirt, noch ein Bier!« Mit einer fahrigen, etwas unsicheren Geste schob er das leere Glas über die Theke, warf einen Blick über die Schulter, stierte vor sich hin.

»Und jetzt sitzt er hier, und keiner will sich die fünfzehntausend verdienen«, philosophierte er laut vor sich hin.

»Warum tust du's dann nicht?« fragte der Knecht belustigt.

»Weil ich ein feiger Hund bin.«

Sein glasiger Blick blieb an der Tür hängen. »Außerdem ist es jetzt schon zu spät.«

Der Knecht folgte seinem Blick. Der Atem stockte ihm. Auf der Schwelle stand Karl, der Polizist aus dem Nachbardorf. Sie selbst hatten keine eigene Polizeistation, aber den Karl, den kannten sie alle, auch wenn er keine Uniform trug. Die Männer am Stammtisch hörten auf zu spielen, die Gespräche in der ganzen Wirtsstube stockten. Der Wirt, der gerade die Lage Bier an den Spieltisch gebracht hatte, blieb auf halbem Weg zur Theke stehen, wischte sich die Hände an der Schürze ab, begrüßte den Polizisten.

»Wie geht's Karl?« fragte er, so daß auch der letzte auf die Szene aufmerksam wurde.

»Danke, gut.«

»Lange nicht gesehen. Wo warst du denn die ganze Zeit?«

Gemeinsam begaben sie sich zur Theke, der Polizist vorneweg, der Wirt in Rückendeckung. Hatte er Schrem gesehen? war die Frage, die alle Anwesenden beschäftigte. Oder wollte er ihn vielleicht gar nicht sehen?

»Immer in Handorf,« antwortete der Polizist in Zivil.

Sie waren an der Theke angelangt, der Wirt begab sich auf seine Seite. »Du kommst ja auch nicht mehr bei uns vorbei. Dir geht's hier wohl zu gut, was?«

»Ich kann nicht klagen. Was trinkst du? Ein Bier?«

Der Polizist nickte, lehnte mit dem Rücken zum Stammtisch an der Theke und blickte in die Runde. Das Spiel ging immer noch nicht weiter, alles wartete gespannt auf eine Reaktion, auf eine Sensation.

Es war so still geworden in der Wirtsstube, daß man die berühmte Stecknadel hätte fallen hören. Hinein in dieser Stille schob sich der junge Postbote an die Seite des Polizisten.

»Ich dachte, im Dienst darfst du nichts trinken?«

Der Polizist, der Karl hieß, warf ihm einen Blick zu.

»Ich bin jetzt nicht im Dienst«, antwortete er.

»Ach, so ist das!« lallte der Biervernichter, der sich offensichtlich zuviel vorgenommen hatte.

»Was soll das heißen?«

»Das weißt du ganz genau.« Hicks.

Der Polizist, der Karl hieß und nicht im Dienst war, ließ sich nicht aus der Ruhe bringen, schon gar nicht von diesem versoffenen Stänkerer, der ihn nur provozieren wollte, weil er ihm einmal die Mari ausgespannt hatte.

»Du meinst, wenn ein Polizist nicht im Dienst ist, hört und sieht er nichts? Irrtum, mein Freund. Ich höre alles, aber ich sehe nur, was ich sehen will. Verstehst du?«

Schweigen. Der Wirt stellte das Bier vor ihn auf die Theke, er hob das Glas. »Prost!« sagte er in die Runde.

»Wohl bekomm's, Karl«, fuhr der Wirt fort.

Der Polizist setzte sein Glas an die Lippen. Die Gruppe am Stammtisch, die ganze Wirtsstube löste sich aus ihrer Erstarrung, die Gespräche kamen wieder in Gang.

»Wirt, eine Lokalrunde!« verlangte der Bürgermeister.

Es war dunkel geworden. Der Abend hatte seinen dunklen Schleier über die Erde gesenkt. Draußen im Hof brannte Licht. Der Hund lag vor der Tür, aus dem Stall klang gedämpftes Kettengerassel. In der Küche saß die Familie Schrem um den Eßtisch vor den Resten ihrer Mahlzeit. Wie üblich wurde wenig gesprochen.

»Wie geht's dem Kälbchen?« Das war Hansi.

»Gut.«

»Will noch jemand Kartoffeln?« Das war Anna, mit dem Vorlegelöffel in der Hand.

»Danke.«

»Fährst du morgen zum Markt?« wollte die Bäuerin wissen.

Plötzlich drang ein Geräusch in die friedliche Küche. Ein Wagen fuhr in den Hof. Hansi, der am Fenster saß, schaute hinaus.

»Wer ist's?« fragte die Bäuerin besorgt. Alles blickte ihn gespannt an.

»Zwei Männer sind's. Kenn i net.«

»Polizei?« Das Wort war ihr einfach unwillkürlich herausgerutscht. Entsetzt hielt sie sich eine Hand vor den Mund und schaute zu ihrem Mann hinüber.

Stefan erhob sich. »Geh nauf, Vater!«

Schrem stand auf, warf einen kurzen Blick aus dem Fenster, erstarrte.

»Ich werd' mal fragen, was sie wollen.« Stefan war schon fast bei der Tür.

»Na, na, ich schau' schon selbst nach.«

Das hatte der Bauer so hastig gesagt, dem Stefan sogar den Weg zur Tür abgeschnitten, daß ihm alle erstaunt nachblickten.

Der Hund bellte. Schrem trat aus dem Haus, rief ihn zur Ordnung, ging auf die beiden Männer zu, die gerade ausgestiegen waren, schüttelte jedem von ihnen erregt die Hand.

»Stock, Haldern, wie kommt ihr denn hierher?«

Aus der Entfernung, im Dunkeln waren ihre Gesichter

nicht auszumachen; in der Küche, am Fenster, erkannte sie jedenfalls niemand, kam keiner auf die Idee, obwohl alle die Steckbriefe gesehen hatten. Gespannt beobachteten sie, was sich draußen abspielte.

Der eine setzte sich wieder ans Steuer, der andere begleitete den Bauern zum Scheunentor. Schrem machte es weit auf.

»Die kennen sich«, bemerkte Anna überflüssigerweise.

»Wer ist denn das?« fragte Hansi.

»Von hier sind die nicht«, stellte der Knecht bedächtig fest.

Jetzt winkte der Bauer. Der Wagen fuhr in die Scheune, das Tor ging zu. Der Hof lag verlassen da. Der Hund hatte sich beruhigt, legte sich wieder an seinen Platz vor der Haustür. Plötzlich trat Anna aus dem Haus, schlich vorsichtig über den Hof, die Scheune entlang, bis sie zu einem Fenster kam, stellte sich auf die Zehenspitzen und schaute hinein.

In der Küche hatte sich ein trügerischer Abendfriede ausgebreitet. Lina saß mit einem Nähkorb am Tisch und stopfte Strümpfe. Hansi blätterte in einem Magazin, Stefan sah Rechnungen durch. Im Herd knisterte noch das Feuer. Die Lampe warf einen traurigen Schein über das Bild. Alles schwieg.

»Wo ist denn die Anna?« fragte Lina plötzlich, ohne von ihrem Stopfei aufzublicken.

»Nach oben ist sie, was holen«, erwiderte Stefan zerstreut und fing wieder von vorne an, eine komplizierte Zahlengruppe zu addieren. Hansi blickte von seiner Lektüre auf, deutete auf ein Foto.

»Für zweitausend Mark hat in Stuttgart einer eine Frau erwürgt. Bei uns könnt sich einer fünfzehntausend verdienen . . .«

»Hör auf«, unterbrach ihn die Mutter ruhig.

»Ich will damit nur sagen«, fuhr der Junge unbeirrt fort, »bei uns im Dorf zeigt ihn keiner an.«

»Keiner?« fragte sein Bruder ironisch und warf ihm einen

vielsagenden Blick zu. Hansi schüttelte den Kopf.

»Ach, der Fitz, der ist doch viel zu feige, der geht nicht zur Polizei. Der weiß genau, was ihm dann blüht.«

Der Junge war voller jugendlichem Optimismus. Da war sein Bruder schon pessimistischer.

»Aber er will doch das Feld haben.«

»Könnt ihr nicht von etwas anderem reden?« Die Mutter ließ das Stopfei sinken.

»Schon recht, Mutter«, lenkte der Jüngste ein und vertiefte sich in sein Heft. Stille trat wieder ein. Nur das Rascheln beim Umblättern war zu hören.

»Stefan, willst du nicht mal nachschauen, wo der Vater bleibt?«, fragte die Mutter nach einer Weile in die Stille und biß den Faden ab.

Stefan rührte sich nicht.

»Ich glaub', er will lieber mit den zwei allein sein.«

In dem Moment ging die Küchentür auf. Anna kam herein. Stefan blickte hoch.

»Wo warst du denn?«

Sie gab keine Antwort, ging langsam zum Tisch, ein böses Lächeln spielte um ihre Lippen. Vor Lina blieb sie stehen. Sie nahm sich Zeit, kostete jede Sekunde aus. Alle Blicke waren gespannt auf sie gerichtet. Endlich begann sie leise und triumphierend:

»Weißt du, wer mit deinem Mann drüben im Stadl hockt?«

Eine kleine Pause entstand, die Anna sichtlich genoß.

»Der Stock und der Haldern.«

Lina begriff nicht so schnell, was sie meinte.

»Die Mörder, die mit deinem Mann ausgebrochen sind. Die spritzen jetzt ihren gestohlenen Wagen um. In unserem Stadl.«

Wütend fuhr sie herum, nahm jetzt ihren Mann aufs Korn.

»Und du Schlappschwarz, hast du Schneid genug und schmeißt alle raus? Nein!« Stefan duckte sich wie getroffen. »Aber eins sag' ich dir«, fuhr sie drohend fort, »ich laß mich nicht dafür einsperren, daß diese Lumpen dableiben. Ich nicht!«

Bei den letzten Worten war Schrem in die Küche getreten, er wirkte ruhig und gelassen, schien sie gar nicht wahrzunehmen, obwohl er sie gehört haben mußte.

»Lina?«

Rasch erhob sich seine Frau, legte das Flickzeug zur Seite, ging ihm entgegen.

»Was ist, Franz?«

»Lina, richt was zu essen für meine Freunde.«

Lina nickte, ging in die Speisekammer.

»Seine Freunde!« murmelte Anna böse, aber nicht so leise, daß er es nicht deutlich hätte verstehen können.

»Ja, Anni, meine Freunde.«

Sie wandte sich ab, wollte zur Tür, wollte verletzen, alles kaputtschlagen, wollte weg.

»Wo willst du hin?«

»Zur Polizei«, antwortete sie wild – und hatte gar nicht gewußt, daß es das war, was sie wirklich wollte. Aber mit ein paar schnellen Schritten war der Bauer bei ihr, packte sie am Arm, hielt sie so fest, daß sie ächzte.

»Heute nacht geht niemand aus dem Haus. Niemand«, sagte er ruhig, aber gefährlich. »Morgen früh sind sie wieder weg. Dann kannst du hingehen, wohin du willst.«

Sie wußte, daß er es ernst meinte, schüttelte seinen Arm ab, ging zu einem Stuhl, setzte sich trotzig hin. Stefan suchte zu vermitteln.

»Vater, paß auf, ich möcht' . . .«

Doch der Vater ließ sich auf keinerlei Diskussion ein.

»Du sorgst dafür, daß deine Frau im Haus bleibt!«

»Ja, Vater«, kuschte der Sohn.

Lina war mit Brot, Speck und Milch aus der Speisekammer gekommen und packte alles in einen Korb. Dazu legte sie Becher, Messer und ein Brett. Der Bauer nickte, nahm den Korb, verließ die Küche, schritt über den Hof, verschwand in der Scheune. Das Fenster neben dem Scheunentor war jetzt verhangen, nur ein schmaler Lichtstreifen fiel nach draußen. Der Hund strich am Scheunentor entlang und schnüffelte. Die Tür am Wohnhaus öffnete sich einen Spalt, Hansi trat einen halben Schritt hinaus, blickte bekümmert zur Scheune hinüber. Nach einigem Zögern pfiff er leise den Hund zurück, schloß die Haustür wieder, der Hund ließ sich davor nieder. Nur die Lampe im Hof war Zeuge.

Stunden später, kurz vor Mitternacht, simmerte ein Suppentopf auf dem Herd leise vor sich hin. Lina hantierte mit dem Kochlöffel, richtete ein Tablett her. Der Bauer saß am Küchentisch und sah ihr zu. Es war so friedlich, das Haus so still. Warum konnte es nicht immer so bleiben?

»Möchtest du haben, daß ich morgen früh mit ihnen weggeh'?«

Lina ignorierte die Frage, zog den Suppentopf vom Feuer.

»Soll ich ihnen die Suppe bringen?« fragte sie.

»Das mach' ich schon selbst.«

Da kam Anna in die Küche geplatzt, doch weder Lina noch ihr Mann nahmen Notiz von ihr. Schrem stand auf, holte Löffel aus der Schublade, legte sie auf das Tablett, nahm zwei Flaschen Bier aus dem Kühlschrank und machte sie auf. Lina schöpfte Suppe in die Teller. Anna hatte nur ein Tuch über ihr Nachthemd geworfen, stand in der offenen Tür und beobachtete die Szene. Ein sarkastisches Lächeln spielte um ihren Mund.

»Ist euch im Zuchthaus auch alles so fein serviert worden?«

Weder der Bauer noch die Bäuerin würdigten sie einer Antwort. Er wollte gerade das Tablett aufnehmen, da trat Anna gegen den Tisch, streifte wie zufällig eine Bierflasche. Klirrend fiel die Flasche um. Bier und Suppe ergossen sich über das Tablett, schwappten auf den Tisch. Der Bauer verstellte Anna drohend den Weg.

»Lina, gib ihr einen Lumpen. Sie soll das aufwischen.«

Die Bäuerin blickte von einem zum anderen, drehte sich um, ging zur Spüle, wollte ihrer Schwiegertochter den

Lappen geben, doch die ließ ihn einfach fallen und grinste Schrem frech und herausfordernd ins Gesicht.

»Heb den Lappen auf!« sagte der Bauer. Ein gefährlicher Unterton schwang in seiner Stimme.

Anna rührte sich nicht.

»Heb den Lappen auf, Anna!«

Sie sah ihn nur an, als wollte sie sagen, heb ihn doch selber auf. Da hob der Bauer plötzlich völlig unerwartet seine Hand und verabreichte ihr eine schallende Ohrfeige. Mit einer Gegenbewegung riß sie das Tablett vom Tisch. Die Suppe ergoß sich auf den Fußboden. Flaschen, Gläser, Teller zerbrachen.

»Wer bist du denn? Ein Zuchthäusler!« kreischte die junge Frau in ohnmächtiger Wut, rannte aus der Küche, stieß beinahe mit Stefan zusammen, der sie gesucht hatte, rannte die Treppe hinauf, knallte die Kammertür hinter sich zu. Unschlüssig blieb Stefan stehen, schaute ihr nach, Verblüffung auf den Zügen, zögerte und schlich hinter ihr die Treppe hinauf.

Lina wischte die Suppe auf, Schrem sammelte die Scherben ein.

Anna saß auf ihrem Bett, verhielt sich völlig ruhig, horchte auf das Hämmern an der Tür, auf die Wut, die in ihren Ohren sang, hörte das Rütteln an der Tür.

»Anna, laß mich ein!« drängte seine Stimme. »Anna, mach doch auf!«

Irgendwann reagierte sie, erhob sich, ging zur Tür, sperrte auf. Sie standen sich gegenüber.

»Was willst?« fragte sie kalt und blickte in das verzweifelte ratlose junge Gesicht.

»Warum sperrst du dich ein?«

»Dein Vater hat mich geschlagen«, sagte sie mit einer Ruhe, die vorgetäuscht war. »Ich gehör' nicht mehr hierher.«

Er packte sie bei den Schultern, schob die Tür hinter sich zu, zog sie an sich.

»Du gehörst doch zu mir, Anna«, murmelte er in ihr Haar. »Heute oder spätestens morgen kommt die Polizei und holt den Vater wieder ab.«

Er schloß die Augen und sog den Duft ihres Nackens ein. O Gott, er konnte nicht mehr ohne sie leben!

Sie machte sich ganz steif in seinen Armen, ließ ihn zappeln.

»Dann bist du wieder Herr im Haus. Aber dadurch wird es auch nicht mehr gut.« Sie schob ihn von sich. »Du hast mir gezeigt, zu wem du gehörst. Nicht zu mir. Du gehst nicht zur Polizei.«

Entgeistert sah er sie an. Vor nichts hatte er solche Angst als davor, sie zu verlieren.

»Das geht doch nicht!« Verstand sie das nicht?

»Er ist ein Mörder, und seine Spezln sind auch Mörder. Aber dir ist das gleich.« Sie versuchte seine Hände von sich abzuschütteln. »Laß mich los.«

Erschrocken vor der Wildheit in ihren Augen ließ er sie los, sie drehte sich um, stürzte zum Schrank, fing an, ihre Kleider herauszureißen und auf das Bett zu werfen.

Wie vor den Kopf geschlagen sah er ihr zu, konnte nicht glauben, was er sah, ballte die Fäuste.

»Annerl!« flehte er.

»Ich geh zurück zu meinen Leuten, wo ich hingehöre.« Sie ließ sich nicht beirren. Das neue Dirndl, der Sonntagsstaat . . .

Das konnte sie ihm doch nicht antun, nein, das konnte er nicht ertragen. Langsam ging er auf sie zu, blickte sie flehend an.

»Sag mir doch, was ich tun soll.«

Kühl und hart blickte sie ihm in die Augen.

»Geh zur Polizei! Beweis mir, daß du mich mehr magst als deine Eltern und Geschwister.«

Sie drehte sich um, zog die oberste Schublade der modernen Kommode auf, legte einen Stapel Wäsche auf ihr Bett.

Verzweifelt ließ er sich auf einen Stuhl sinken und vergrub den Kopf in beide Hände.

Die Wanduhr draußen auf dem Flur schlug eins. Schrem saß bei einer Flasche Bier am Tisch, Hansi ihm gegenüber. Die Tür zum Flur stand offen, so daß der Bauer die Treppe überblicken konnte.

»Es ist ein Uhr, Hansi. Geh ins Bett.« Die klobigen Hände auf der Tischplatte waren gefaltet.

Hansi schüttelte den Kopf.

»Nur wenn du auch gehst.« Seine Augen brannten vor Müdigkeit. Der Vater lehnte sich zurück, blickte hinaus in die Dunkelheit.

»Ich kann noch nicht.«

Beide schwiegen. Der Junge starrte vor sich hin. Endlich faßte er sich ein Herz.

»Vater, sind das wirklich deine Freunde?«

Schrem nickte. »Ja.«

Groß sah ihn der Sohn an.

»Das versteh' ich nicht.«

In deinem Alter, in einer anderen Welt hätte ich es auch nicht verstanden, dachte der Vater. Laut sagte er: »Wir waren im selben Käfig. Da hat man keine Wahl. Man geht sich an die Gurgel, oder man hält zusammen. So ist das eben.«

Wie mit Polypenarmen griff die Erinnerung an jene Welt nach ihm, drohte ihn zu ersticken. Er schluckte.

»Aber sie haben doch . . .« Immer noch die großen verständnislosen Augen.

Er nickte.

»Sie haben Menschen umgebracht – genau wie ich.«

»Bei dir war das etwas anderes«, antwortete Hansi schnell. Meinte er das wirklich? »Du hast geglaubt, du bist im Recht.«

Verwundert blickte der Vater ihn an.

»Meinst du, ich war nicht im Recht?« Der Junge ist anderer Meinung, er zweifelt an mir, dachte er erschüttert. »Ich hab' dich was gefragt, Hansi.«

»Nicht nach dem Gesetz, Vater«, antwortete der Sohn, nach dem er sich in all den Jahren so sehr gesehnt hatte.

»Ich werde doch noch mein Eigentum, Haus und Hof, verteidigen dürfen.« Und wußte doch, daß er ihn nie mehr erreichen würde.

»Aber nicht mit dem Gewehr.«

Wie fremd seine Stimme klang, wie hart, wie erwachsen. Er lauschte den Worten nach, überdachte das Gehörte.

»Ich muß das tun, was ich für richtig halte«, erwiderte er mit Bestimmtheit.

Hansi schwieg.

Er wollte es noch einmal versuchen.

»Du meinst also, das war recht, daß sie mich eingesperrt haben?«

»Ja, Vater«, antwortete er nach kurzem Zögern. »Du hast selbst immer gesagt, man soll nach den zehn Geboten leben. Und ein Gebot sagt: ›Du sollst nicht töten!‹« Hilflos sah er ihn an. »Das ist doch wahr, Vater?«

»Ja, das ist wahr«, erwidere er nickend, plötzlich war er sehr müde. »Geh ins Bett, Hansi. Ich möcht' jetzt allein sein.«

Nicht nur ihn hatte diese Unterhaltung erschüttert, auch der Bub schien sichtlich verwirrt.

»Gute Nacht, Vater.«

»Gute Nacht, Hansi.«

Er blickte ihm nach, wie er mit hängenden Schultern aus der Tür, über den Flur, die Treppe hinauf zu seiner Kammer ging.

Lina, in ihrem Bett, hörte die Schritte, hoffte, es wäre ihr Mann, bis sie sie weiter zum Dachboden hinaufgehen hörte, seufzend legte sie sich in ihre Kissen zurück.

Der Bauer war allein mit seinen Gedanken, allein mit der Gewißheit, daß sein Bub, sein Jüngster, an dem er hing, wie er an der heimatlichen Erde hing, ihn verurteilte. Wie betäubt war er von dieser Erkenntnis und griff nach dem Bier. Es war schal geworden. Und wenn nun alle so dachten, wenn Hansi der einzige war, der es gewagt hatte, ihm die Wahrheit zu sagen? Wenn die anderen ihn nur schonen wollten? Wenn der Richter doch recht gehabt hatte? Dann war er wirklich nichts andres als ein dreckiger, gemeiner Mörder, ein Totschläger, Abschaum der menschlichen Gesellschaft, Gewürm, Natterngezücht. Dann gehörte er isoliert, dann gehörte er hinter Schloß und Riegel, um die menschliche Gesellschaft vor einem wie ihm zu beschützen. Wie ein Kartenhaus krachte das Gebäude, errichtet aus Selbstgerechtigkeit und dem Bewußtsein, im Recht zu sein, zusammen, an das er sich in den letzten Jahren so mühsam geklammert hatte.

So verrannen die Stunden.

Was wollte er dann noch auf seinem Hof, bei den Menschen, die ihn doch nicht verstanden, die ihm, den Zuchthäusler, eines Tages ins Gesicht spucken würden, wie die Anni das bereits getan hatte?

Müde stand er auf, trat ans Fenster. Der Hof lag noch im Dunkeln, über den Himmel jedoch griffen bereits graue Morgenfinger, zerrten an der Dunkelheit, der Tag würde bald anbrechen. Schweren Schrittes stapfte er aus dem Haus, überquerte den Hof, öffnete das Scheunentor. Kurz darauf fuhr der umgespritzte Wagen in den Hof. Haldern schüttelte Schrem die Hand, stieg ein, Stock winkte aus dem Wagenfenster. Geräuschlos rollten die beiden aus dem Hof.

Einsam stand die dunkle Gestalt gegen den heller werdenden Himmel und blickte ihnen nach. Dann drehte er sich um, machte das Scheunentor zu, ging zurück ins Haus, machte die Haustür zu, schaute die Treppe hinauf, zögerte. Lina . . . Er wollte sie nicht in ihrem Schlaf stören, ging in die Küche, löschte das Licht und setzte sich an den Küchentisch. Irgendwann legte der Mann den Kopf auf die Arme und schlief ein.

Langsam wurde es heller, der erste Hahn verkündete den Morgen, die Morgennebel krochen die Abhänge hoch. Ein leises Klopfen an der Tür genügte. Er hob den Kopf, stand auf, öffnete die Küchentür. Karl, der Polizist stand vor ihm, in Uniform, im Dienst.

»Darf ich reinkommen?« fragte er leise.

Schweigend trat Schrem zur Seite, ließ den Polizisten eintreten, schloß die Tür hinter ihm.

»Ich mach's kurz, Franz«, sagte der Polizist im Dienst. »Ich muß dich verhaften. Weil wir dich kennen, haben wir gedacht, es wird ohne Schießerei abgehen. Mein Wagen steht draußen auf der Straße.« Es war ihm sichtlich peinlich, fast hätte er dem Bauern leid getan. »Du willst sicher noch rauf zu deiner Frau und den Kindern? Ich warte hier.«

»Nein«, sagte der Bauer ruhig. »Gehen wir gleich.«

»Wie du willst.«

Karl, der Polizist, ging voraus zur Tür, öffnete sie, wollte Schrem vorbeigehen lassen, da blieb dieser stehen und sah ihm ins Gesicht.

»Warum erst jetzt, warum nicht schon gestern in der Wirtschaft?«

Der Polizist sah den immer noch kräftigen Mann, das abgezehrte graue Gesicht, die müden Augen.

»Du bist angezeigt worden.«

»Von wem?«

Er antwortete nicht gleich.

»Kannst es mir ruhig sagen.«

»Ist doch egal von wem.« Er konnte diesem forschenden Blick nicht mehr länger standhalten.

»Nicht ganz. Es könnte ja sein . . .« Und stockte plötzlich.

»Sag's mir, Karl«, drängte er nach einer Weile. »Wer hat mich angezeigt?«

Der Polizist schluckte. »Der Stefan.«

Der Stefan. Er nickte, als hätte er es gewußt, und setzte mechanisch Fuß vor Fuß. Sie traten auf den Hof. Die ersten Sonnenstrahlen vergoldeten die Hügelkuppen in der Ferne, hier unten war es noch nicht richtig hell. Ohne sich noch ein einziges Mal umzublicken, schritt er aus dem Tor hinaus auf die Straße, auf den Weg in die unausweichliche Verbannung.

4. Kapitel

Der Zug stampfte durch die blühende Landschaft, grüne Wiesen, rote Dächer zwischen Bäumen, bunte Kühe, schneebedeckte Berge in der Ferne, dazwischen, wie hineingeworfen, das asphaltgraue Band einer Landstraße. Der Mann am Fenster, an dessen Augen der ländliche Frühling vorbeiflog, saß ganz still, abgewandt von den Mitreisenden im Abteil – er wußte nicht genau, wie viele es waren – und wartete mit jeder Fiber seines Körpers auf die Hand, die sich ihm auf die Schulter legen, auf die harte Stimme, die ihn nach seinen Papieren fragen würde. Auf dem kleinen Bahnhof, an dem er zugestiegen war, nach stundenlangem Querfeldeinstolpern, hatte er die Steckbriefe mit Foto gesehen; im ganzen Land mußten sie jetzt bereits aushängen, in jeder Zeitung erschienen sein.

Mit jedem Muskel spürte er das Stampfen der Räder, das Schlagen der Schwellen, das Singen der Schienen, mit jedem bloßliegenden Nerv. Er hatte sich zwar einigermaßen unkenntlich gemacht, hoffte es zumindest. In einem der Schuppen am Übungsflughafen hatten sie ölverschmierte Kleidungsstücke, an Haken an der Bretterwand hängend, gefunden, blaue Overalls, fleckige Lederjacken, sogar eine Mütze hatte er entdeckt, Arbeitskleidung, welche die Flugzeugmonteure abgelegt hatten. So einen Monteuranzug mit schwarzen schmierigen Flecken trug er jetzt, darüber eine alte, abgewetzte Lederjacke, die ihm viel zu weit war. Auch der Arbeitsdrillich war ihm zu weit, schließlich kam er nicht von einer Mastkur. Bei dem Gedanken mußte er lächeln trotz seiner Nervosität. Die Mütze hatte er tief in die Stirn gezogen.

Plötzlich veränderte sich das Bild, das Stampfen wurde langsamer, der Zug fuhr in eine nicht allzu große Industriestadt ein. Triste Brandmauern, verrußte Fabrikschlote, graue Lagerhallen, Vorstadtstraßen, Kinder spielten Fußball auf einem betonierten Hinterhof. Der Zug rollte aus, blieb mit quietschenden Bremsen stehen.

Eine verschlafene kleine Bahnstation, auf dem Bahnsteig, in der Wartehalle nur wenige Menschen. Über diesen Bahnsteig, durch diese Halle schritt Paul Hartung, blickte sich vorsichtig um, entdeckte eine Telefonzelle, ging schnell darauf zu und verschwand. Er hatte Glück, es war ein Automat für Ferngespräche. Er hatte doppelt Glück, denn in seinem Overall hatte ein vergessener Geldschein gesteckt, ein paar Münzen, sogar ein angebrochenes Päckchen Zigaretten und Streichhölzer. Die Zigaretten waren längst geraucht, um die nagenden Ratten in seinen Innereien zu betäuben, der Schein war für die Fahrkarte draufgegangen, nur ein paar Münzen waren noch übrig. Eine davon, die größte, warf er ein, wählte. Das Klingeln am anderen Ende zerrte an seinen Nerven, ängstlich blickte er über die Schulter. Niemand schien ihn zu beobachten.

»Hallo«, sagte die warme Stimme seiner Frau.

Er schluckte, er konnte gerade noch »Ruth« sagen und »ich bin es«, ehe ihm die Stimme versagte. In seinen Ohren dröhnte es.

»Paul«, hörte er sie aufschluchzen. »Wo bist du?« und »Wie geht es dir?«

Er räusperte sich, schluckte den Kloß herunter, der ihm im Hals steckte. »Den Umständen entsprechend gut. Ich meine, ich bin gesund, und ich habe ein bißchen Geld.«

Die Stimme gehorchte ihm wieder. Ein gehetzter Blick über die Schulter, ein Mann und eine Frau mit einem Koffer hasteten vorbei, sonst nichts. Was hatte sie gesagt?

»Ruth, hältst du es für möglich, daß dein Telefon abgehört wird?«

Nein, das glaubte sie nicht, sie wollte nur wissen, wo er war.

»Das sage ich dir lieber nicht.«

Und dann erklärte er ihr seinen Plan. »Hör zu, ich habe mir folgendes überlegt«, sagte er hastig.

»Ich möchte, daß du zu Susanne kommst . . . Susanne – du weißt, wen ich meine?«

Sie wußte es, wollte weiterreden.

»Nein, nenne keine Stadt.« Leise und eindringlich, tief über den Hörer gebeugt. »Komm morgen gegen Mittag in ihre Wohnung. Da treffen wir uns. Und paß auf, paß sehr gut auf, daß dir niemand folgt.« Ein Blick hinaus, über die dämmerige Halle. Von dort schien keine Gefahr zu drohen. »Wenn du irgendeinen Verdacht hast, wenn du nur das geringste ungute Gefühl hast, kehr um, fahr zurück nach Hause. Ich melde mich wieder. Gut?«

»Ja, Paul, ich freue mich so.« Er wußte, daß sie weinte.

»Auf Wiedersehen. Auf Wiedersehen bis morgen.«

Er legte auf, blieb noch einige Sekunden in der Telefonzelle stehen, spähte durch die Scheibe nach draußen und ging nach draußen, als er nichts Bedrohliches entdeckte. Er trat hinaus auf die Straße, die ihm nicht fremd war, aber auch nicht vertraut, blickte unschlüssig auf und ab, steckte die Hände in die Hosentaschen, zog die Schultern hoch, fing an zu gehen, das Gesicht nach unten gewandt.

Am nächsten Tag stand er vor dem Haus, in einer ruhigen Straße mit alten Bäumen, ohne Straßenbahn, ohne Busstation. Er wußte nicht, ob er schon hinaufgehen sollte, er wußte nicht, wie spät es war. Die Sonne ließ sich nicht blicken, es nieselte leise. Er fröstelte. Die Nacht hatte er irgendwie zugebracht, irgendwo auf einer Parkbank. Er hatte Hunger, sein Kopf war leer, sein Herz wog fünfhundert Pfund.

An der Ecke tauchte ein Polizist auf. Einen Augenblick stand er wie gelähmt, dann drehte er sich um, ging auf die Haustür zu. Sie war offen, er stieg die Treppen hinauf, stand vor der Wohnungstür. Er wußte nicht, ob er geklingelt hatte oder nicht. Doch plötzlich schwang die Tür auf. Seine Frau stand vor ihm, klein, feingliedrig, mit einem Gesicht wie eine Gemme aus feinem altem Porzellan. Schnell schritt er an ihr vorbei in die Wohnung, ging den Flur entlang, ihr voraus, wo eine offene Tür ins Wohnzimmer führte, drehte sich langsam um, streckte die Arme aus, sie flog an seine Brust.

Lange standen sie so da, umarmten sich heftig, küßten

sich eine Ewigkeit. Eine Welle von Empfindungen überflutete sie.

Endlich lösten sie sich voneinander. Er blickte in dieses Gesicht aus Porzellan, in dem sich, kaum wahrnehmbar, zarte Risse gebildet hatten, in die graugrünen Augen, die wie Seen schwammen, sah die grauen Strähnen im braunen Haar, untrügliche Zeugen der letzten Jahre, des Kummers, den er, den das Schicksal ihr zugefügt hatte.

»Paul, ich bin so froh. Ich bin so froh, daß du da bist.« Eine Träne schwappte über das Ufer des Sees, eine zweite. Sie streckte die Hand aus und berührte mit den Fingerspitzen ganz zart sein Gesicht. »Wie seid ihr denn . . .?« fragte sie atemlos.

»Nicht jetzt«, unterbrach er sie rasch, er wollte den Ausbruch nicht noch einmal erleben. »Nicht jetzt.«

»War die Flucht dein Plan?« Ein Finger strich zart wie eine Vogelschwinge über seine Lippen. Ein bitteres Lächeln entstand unter dem Finger, ein Lächeln, das »natürlich« sagte.

»Mußtest du die . . . diese Verbrecher unbedingt mitnehmen?«

Er faßte sie am Handgelenk, schob sie von sich, sanft aber bestimmt, seine Miene verfinsterte sich.

»Ich weiß nicht, ob du's gelesen hast. Der eine hat wieder auf jemanden geschossen«, fügte sie rasch und befangen hinzu. Was ihn auch nicht gerade freundlicher stimmte. Sie trat auf ihn zu, umarmte ihn noch einmal.

»Mein Gott, das klingt ja fast so, als wollte ich dir Vorwürfe machen.« Doch die Umarmung hatte nicht dieselbe Kraft und Wärme wie die erste, wirkte beinahe etwas linkisch. »Dabei bin ich so glücklich, daß du wieder da bist.«

»Wo ist Susanne«, fragte er, als sie ihn losließ.

»Sie hat sich fabelhaft benommen«, erwiderte sie eifrig, froh, daß er das Thema gewechselt hatte. »Sie hat keine Fragen gestellt, ist einfach weggegangen, hat nur gesagt, sie kommt vor morgen abend nicht wieder.«

Sie stockte. Zu spät bemerkte sie, daß dieser Satz etwas Kupplerisches an sich hatte, daß sie Paul damit suggerierte, die Nacht mit ihr zu verbringen. Eine feine Röte überzog ihr Gesicht.

»Was willst du machen?« fragte sie verlegen. »Ich meine, was hast du jetzt vor?« Nur schnell das Thema wechseln! Aber sie konnte ihn nicht zu Wort kommen lassen, konnte nicht aufhören zu reden: »Wir haben schon Pläne gemacht, – Gerhard und ich. Wir wollen dich nach Tunesien bringen.«

Irritiert folgte sie seinem abschweifenden Blick. Er starrte auf den Wohnzimmertisch, auf dem sie den Picknickkorb ausgepackt hatte. Ein gebratenes Huhn stand da, goldbraun und knusprig und dampfend vor Wärme, frische Brötchen und Käse, ebenso Bier und eine halbe Flasche Rotwein. Natürlich mußte er hungrig sein!

»Verzeih, Lieber, ich rede und rede. Setz dich und iß erst einmal.« Damit dirigierte sie ihn zum Sofa, hinter den Tisch, drückte ihn hinein, setzte sich neben ihn, legte ihm eine Hälfte des Brathuhns auf den Teller und schob ihm die Brötchen in Reichweite.

»Bier?« fragte sie. »Oder Wein?«

»Bier, bitte.«

Sie machte die Flasche auf und goß das schäumende Gold in einen Krug.

Dankbar nahm er den ersten großen, kühlen Schluck und biß in eine Hühnerkeule.

»Das tut gut«, sagte er fast glücklich und wischte sich den Schaum vom Mund. »Was hast du von Tunesien gesagt?«

»Wir haben alles genau überlegt.« Sie schenkte sich ein Gläschen Wein ein, nippte daran. »Aber das kann Gerhard dir besser erklären. Ich werde das Haus verkaufen und das Bankkonto auflösen und nachkommen, sobald ich kann.«

Das alles hatte sie so rasch hervorgesprudelt, daß Paul sie erstaunt ansah.

»Ruth, ich will nicht nach Tunesien«, sagte er ruhig.

»Aber du kannst nicht hierbleiben«, antwortete sie nervös. Mit seinem Widerstand hatte sie nicht gerechnet. »Wie willst du denn hier leben? Oder willst du gar nicht . . .?«

Angst und Verzweiflung sprachen aus ihrem Blick. Sie tat

ihm leid, aber er konnte nichts für sie tun. Er wandte sich ab, brach ein Brötchen entzwei.

»Ich muß herausfinden, wer Barbara getötet hat.«

Bei dem Namen zuckte sie zusammen. »Warum?«

»Ich muß es wissen.« Er sah sie nicht an.

»Warum?« Sollte der Alptraum denn nie ein Ende nehmen?

»Weil ich kein Mörder bin.«

Sie verstand ihn nicht, schüttelte nur verzweifelt den Kopf.

»Wir, die Menschen, die dich liebhaben, wir wissen, daß du es nicht getan hast. Was kümmern dich die anderen?«

Er hatte kaum zugehört, fuhr unbeirrt fort: »Und weil ich zu alt bin, um zu fliehen . . .«

»Du bist geflohen!» unterbrach sie ihn fast heftig.

». . . und um irgendwo im Ausland unter falschem Namen zu leben«, beendete er seinen Satz und aß ruhig weiter.

»Paul, es ist sinnlos.« Sie stand auf, ging unruhig im Zimmer auf und ab, versuchte logisch zu argumentieren.

»Du weißt, daß ich einen Privatdetektiv engagiert habe, der alles noch einmal untersucht hat. Er hat einen ausführlichen Bericht geschrieben. Das hat viel Geld gekostet und zu nichts geführt«.

Er blickte auf. »Ich möchte den Bericht sehen.«

»Warum?« Erstaunt war sie stehengeblieben. Er antwortete nicht.

Einige Sekunden sahen sie sich schweigend an.

»Weil du sie immer noch liebst?« fragte sie halb erstickt.

Er stand auf, trat zu ihr, packte sie an den Schultern, versuchte der Antwort auszuweichen.

»Weil ich ein Mensch bin, der nie Ruhe gibt, bis er die Wahrheit weiß. Ich kann nicht anders.«

Sie senkte den Blick. »So sehr viel ist von unserem Leben nicht mehr übrig«, begann sie stockend. »Wollen wir das wenige, das uns noch bleibt, damit verschwenden, daß du einer Schimäre nachjagst?«

Er hob ihr Gesicht, sah ihr ernst in die Augen.

»Ruth«, fragte er leise, »hast du nie, niemals, auch nicht eine Sekunde gedacht, daß ich es doch gewesen bin?«

Betroffen versuchte sie, jetzt einer Antwort auszuweichen, seinem Blick zu entkommen, hilflos zuckte sie schließlich mit den Schultern.

»Man macht sich so viele dumme Gedanken«, gestand sie tapfer.

Er nickte. Er wußte, jetzt hatte er Oberwasser. Auch sie spürte das und fügte atemlos hinzu: »Aber geglaubt habe ich es nie!«

»Ich will nicht, daß du dir Gedanken machst«, sagte er eindringlich. »Ich will den Mörder finden.«

»Wenn dir das wichtiger ist als wir und unsere Zukunft.«

Zutiefst war sie verletzt, er sah es und zog sie in seine Arme. Doch diesmal küßte er sie nicht, lehnte nur seine Wange an die ihre. Still und verloren standen sie mitten im Zimmer. Sein Blick glitt hinaus aus dem Fenster, glitt über die Dächer der Kleinstadt, hinauf zu den dunklen Wolken, sah ein Gesicht, undeutlich erst, dann immer deutlicher, sah rotes Haar im Bootswind, sah einen lachenden Mund, vorwitzige Sommersprossen auf der Nase. Fast hätte er aufgestöhnt.

»Gib mir den Bericht«, sagte er plötzlich und preßte die Frau an sich.

Eine kleine Arbeitersiedlung aus der Vorkriegszeit, am Rande der Stadt. Schmalbrüstige Reihenhäuser, schmucklos und grau, zerrupfte winzige Vorgärtchen, Vorstadtmief.

Hartung schritt die Straße entlang, achtete auf die Hausnummern, blieb vor einem der Häuschen stehen. Die Monteurkluft hatte er abgelegt, vertauscht gegen graue Flanellhosen, ein Sportsakko, er war wieder die elegante Erscheinung, die er früher einmal war, als das Leben noch einen Sinn hatte und Zukunft. Wie ein Rassepferd in einem Schweinepferch wirkte er in dieser Umgebung.

Das Häuschen unterschied sich in nichts von den anderen. Die gleichen blinden Fenster, die gleichen verwaschenen Gardinen dahinter, nur die Nummer oben neben der Haustür unterschied sich geringfügig. Er sah sich das Namensschild an und klingelte. Einen Augenblick später wurde die Haustür von einem einfachen Mann um die Fünfzig geöffnet. In Hemdsärmeln, eine Zeitung in der Hand, starrte er den Besucher an.

»Darf ich reinkommen, Herr Kuhn? Mein Name ist Hartung.«

Wortlos trat der Mann zur Seite, ließ ihn eintreten in einen engen dunklen Flur, schloß die Tür hinter ihn, starrte ihn ausdruckslos an.

»Sie wissen, wer ich bin?«

Der Mann nickte abweisend.

»Wenn Sie wollen, können Sie jetzt ans Telefon gehen und die Polizei rufen«, schlug er ruhig vor.

Leben schien in den Mann zu kommen. »Ich habe kein Telefon«, sagte er hart.

»Sie können mir aber auch erst zuhören und dann . . .«

Der Mann unterbrach ihn mit einer Geste, deutete auf eine Tür.

»Da ist das Wohnzimmer.«

Hartung folgte ihm, betrat ein kleinbürgerliches Wohnzimmer, Fernseher, vor dem Fenster ein Lehnstuhl, daneben ein Tischchen, darauf eine Bierflasche, ein halbgefülltes Glas. Auf einer alten Kommode ein Bild von Barbara, das ungebärdige Haar, die lachenden Augen, der sinnliche Mund, er streckte die Hand aus.

Der Mann stellte den Fernseher ab, legte die Zeitung aus der Hand, beobachtete den Fremden. Langsam erholte er sich von der Überraschung, versuchte Worte zu finden für das, was er empfand. Und fand doch lange keine.

»Was wollen Sie von mir?« fragte er schließlich feindselig.

»Eine Auskunft.« Hartung stellte die Fotografie zurück an ihren Platz.

»Ich habe Ihre Stieftochter nicht ermordet. Sonst wäre ich nicht hier. Ich bin aus dem Zuchthaus ausgebrochen, um zu beweisen, daß ich unschuldig bin. Vielleicht können Sie mir dabei helfen.«

Die beiden Männer standen sich gegenüber. Kuhn dachte gar nicht daran, seinem ungebetenen Gast einen Platz anzubieten.

»Barbara ist tot«, sagte er ruhig und sah dem anderen in die Augen. »Ich weiß nicht, wer sie umgebracht hat. Vielleicht waren Sie es wirklich nicht. Aber das macht meine Tochter auch nicht wieder lebendig.«

Eine Pause entstand. Keiner der Männer ließ den anderen aus den Augen.

»Ich habe sie geliebt, Herr Kuhn.« Leise und ruhig und sehr bestimmt sagte er das.

»Deshalb wollten Sie sie wohl loswerden?« erwiderte der andere fast unbeteiligt. »Nach Indien versetzen lassen. Mit doppeltem Gehalt!«

»Das konnte ich doch gar nicht. Ich war Leiter der Forschungsabteilung.

»Und im Vorstand.« Kühl blickten die Augen. »Wer hätte denn sonst dahintergesteckt?«

Hartung antwortete nicht. Irgendwo im Haus schlug eine Wanduhr.

»Als ich von diesem schönen Angebot gehört habe, wußte ich gleich, was gespielt wird.«

Abwartendes Schweigen. Hartungs Gesichtsmuskeln strafften sich.

»Wollte sie die Stellung annehmen?« horchte er weiter.

»Das weiß ich nicht«.

Wieso wußte er es nicht?

»Sie wollte immer nur eins: Sie heiraten, Herr Direktor.«

Daran mußte er sich doch noch erinnern.

»Und Sie wollten auch immer nur eins: zurück zu Ihrer Frau.«

»Ich sage Ihnen doch, ich habe sie geliebt!« Es klang wie der Aufschrei eines zu Tode Verwundeten.

Der Mann hob die Schultern, ließ sie sinken.

»Auch wenn Sie das nicht verstehen, ich habe sie geliebt

und liebe sie noch. Deshalb will ich wissen, wer sie ermordet hat. Einzig und allein deshalb.«

Dieser leidenschaftliche Ausbruch kam für Kuhn überraschend, er war so betroffen von der Verzweiflung, die aus diesem Gesicht sprach, daß er seine Haltung dem anderen gegenüber änderte. Hartung selbst war überrascht, seine innersten Gefühle vor einem Fremden preisgegeben zu haben. Er wandte sich ab.

»Ich kann Ihnen nicht helfen«, hörte er die ruhige Stimme hinter sich sagen.

Jetzt hatte er sich wieder in der Gewalt.

»Wen hat Barbara zuletzt gesehen?« fragte er und drehte sich um. »Ich meine, hat sie vor dem Wochenende am See noch jemanden getroffen, sich verabredet oder etwas abgesagt?« Kühl und sachlich war sein Ton jetzt.

»Sie hat mir nie erzählt, was sie macht. Und ich habe sie nie gefragt.«

Undurchdringlich der Blick, doch nicht mehr ganz so abweisend.

»Vielleicht war da jemand, der sie sehen wollte?« Keine Reaktion.

»Schließlich war sie jung und sehr attraktiv.«

»Ja, das war sie.«

»Sie muß doch noch andere Männer gekannt haben?« Beinahe körperlich spürte er die Abwehr des anderen

»Außer Ihnen hat sie nur einen gekannt – und den schon aus der Schule«, kam es zögernd, wie gegen seinen Willen, nach einer Pause. »Jetzt ist er in Finnland, als Erzsucher oder so etwas. Jedes Jahr kam er einmal nach Deutschland, dann rief er sie an.«

War es Eifersucht, das wie eine feine Nadel durch sein Herz stieß?

»War er zu der Zeit hier, als . . .« er stockte, . . . als sie ermordet wurde, brachte er nicht über die Lippen.

»Das weiß ich nicht. Aber wenn Sie etwas rausfinden wollen – er heißt Harald Lohs und stammt aus Marburg. Ich glaube, seine Eltern leben noch dort.«

Sie sahen sich ruhig an, der eine nicht mehr haßerfüllt, nur abwehrend, der andere voller Schmerz. Schließlich drehte der andere sich um, ging zur Tür hinaus, ging aus seinem Leben, unauffällig, wie er gekommen war. Lange blickte Kuhn ihm nach, dann löste auch er sich aus der Spannung der letzten Minuten.

Nächtlicher Himmel über der Autobahn, Lichter, die in beide Richtungen flitzten, wie eine schwarze Wand drohte der nahe Waldrand, ein Leitfaden die hellen Leitplanken des Mittelstreifens. Ein Parkplatz an der Seite, zwei Lichter schwenkten ein, rollten aus, blieben stehen, erloschen. Im Wagen saß ein junger Mann, Anfang zwanzig, zündete sich eine Zigarette an. Seine Hände zitterten, hastig sog er den Rauch in sich hinein. Im Gebüsch neben dem Wagen raschelte es leise. Er drehte den Kopf, spähte ins Dunkel, die Wand teilte sich und gab Hartung frei, der rasch auf ihn zukam. Der junge Mann beugte sich vor, öffnete die Tür auf der Beifahrerseite. »Steig ein, Vater«, sagte er leise.

Er stieg ein, ließ sich auf den Beifahrersitz sinken, zog die Tür hinter sich zu. Inzwischen hatte sein Sohn den Motor wieder angelassen und lenkte den Wagen zurück auf die Autobahn.

Schweigend fuhren Vater und Sohn durch die Nacht, kein Wort löste die Spannung. Festumklammert hielt der junge Mann das Steuer, den Blick starr auf den weißen Mittelstreifen gerichtet. Er wollte es nicht wahrhaben, daß er neben diesem Mann saß, der sein Vater und ein Mörder war, ihn unablässig ansah. Fast körperlich spürte er diesen Blick. Warum sieht er mich so an? Warum schaut er nicht geradeaus, auf die Straße, wie alle Beifahrer?

Ahnte der Vater etwas von der Unruhe seines Sohnes, von seiner Feindseligkeit? Er sah sein Profil, vom Armaturenbrett schwach beleuchtet, die hohe Stirn, die sensiblen Nasenflügel, den trotzigen Mund. So erwachsen sah er aus – und war doch noch so jung. Er sperrt sich gegen mich, dachte er traurig, er glaubt nicht mehr an mich.

»Hast du schon etwas über deine Diplomarbeit gehört, Gerhard?« fragte er, um die Kluft zu überbrücken, um eine Unterhaltung in Gang zu bringen.

»Nein, Vater.« Er sah ihn nicht an, hatte den Blick starr auf den weißen Streifen gerichtet, ein rostiges Scharnier in der Kehle.

»Ich fand sie ausgezeichnet«, redete der Vater weiter und lehnte sich müde zurück in seinen Sitz. »Bis auf das Kapitel, in dem von dem zweiwertigen Kohlenstoff . . .«

»Entschuldige«, fiel der Sohn ihm ins Wort. »Aber wir haben nicht viel Zeit. Ich habe dir einen Paß und Geld mitgebracht.«

Während dieser Worte zog er eine Brieftasche und einen Paß aus der Innentasche seines Jacketts und reichte beides dem Vater. Ohne die prallgefüllte Brieftasche zu beachten, blätterte er im Paß, studierte die Fotografie und die Unterschrift.

»Herbert Leininger«.

»Das ist der Vater meines besten Freundes«, hört er die seltsam fremde Stimme seines Sohnes neben sich.

»Er sieht mir tatsächlich ähnlich,« stellte er überrascht fest.

»Sobald du in Tunesien bist«, sprach die Stimme weiter, »mußt du den Paß zurückschicken.«

Erstaunt blickte er auf. »Hat deine Mutter dir nicht gesagt . . .«

»Doch, doch.« Unmutsfalten gruben sich in die Stirn des jugendlichen Profils.

Wie kann ich nur diesen Panzer durchdringen, hinter dem er sich verschanzt? Was wissen sie, er und seine Mutter, schon davon, unschuldig gefangen zu sein, all die endlosen Jahre, Monate, Tage, Stunden? Sollte er es, ihrer Meinung nach, tatsächlich damit bewenden lassen?

»Ich habe herausbekommen, daß es jemanden gibt, der Lohs heißt«, versuchte er sich vorsichtig heranzutasten. »Der kannte sie, war damals in Deutschland und ist jetzt wieder in Finnland.«

»Und dem willst du den Mord anhängen?« Verächtlich zogen sich des Sohnes Mundwinkel nach unten. Er hatte noch nicht einmal seinen Vater angesehen.

»Du bist also davon überzeugt, daß ich sie umgebracht habe?«

Der Sohn schwieg.

»Was hätte ich für ein Motiv gehabt?«

»Du wolltest sie los sein.« Eine von Trotz bedingte Logik.

»Ich wollte mich von ihr trennen, das ist wahr, aber . . .«

»Hör auf, es hat keinen Zweck.« Verschlossen blieb der Panzer, undurchdringlich, feindselig und verletzt der Sohn.

»Was hat . . .« Mutter dir erzählt, wollte er fragen, aber der Junge ließ ihn nicht aussprechen.

»Vater, ich habe mir das hundertmal, ach was, tausendmal durch den Kopf gehen lassen.«

Vater? Sollte der Panzer einen Riß bekommen haben? Er ließ den Blick nicht von diesem Profil, um dessen Mundwinkel es verräterisch zu zucken begann.

»Die Anschuldigungen der Polizei? Ja?«

»Nein, die Fakten. Du hast Dich am Mordabend mit dieser Frau gezankt, in einem Lokal, und ihr gedroht, sie umzubringen. Hast du das etwa nicht?«

Ein rascher Seitenblick, unbeabsichtigt, und schon wieder das wie zu Stein erstarrte Profil.

»Doch«. Mit zusammengebissenen Zähnen stieß er das Wort hervor.

»Du hast dich in der Hütte heftig mit ihr weitergestritten und sie geschlagen. Ja oder nein?«

Jedes Wort sauste wie ein Peitschenhieb auf ihn hernieder, riß nie vernarbte Wunden auf, war von einer Schärfe, die einen Diamanten zerschnitten hätte.

»Ja, ich war betrunken.« Gequält schloß er die Augen.

»Nachbarn haben es gesehen, und später haben sie gehört, wie dein Motorboot auf den See hinausgefahren ist.« Unerbittlich war die Stimme, die tödliche Selbstgerechtigkeit junger Menschen.

»Richtig.« Mühsam beherrschte sich der Vater.

»Und als am Morgen die Polizei kam, hattest du fast zwei Promille und warst gerade dabei, die Blutspuren wegzuwischen. Und die Bluse dieser Frau hat man mit Blutflecken aus dem Wasser gefischt.« Jetzt war kein Halten mehr, als ob ein Damm gebrochen wäre.

Er wartete auf die Bestätigung heischende Frage, aber der Sohn schwieg.

»Das sind die Fakten«, sagte erschließlich wie erschöpft.

»Gerhard, die Leiche ist nie gefunden worden«, führte er das Argument an, das einzige, das er in den letzten acht Jahren immer wieder und bis zum Erbrechen anzuführen hatte, das sie ihm immer wieder vom Tisch gefegt hatten, nur um ihn verurteilen, nur um einen Prügelknaben brandmarken zu können.

»Und jetzt willst du nach Finnland und diesem Lohs sagen: Mann, jetzt gestehen Sie, daß Sie meine Geliebte ermordet haben?«

»Was glaubst du, was er darauf antworten wird?«

Es hatte keinen Sinn. Falls der Panzer vorhin einen Riß gehabt haben sollte, jetzt war er wieder fest verschweißt.

»Da vorne ist ein Parkplatz. Laß mich aussteigen«, sagte er ruhig.

Trotzig preßten sich die Lippen des Sohnes zusammen. »Und was soll ich Mutter sagen?«

»Sag ihr, ich will die Wahrheit wissen«, antwortete er leise, aber bestimmt.

Ein verwirrter Blick streifte ihn, doch er bemerkte ihn nicht, er hatte die Augen geschlossen und sah ein Kind vor sich, das bewundernd zu ihm aufblickte und vertrauensvoll seine kleine Hand in die seine schob.

Schweigend fuhren sie ein paar Augenblicke weiter. Leichter Regen hatte eingesetzt, die Scheibenwischer summten ihre monotone Melodie, im Osten begann sich der Himmel grau zu färben, dann bog der Sohn in einen Parkplatz ein.

5. Kapitel

Die Nacht näherte sich bereits dem Morgen.

Eine Fernfahrerkneipe am Stadtrand, im Hintergrund Lichtreklame. Laute Musik aus der Musikbox. Nur wenige müde Gestalten hingen herum, starrten seltsam lustlos in ihr Bier. Am Tresen lehnten Willi Stock und Jürgen von Haldern, das ungleiche Freundespaar aus der Vollzugsanstalt. Sie sahen erschöpft und übernächtigt aus, Staub klebte an ihren Schuhen, ihre Monteurskluft wirkte auch nicht mehr taufrisch. Vor Tagen hatten sie bei Nacht und Nebel das aufgegebene Dorf unter der Düsenorgel verlassen – wann genau wußten sie nicht mehr – und waren auf Umwegen und Schleichwegen – wie im einzelnen wußten sie auch nicht mehr – bis Hamburg gekommen, ihrer Heimatstadt. Der Hunger hatte sie in diesen Schuppen getrieben. Gierig verschlangen sie den letzten Rest einer Wurst. Zu Bier reichte es nicht mehr. Stock wischt sich mit klebriger Hand über das kantige Gesicht mit den listigen Augenschlitzen und der Boxernase und rülpst befriedigt. Jürgen warf ihm einem mißbilligenden Blick zu, dunkle Ringe unter den großen rehbraunen Augen, das Gesicht grün im harten Neonlicht.

»Na, dann gehen wir«, sagte er, stieß sich vom Tresen ab und ging voraus und trat in die graue Vorstadtdämmerung. Am Himmel ein rötlicher Schein, am Straßenrand Mülltonnen, streunende Katzen. Erbrochenes. Jürgen wandte sich nach links, müde trottete Stock hinterher, puhlte mit einem Zahnstocher in den Zähnen herum und brummte vor sich hin. Immer elastischer wurden Jürgens Schritte, die Müdigkeit schien von ihm abzufallen. Die Vorstadt ging allmählich über in Wiesen und kleine Gärten, die sich im aufgehenden Morgenlicht bunt und fröhlich färbten. Tau glitzerte auf dem Gras. Irgendwo krähte der erste Hahn. Die Straße beschrieb eine Kurve, dann wurde alles großzügiger, die Gärten, die Häuser. Da, ein Tennisplatz, in der Ferne ein Wäldchen. Dünne Nebelschwaden waberten über den

Baumwipfeln, warteten darauf, von den ersten Sonnenstrahlen zum Frühstück verspeist zu werden. Am Tennisplatz ging es entlang, über einen Zaun, und da standen sie vor dem Haus. Stock hätte fast den Zahnstocher verschluckt. Ehrfurchtgebietend und standesbewußt thronte es auf dem Hügel und blickte aus blinden Fensterscheiben hochmütig über ihn hinweg, ein klassisches Patrizierhaus, stuckverziert und giebelgekrönt.

Mit langen Schritten sah er die schmale Gestalt seines jungen Freundes den Hügel hochstürmen, ging hinterher, konnte kaum Schritt halten, wollte es eigentlich auch gar nicht, zu sehr beeindruckte ihn die Majestät des Hauses und der parkartig angelegte Garten.

Jürgen nahm die letzten Stufen zur Veranda. Dort standen blühende Fuchsien in Steintöpfen, elegante Liegestühle aus weißem Holz, eine Hollywoodschaukel. Vor einer Tür, die ins Haus führte, blieb er stehen, versuchte sie zu öffnen, ohne Erfolg.

»Kannst du mir mal helfen?« rief er Stock leise zu, der ihm langsam gefolgt war.

Er bückte sich und schob eine Hand durch den Türschlitz.

Stock war herangekommen. »Was soll ich tun?«

»Stemm die Klinke hoch.«

Mit einer Hand hob er die Tür leicht an, versuchte es noch einmal. Die Tür schwang auf, die beiden schlüpften ins Haus und standen in einer großen Wohnhalle. Im Dunkeln tappte sich Jürgen zu einer Sitzgruppe, knipste eine Stehlampe an. Jetzt erst erkannte Stock, wie groß und prunkvoll dieses Haus war. Alte englische Möbel, Gemälde, wertvolle Teppiche, Leeer, Silber im Überfluß. Erstaunt und beeindruckt blieb er unter dem großen Kristallüster stehen, der an einer dicken Messingkette von der hohen Decke hing.

»Ich bin gleich wieder da«, flüsterte Jürgen und eilte die Treppe hinauf, die in das obere Stockwerk führte, lief auf leisen Sohlen zielstrebig über den weichen Teppich auf eine bestimmte Tür zu, drückte die Klinke vorsichtig herunter und betrat lautlos das Schlafzimmer seiner Mutter. Die

Vorhänge waren zugezogen. Er machte Licht. Ein warmer Schein fiel aus versteckten, indirekten Beleuchtungskörpern auf das große Bett mit den hellblauen Seidenbezügen. Alles in diesem eleganten, aber feminin wirkenden Raum war in Hellblau gehalten, der Spannteppich, die Vorhänge, die Sesselbezüge, sogar die Tapete. In dem Bett lag eine Frau, den Kopf in die Kissen vergraben. Als das Licht aufflammte, drehte sie sich auf den Rücken, ohne sofort aufzuwachen. Es war seine Mutter, das zeitlos schöne Gesicht im Schlaf entspannt, das blonde Haar mit den feinen Silberstreifen über das Kissen gegossen.

»Mama!« sagte er leise und eindringlich.

Sie schlug die Augen auf, starrte verstört und erschreckt ins Licht. Ihr Blick fiel auf den Sohn, der dünn wie ein Faden vor ihr stand, mit Augen, die größer schienen als das ganze Gesicht, mit wirrem Haar, in grotesker Aufmachung. Wortlos, verständnislos nahm sie das Bild in sich auf, bis es plötzlich einrastete.

»Jürgen, mein Kind«, flüsterte sie heiser, richtete sich auf, streckte die Arme aus.

Mit zwei Schritten war er an ihrer Seite, setzte sich neben sie, ließ sich in ihre Arme gleiten, umklammerte sie.

»Mein armes Kind. Mein armes, armes Kind.« Sie hatte Tränen in den Augen. Lange hielten sie sich so, bis sie sich von ihm löste.

»Hat dich jemand gesehen?« fragte sie voll Sorge.

»Hab keine Angst, Mama.« Zärtlich streichelte er eine Strähne aus ihrem Gesicht.

»Wo hast du gesteckt seit dem Ausbruch?« Wie dünn er doch geworden war!

»Warum hast du nicht angerufen?« Und diese scharfen Falten um die Mundwinkel! »Ich habe mir solche Angst um dich gemacht.« Die waren früher auch nicht da.

»Ich konnte mich nicht eher melden.« Wie weich sie sein konnte, wenn sie mit der Schminke nicht ihre Maske anlegte, das Visier nicht herunterklappte, hinter dem sie sich immer versteckte. Wie wunderschön!

»Wir haben alles für dich arrangiert.« Sie nahm seine Hand und schmiegte ihre Wange hinein. »Man wird dir einen neuen Paß geben. Wir werden dich ins Ausland bringen. Alles ist vorbereitet.« O Gott, und hab' ihn doch noch gar nicht für mich gehabt!

Irritiert entzog er ihr seine Hand. »Vorbereitet, von wem?«

Sie schüttelte den Kopf, schüttelte alle Ressentiments von sich ab, jetzt war nicht der Augenblick für Gefühlsduseleien.

»Von Dr. Berner. Hier darfst du nicht bleiben. Das ist zu gefährlich. Du wirst . . .« Suchend blickte sie sich um. »Warte, wo habe ich nur die Unterlagen?«

Sie schlug die Decke zurück, glitt aus dem Bett, eilte zum Frisiertisch, suchte, fand ein Papier, drehte sich wieder um. Weich umfloß die lichtblaue Seide ihre schlanke Figur.

»Du wirst erst einmal nach Övelgönne gehen. Es ist alles vorbereitet.«

Nun war es wieder heruntergeklappt, das Visier.

Der Sohn wußte nicht recht, was er davon halten sollte, nicht nur von der veränderten Haltung der Mutter ihm gegenüber. An derartige situationsbedingte Wechsel konnte er sich noch gut erinnern. Natürlich hatte er sich Hilfe von seiner Mutter versprochen, doch daß sie wieder – wie eigentlich schon immer, sein ganzes Leben lang – alles in die Hand nehmen würde, ohne ihn zu fragen, ohne Widerspruch zu dulden, das hatte er nicht erwartet.

»Was hast du dafür bezahlt?« fragte er mit einer Spur von Bitterkeit.

»Ich weiß nicht«, sagte sie ungeduldig. »Dr. Berner hat das gemacht.«

»Er muß noch mehr machen.« Er stand auf und trat auf sie zu. »Ich habe einen Freund dabei.« Fest schaute er ihr in die Augen. »Wir wollen zu zweit ins Ausland.«

»Was für ein Freund?«

Hatte da ein Quentchen Schärfe durchgeklungen? Der Sohn antwortete nicht sofort.

»Jemand . . . aus dem Gefängnis?« tastete sie sich vorsichtig vor und dachte: nur die Ruhe bewahren! »Ja, Willi.« Kein Flackern in seinem Blick. »Willi Stock. Wir sind zusammen hergekommen.«

»Er ist im Haus?« fragte sie wie beiläufig und war doch zutiefst aufgebracht.

»In der Halle.« Sie hält sich tapfer, dachte er.

Sie überlegte einen Augenblick. »Geh zu ihm, ich komm' gleich runter. Ich zieh mir nur was an.«

Er nickte, warf ihr noch einen langen Blick zu und ging langsam aus dem Zimmer.

Mein armes, armes Kind . . .

Er kam die Treppe herunter und sah seinen Freund, der seltsam deplaziert inmitten all der geschmackvollen Eleganz wirkte, die sein Elternhaus charakterisierte. Noch immer ließ er seine Blicke durch die Wohnhalle schweifen.

»Ich habe mich hier nie wohlgefühlt,« sagte er gleichsam entschuldigend.

Wie ertappt, drehte Stock sich um. »Hat dir Bergheim besser gefallen?«

Jürgen trat auf ihn zu. »Warte, bis wir unser eigenes Haus in Brasilien haben. Ein Haus, das ich einrichten werde.« Er lächelte ihm in die Augen.

Inzwischen hatte sich die Mutter einen Morgenmantel über das Nachtgewand geworfen, ein Aufzug, der an ihr wie eine große Toilette wirkte, und kam die Treppe herunter, das prachtvolle Haar zurückgesteckt, die natürliche Eleganz ihrer Haltung betonend, wie eine Königin wirkte sie auf Stock, als sie sich ihm näherte.

»Guten Abend, Herr Stock«, sagte sie und streckte eine Hand aus. »Mein Sohn hat mir bei meinen Besuchen viel von Ihnen erzählt. Ich glaube, Sie haben ihm sehr geholfen in dieser schlimmen Zeit. Ich freue mich, Sie kennenzulernen.«

Stock war so über alle Maßen beeindruckt von der Sicherheit und Schönheit dieser Frau von Haldern, daß er zuerst kein Wort herausbrachte. Linkisch kam er sich vor in ihrer Gegenwart, ergriff schließlich die ihm dargebotene Hand und murmelte gehemmt: »Guten Abend.«

Und nun hatte die Mutter nur noch Augen für ihren Sohn.

»Wie ich höre, habt ihr schon Pläne, wo ihr hinwollt«, bezog sie sich auf seine letzten Worte. Was ihm überaus peinlich war.

»Ja, nach Brasilien«, antwortete er verlegen. »Wir haben doch Vermögen dort?«

Die Mutter reagierte nicht auf seine Frage.

»Das werde ich mit Dr. Berner besprechen«, sagte sie lediglich. »Zuerst bekommt ihr eure Pässe.«

»In Övelgönne?« Jürgen lächelte schief.

Sie zog den Zettel aus den Falten ihrer Robe. Er betrachtete ihn wortlos, steckte ihn ein. Damit war für die Mutter das Gespräch beendet.

»Gut, mein Junge, dann sag ich dir jetzt auf Wiedersehen und bis bald. Wenn etwas Gras über die Sache gewachsen ist, komme ich dich besuchen.«

Sie lächelte, nahm ihn in die Arme, hinter der Maske zuckte es verräterisch. »Und laß mich immer wissen, wo du bist, hörst du?«

Mit einer Bewegung voll Anmut wandte sie sich an den Freund: »Auf Wiedersehen, Herr Stock.« Reichte ihm noch einmal die Hand. Die beiden drehten sich um, schritten nacheinander durch die Tür, durch die sie gekommen waren, stolperten über die Terrasse, die wenigen Stufen hinunter in den Garten. Die Mutter blieb auf der Schwelle stehen, blickte ihnen nach.

»Gebt acht, daß euch niemand sieht!«

Ihr ängstlicher Ruf reichte nicht weit, blieb hängen im Geäst des Goldregens vor der Terrasse. Ihr Sohn und der andere verschwanden hinter den blühenden Büschen, wie verschluckt von der üppig wuchernden, von Menschenhand gebändigten Natur.

Mein armes, armes Kind . . .

Und wieder waren sie unterwegs, mußten raus aus der Stadt, die Sonne würde gleich aufgehen, mußten ein Versteck suchen, eine Bleibe für den Tag und sich, wenn es wieder dunkel würde, zum Fluß durchschlagen, zur Elbe, und flußabwärts marschieren. Wortlos schritten sie nebeneinander her, die Fäuste in die Taschen der Overalls versenkt, und hingen ihren Gedanken nach. In einem Rohbau verschliefen sie den Sonntag.

Nach Sonnenuntergang schlüpften sie aus dem Bau, standen zwei Stunden später vor einem schmalen, altmodischen, sehr bürgerlich wirkenden Haus an der Elbe. Jürgen klingelte. Im ersten Stock erschien ein junges Mädchen am Balkon, beugte sich vor.

»Ach, da sind Sie ja.«

»Guten Tag«, grüßte Jürgen. »Wir kommen von Dr. Berner.«

»Ja, ich weiß«, erwiderte sie lachend, zeigte Raubtiergebiß und -appetit. Und war schon verschwunden.

Ängstlich blickte Jürgen über die Schulter, kein Mensch war in Sicht.

»Nette Nachbarschaft«, hörte er Stock neben sich sagen und sah das Namensschild an der verschlossenen Tür.

»Wer ist Kleinschmidt?«

Schon stand sie in der Tür, ein blonder Bubikopf, freche Stupsnase, dralle Hüften.

»Am besten, Sie rufen ihn gleich an«, grinste sie und reichte ihm einen Zettel. »Hier ist seine Nummer.«

Damit ging sie ihnen voraus ins Haus, über die Treppe in den ersten Stock, schloß eine Tür auf, hielt sie offen und ließ sie eintreten.

»Wenn Sie etwas brauchen, ich heiße Ilse und wohne gegenüber.« Lachend und hüfteschwingend verschwand sie in ihrer Wohnungstür.

Bewundernd schaute Stock ihr nach, sechs Jahre Zuchthausgier im Blick. »Nicht übel, gar nicht übel.« Lüstern spielte seine Zunge über die wulstige Unterlippe.

»Mach die Tür zu.«

Nur widerwillig befolgt er die Anweisung, blickte sich um. Ein gemütlicher Raum, einfach und praktisch eingerichtet. In einer Ecke eine geblümte Sitzgarnitur, in der anderen ein runder Eßtisch mit drei Stühlen, gegenüber eine Kochnische mit Kühlschrank. Auf einem Seitentischchen ein Telefon, auf das Jürgen jetzt zusteuerte und die Wählscheibe bediente. Stock hingegen steuerte zielstrebig auf den Kühlschrank zu, entnahm ihm eine Bierflasche.

»Herr Kleinschmidt? Ich soll Sie anrufen.«

Auf der Suche nach einem Flaschenöffner zog Stock eine Schublade auf, klapperte mit Besteck.

»Ja, die Wohnung ist in Ordnung . . . Wie soll es weitergehen?«

Unwillig schob Stock die Schublade wieder zu. Öffnete einen Wandschrank.

»Wie Sie wollen. Wann sehe ich Sie?«

Im Wandschrank befanden sich Papiersäcke mit Zucker und Salz, ein paar Büchsen, ein Senfglas, Essiggurken, eine Flasche Maggi. Alles, nur kein Flaschenöffner.

»Gut, dann sehen wir uns morgen. Bis dann, Herr Kleinschmidt.«

Stock schaute sich suchend um, spielte den Ratlosen. Jürgen legte den Hörer auf, sah Stock zur Tür gehen.

»Wo willst du hin?«

»Ich finde keinen Öffner.«

»Das gibt's doch nicht.«

»Ich hab' überall gesucht.«

»Dann trinkst du eben kein Bier.«

Stock drehte sich in der offenen Tür um. »Ich will aber.«

Die Tür fiel ins Schloß.

Leidenschaftlich arbeitete es in dem jungen Gesicht, zornige Blitze sprühten aus den dunklen Augen. Abrupt drehte er sich um, trat ans Fenster, blickte über die Elbe. Träge wälzten sich die wie Steinkohle glänzenden Wasser des Flusses jenseits der Straße vorbei. Der Fluß war ihm seit seiner Kindheit vertraut. Auf seinen Wassern hatte er sich als Knabe rudernd gemessen, an den Ufern hatte er so manches nächtliche Pfadfinderfeuer verglimmen sehen. Rot glühten in großen Abständen die Backbordtonnen der Fahrrinne. Ein Schiff schob sich in sein Blickfeld und strebte hinaus auf die offene See, ein schwarzer Koloß. An seinen weißen Toplichtern, eines hoch über dem Vorderteil, das andere achterlicher und höher, an dem grünen Steuerbordlicht, konnte er erkennen, daß es sich um ein maschinenbetriebenes Fahrzeug, wahrscheinlich um einen Frachter mittlerer Größe handelte. In diesem Augenblick wünschte er, an Bord dieses Schiffes zu sein, den salzigen Fahrtwind im Gesicht, alle Last, alle Ängste hinter sich zu haben. Und den Freund neben sich, den Mann, an dessen proletarische Grobheit er sich anfangs im Gefängnis so schwer hatte gewöhnen können, und dessem rauhen Zugriff er dann doch verfallen war. Eine gemeinsame Zukunft wollten sie sich aufbauen, weit weg, wo sie keiner vermuten würde, in Brasilien. Er würde sie schon durchboxen, sie beide, der Freund, darauf setzte er all sein Vertrauen.

Vertrauen? Warum war er jetzt nicht hier, bei ihm? Der erste Abend in Sicherheit, seit sie ausgebrochen waren, vor wie vielen Tagen?

Er wußte es nicht mehr. Nur die Leere spürte er, die schmerzliche Leere, allein zu sein, in Sicherheit zwar, aber wo blieb die Freude, die er sich ausgemalt hatte, die vertraute Zweisamkeit?

Er drehte sich um, war mit wenigen Schritten an der Tür, über den Flur und klingelte. Er horchte, hörte Lachen, Musik, klingelte nochmals. Es dauerte eine Ewigkeit, so erschien es ihm zumindest, ehe Ilse öffnete. Sie sah aus wie ein Struwelpeter, mit einem Glas in der Hand, und grinste. Im Schein einer Stehlampe lümmelte sein Freund auf der Couch, mit einer Bierflasche in der Hand und demselben Grinsen um die Lippen.

»Komm rein, Jürgen«, rief er gutgelaunt und schwenkte die Flasche.

»Komm rein.«

»Ich dachte, du wolltest nur einen Öffner holen.« Sein

Gesicht war abweisend, sein Blick gekränkt.

»Kommen Sie rein, trinken Sie was mit«, kicherte das Mädchen und zog ihre Bluse zurecht.

»Vielen Dank.« Ihm war schlecht. »Ich habe keinen Durst.«

Damit drehte er sich um und warf die Tür ins Schloß. Hinter sich hörte er Ilse lachen, das Klicken der anderen Tür. Unentschlossen blieb er mitten im Raum stehen. Was sollte er jetzt tun? Angewidert ließ er sich in einen Sessel fallen. Verschränkte die Arme hinter dem Kopf, legte die Füße auf den Tisch. Die Szene, die er eben gesehen hatte, mit all ihren untrüglichen Anzeichen, der Verdacht, nein, die Gewißheit, ließen ihm keine Ruhe. Sein Blick fiel auf ein Bücherbord. Er gähnte. Dann stand er auf, zog wahllos ein Buch aus der Reihe, blätterte, ohne hinzusehen. Da war noch eine Tür, er war neugierig, knipste das Licht an. Ein Bett, ein richtiges Bett! Mit aufgeschüttelten Kissen und Daunendecke, mit weißen Laken und einem seidenen Pyjama, über das Fußende geworfen. Rasch entledigte er sich seiner Kleider, schlüpfte unter die Decke, schloß die Augen und genoß das langentbehrte, luxuriöse Gefühl glatter Seide und warmer weicher Daunen. Er wollte schlafen, nichts als schlafen, war zu müde, das Licht auszulöschen. Die Bilder der letzten Tage taumelten durch seinen Kopf, die abenteuerliche Flucht, die Angst vor der Verfolgung, die Kumpels, das verlassene Bauernhaus, das Dröhnen der Düsenjäger brüllte ihm in den Ohren. Und wieder Flucht und Angst und Verstecken, die Mutter – und jetzt hier, jetzt das! Und über allem das trommelfellzerreißende Dröhnen und Pfeifen der Starfighter. Unruhig wälzte er sich hin und her, schlug die Augen auf, griff nach dem Buch, schlug es wahllos auf. »Wenn einer nicht den Mut hat, seine Mutter zu ficken, sollte er wenigstens seinen Vater erschlagen.« Ach, du heiliges Kanonenrohr, was war denn das? »Der schonungslose Bericht eines Gewaltverbrechers« stand unter dem Titel. Zögernd las er weiter, ließ sich in den Bann dieses Mannes ziehen, der tief gespalten war in seiner

Beziehung zu Frauen, in exzessiven Saufgelagen und Schlägereien ein Ventil suchte. Er wußte nicht mehr, wieviel Zeit vergangen war, als er ein Geräusch an der Tür hörte. Dann Schritte. Er legte das Buch weg, wartete. Aber die Schritte kamen nicht ins Schlafzimmer. Die Kühlschranktür klapperte, ein Stuhl wurde gerückt. Dann blieb es still. Schließlich stand er auf, ging konfus nach nebenan.

Sein Freund saß am Eßtisch, eine Flasche Bier vor sich. Als Jürgen in der Tür erschien, warf er ihm einen Blick zu, zündete sich eine Zigarette an.

»Wo kommst du her?« Verdammt blöde Frage, das merkte er selbst.

»Von drüben.« Der Freund versuchte unbefangen und lässig zu wirken und konnte doch die Spannung, unter der er stand, nicht verbergen. »Herrgott, ich habe sechs Jahre keine Frau gehabt.«

»Richtig, du hast sechs Jahre keine Frau gehabt.« Jürgen war an den Tisch getreten, blickte auf ihn hinunter, der an seiner Zigarette zog. »Und es hat dir nichts ausgemacht.«

Ein Ruck mit dem Kopf, ein höhnischer Blick aus den Augenwinkeln.

»Denkst du!«

»Ja, das habe ich gedacht. Und ich hatte Grund, das zu denken.« Er wandte sich ab, bittere Galle im Mund. »Aber man kann sich ja täuschen.«

Der Ton paßte dem Freund schon gar nicht. »Nun mach mal halblang, Junge,« wehrte er sich. »Ich laß mir von dir nicht vorschreiben, wen ich bumse. Und heute wollt ich nun mal 'ne Frau. Das hat mit uns überhaupt nichts zu tun.«

Ein letzter nervöser Zug an der Zigarette, dann warf er die Kippe auf den Fußboden, trat sie mit dem Absatz aus.

Jürgen drehte sich um. Noch nie war er so beleidigt worden, noch nie so verletzt. Nie? Noch nie!? Schemenhafte Fragmente aus der Vergangenheit, Reeperbahn, ein Junge in obszöner Pose, eine höhnische Fratze, die ihn auslachte, Alkoholfetzen, ein zwerchfellerschütternder Schrei – war es sein eigener? – und der tierische Schmerz im Unterleib.

Er drehte sich um, schüttelte den Kopf, schüttelte die Visionen ab, die sich wie Schlangen um seine Brust legten, ihm fast den Atem benahmen, lehnte sich zu Tode erschöpft an den Tisch.

Tief atmete er durch. »Ich verstehe.« Er nickte mit dem Kopf, ganz automatisch, als verstünde er wirklich. »Im Gefängnis war ich dir gut genug, aber wenn du die Wahl hast, sind dir Huren natürlich lieber.«

Stock war die Szene unangenehm, er wollte ausweichen.

»Wo ist hier 'ne Hure. Ich weiß nicht, wovon du redest.«

Vor ihm schmächtige Schultern, schmale Hüften, ein mädchenhafter Rücken, der sich unter der Seide abzeichnete. Noch ein Schluck Bier, er schmatzte, wischte sich mit dem Handrücken über den Mund.

»Du weißt vieles nicht.«

Er hörte gar nicht hin. Gier in den Augen, stand er langsam auf. In seiner Hose pochte es schon wieder heiß, genau wie vorhin auch.

»Du weißt auch vieles nicht.« Er stand vor ihm. »Zum Beispiel, daß der Appetit mit dem Essen kommt.« Und griff ihm vorn in den Pyjamaschlitz.

Der Junge wachte auf aus seiner Erstarrung, wollte sich wehren, wollte ihn von sich stoßen, die Hand wegstoßen – doch die Hand faßte fester zu. Ein Stöhnen. Erregung schoß in ihm hoch, nein, das wollte er nicht! So nicht! Die Hand bewegte sich, Lava ergoß sich in sein Blut, drängte in sein Gehirn, er sah das lüsterne Glitzern in den Augen des anderen, spürte, wie die andere Hand zupackte, ihn umdrehte, ihn über die Tischplatte drückte und ihm die Hose vom Leib riß.

Viel später stand er am Fenster. Ein neuer Tag. Mit erloschenen Augen blickte er über die erwachende Elbe, das zufriedene Schnarchen aus dem Nebenzimmer als Geräuschkulisse. Am Horizont verblaßten die Lichter von Hamburg. Ein Segelschiff fuhr mit stolz geschwelltem Segel flußabwärts, dem bleichen Morgen entgegen, sein weißes Toplicht hoch auf dem Mast sagte ihm, daß es von einem Hilfsmotor angetrieben wurde. Schön sah es aus, wie eine Möwe, Symbol der Freiheit, schimmernd vor dem graurot zerfetzten Himmel. Freiheit, wo verbirgst du dich? Laß dich fassen, laß dich halten . . .

Auf der Couch im Wohnzimmer war er aufgewacht, frierend, zusammengekrümmt, wie ein Embryo in seiner Mutter Schoß. Gähnend hatte er die schmerzenden Glieder gestreckt. Die Sonne schien durch das Fenster, die Elbe glitzerte, lockte, reger Verkehr herrschte auf dem Fluß, Segelboote, Fischerkähne, Möwen stürzten sich kreischend aus schwindelerregender Höhe auf die Wasserfläche.

Lange hatte er unter der Dusche gestanden, erst heiß, dann kalt, dann wieder heiß, hatte sich den Alptraum aus den Haaren gewaschen. Den Alptraum? War es denn ein Alptraum? War es so anders gewesen als damals, am Anfang, im Gefängnis? Nur das Vorspiel war anders gewesen. Nein, das hatte es im Gefängnis nicht gegeben.

Dann hatte er sich trockengerieben, lange und ausgiebig, bis alle seine Lebensgeister wieder unter seiner rotgerubbelten Haut kribbelten.

Jetzt saß er an dem runden Tisch, Herr Kleinschmidt ihm gegenüber, ein beflissen wirkender, undurchsichtiger Spießbürger unbestimmbaren Alters, vierzig vielleicht? Mit farblosen Hängebacken, einem struppigen Schnauzbart und wieselartigen Augen. Sein Freund lehnte am Fenster. Sein Freund? Nein, er durfte nicht so denken, er mußte an ihn glauben können! Einmal ist keinmal, sagte er sich. Es gibt doch Zärtlichkeit zwischen uns, sagte er sich. Und er ist der einzige Mensch, den ich habe.

»Ich hätte natürlich längst einen neuen Paß für Sie«, drangen die Worte seines Gegenübers in seine schweifenden Gedanken. »Aber es standen nur Fotos zur Verfügung, die auch die Polizei hat. Es erschien mir deshalb besser zu warten, bis Sie da sind.«

»Sehr vernünftig«, versuchte er seiner Stimme einen gönnerhaften Unterton zu verleihen.

»Es wird Ihre Ausreise zwar etwas verzögern, aber hier ist es ja auszuhalten.« Das Wiesel lächelte beifallheischend, wartete auf eine bestätigende Antwort. Als sie nicht kam, fuhr er fort: »Um Ihre Sicherheit brauchen Sie sich keine Sorgen zu machen.«

»Ich verlasse mich auf Sie.«

Was Kleinschmidt, der Zwischenträger, mit einem Lächeln um die schmalen Lippen quittierte.

»Ich schicke Ihnen also morgen nachmittag einen Fotografen.«

»Einverstanden.« Jürgen lehnte sich zurück, krampfhaft bemüht, den Freund keines Blickes zu würdigen. »Oh – ehe ich es vergesse, wir brauchen natürlich zwei Pässe.«

Die Augen des Wiesels flitzten zum Fenster und wieder zurück.

»Das kostet aber mehr Geld.«

»Machen Sie sich darüber keine Sorgen.«

»Zwei Pässe, zwei Passagen nach Dublin«, notierte das Wiesel.

»Wieso Dublin? Wir fliegen nach Rio.« Er fühlte sich ganz Herr der Situation. Überrascht blickte das Wiesel auf.

»Aber Dr. Berner hat gesagt . . .«

»Es interessiert mich nicht, was Dr. Berner gesagt hat«, fegte seine Hand den Einwand vom Tisch. »Wir fliegen nach Rio.«

»Hm«, machte das Wiesel hinter seiner undurchsichtigen Maske, erhob sich, steckte den Notizblock und den goldenen Füllfederhalter in die Innentasche seines grauen Jacketts, deutete eine Verbeugung an und wandte sich zur Tür.

»Übrigens, der Kühlschrank ist leer«, sagte er, als der andere an der Tür war.

»Was kann ich Ihnen besorgen?« Ein listiger Blick über die Schulter.

»Sekt zum Beispiel«, antwortete er lässig. »Möchtest du etwas, Willi?«

Zum erstenmal faßte er seinen Freund ins Auge, für den er die ganze Szene eigentlich gespielt hatte.

»Bier wär nicht schlecht«, meinte dieser grinsend und verlagerte sein Gewicht von einem Fuß auf den anderen.

»Also auch Bier.« Das Wiesel nickte. »Wir sehen uns wieder, wenn ich die Pässe bringe.« Er drückte die Türklinke.

»Einverstanden.« Für Jürgen war die Sache erledigt.

Doch das Wiesel drehte sich noch einmal um. »Und wenn Sie irgend etwas benötigen, brauchen Sie sich nur an Ihre Nachbarin zu wenden.«

Ein maliziöses Lächeln umspielte seinen struppigen Schnauzbart.

»Das wird nicht nötig sein«, antwortete der Junge schärfer als beabsichtigt.

Das Wiesel wandte sich zum Gehen, fand scheinbar keinen Abgang, drehte sich noch einmal um, ging mit ausgestreckter Hand auf Stock zu.

»Ach, ehe ich es vergesse, tut mir leid, aber darf ich Sie um Ihre Pistole bitten?«

Erstarrtes Schweigen. Eine zu Boden fallende Stecknadel hätte wie ein Schuß gewirkt. Stock verzog keine Miene.

»Wieso?« fragte er lauernd.

»Bei der Flugkontrolle kommen Sie damit sowieso nicht durch.«

Stock warf dem Jungen einen fragenden Blick zu.

»Gib sie ihm«, nickte dieser.

Der Freund zog die Pistole aus der Tasche, reichte sie Kleinschmidt, der endlich befriedigt seinen Abgang fand, auf den Flur hinaus- und die Treppe hinunterwieselte.

Es war der dritte Tag. Der dritte Tag in dieser Wohnung, die nichts anderes war als eine andere Art Gefängnis. Der einzige Unterschied bestand in dem Panoramablick auf das Leben. Zum Greifen nahe schien es und war doch unerreichbar, durch die kalte Glasscheibe. Autos flitzten vorbei, Menschen hasteten oder schlenderten vorüber, Kinder liefen lachend und johlend hinter einem Fußball her, kleine

Mädchen schoben Puppenwagen, alte Frauen fütterten Schwäne. Trauerweiden standen mit den Füßen im Wasser und überließen den Wellen ihr Haar, Blumen aller Art wiegten ihre Köpfe im Wind, aus Büschen regnete es flüssiges Gold. Auf dem Fluß gingen Lastkähne, Schleppzüge, Fischkutter, eifrig tuckernd ihrem Gewerbe, Segelboote ihrem Vergnügen nach. Sehnsüchtig starrte Jürgen auf das kaleidoskopartig sich verwandelnde Bild, saugte jede Einzelheit mit ausgehungerten Augen in sich auf, rüttelte an imaginären Gitterstäben, flog jedem Schiff, das Kurs auf die offene See nahm, hinterher.

Plötzlich ein Klopfen. Angst schoß in ihm hoch wie ein Adrenalinstoß. Die Angst, entdeckt zu werden, verschleppt, zurückexpediert in das Inferno aus Schweiß, lastender Zeit, dem Schnarchen des anderen im Nebenbett, dem Furzen und Husten, der knarrenden Pritsche, der Gitterkreuze, vom Scheinwerfer grell an die Wand geworfen, des vergeblichen Wartens und Hoffens auf Entlassung, irgendwann. Er fuhr herum, suchte hilfeheischend den Freund, der durch die halboffene Schlafzimmertür trat und das Hemd in die Hose stopfte.

»Herein«, sagte er so ruhig wie möglich.

Die Klinke bewegte sich, die Tür ging auf. Im Türrahmen stand ein Mädchen, eine junge Frau mit dunklem Haar, das ihr weich auf die Schulter fiel, mit riesigen, bernsteinfarbenen Augen, einem wunderschönen Mund, in hellem Staubmantel und hochhackigen Pumps an langen schlanken Beinen. Alles an ihr strahlte Sauberkeit aus, Ordnung, Gediegenheit. Ein Wesen aus einer heilen Welt, von einem anderen Stern.

»Verena«, kam es fassungslos über die Lippen des Jungen.

Langsam kam sie auf ihn zu, anmutig, voll weiblichem Charme.

»Du brauchst keine Angst zu haben«, sagte sie ruhig. »Ich habe aufgepaßt, daß mich niemand verfolgt.«

Das Erstaunlichste an ihr war ihre tiefe Stimme, die weich

war wie Samt und so warm wie der seidige Bauch eines schlafenden Kätzchens.

Der Junge starrte sie an, wie eine Fata Morgana, sprachlos, sekundenlang.

»Woher hast du meine Adresse?« war das einzige, was ihm dazu einfiel.

»Von Mutter.« Ganz ruhig klang ihre tiefe samtene Stimme.

»Hat sie dich geschickt?« Mißtrauen sprach aus schmalgewordenen Augen.

»Sie hat mich gebeten, dir Geld zu bringen.« Ein Lächeln erschien in den Augen, Verständnis, Verzeihen.

Stock, der die Szene schweigend verfolgt hatte, ging an ihnen vorbei, durch die noch offene Tür.

»Wo willst du hin, Willi?«

»Ich warte drüben.«

Leise fiel die Tür ins Schloß. Jürgen blickte ihm nach, folgte ihm in seiner Phantasie durch die geschlossene Tür, über den Flur, hinüber in die andere Wohnung. Langsam kehrte sein Blick wieder zurück, fiel auf das schöne, leuchtende Gesicht seiner Frau und verkroch sich in sich selbst. Er drehte sich um, kehrte ihr den Rücken zu, sie jedoch ließ sich nicht irritieren von seiner ablehnenden Haltung, blieb dicht hinter ihm stehen, legte den Arm um ihn, schmiegte sich eng an seinen Körper und drückte ihr Gesicht in seinen Nacken. Einige Sekunden verharrte sie so, lauschte auf das Pulsieren seines Blutes, spürte die langentbehrte Wärme, die sich regte wie ein verirrter Vogel, spürte Entschlossenheit und Kraft und den unbändigen Willen zu gewinnen, spürte auch seine vollständige Reglosigkeit. Sie ließ ihn los, drehte ihn zu sich herum, legte die Arme um seinen Nakken, küßte ihn auf den Mund, küßte ihn fordernd, leidenschaftlich und verzweifelt. Instinktiv wollte er sie abwehren, doch er vermochte es nicht. Sie hielt ihn fest und küßte ihn, bis sich, automatisch fast, seine Arme um ihre Taille, um ihren Rücken legten.

Lange standen sie so, entrückt, jenseits von Zeit und

Raum, bis sie sich sanft von ihm löste, von seinen Lippen, von dem Duft seiner Haut, von seinem Körper. Leise wie Schmetterlingsflügel streiften ihre Hände seine Wangen, seinen Hals. Sie ließ den Mantel über ihre Schultern zu Boden gleiten, nahm ihn an der Hand, zog ihn behutsam, aber bestimmt, durch die offene Tür ins andere Zimmer, drückte ihn behutsam auf das Bett, zurück in die Kissen, setzte sich neben ihn und nahm seine Hand in ihre Hände. Beruhigend, beschwichtigend streichelte sie seine Finger, jeden einzelnen, und fing an zu erzählen, mit leiser, warmer Stimme. Von ihrem Leben in der großen leeren Wohnung, von den Jahren selbstauferlegter Einsamkeit der Isolation, von dem bangen Warten, der Hoffnung auf die Entlassung. Das Ziel abstraktes Wann, konkret nur das Datum. Sie erzählte, wie sie sich gewehrt hatte gegen das Fallenlassen in die Hoffnungslosigkeit, in die Lethargie, wie sie schließlich angefangen hatte zu malen, ihre Gedanken, ihre Hoffnungen, ihre Sehnsüchte umgesetzt hatte in Farbe und Bilder, wie sie zu sich selbst und ihren Frieden gefunden hatte in ihrer Malerei. Sie erzählte von Bildern, die sie liebte, und anderen, die sie verwarf und von neuem begann. Von einer Ausstellung, die seine Mutter arrangiert hatte, und von der unerwartet positiven Reaktion der Presse und des Publikums. Von Bildern, die sie verkauft hatte, und von solchen, die sie niemals verkaufen würde, die sie aufbewahrte damit er sie sähe. Und aus all ihren Worten klang keine Spur von Selbstmitleid oder Anklage, nur stille Kraft, ein Ruhen in sich selbst und in ihrem freiwillig und bewußt auf sich genommenen Schicksal.

Er hatte die Augen geschlossen, hörte zu und hörte doch nicht zu, sah seinen Freund vor sich, drüben, mit dem Weib, zwischen verschwitzten Laken. Schmerzlich zog sich seine Stirn in Falten. Kaum, daß er die Finger spürte, die sanft versuchten, diese zu glätten, kaum, daß er wahrnahm, daß sie sich über ihn beugte, mit weichen Lippen über sein Gesicht, seinen Hals strich. Erst als er merkte, daß sie anfing, sein Hemd aufzuknöpfen, kehrte er zurück in die

Wirklichkeit, versteifte sich unwillkürlich, machte eine abrupte Abwehrbewegung.

»Nicht, Verena, bitte nicht.«

Sie hörte nicht auf, ihn zu liebkosen. »Warum nicht?« fragte sie atemlos.

Da entzog er sich ihr, setzte sich auf, sah ihre großen, stillen Augen auf sich gerichtet.

»Weshalb bist du gekommen?« wollte er wissen.

»Weil ich deine Frau bin«, sagte die warme, tiefe Stimme.

»Hast du dich nie gefragt, warum du das bist?« Trotzig, fast feindselig blickte er sie an.

»Ich bin nicht mehr das Mädchen, das du mit neunzehn geheiratet hast. Ich bin eine Frau, die mehr versteht, als du glaubst.«

So sanft – er hatte vergessen, wie sanft sie war.

»Dann brauche ich dir ja nichts zu erklären.« Er fühlte sich ehrlich erleichtert. Ernst blickten die großen, stillen Augen, jedoch in keiner Weise böse oder verletzt.

»Ich weiß, daß du mich geheiratet hast, weil deine Mutter es wollte. Ich weiß, daß deine Mutter es wollte, weil sie befürchtete, du würdest homosexuell werden.«

Ohne Zögern hatte sie das Wort ausgesprochen und fuhr sachlich, jedoch nicht ohne Wärme, fort: »Ich war als eine Art Medizin gedacht. Und sie hat ja auch gewirkt, die Medizin, zumindest kurzfristig.«

»Aber ich hätte keine Medizin gebraucht«, fiel er ihr heftig ins Wort.

»Wenn ihr – wenn meine Mutter verstanden hätte, daß ich nicht krank bin, sondern nur anders, so, wie einer blond ist und der andere dunkel, dann wäre alles in Ordnung gewesen, ohne Medizin.«

Sie war den Tränen nahe, zwang sich trotzdem zu einem Lächeln, streichelte seine Hand.

»War es denn so schlimm?« fragte sie fast schüchtern.

»Es geht nicht gegen dich.« Er wollte nicht, daß sie litt. »Ich habe dich immer liebgehabt, schon als Kind.« Er schluckte. »Es geht darum, daß ein Mensch nicht das tun darf, wozu er veranlagt ist, nicht die lieben darf, die er lieben möchte.«

»Aber es ist doch nicht mehr verboten.« Tiefen Seen gleich schimmerten ihre Bernsteinaugen.

»Nein, verboten nicht, nur verachtet«, sagte er bitter, zog die Knie an, legte die Arme darum. Sie schwiegen – bis es aus ihm herausbrach:

»Ein Schwuler, eine Schwuchtel, eine Tunte – so reden sie auch heute noch. Daran hat auch das Gesetz nichts geändert.«

»Trotz allem – deshalb darf man doch nicht morden«, sagte sie leise.

»Ich habe nicht gemordet«, antwortete er verstockt.

Stumm schaute sie ihn an.

»Gut, ich habe nicht gemordet, ich habe morden lassen, was vielleicht noch schlimmer ist. Aber bis dahin war es ein weiter Weg.«

»Du kannst nicht den anderen die Schuld geben.« Behutsam und doch bestimmt waren ihre Worte.

»Nein.« Er schüttelte den Kopf. »Ich bin schuld, ich ganz allein. Ich bin schuld, weil ich in miese Vorstadtkneipen gegangen bin, um mir meine Partner zu suchen. Ich bin schuld, daß sie mich da zusammengeschlagen und ... besudelt haben.«

»Dafür läßt man niemanden töten. Du hast einen Killer engagiert.«

Er beugte sich vor, brachte sein Gesicht ganz nah an ihres. Schwarze Augen bohrten sich tief in bernsteinfarbene.

»Weißt du, warum ich es getan habe?«

»Nein.«

Er hielt sie fest, ohne sie zu berühren.

»Nicht, weil ich mich rächen wollte, wie der Richter behauptet hat – weil ich mich geschämt habe.«

Langes Schweigen. Ihre Blicke blieben ineinander verankert, bis er es nicht mehr aushielt, bis er sich erneut in Aggression flüchtete.

»Willst du noch immer nicht gehen?«

Ihre Augen ließen ihn nicht los, stellten ihm stumm eine Frage. »Hättest du das, was du mir eben gesagt hast, auch deinem Freund erzählen können?« fragte sie schließlich leise.

Er lehnte sich zurück, atmete tief ein. »Wozu?« sagte er bitter, und dann, nach einer Pause: »Nein.«

»Dann ist es doch gut, daß ich gekommen bin.« Immer ganz leise, immer ganz eindringlich.

»Ich brauche keinen Psychiater.« Da war sie wieder, die scharfe Aggression.

Er schwang die Beine aus dem Bett, stand auf.

»Entschuldige.«

Er wollte zur Tür, wollte die Spannung zerreißen, doch sie war schneller und verstellte ihm den Weg.

»Wo willst du hin?«

Trotzig starrte er sie an, dunkel glühten die Augen unter den unglaublich langen Wimpern.

»Zu Willi.«

Jetzt mußte sie doch gehen, das mußte sie verletzt haben!

Statt dessen: »Willst du es nicht noch einmal mit mir versuchen? Nicht als Medizin!«

Ihm stockte der Atem. Was war sie doch für eine Frau, wie sehr mußte sie ihn lieben. Er senkte den Kopf.

»Ich kann nicht. Nicht nach all den Jahren im Gefängnis.« Und wieder Schweigen, bedrückt, sein Mund war wie verschlossen. »Und du? Könntest du es denn?« Er wagte nicht, sie anzusehen.

»Ich habe dich geliebt, solange ich denken kann.« So einfach klangen die Worte – jedoch, was für ein Meer an Schmerzen bedeuteten sie.

Als er den Blick hob, hatte er Tränen in den Augen, und weil Verena sie nicht sehen sollte, nahm er sie in die Arme und vergub sein Gesicht in ihren Haaren. So einfach könnte das sein . . .

Am nächsten Morgen kam der Fotograf mit Kamera, Stativ, Lampen und einer Auswahl von Perücken angerückt, die er

Willi Stock und Jürgen von Haldern mit der Aufforderung in die Hand drückte, sich je eine davon auszusuchen, jedoch darauf zu achten, daß sie sich nicht ins Unnatürliche, Maskenhafte verstiegen. Während er im Wohnzimmer seine Geräte aufbaute, verzogen sich die beiden ins Badezimmer und probierten ihre neue Identität. Jürgen stand vor dem Spiegel, begutachtete sich in streng gescheiteltem Blond, schnitt eine Grimasse, versuchte es mit kastanienbraunem Minipli und entschloß sich schließlich für ein hellbraunes Modell mit schulterlangem Haar, das gut zu seinem olivfarbenen Teint paßte, das Feminine in seinen Zügen jedoch unterstrich. Stock stand hinter ihm und beobachtete, wie seine Finger andächtig mit dem langen Haar spielten. Er selbst hatte sich eine dunkle Kraushaarperücke aufgesetzt, die dem brutalen Schlägergesicht etwas seltsam Groteskes verlieh.

»Du gefällst mir«, sagte er freundlich zu dem Spiegelbild.

Die Finger des Jungen unterbrachen ihr Spiel. »Ach, auf einmal?«

»Du hast mir schon immer gefallen.« Er ließ sich nicht irritieren von dem aufsässigen Ton.

»Aber Ilse gefällt dir besser.« Er beugte sich vor und begutachtete den Ansatz der Perücke, zupfte ein paar Haare zurecht.

»Deine Frau war doch auch da.«

Ein eiskalter Blick. »Das ist etwas ganz anderes.«

Nein, doch keine langen Haare, ich will nicht aussehen wie ein Mädchen. Mit einer entschlossenen Handbewegung riß er sich die Perücke vom Kopf, setzte wieder die blonde, strenge auf.

»Ich glaube, du bist eifersüchtig auf Ilse.«

»Ich beabsichtige nicht, in Zukunft mit Huren zu konkurrieren.« Er zog und rückte, mit verkniffenem Mund.

Es war mehr sein Ton als das, was er sagte, was den anderen ärgerte und Wut in ihm aufkommen ließ.

»Was soll das heißen?«

»Genau das, was ich gesagt habe.«

»Du meinst, ich darf von jetzt an keine Weiber mehr haben?«

Etwas Lauerndes, Tückisches war an die Stelle des Lächelns getreten.

Der Junge drehte sich um. »Du hast mich genau verstanden.« Die Augen zwei schwarze Blitze.

»Ich bin soweit«, drang die Stimme des Fotografen durch die angelehnte Badezimmertür. Der Junge wollte hinaus, aber der andere hielt ihn am Ärmel fest.

»Jetzt hör mal gut zu, Jürgen, ich laß mir von dir keine Vorschriften machen. Ich schlafe, mit wem es mir paßt.«

Er riß sich los. »Dann sieh zu, wo du bleibst.« Und ging aus dem Bad. Der andere blickte ihm nach, eine seltsame Entschlossenheit malte sich in seinen Zügen, er drehte sich um, sein Blick fiel auf das Spiegelbild mit der grotesken Perücke, wütend riß er sie sich vom Kopf und schleuderte sie in die Ecke.

Der Fotograf war gegangen, das Paßfoto im Kasten. Der Freund war weg. Verena war schon gestern nach Hause gefahren. Jürgen stand wie so oft an der Schwelle seines Gefängnisses, am Fenster, und schaute in den regenverhangenen Abendhimmel. Es regnete, der Wind peitschte dicke Tropfen gegen die Fensterscheibe, wühlte in den Baumkronen, im Fluß, warf Wellen auf und blähte sie Segel, die eilig dem Hafen zustrebten. Auf dem Tisch lag eine angebrochene Packung Zigaretten, er riß sich ein Streichholz an, rot glühte das Ende der Zigarette, während er ruhelos auf und ab ging, in dem allmählich dunkler werdenden Raum. Grundlos erhoffte er, daß irgend etwas geschah, wartete. Der Abend zerrann. Alle Ängste waren wieder da, krallten sich durch die Einsamkeit in seine Gedärme. Ich brauche dich nicht, wehrte er sich, ich habe dich nie gebraucht! Aber es nützte nichts. Er hielt es nicht mehr aus, drückte die Zigarette in den Aschenbecher, riß die Tür auf und stand mit wenigen Schritten vor der anderen Wohnung. Er zögerte, klingelte dann doch, und als die Tür nicht schnell genug geöffnet wurde, klopfte er ungeduldig. Ilses blonder Schopf tauchte im Türrahmen auf, ihre Augen weiteten sich. »Sehen Sie aber komisch aus«, sagte sie grinsend.

Der Junge hatte keinen Sinn für ihren Spott. »Ist Willi bei Ihnen?«

»Nein.«

Warum grinste sie nur so dämlich? »Sie wissen auch nicht, wo er hingegangen ist?«

»Ich habe ihn seit heute mittag nicht mehr gesehen. Da hat er mir allerdings gesagt, er würde ausziehen.«

Jürgen zögerte einen Augenblick – was sollte sie ihm noch sagen können? – biß sich auf die Lippen, machte kehrt. Die Wohnungstür fiel hinter ihm ins Schloß. Schwer lehnte er sich gegen den Türrahmen, schloß die Augen. Kalte Wut schwappte über die Angst. Soll er doch sehen, wo er bleibt! Soll er nur sehen, wo er bleibt! Er stand, dachte, erinnerte, quälte sich durch unzählige Warums, sah nur sein Leid, seinen Kerker. Ein Nebelhorn dröhnte außerhalb. Der Ton verfiel, noch, und schon nicht mehr hörbar. Kein Geräusch, nichts, die Stunden verrannen.

Am nächsten Tag tauchte das Wiesel wieder auf. Grau und unscheinbar wie der regnerische Tag. Es grüßte höflich, schickte flink neugierige Blicke durch den Raum, durch die offenstehende Tür ins Schlafzimmer, kramte in seiner Aktentasche und schob einen Paß über den Tisch.

»Scheinbar brauchen Sie doch nur einen Paß.«

Jürgen sah ihn sich an.

»Ja, ich brauche nur den einen.« Kein weiterer Kommentar. »Wann geht mein Flugzeug nach Rio?«

»Morgen früh um neun Uhr zwanzig. Ich nehme an, Sie brauchen jetzt auch nur ein Ticket.«

Damit zog er zwei aus der Tasche, reichte eines davon dem Jungen, der es wortlos in Empfang nahm.

»Gute Reise«, wünschte das Wiesel.

»Danke.«

Der Junge begleitete es zur Tür.

6. Kapitel

Er saß in einer Linienmaschine und blickte gedankenverloren in einen leuchtend blauen Himmel. Gerade waren sie durch eine dichte graue Nebelwand in dieses azurne Wunder gestoßen. Die Maschine lag wieder ruhig, die Düsen dröhnten gleichmäßig und vertraueneinflößend. Plötzlich fühlte er sich beobachtet. Neben ihm saß eine ältere Dame, die ihn immer wieder von der Seite musterte. Unangenehm berührt, zog er die übliche Broschüre der Fluggesellschaft aus der Tasche des Vordersitzes, blätterte darin. Und immer wieder spürte er den forschenden Blick. Irgendwann einmal begegneten sich ihre Blicke, die Dame lächelte.

»Sie sind Schauspieler, nicht wahr?«

Er schüttelte den Kopf. »Nein.« Und wandte sich wieder ab.

»Ich kenne Ihr Gesicht aber.« Ein Nein nahm sie noch lange nicht als Abfuhr hin. »Ich bin ganz sicher. Ich kenne Sie nicht persönlich, aber ich habe Ihr Gesicht schon gesehen.«

Sie legte den Kopf auf die Seite, einen Finger an die sorgfältig gepuderte Nase. »Im Fernsehen?« überlegte sie. »Oder in der Zeitung? Nein? Wäre das nicht möglich?«

Unwillig und scheinbar fasziniert von der Lektüre der an Bord erhältlichen Zigarettensorten schüttelte er den Kopf. »Nein, nicht daß ich wüßte.« Zögernd wandte sie den Blick von ihm, überzeugt war sie bei weitem nicht. Er atmete auf, blätterte nervös weiter. Und schon musterte sie ihn von neuem. Sie könnte schwören, daß sie recht hätte. Es ließ ihr keine Ruhe.

Sie hatte sein Steckbrieffoto gesehen, aber das fiel ihr im Augenblick nicht ein.

Verstohlen blickte er auf die Uhr. Noch über eine Stunde bis zur Landung. Wenn sie ihn erkannt hatte? Wenn sie sich erinnerte? Wenn sie es der Polizei meldete?

»Hier spricht der Kapitän,« tönte es durch die Bordsprechanlage. »Ich möchte Ihnen einige Fluginformationen geben. Unsere Flughöhe beträgt im Augenblick 9000 Meter.«

Er wollte nicht zurück ins Gefängnis! Er hatte eine dringende Aufgabe vor sich! Nur mit halbem Ohr lauschte er der Durchsage: »Wir fliegen mit einer Geschwindigkeit von 980 Meilen. Im Augenblick überfliegen wir Kopenhagen, in etwa 50 Minuten werden wir in Helsinki landen. Die Temperatur dort beträgt 12 Grad Celsius.

Plötzlich stand die Dame auf und strebte nach hinten, in Richtung Toiletten. Er blickte ihr nach, so unauffällig wie möglich, sie unterhielt sich mit einer Stewardeß. Nervös zündete er sich eine Zigarette an, seine Hände zitterten.

Auf einer Tafel stand in großen Buchstaben »OULU«, die Tafel selbst stand auf einem verschneiten Flugplatz, hoch im Norden von Finnland. Eine lange Reihe von Flugzeugen, kleinere, größere, eine Baracke davor, ein prall geblähter Windsack an einem Mast. Der Wind pfiff eisig über das Gelände, wirbelte den Schnee auf, biß in die Finger des jungen finnischen Piloten, der seine einmotorige Maschine überprüfte. Er schritt um das Flugzeug herum, vergewisserte sich, daß hier eine Strebe festsaß, dort ein Steuerseil genügend Spiel hatte.

Paul Hartung stand in einiger Entfernung, schaute ihm zu und trotzte dem Wind. Er trug feste, pelzgefütterte Stiefel, einen dicken mit Watte gefütterten Skianzug und eine Fellmütze. Eine Kamera in einem Lederetui hing an einem Riemen um seinen Hals. Der Pilot schien seinen Kontrollgang abgeschlossen zu haben, pflanzte sich vor Hartung auf und sah ihn prüfend an. »Weiß Lohs, daß Sie kommen?« fragte er.

»Nein.«

»Kennen Sie ihn überhaupt?«

»Nein.«

»Na, dann wünsch' ich Ihnen viel Vergnügen.«

Er wandte sich um, wollte weitergehen, aber Hartung hielt ihn zurück.

»Was meinen Sie damit?«

»Ein Freund wollte da mal landen«, rief er über die Schulter, der Wind fetzte ihm die Worte vom Mund, »aber Lohs hat sich nicht gerade als gastfreundlich erwiesen.« Er öffnete die Kabinentür. »Wir sind soweit. Steigen Sie ein.«

Er ließ Hartung einsteigen, schlug die Kabinentür hinter ihm zu, ging um das Flugzeug herum, stieg auf der anderen Seite ein, schnallte sich an und betätigte den Anlasser. Trimmruder für den Start, Gashebel gespannt, Gemisch geprüft, Luftfilter an. Die Propeller begannen sich zu drehen, dann sprang auch der Motor an. Er griff nach dem Mikrofon und begann auf finnisch ein Gespräch mit dem Tower. Inzwischen hatte auch Hartung sich angeschnallt und blickte sich interessiert im Cockpit um. Langsam humpelte die Maschine zur Startbahn, mächtig angeberisch röhrte der Motor, und schon entfernte sich der Flugplatz unter ihnen. Oulu lag weit hinter ihnen, sie überflogen niedrige Hügelketten, die in west-östlicher Richtung verliefen. Die Bäume – meist Fichten – dürr, knorrig und weitverstreut, mußten hart ums Überleben kämpfen, die Kämme dieser Höhenzüge bestanden größtenteils aus nacktem Fels. Zwischen den Bäumen lagen verstreut die dürren Äste anderer Bäume, von unbarmherzigen Winterstürmen geknickt, von Bären zernagt, und über allem eine dichte Schneedecke, nur manchmal vom eisigen Glitzern kleiner, zugefrorener Seen unterbrochen. Sie befanden sich am Rande des Polarkreises, in Lappland, hoch im Norden Finnlands. Etwa 90 Minuten waren sie geflogen, da zeigte der Pilot nach unten, senkte die Schnauze des Flugzeuges und begann zu kreisen. Ein zugefrorener See erschien in Hartungs Blickfeld, ein Waldstück mit einem Blockhaus. Rauch kräuselte sich in die Höhe. Am Ende des Sees duckte sich ein verschneiter Schuppen unter Bäumen. Der Pilot beugte sich zu seinem Fahrgast. »Da wären wir, Lohs ist zu Hause. Sehen Sie den Rauch? Das ist seine Blockhütte.« Er mußte laut und deutlich sprechen, um das Motorengeräusch zu übertönen. Hartung beugte sich vor, um besser sehen zu können. Das Sportflugzeug beschrieb einen weiten Kreis, setzte zur Landung an und rollte auf der Eisdecke aus. Kaum war es zum Stehen gekommen, öffnete sich die Tür auf der Seite des Copiloten. Hartung sprang heraus.

Der Pilot reichte ihm sein Gepäck hinunter, das aus zwei Seesäcken bestand. In einem hatte er Decken und warme Kleidungsstücke verpackt, in dem anderen Lebensmittel in Flaschen und Dosen.

»Wann soll ich Sie wieder abholen?« Der Pilot beugte sich aus der Kanzel und kniff die Augen zusammen, so blendete ihn der Widerschein der kalten Polarsonne auf dem Schnee.

»Wie kann ich Sie erreichen?«

»Nur über Funk. Aber darauf kann man sich hier oben nicht verlassen. Hier oben spielt der Funk oft verrückt.«

»Herr Lohs kann mich ja nach Oulu fliegen.« Er zog seine Pelzhandschuhe an und hängte sich einen Seesack über die Schulter.

»Übrigens, Ihr Freund, der hier mal gelandet ist – was hat er damit gemeint, daß Herr Lohs nicht mehr gastfreundlich sei?«

Der Pilot schnallte sich wieder an. »Ach, wissen Sie, wenn man als Ausländer lange hier oben lebt – das legt sich aufs Gemüt. Da werden Menschen seltsam, unberechenbar. Wir Finnen sind das gewöhnt.«

Er reichte Hartung die Hand aus der Kanzel. Dann schloß der Pilot die Kabinentür, wendete, raste an Hartung vorbei und entschwand in die Richtung, aus der sie gekommen waren. Hartung blickte dem Flugzeug nach, bis es von der nächsten Hügelkette verschluckt wurde, blieb noch eine Weile stehen und nahm die weite, einsame Landschaft in sich auf, nahm dann seinen zweiten Seesack und stapfte durch den Schnee auf den Waldrand zu, über dem sich Rauch kräuselte. Als er die ersten Bäume erreichte, sah er auf einer kleinen Lichtung auch schon die Hütte. Dicke runde Balken, mit Moos und Lehm abgedichtet, ein flaches

Giebeldach mit dicker weißer Schneehaube. Eiszapfen hingen zu Boden, in denen sich die Sonnenstrahlen brachen, zwei Fenster mit blitzenden Scheiben, eine massive Holztür. Eine schmale Veranda zog sich unter dem Dach ums Haus. Zögernd ging er darauf zu. Was war dieser Lohs für ein Mensch? Wie würde er ihn aufnehmen? Die Ereignisse hatten sich in der letzten Zeit derartig überstürzt, daß er kaum Gelegenheit gehabt hatte, sich auf diese Begegnung vorzubereiten. Jetzt, da er sein Ziel erreicht hatte, überfiel ihn plötzlich die Angst vor dem, was er hier eventuell herausfinden würde.

Er war nur mehr wenige Schritte von dem Blockhaus entfernt, da öffnete sich die Tür, eine junge Frau trat heraus, eine Frau mit üppigem rotem Haar, Sommersprossen auf der Nase, einem roten Mund. Eine Frau, die er für tot gehalten hatte, für deren Ermordung er verurteilt worden war und vier Jahre seines Lebens hinter Gefängnismauern verbracht hatte, Barbara Kuhn stand vor ihm. Er war wie erstarrt, fassungslos, alls Farbe wich aus seinem Gesicht. In dieser Sekunde veränderte sich die Welt für ihn.

»Paul«, hörte er die altvertraute Stimme seinen Namen flüstern.

»Barbara!«

Sie war es, die sich als erste gefaßt hatte und imstande war zu fragen:

»Wie . . . wie kommst du hierher?«

Ehe dieser: »Du . . . du lebst?« hervorbrachte, dauerte es allerdings noch eine Weile. Er starrte sie an wie eine Fata Morgana, gewärtig, daß sie jeden Augenblick wieder verschwinden würde. Er konnte es einfach nicht fassen.

»Was ist denn . . . was hast du denn?« fragte sie, bestürzt über seinen Gesichtsausdruck.

»Du lebst . . .«, kam es monoton, als sei dies das einzige was er zu sagen wußte. Die Stimme versagte ihm.

Barbara wich einen Schritt zurück, sah ihn an wie einen Irren.

»Was ist mit dir, Paul?«

Wie ein Somnambuler ging er auf sie zu. Sie wich zurück.

»Paul, was hast du denn?«

»Ich bin dein Mörder – weißt du das nicht?« Seine Augen flackerten.

Sie ahnte, daß er im Augenblick nicht ganz zurechnungsfähig war.

»Paul, bist du verrückt?« fragte sie scharf.

Er blieb stehen, schien sich zu besinnen.

»Ich war im Zuchthaus – wegen Mord. An dir. Und du bist hier in Lappland und lebst!«

Immer noch starrte er sie an wie eine Erscheinung. Er konnte es einfach nicht fassen, daß die Frau, die er in unzählbaren Stunden beweint hatte, für deren mysteriösen Tod er sich zwar nicht schuldig, jedoch mitverantwortlich gefühlt hatte, die Frau, der er die entsetzlichsten, grauenhaftesten, erbärmlichsten, unmenschlichsten, demütigendsten Jahre seines Lebens verdankte, jetzt vor ihm stand, leibhaftig, lebendig und schöner denn je.

»Barbara . . .«

Sie sah an ihm vorbei. Ein neuer Ausdruck war in ihre Augen getreten. Er warf einen Blick über die Schulter. Zwischen den Bäumen, draußen auf dem verschneiten See, sah er einen Mann auf einem Motorschlitten auf das Blockhaus zukommen, was sie zu beunruhigen schien.

»Paul«, hörte er sie eindringlich sagen, »hör zu. Da kommt Harald. Ich lebe mit ihm. Sag ihm bitte nicht, wer du bist. Er darf nicht wissen, daß wir uns kennen, hörst du? Du darfst ihm nichts sagen.«

»Warum?« Er verstand überhaupt nichts mehr.

»Das erklär' ich dir später – er ist furchtbar jähzornig und mißtrauisch. Sag ihm einfach, du . . .«

Ihre Sätze waren immer hastiger geworden, die Worte überschlugen sich fast, verzweifelt war sie bemüht, ihm zu erklären, was sie wollte.

Er hatte zwar zugehört, aber sie wußte nicht, ob er sie auch verstanden hatte.

»Hallo!« drang eine männliche Stimme durch sein Bewußtsein. Er fuhr herum. Ein großer, kräftiger Mann mit Vollbart kam tuckernd auf sie zugeglitten, schwang sich von seinem Gefährt, stellte den Motor ab.

»Hallo, ich sehe, wir haben Besuch.«

Er musterte Hartung mißtrauisch.

»Mein Name ist Leininger. Herbert Leininger«, hörte er sich selber sagen.

»Wie kommen Sie in diese gottverlassene Gegend?« Eisblaue Augen starrten ihn fast feindselig an.

»Mit dem Fluzeug.« Langsam wurde er ruhiger.

»Da habe ich doch richtig gehört.« Lohs stampfte den Schnee von seinen Stiefeln. »Und um was geht es?«

Barbara verfolgte das Gespräch mit Spannung, wußte sie doch nicht, ob Paul sich so verhalten würde, wie sie es von ihm verlangt hatte. Um so beruhigter war sie, als sie seine nächsten Worte hörte:

»Ich bin Journalist. Ich soll einen Artikel für ›Nature‹ schreiben. Kennen Sie die Zeitschrift?«

Lohs blickte auf. »Ja.«

»Über das Leben eines Erzprospektors im hohen Norden,« fuhr Hartung fort. »Ich hoffe, ich kann von Ihnen einiges darüber erfahren.«

Lohs streifte sich die dicken Fausthandschuhe von den Händen.

»Warum haben Sie Ihren Besuch nicht angekündigt?« Noch immer schwang ein mißtrauischer Unterton mit.

»Wie?« Hartung lächelte entwaffnend.

»Ich habe Funk.«

»Ich dachte, mit einer Flasche Whisky sei ich in der Einsamkeit immer willkommen.« Er klopfte auf seinen Seesack.

»Hier trinkt man Wodka.«

Wieder lächelte Hartung und warf Barbara einen Blick zu. »Aber wie ich sehe, ist es gar nicht so einsam.«

Auch Lohs wandte sich der jungen Frau zu. »Ihr habt euch schon miteinander bekannt gemacht?«

»Er ist eben erst gekommen,« erwiderte sie rasch, ehe Hartung etwas Falsches sagen konnte.

»Das ist Barbara«, sagte der Bärtige und legte einen Arm um ihre Schulter. »Ich heiße Lohs. Und jetzt kommen Sie erst einmal herein.«

Damit ging er über die Veranda auf die Eingangstür des Blockhauses zu und zog Barbara mit sich.

»Wir werden berühmt,« sagte er zu ihr. »Was sagst du dazu, Schatz?«

Hartung schleppte seine beiden Seesäcke hinter ihnen ins Haus. Drinnen war es warm und heimelig. Im Herd prasselte ein munteres Feuer, auf dem Tisch in der Ecke stand einladend ein großes, schwarzgeräuchertes Stück Fleisch, Weißbrot daneben, Messer und Teller. An den Fenstern hingen karierte Vorhänge, eine Petroleumlampe über dem Tisch verbreitete gemütliches Licht. Lohs zog seine Pelzjacke aus und hängte sie an einen Haken an der Wand. Hartung stellte seine Seesäcke ab und schälte sich ebenfalls aus seinen dicken Sachen.

»Barbara«, sagte Lohs, »unser Gast kann sicher einen Bissen und einen kräftigen Schluck vertragen. Hol noch einen Teller und die Flasche. Oder bestehen Sie auf Ihrem Whisky?«

Hartung schüttelte den Kopf.

Lohs schnürte sich die Stiefel auf, stellte sie unter den Herd und schlüpfte in ein Paar bereitstehende Fellschuhe mit merkwürdig nach oben gezogener Spitze. Er bemerkte Hartungs erstaunten Blick.

»Das sind Schuhe, wie sie die Lappen tragen. Aus Rentierfell. Die Lappen stopfen sie mit Heu aus. Es gibt nichts Wärmeres.«

Barbara hatte inzwischen aus einem Schrank Teller und Gläser herbeigeholt und stellte sie auf den Tisch. Dann verschwand sie durch eine Hintertür – ein kalter Luftzug drang in die Wohnküche – und kam mit einer eiskalt beschlagenen Wodkaflasche zurück. Sie trug ebenfalls Lappenschuhe. Dazu eine schwarze Skihose und einen schwarz-weißen Norwegerpullover. Lohs holte sich Pfeife und Tabaksbeutel von einem Regal an der Wand und setzte sich an den Tisch.

»Nehmen Sie Platz,« forderte er Hartung auf und fing an, sich eine Pfeife zu stopfen.

Barbara schnitt schmale Scheiben von dem Räucherfleisch und verteilte sie auf drei Teller.

»Das ist Rentierschinken«, sagte sie, ohne ihn anzusehen. »Wir ernähren uns fast ausschließlich von Rentierfleisch, morgens, mittags und abends. Man gewöhnt sich daran.«

Lohs hatte seine Pfeife gestopft, zündete sie an, machte ein paar paffende Züge, griff nach der Flasche und schenkte ein.

»Kippis, Herr Leininger«, sagte er und hob sein Glas. »Das ist finnisch.« Er setze sein Glas an die Lippen und trank es in einem Zug leer.

»Die beste Medizin gegen die arktische Kälte.«

Barbara setzte sich neben ihn und begann das Brot aufzuschneiden. »Greifen Sie zu«, sagte sie. Das Licht schlug glühende Funken aus ihrem flammenden Haar.

Paul kostete von dem Schinken. Er war köstlich und zart, hatte einen kräftigen, würzigen Geschmack, der entfernt an den Geschmack von Wild erinnerte. Der eiskalte Wodka, den er in kleinen Schlucken trank, paßte wunderbar dazu. Allmählich löste sich seine innere Spannung. Nur wenn sein Blick auf sie fiel, was er möglichst zu vermeiden trachtete, hatte er jedesmal das Gefühl, einen elektrischen Schlag zu bekommen. Das legte sich auch nach der zweiten Flasche nicht. Sie aßen und unterhielten sich, wobei die Unterhaltung weitgehendst von Lohs bestritten wurde. Barbara verhielt sich schweigsam und einsilbig. Hartung gab sich als aufmerksamer Zuhörer. Lohs erzählte von seiner Liebe zu diesem Land, von seiner Arbeit, von den Gebräuchen der Lappen, die den ganzen Sommer hindurch ihre Rentierherden durch das schwedische, finnische und norwegische Lappland trieben und den Winter in ihren Dörfern verbrachten. Von der Prohibition, die zum Schutze dieser

Rasse, die vom Aussterben bedroht ist, in den nördlichen Regionen eingeführt worden war. Von diesen Menschen, die schon mit dreißig Greise waren, anscheinend mit einer unstillbaren Gier nach Alkohol geboren werden und ein Vermögen für den billigsten Fusel ausgeben. Wenn alle Stricke reißen, sollen sie sogar schwarze Schuhcreme lekken, weil Alkohol darin enthalten ist. Oft kann man sie morgens, trunken und mit schwarzgefärbten Lippen und Zähnen, aus ihren Blockhäusern torkeln sehen, vor denen nicht selten große amerikanische Schlitten geparkt sind. Auch ihre robusten Holzhäuser sind, so unglaublich es klingt, mit allen Luxusgeräten moderner Zivilisation ausgestattet. Denn die Lappen sind ein reiches Volk, Rentiere ein gewinnträchtiges Vermögen. Lohs trank und redete, die zweite Flasche kam auf den Tisch, Barbara räumte zwischendurch die Teller ab, sorgte für leere Aschenbecher, sprach jedoch nur, wenn Lohs das Wort direkt an sie richtete. Hartung zündete sich eine Zigarette nach der anderen an, mit zitternden Nerven war er sich der Gegenwart dieser Frau bewußt, spürte mit jeder Fiber unter seiner Haut ihre Blicke, sobald sie sich unbeobachtet fühlte.

Wieder einmal griff Lohs zur Flasche und schenkte nach.

»Aber wir sind keine Lappen, mit Komfort ist bei uns nicht viel los,« sagte er und wischte sich ein verschüttetes Rinnsal aus dem Bart. »Das einzige, was wir haben, ist eine Sauna. Und dann die endlosen Nächte im Winter. Fast zwei Monate lang wird es kaum Tag. Und im Sommer scheint die Sonne rund um die Uhr.«

»Und die Mücken!« ließ Barbara sich plötzlich unaufgefordert vernehmen. Zwei Augenpaare richteten sich auf sie.

»Ja, an die muß man sich auch gewöhnen.« Er leerte sein Glas, schenkte sich nach. »Im ersten Jahr dachte Barbara, sie könnte es hier überhaupt nicht aushalten, nicht nur wegen der Mücken, auch wegen der Einsamkeit. Aber jetzt hat sie sich an alles gewöhnt.« Er lachte sie an. »Sogar an mich.« Er hob sein Glas. »Kippis, ihr beiden.« Und stürzte den Wodka in einem Zug hinunter. Hartung nahm einen kräftigen

Schluck, Barbara nippte nur. »Wieviel Uhr ist es eigentlich?« fragte Lohs und schob das Glas von sich.

Hartung warf einen Blick auf die Uhr an seinem Handgelenk. »Halb zehn.« »Was? Schon so spät? Dann wird's aber Zeit.« Er gähnte ungeniert. »Außerdem will ich morgen ein bißchen mit Ihnen herumfliegen, damit Sie das Land kennenlernen.« Er stand auf und streckte sich. »Übrigens, wie steht es eigentlich mit meinem Honorar?«

Auf diese Frage war Hartung nicht vorbereitet gewesen. »Wir dachten . . . an fünfhundert,« stotterte er. Worauf war er schon vorbereitet gewesen?

»Was? Ich denke ›Nature‹ zahlt gut. Na ja, darüber müssen wir noch reden.« Er wandte Hartung den Rücken. »Kommst du mit, Barbara?« Ein unmerkliches Zögern ihrerseits.

»Ach, du mußt unserem Gast ja noch das Lager richten.« Er drehte sich wieder um. »Sind Sie ein Nachtmensch?« fragte er Hartung.

»Eigentlich nicht«, erwiderte dieser rasch. »Aber die Luft hier hält mich offenbar wach.«

Lohs nickte ihnen freundlich zu, schritt auf eine Tür zu, die Hartung gar nicht aufgefallen war, und zog sie hinter sich ins Schloß. Sichtlich erleichtert, atmete Hartung auf, wollte etwas sagen, aber Barbara legte den Finger auf den Mund, ging zum Radio, das auf einer hölzernen Truhe stand, drehte es an, und erst als Musik ertönte, sagte sie leise: »Die Hütte ist hellhörig.«

»Hast du noch eine Zigarette für mich?«

Seine Packung war leer. Er zerknüllte sie.

Sie zog die Tischschublade auf, holte ein Päckchen finnische Zigaretten heraus. Er zündete sich eine an.

Barbara beobachtete ihn, den Kopf in die Hände gestützt.

»Trinkt er immer so viel?«

»Er kann viel vertragen. Zumindest weiß er morgen jedes Wort, das wir miteinander gesprochen haben. Alles!«

»Wir haben doch gar nichts gesagt«, flüsterte er leise.

»Unterschätz ihn nicht, er ist sehr schlau.«

Hartung sog den Rauch in tiefen Zügen in sich ein, in die Betrachtung ihres Gesichts versunken. Ihre Haut wies noch immer die milchigweiße Zartheit auf, die so dramatisch kontrastierte mit der ungebärdigen, lohenden Lockenpracht, die ihn schon immer fasziniert hatte. Vielleicht hatten sich die Sommersprossen etwas vermehrt, eine Folge des Lebens inmitten der Natur. Die Augen waren dunkle Brunnenschächte, von einer Tiefe, die ihm neu erschien. Der Mund – er wagte ihn kaum anzusehen – zu deutlich erinnerte er sich der wirbelnden Ekstase, in die ihn diese sinnlichen, weichen Lippen, die nie einen Lippenstift benötigten, versetzt hatten. Nur die Hände hatten sich total verändert. Einst weich und gepflegt, waren sie jetzt rauh, die Nägel rissig, deutliche Spuren von Hausarbeit und eiskaltem Wasser. Daß sie jetzt vor ihm saß, jetzt und hier, er konnte es immer noch nicht fassen. Die Möglichkeit, sie könnte gar nicht tot sein, auf diese Idee wäre er nie verfallen.

»Was weiß er wirklich?« fragte er leise.

»Nichts.« Ihre Lippen bewegten sich kaum.

»Und du?« Er zog noch einmal an der Zigarette und drückte sie dann aus.

»Willst du mir erzählen, du hast keine Ahnung, daß ich vier Jahre unschuldig gesessen habe? Wegen an dir begangenen Mordes?«

Sie schüttelte den Kopf. »Ich hatte keine Ahnung. Hier oben ist man völlig abgeschnitten.« Sie sprach leise und monoton. »Ich war in dich verliebt, und du wolltest mich verlassen. Lohs hat mich nach Finnland eingeladen, also bin ich mitgegangen. Ich wollte dich vergessen. Ich hatte dich vergessen.«

Er schwieg, blickte sie nur unverwandt an.

»Warum sagst du nichts?« fragte sie

»Die Mordgeschichte stand in allen Zeitungen. Nach der ... nach der Tat, und dann wieder während des Prozesses. Und du willst das nicht gelesen haben?«

Sie sah das ungläubige Staunen in seinem Blick, sah die

gequälte Falte, die sich steil über seiner Nasenwurzel erhob und senkte den Blick.

»Wir haben hier keine Zeitungen. Und wenn, dann finnische. Oder Haralds Fachzeitungen.«

Sollte es tatsächlich möglich sein? Sollte sie wirklich von alldem nichts gewußt haben? Ja, in dieser Abgeschiedenheit war das schon möglich. Warum auch sollte sie ihn belügen?

Sie strich sich über die Stirn, wie um ein Gespenst zu verscheuchen. »Komm, ich zeig' dir jetzt deine Kammer.« Sie stand auf, trug die Gläser zu einer mit Wasser gefüllten Zinkwanne, die auf dem Herd stand, tauchte sie hinein und zündete eine Petroleumlampe an. Von einem Haken neben der Tür nahm sie einen langen Schlüssel. »Wir müssen über die Veranda«, sagte sie und trat in die sternklare Nacht.

Es war bitter kalt geworden, der Himmel war mit Sternen übersät, der Schnee leuchtete bläulich im Lichtschein, der aus der Tür fiel. Auf derben Holzbohlen umrundeten sie das Haus. Selbst in den unförmigen Schneeschuhen, dem dicken Pullover wirkten ihre Bewegungen weich und aufreizend weiblich. Sie steckte den Schlüssel ins Schloß, stieß die Tür auf, stellte die Lampe auf einen Tisch unters Fenster. Er packte den Seesack, den er aus der Küche mitgenommen hatte auf einen Stuhl. Ein Bett, ein Tisch, zwei Stühle, ein Schrank, das war jetzt sein Reich für die nächsten Tage. Er setzte sich auf den noch freien Stuhl, fingerte die Zigarettenpackung aus der Hosentasche, Streichhölzer, zündete sich eine Zigarette an, während sie ein Laken aus dem Schrank holte und es über die Matratze spannte. Es war angenehm warm in der Kammer, wahrscheinlich grenzte sie an die Wand hinter dem Küchenherd.

»Woher kam all das Blut?« fragte er wie beiläufig.

Ein Ruck ging durch ihre Gestalt, die über das Bett gebeugt stand.

»Was für Blut?«

»Das Blut im Bootshaus. Das Blut auf deiner Bluse. Das Blut im Boot.«

Sie schwieg, ging zurück zum Schrank, holte ein Kissen, einen Kissenbezug, dazu eine Decke, ging zurück wieder zum Bett.

»Wenn du es mir nicht sagen willst, werde ich Lohs fragen.«

»Er weiß nichts«, sagte sie schnell, ohne ihn anzusehen.

»Wovon?«

Sie richtete sich auf. »Daß ich mich umbringen wollte.« Sie streifte den Ärmel ihres Pullovers zurück, zeigte ihm zwei Narben an den Handgelenken. Verständnislos starrte er sie an.

»Ja, ich habe mich damals umbringen wollen, in der Nacht.« Sie sprach schnell, fast automatisch. »Ich habe mir die Pulsadern aufgeschnitten – und dann habe ich es mit der Angst zu tun bekommen.« Sie wandte sich ab, beschäftigte sich mit Bettbezug und Felldecke, schüttelte auf, glättete. »Ich bin runter zum See und hinausgerudert, um mich zu ertränken. Aber das habe ich auch nicht fertiggebracht. Und dann bin ich davongelaufen . . .« Sie machte eine Pause, um Atem zu holen, strich sich das Haar aus der Stirn.

»Und deine Bluse?« fragte er scharf

»Die habe ich ins Wasser geworfen. Ich wollte nicht, daß du erfährst, was ich tun wollte.«

Erschöpft klammerte sie sich an den Bettpfosten, ihm den Rücken zuwendend.

»Und dann hast du Lohs angerufen.«

Kaum merklich nickte sie mit dem Kopf.

Seine Hand zitterte. Er suchte einen Aschenbecher, fand keinen, stippte die Zigarette auf den Boden, trat sie mit dem Absatz aus.

Langsam, fast mühsam richtete er sich auf, stand hinter ihr, nahm sie bei den Schultern, drehte sie um.

»Liebst du ihn?« Er blickte ihr forschend in die Augen.

Sie zögerte den Bruchteil einer Sekunde. »Er war immer gut zu mir.«

Er schüttelte sie. »Ich habe dich gefragt, ob du ihn liebst?«

Das Licht warf leidenschaftliche Schatten in sein Gesicht.

»Und ich will darauf nicht antworten«, sagte sie hart, die Augen zwei tiefe, offene Wunden. »Gute Nacht.«

Er gab sie nicht frei. »Du wolltest dich meinetwegen umbringen?« fragte er leise und eindringlich.

Ganz nah waren sich ihre Gesichter, voll aufgewühlter Spannung, die sich jeden Augenblick entladen konnte. Doch sie machte sich los, wandte sich ab. Leise klickte die Tür ins Schloß.

Tief atmete sie die Nachtluft ein, legte den Kopf zurück, blickte auf zu den Sternen. Ein Frösteln ging durch ihre Glieder. In der Küche löschte sie die Petroleumlampe über dem Tisch, griff sich mit schlafwandlerischer Sicherheit eine Taschenlampe vom Regal und schlüpfte leise in die gemeinsame Schlafkammer.

Lohs schien zu schlafen. Im schwachen Strahl der Taschenlampe zog sie sich geräuschlos aus, knipste die Lampe aus, ließ sich neben ihn unter die Decke gleiten. Mit weit offenen Augen lag sie da, bis sie sich an die Dunkelheit gewöhnt hatte, dann wandte sie den Kopf. Sie sah nur seinen Hinterkopf, seine wirr abstehenden Haare und hörte sein ruhiges Atmen. Erleichtert drehte sie sich um, kehrte ihm den Rücken zu.

Was sie nicht sah, war, daß auch er die Augen offen hatte. Mit keiner Bewegung verriet er, daß er wach lag. Ruhig atmete er weiter. Nur sein gespannter Blick ließ auf mißtrauische Gedanken schließen, die ihm durch den Kopf gingen.

Sie hatten gemeinsam gefrühstückt: Rentiersteaks, Brot und starken schwarzen Kaffee. Hatten sich über Belangloses unterhalten, das Wetter, das so strahlend geworden war, wie der nächtliche Sternenhimmel versprochen hatte, und daß bald die Schneeschmelze beginnen müßte. Barbara war noch einsilbiger gewesen als am Abend zuvor, gab sich geschäftig, und Hartung hatte die gelegentlichen forschenden Blicke des anderen nicht bemerkt oder zumindest so getan, als bemerke er sie nicht.

Jetzt stapfte er durch den Schnee zum Ende des Sees. Die Flügeltüren des Schuppens standen weit offen. Die kleine Propellermaschine ließ sich die Morgensonne auf die silbern glänzende Nase scheinen, eine alte Beaver auf dünnen Stelzen, die schon bessere Tage gesehen hatte.

Lohs hatte die Motorhaube aufgeklappt und checkte verschiedene Funktionen. Hartung trat neben ihn, sah ihm wortlos zu.

»Für einen Zeitungsmann sind Sie erstaunlich wenig neugierig«, stellte Lohs fest, ohne aufzublicken, und hantierte mit einem Schraubenschlüssel. »Was wollen Sie Ihren Lesern denn erzählen?«

Die Antwort hatte er sich sorgfältig zurechtgelegt, so vage seine eigenen Kenntnisse auch waren. »Nun, Sie suchen nach Erzen, vom Flugzeug aus. Das klingt unwahrscheinlich genug. Der normale Leser nimmt an, daß man Bohrungen vornehmen muß, um zu erfahren, was unter der Erdoberfläche ist.«

»Aber Sie als Fachjournalist wissen natürlich, was ich mache?« höhnte der andere, richtete sich auf und wischte sich die schmierigen Hände an einem ebenso schmierigen Tuch ab.

»Im Prinzip, ja. Größere Erzlager, besonders Eisen, beeinflussen das Magnetfeld der Erde, und diese Abweichungen der Feldlinien werden registriert und gemessen, vom Flugzeug aus.« Er versuchte sich betont lässig zu geben, doch der andere ließ sich nicht über seine Unsicherheit hinwegtäuschen und sah ihn spöttisch an.

»Dann wollen wir uns Ihre abweichenden Feldlinien einmal ansehen.«

Er warf das Tuch in den Werkzeugkasten. »Oder möchten Sie lieber hierbleiben?«

Unwillkürlich warf Hartung einen Blick hinüber zum Holzhaus.

Barbara stand vor der Tür und schaute zu ihnen herüber.

»Nein, nein, ich komme gerne mit«, versicherte er hastig.

Aber Lohs hatte den Blick aufgefangen. Er kletterte in die

Pilotenkanzel und öffnete die Tür auf der anderen Seite.

»Na, dann steigen Sie ein.«

Hartung schwang sich auf den Sitz neben ihm, schob die Tür in ihre Verankerung. Lohs startete die Maschine. Langsam rumpelte sie aus dem behelfsmäßigen Hangar, über den zugefrorenen See, gewann rasch an Geschwindigkeit und hob ab.

Weiß und unendlich entfaltete sich die finnische Einsamkeit unter ihnen, unterbrochen von Bodenerhebungen, Baumgruppen unterschiedlicher Größe und Ausdehnung, von zu Eis erstarrten Seenplatten. Kein Weg, keine Straße durchschnitt die unberührte Natur. Die Maschine gewann allmählich an Höhe.

Lohs kümmerte sich um Öldruck und Temperatur, Hartung beobachtete ihn. Sein blonder Vollbart schimmerte rötlich, breit stiegen die Backenknochen daraus hervor, sein Mund war herb und entschlossen, sein Alter unbestimmbar. Er konnte genausogut dreißig wie vierzig oder noch älter sein. Sicher lag der Steuerknüppel in den kräftigen Händen, die Maschine und er schienen miteinander vertraut.

»Wie geht es eigentlich Junaud?« fragte Lohs plötzlich.

Die Frage riß ihn aus seinen Betrachtungen. »Wem?« fragte er unsicher.

»Na, Ihrem Chefredakteur. Ich habe ihn einmal kennengelernt.«

Ausgerechnet! »Oh, ganz gut. Ich habe nicht allzuviel mit ihm zu tun.«

Hoffentlich hatten seine Worte nicht allzu unnatürlich geklungen! Keinerlei Reaktion. »Sehen Sie, da drüben ist Rußland.« Lohs wies auf einen Höhenzug in der Ferne. »Da lauern die Migs. Wenn wir jetzt noch ein bißchen weiterfliegen, kommen sie plötzlich aus dem Dunst geschossen.«

Angestrengt spähte Hartung den Horizont ab. »Haben Sie das schon einmal erlebt?«

Lohs warf ihm einen amüsierten Blick zu. »Oft. Wollen Sie es auch einmal erleben?«

»Ich möchte ganz gerne am Leben bleiben.«

Wieder warf Lohs ihm einen Blick zu. »Aber leben ohne ein bißchen Spaß ist auch nichts wert.« Sein Blick hatte etwas Lauerndes. »Na, was meinen Sie? Wollen wir mal sehen, ob sie heute auf Draht sind? Sitzen Ihre Gurte fest?« Und ohne Übergang, im gleichen Tonfall: »Wie gefällt Ihnen Barbara?« »Gut«, erwiderte er, und die Zunge klebte am Gaumen.

Ohne Kursänderung flogen sie weiter, direkt auf die russische Grenze zu. »Warum behaupten Sie, daß Sie für ›Nature‹ arbeiten?«

Hartung sah ihn an. Lohs blickte auf seine Instrumente.

»Ich habe mal einen Artikel für ›Nature‹ geschrieben.« Aha, jetzt also kam der Count-down.

»Worüber?«

»Chemie. Kohlenstoffchemie.«

Die Lippen des Piloten preßte sich zusammen. »Komisch«, sagte er wie beiläufig. »Barbara hat mir einmal von einem Chemiker erzählt. Den wollte sie heiraten. Aber er wollte zurück zu seiner Frau. Dabei hat er Barbara immer gesagt, er wolle sich scheiden lassen, dieser Herr Chemiker.« Zum erstenmal sah er Hartung voll an.

»Der Chemiker bin ich.« Er erwiderte gelassen seinen Blick.

Langsam wandte Lohs den Kopf, blickte wieder nach vorn. »Achtung«, sagte er plötzlich. »Da kommt eine Mig.«

Und schon drückte er den Steuerknüppel nach vorn, die kleine Maschine stürzte sich kopfüber in einen Sturzflug. Das Land unter ihnen kam mit rasender Geschwindigkeit auf sie zu. Hartung fühlte sich in seinen Sitz gepreßt, sein Brustkorb drückte die letzte Luft aus seinen Lungen; zum Greifen nahe schienen die Gipfel der verschneiten Bäume, die Felsen eines Hügelkammes. Im letzten Augenblick fing Lohs die Maschine ab und raste in unmittelbarer Bodennähe über das Land. Kaum daß Hartung wieder Luft holen konnte, zog er sie ruckartig wieder hoch, in einer steilen Rechtskurve, der Horizont kippte schräg unter ihnen weg, das Flugzeug schien auf einer Tragfläche zu stehen, und schon stürzte es sich wieder in schwindelerregende Tiefen, und fing sich wieder, kurz vor dem Aufprall.

Wie lange das so weiterging, wie oft Lohs die Maschine hochzog, nur um sie gleich wieder in Abgründe stürzen zu lassen, er wußte es nicht. Ob all das nur ein Spiel war oder ob tatsächlich eine Mig sie verfolgt hatte, er würde es nie erfahren. Gesehen hatte er keine; und gehört hatte er über dem Dröhnen der Propellermaschine und dem Dröhnen in seinem Kopf nur das Lachen seines Nebenbuhlers.

Im Herd prasselte ein Feuer und verbreitete wohlige Wärme. Vor den Fenstern stand die Nacht. Die Petroleumlampe warf stetes Licht auf Hartung und Barbara, die zusammen am Tisch saßen und dem lauten Geräusch des Motorschlittens lauschten, das von draußen hereindrang.

»Warum rast er denn mit dem Teufelsding da draußen herum?« fragte er nervös.

»Er hat eine Wut im Bauch.« Mit dem Fingernagel ritzte sie gedankenverloren Runen in die Tischplatte.

»Weshalb denn?« Fasziniert sah er ihr zu.

»Warum hast du ihm gesagt, wer du bist?« Mit dem Daumen versuchte sie, die Runen wieder auszuradieren.

»Weil er sowieso etwas gemerkt hat.« Begütigend legte er seine ruhige Hand auf ihre ruhelose.

»Und von uns?« Sie entzog sie ihm. »Was weiß er von uns?«

Sein Blick wanderte von ihrer Hand hinauf zu ihrem Mund, zu ihrem Gesicht.

»Nur was du ihm erzählt hast.«

Ihr Kopf blieb gesenkt. »Und sonst?«

»Nichts.«

Erstaunt blickte sie auf. »Nicht daß du im Gefängnis warst?«

»Nein.« Unverwandt sah er sie an.

»Nicht, daß ich in Deutschland als tot gelte ... als ermordet?«

»Nein.« Er schüttelte den Kopf. »Du wolltest doch nicht, daß ich etwas sage.«

Ihre Worte wurden begleitet vom Geräusch des wütenden Motorschlittens, der unermüdlich seine Runden drehte.

»Hat er dich nicht gefragt, was du hier willst?«

»Nein.« Wieder schüttelte er den Kopf. Und nach einer kleinen Weile: »Jetzt muß er uns nach Oulu fliegen.«

Sie ließ den Kopf wieder hängen. »Das wird er nie im Leben tun.«

»Aber ich muß doch den Gerichten beweisen, daß du lebst.«

»Er läßt mich hier nicht weg.« Sie verkrampfte die Hände ineinander.

»Sollen wir zu dritt hier weiterleben?« Ärgerlich lehnte er sich zurück.

Sie schwieg.

»Oder meinst du, er kommt heute nacht und schlägt mir mit der Axt den Schädel ein?«

Das Motorgeräusch verstummte.

»Nein«, sagte sie und blickte ihm ernst in die Augen. »Trotzdem wird er mich nicht weglassen. Er ist wahnsinnig eifersüchtig. Er liebt mich. Vielleicht mehr als du«, fügte sie nach kurzem Zögern hinzu.

»Du kennst mich immer noch nicht«, erwiderte er bitter. Und verstummte, weil die Tür aufflog und Lohs mit einem großen Stapel Holzscheiten im Arm hereintrat.

»So, das wird uns eine Weile warmhalten.« Er stapfte zum Herd, warf die Scheite daneben auf den Boden, richtete sich auf und klopfte sich die Sägespäne von den Ärmeln.

»Barbara, hol Herrn Hartung und mir was zu trinken!«

Sie drehte sich um. »Was willst du? Bier oder Wodka?«

»Wodka.« Er hängte seine Jacke hinter die Tür.

»Es sind nur noch zwei Flaschen da«, gab sie zu bedenken.

»Macht nichts.« Er rieb sich die Hände und setzte sich an den wuchtigen, selbstgezimmerten Tisch.

»Wir können ja morgen nach Oulu fliegen und unsere Vorräte auffrischen.

»Hol den Wodka!« Und zu Hartung: »Für Sie auch?«

»Ja«, nickte dieser.

»Bravo!« Kräftig schlug er ihm mit der Hand auf die Schulter. Barbara und Hartung wechselten heimlich einen Blick. Sie erhob sich und verschwand durch die Tür.

»Wir müssen doch euer Wiedersehen feiern!« Lachend zeigte er seine Zähne.

Sie hatten lange und ausgiebig gefeiert. Als der Wodka zu Ende ging, wurde der Whisky angebrochen. Auch Barbara war nicht mehr ganz nüchtern gewesen, als sie zu Bett gingen. Jetzt lag sie in ihrem Bett und wälzte sich unruhig hin und her. Lohs, neben ihr, schien friedlich zu schlafen, jedenfalls hatte er die Augen geschlossen und atmete ruhig und gleichmäßig. Plötzlich richtete sie sich auf. Es hielt sie nicht mehr, sie mußte zu ihm. Einen langen Blick warf sie auf den Mann an ihrer Seite, er rührte sich nicht. Sie erhob sich, schlich aus der Kammer. Lohs drehte sich um.

In der Küche schlüpfte sie in die Rentierschuhe, die unter dem Herd standen, legte sich ihre Felljacke um die Schultern, schlüpfte hinaus in die kalte Nacht, huschte über die Veranda und drückte leise die Tür auf. Auch Hartung hatte noch keinen Schlaf gefunden. Mit jeder Faser seines Körpers verlangte es ihn nach der geliebten Frau. Als er den kalten Luftzug auf seiner Stirn spürte, als er sie in seine Kammer huschen sah, stockte ihm der Atem, Blut schoß ihm ins Herz, vor seinen Augen kreisten glühende Kreise. Die Decke hob sich, die Matratze gab nach, in seine Arme schmiegte sich der Körper, den er begehrte, wie nie einen Körper zuvor, schmiegte sich die Frau, die er liebte, wie er nie eine andere geliebt hatte. Nach der er sich gesehnt hatte in unzähligen verschwitzten Nächten, in denen das Leintuch unerträglich auf der Haut brannte, in denen der Schlaf sich verkroch in den Winkeln der Zelle. Wie oft hatte er sich ruhelos zwischen den Laken gewälzt, mit knackenden Kinnmuskeln, mit siedenden Schläfen, die Atemluft dick und hungrig und kaubar. Wie oft hatte das verkrampfte, hilflose Tasten im Zerhämmern der Fäuste an die Mauer gemündet, bis die Knöchel bluteten, bis der Schmerz schwelgte in grausamem Genuß ... er selbst in der Mitte; und nur dort, an keinem anderen Punkt seines Körpers, war er einsamer und irrer und gequälter gewesen. Und jetzt war sie da, in seinen Armen, alles an ihr Frau und greifbar. Jeder Nerv in ihm lag frei, war tastbar und erregt. Jeder Muskel zitterte gespannt, belastet und ungeduldig. Ihre Hände kreisten, streichelten Schultern, Hüften, Schenkel, ihr Mund brach auf. Vor seinen Augen schwamm ein Schleier. Wellen kamen aus der Mitte, glühende Nadeln, warme, dann heiße Feuchte. Ihre Schenkel klammerten, ihre Hände steigerten, krallten. Die Wellen erreichten das Gehirn. Ihr Schoß war Feuer, er fiel in einen dunklen Schacht. Wohlige Schauer liefen über ihn hinweg, Erlösung, Frieden. Sie löste sich aus seinen Armen. Eine Weile herrschte Stille. Dann richtete er sich halb auf und blickte sie an.

»Was ist?« fragte er leise und zärtlich.

»Ich will dich nicht mehr.« Sie verschränkte die Arme unter dem Kopf.

»Das ist nicht wahr.« Das konnte nicht wahr sein! Nicht nach dem eben Geschehenen. Nicht nach dieser Erfüllung.

Sie antwortete nicht.

»Barbara, ich werde dir beweisen, daß ich dich liebe. Ich werde mich von Ruth scheiden lassen.«

»Das hast du mir schon so oft versprochen.« Sie wandte das Gesicht ab, Damit hatte sie recht, aber: »Ich habe viel Zeit gehabt, über uns nachzudenken. Sechsundzwanzig Jahre bin ich mit Ruth verheiratet, aber ich habe nie gewußt, was Liebe ist, bis ich dich getroffen habe.« Zärtlich zeichnete er mit dem Finger die Kontur ihres Profils nach.

»Du liebst sie anders als mich«, wehrte sie ihn ab.

Natürlich, sie hatte ja recht, aber warum wollte sie ihn

nicht verstehen? Warum machte sie es ihm jetzt so schwer?

»Ruth wollte damals, daß wir nach Amerika gehen. Ich hätte dort eine gute Stellung bekommen, aber ich bin fast verrückt geworden bei dem Gedanken, dich zu verlieren.«

Er legte den Arm um sie, zog sie an sich, sie mochte nicht nachgeben.

»Trotzdem wolltest du mich loswerden.«

Er küßte ihre Haut, ihre Brust. Sie nahm seinen Kopf in beide Hände und sah ihm in die Augen.

»Barbara, diesmal wird alles anders, diesmal wird alles gut. Wir werden . . .

»Sieh mich an. Nicht reden. Sieh mich nur an.«

Er sog ihren Blick in sich. Langsam näherten sich ihre Gesichter einander, floßen ineinander, und da war kein Hunger mehr, nur eine zärtliche Kraft, die aus der Einsamkeit in eine große Stille führte.

Der nächste Morgen war grau und trostlos, eine fahle Sonne hing am niedrigen Himmel, Nebel waberten in den Baumkronen, ein kalter Wind fegte über die öde Landschaft.

Lohs bastelte wieder einmal an seinem Flugzeug. Die Motorhaube offen, wühlte er in seinen Innereien. Vergnügt summte er dabei vor sich hin. Vom Blockhaus näherten sich Hartung und Barbara, beide in Reisekluft, Fellmützen und langen Mänteln. Lohs hantierte weiter.

»Alles in Ordnung?« fragte Hartung mit einem Blick auf den Motor.

»Ich denke schon.« Er blickte vom Motor auf zu Barbara und fragte beiläufig: »Sag mal, Barbara, wo warst du eigentlich heute nacht?«

Ohne auf ihre Antwort zu warten, wandte er sich an Hartung: »Wissen Sie, wenn man lange hier lebt, bekommt man einen leisen Schlaf – wie ein Tier –, als Selbstschutz sozusagen, verstehen Sie?« Und wieder zu Barbara: »Also, wo warst du?«

»Ich konnte nicht schlafen.« Unwillig warf sie den Kopf zurück.

»Wissen Sie, in letzter Zeit schläft sie schlecht«, erklärte er Hartung und drehte den Schraubenschlüssel in seiner Hand. »Sie hat nicht genug Abwechslung, sieht zu wenig Menschen. Aber macht nichts, Mädchen«. Er lachte. »Jetzt fliegen wir nach Oulu und machen ein Faß auf. Was halten Sie davon?« Vergnügt schlug er Hartung auf die Schulter.

»Warum nicht?« meinte dieser lachend.

»Also dann, auf geht's!«

Zuerst half er Barbara, dann Hartung beim Einsteigen über die tiefsitzenden Tragflächen und kletterte zum Schluß selbst in die Maschine. Kaum waren sie in der Luft, schien Lohs beunruhigt, horchte auf den Motor, legte da einen Schalter um, drückte dort auf eine Taste.

»Hören Sie es?« fragte er nach einigen Sekunden.

Hartung horchte. Der Motor lief ruhig und normal, zumindest für sein Gefühl. Er schüttelte den Kopf.

Lohs gab mehr Gar – das Flugzeug machte einen Satz nach vorn –, nahm es wieder weg, spielte herum.

»Hören Sie es immer noch nicht?»

Hartung horchte angestrengt. »Was ist denn?«

»Der Vergaser«, antwortete Lohs düster. »Oder die Benzinpumpe. Scheiße.« Er legte die Maschine in eine Rechtskurve.

»Wo fliegen Sie hin?«

»Zurück, wohin sonst?«

»Schaffen wir es denn nicht bis Oulu?«

»Mit einem stotternden Motor?« Er zeigte zwei Reihen Zähne. »Mann, das ist ein Flugzeug, kein Auto. Ich bin froh, wenn wir heil runterkommen.» Er lachte, schüttelte den Kopf, drückte den Steuerknüppel von sich, steuerte die ausgefahrene Piste auf dem See an, ging tiefer und setzte hart auf. Die Maschine rollte aus. Hartung kletterte heraus, half Barbara aus der Kanzel auf den Tragflügel hinunter und fing ihren Blick auf. »Können Sie den Schaden beheben?« fragte er zur Kanzel hinauf.

»Ich versuche es.«

»Wie lange wird es dauern?«

»Fragen Sie mich was Leichteres.«

Hartung blickte Barbara nach, die sich bereits auf den Weg zur Blockhütte gemacht hatte, blieb unschlüssig stehen.

»Wenn etwas defekt ist, können Sie den Schaden beheben?«

»Fragt sich, was es ist.« Seine Miene blieb undurchdringlich.

»Kann ich Ihnen helfen?«

Darauf gab Lohs keine Antwort mehr, sondern rollte die Maschine Richtung Hangar. Hartung holte die junge Frau ein, die stehengeblieben war und auf ihn wartete.

»Du hast recht gehabt. So kommen wir hier nicht weg«, sagte er, als er in ihrer Nähe war.

»Wir?« fragte sie zweifelnd und stapfte neben ihm durch den Schnee. Es hatte angefangen zu schneien, der Wind peitschte ihnen dicke Flocken ins Gesicht.

»Ich gehe nicht ohne dich.«

»Ich will nicht zurück nach Deutschland«, stieß sie nach einer Weile nachdenklichen Schweigens heftig hervor.

»Ich kann überall Arbeit finden. Ruth sagt . . .«

»Ruth, Ruth!« fiel sie ihm ungeduldig ins Wort. »Du wirst nie von ihr loskommen!« Zornige Blitze sprühten aus ihren dunklen Augen.

Jetzt waren sie am Waldrand, der Wind brach sich zwischen den Stämmen, hatte seine Kraft verloren. Hartung blieb stehen, zwang sie, ihn anzusehen.

»Warum sagst du das immer wieder?«

»Weil es wahr ist.« Sie wollte an ihm vorbei, aber er hielt sie zurück, umfaßte ihre Schultern.

»Bitte, glaub mir eins: Auch wenn du nicht mehr am Leben wärest, hätte ich mich von ihr scheiden lassen. Sie weiß es.« Er sprach langsam und eindringlich. »Ich kann nicht zu ihr zurück. Wir bleiben zusammen, du und ich. Was auch geschieht, wir werden uns nie mehr trennen.«

Er legte den Arm um sie, wollte sie an sich ziehen, aber sie ließ es nicht zu, blickte zurück, dahin, wo das Flugzeug durch die Bäume schimmerte, blickte zurück zu Lohs, der gerade aus der Kanzel kletterte.

Eine Stunde war vielleicht vergangen. Die Lampe schuf eine traute Atmosphäre. Hartung und Barbara saßen am Tisch. Drückend lastete das Schweigen, in dem nur das Prasseln des Feuers zu hören war. Da öffnete sich die Tür, ein schneebedeckter Lohs wurde mit kaltem Luftzug hereingeweht, zog seine Handschuhe aus, hockte sich vor den Herd und wärmte sich die Finger. »Na, jetzt schneit es aber ganz schön . . .«

»Haben Sie den Schaden beheben können?« Hartung lehnte sich zurück und verschränkte die Arme.

»Nein.«

Lohs richtete sich auf, begann seine Stiefel aufzuschnüren.

»Und was geschieht jetzt?«

»Ich habe versucht Oulu über Funk zu erreichen.« Lohs hängte seine Jacke an den Nagel. »Aber ich bin nicht durchgekommen.« Seine Hände reibend, trat er an den Tisch.

»Wissen Sie, was wir jetzt machen? Wir gehen auf die Jagd.«

Erstaunt blickte Barbara auf, die der Unterhaltung bis jetzt teilnahmslos gefolgt war. »Wir haben noch genug Fleisch.«

Lohs beachtete ihren Einwand nicht. »Sind Sie ein guter Jäger?«

»Ich bin überhaupt kein Jäger«, erwiderte der andere ruhig.

»Ich habe nur gefragt, weil man in dem Schneetreiben leicht einen Menschen für ein Stück Wild hält. Aber Sie brauchen ja kein Gewehr mitzunehmen.«

Er lächelte ironisch.

»In dem Schneetreiben siehst du doch sowieso nichts«, warf Barbara atemlos dazwischen.

»Ich sehe genug.« Er sah sie an. »Außerdem würde ich euch beide nicht gern allein lassen.« Er drehte sich um.

»Ich hole mein Gewehr.«

An der Tür zu ihrer gemeinsamen Schlafkammer blieb er stehen. »Du kannst ruhig mitkommen, mein Schatz.« Die Tür klappte ins Schloß.

Hartung wollte aufstehen, wollte ihm nach, doch die Frau hielt ihn zurück. »Fang keinen Streit mit ihm an.«

»Er spielt mit uns«, sagte er nervös und ließ sich wieder auf die Bank sinken.

»So, wie du mit mir gespielt hast.« Ruhig blickten die dunklen Augen.

»Was hast du vor?« wollte er wissen.

»Sorg dich nicht, ich bin ja bei dir«, antwortete sie mit leiser Ironie und folgte Lohs in die Kammer.

Der Schnee fiel so dicht, daß der Tag fast zur Nacht geworden war. Aus dem wirbelnden Schneesturm tauchten drei Gestalten auf Skiern auf, hielten an, verschnauften.

»Ist dir kalt, Barbara?« fragte Lohs und wischte sich grinsend den Schnee aus dem Gesicht.

Sie schwieg und starrte in das weiße Gewirbel.

»Du kannst ja hierbleiben und Feuer machen.« Er machte eine Spitzkehre. »Kommen Sie.«

Die beiden Männer verschwanden im Schneetreiben. Barbara blickte ihnen einen Augenblick nach, dann folgte sie ihnen den Hügel hinunter.

Das Schneetreiben hatte ein wenig nachgelassen. Hartung und Lohs kamen aus dem Wald, blieben auf einer Anhöhe stehen.

»Sie bleiben besser hier«, sagte Lohs leise. »Auf dem Feld gibt es oft Schneehühner. Man sieht sie erst im letzten Moment. Wir wollen sie nicht zu früh aufscheuchen.«

Er tippte an seine Mütze, stieß sich ab, lief davon auf seinen Skiern, während Hartung im Schutz eines Baumes zurückblieb. Im Hintergrund tauchte Barbara auf, doch er bemerkte sie nicht.

Der Schnee fiel leise und wieder dichter um ihn herum. Er zündete sich eine Zigarette an, lehnte sich auf seine Skistöcke und wartete. Worauf? Er wußte es nicht. Was führte der Mann im Schilde? Er traute ihm alles zu. Warum hatte er Barbara allein im Schneetreiben zurückgelassen? Da ertönte ein Schuß, Hartung blickte auf. Ein zweiter Schuß, ein dritter, und dieser pfiff ganz nah an seinem Kopf vorbei, schlug in einen Ast des Baumes hinter ihm, Schnee rieselte auf ihn herab. Ehe er sich noch von seinem Schreck erholt hatte, war Barbara bei ihm, schlang die Arme um seinen Hals, zog ihn zu Boden, in Deckung. Während sie ihn mit ihrem Körper deckte, reifte in ihr der endgültige Entschluß, bei ihm zu bleiben, mit ihm zu gehen, sich dem Leben wieder zu stellen.

Keuchend stapften sie auf Skiern durch die Nacht, eine Anhöhe hinauf. Oben angekommen, blieben sie stehen, sogen die kalte Luft in ihre schmerzenden Lungen. Stundenlang waren sie bereits unterwegs, seit den Schüssen, hügelauf und hügelab. Längst hatte er die Orientierung verloren, doch sie schien genau zu wissen, wo sie sich befanden. Trotz der Dunkelheit schien sie seiner Fährte zu folgen, wie ein Hund auf der Pirsch. Mit dem Handschuhrücken wischte er sich den kalten Schweiß von der Stirn. Sie streckte eine Hand aus, zeigte auf einen dunklen Fleck im silbrig schimmernden Schneefeld.

»Da unten ist die Hütte. Da muß er sein.«

Lautlos glitt sie ihm voran durch die mondhelle, sternenklare Nacht. Die Bewölkung war aufgerissen, die Schneewolken weitergezogen. Vor der Hütte stand ein Paar Skier. Barbara deutete auf sie, dann auf einen Baumstumpf, der in einiger Entfernung aus dem Schnee ragte. Er nickte. Geräuschlos schlüpfte sie aus ihren eigenen Skiern und durch die Tür, die kein Schloß hatte.

Es war ein winziger Raum, nur einige Matratzen am Boden. Lohs lag in eine Decke gewickelt in einer Ecke und schnarchte, am Kopfende seiner Matratze eine umgefallene Wodkaflasche. Barbara griff danach, hielt sie gegen das Fenster. Fast leer. Lautlos schlüpfte sie wieder aus dem

Haus, zog die Türe vorsichtig zu.

Hartung stand am Baumstumpf, hielt einen Ski in der Hand. Sie trat zu ihm, packte das andere Ende, die Spitze, stemmte sie gegen den Baumstumpf, drückte dagegen, mit einem ohrenbetäubenden Krachen – für seine Ohren zumindest – brach die Spitze ab. Erschrocken lauschten sie in Richtung Hütte. Nichts rührte sich. Alles blieb still. Mit dem zweiten Ski machten sie es ebenso, die Spitze gab splitternd nach. Wieder blieb es still. Lautlos eilte sie zurück zur Hütte, schnallte ihre Skier an, und hintereinander fuhren sie durch den tiefen Pulverschnee in das Sternengefunkel der Nacht.

Die Nacht wich einem grauen Morgen. Zwei einsame Gestalten glitten durch die Weite der verschneiten Einsamkeit. Der Morgen wurde zum Tag, das Land war endlos. Seit Stunden hatten sie nichts mehr gegessen, auch der letzte Rest Wodka, sparsam geschlürft, war längst verbraucht.

»Sind wir auf dem richtigen Weg?« fragte er und stakte automatisch mit den Skistöcken durch den Schnee.

»Da drüben ist der Kemisee. Morgen sind wir in Kemijärvi. Da gibt es ein Telefon.« Weißen Wölkchen gleich stießen ihre Worte aus dem Mund.

»Komm, es wird schnell dunkel.«

Woher nimmt sie nur die Kraft? dachte er. Bis morgen sind wir vor Hunger und Erschöpfung krepiert. Er konnte sich jetzt schon kaum auf den Beinen halten, wußte nicht mehr, was seine Füße taten, sie führten ein Eigenleben. Bis morgen hat uns diese endlose Einsamkeit verschlungen. Seine Augen waren entzündet und schneeblind, seine Hände schorfige Stümpfe. Ein Fuß vor den anderen, eine Stunde, noch eine, der Atem rasselte in brennenden Lungen, wirre Visionen huschten über den Bildschirm hinter der Stirn. Schnee und Horizont. Schnee, verschneite Fichten, einzeln, in Inseln, in Wäldern, eine Landschaft wie ein Waschbrett, hügelauf, hügelab, weiß, Grabesstille, Todeskälte.

Seine Skispitzen verfingen sich. Er strauchelte, stürzte, blieb liegen, mit verrenkten Gliedmaßen. Der Schnee war so weich, er hatte das Gefühl in flockigen Kissen zu versinken. Er schloß die Augen, ein nie gekanntes Wohlbefinden umfing ihn. So muß sich Glück anfühlen . . .

»Steh auf, Paul! Bitte, Paul, steh auf!« Von weit weg drang ihre Stimme zu ihm. Er streckte die Hand aus, wollte sie zu sich herunterziehen.

»Leg dich zu mir«, murmelte er.

»Nein, Paul, wir müssen weiter. Wir können hier nicht bleiben.«

Er schlug die Augen auf. Sie stand über ihn gebeugt, das Gesicht sehr weiß, die Augen dunkel, und zerrte an seinen Händen, an seinen Armen, an seinen Schultern.

Irgendwie kam er wieder auf die Beine, irgendwie nahmen die Beine auch wieder ihr Eigenleben an. Seine Anatomie funktionierte wie ein Roboter, linker Ski, rechter Ski, linker Stock, rechter Stock. Der Tag dämmerte in die Nacht, Wind kam auf, biß in die aufgesprungenen Lippen, in die Bartstoppeln, fegte Pulverschnee in Nase und Gesicht. Sie glitten auf einer Eisfläche dahin.

»Der Kemisee«, sagte sie und schob ein Bein vor das andere, unermüdlich, als hätte sie ein Leben lang nichts anderes getan, als hungernd und frierend und ohne Unterbrechung Tag und Nacht durch das arktische Lappland zu irren. Meilenweit erstreckte sich die spiegelglatte Fläche, unabsehbar.

Die Nacht brach herein, überfiel sie. Wenigstens hatte sich der Wind gelegt. Die Monotonie, die Gleichförmigkeit der Bewegungen, der Krampf in seinen Eingeweiden, die Luftleere im Gehirn, irgendwann gaben die Knie nach, unsanft schlug er auf dem Eis auf. Aber in der winterlichen Arktis gibt es kein Ausruhen, Schlaf wird zur tödlichen Gefahr. Barbara war sich dessen bewußt. Er nicht. Ihm war alles egal.

»Du darfst dich nicht ausruhen!« Schwer lastete die Erschöpfung auch auf ihren Brettern.

»Nur einen Augenblick«, flehte er, am Rande einer Ohnmacht.

»Weißt du, was dann passiert? Du kannst nicht mehr aufstehen, fängst an zu träumen. du denkst, du bist gerettet, doch du erfrierst. Aber du willst doch leben!«

Mit Schnee massierte sie ihm Stirn und Nacken.

»Laß mich. Ich bin todmüde.«

»Dann müssen wir zusammen erfrieren. Ich laß dich nicht allein. Wir haben beschlossen, wir bleiben zusammen.« Sie beutelte ihn, schlug ihm ins Gesicht. »Paul! Bitte, steh auf!«

Benommen schüttelte er den Kopf, kam langsam wieder zu sich. Sie streckte ihm die Hand entgegen, er zögerte, ergriff sie schließlich und rappelte sich mühsam auf die Beine. Tapfer stapfte sie ihm voran, tapfer verfiel er wieder in die Monotonie der Vorwärtsbewegung. Endlos dehnte sich die Eiswüste im schwachen Sternenlicht. Der Mond ging auf, ging wieder unter, die Sterne verblaßten, der Tag kroch grau herauf, streckte seine Finger aus nach den zu Tode erschöpften Gestalten, die sich kaum noch weiterzuschleppen vermochten. Sie blieben stehen, schwer stützte sie sich auf ihre Skistöcke.

»Wohin jetzt?« fragte er leise.

»Nach Süden.« Sie wies in eine unbestimmte Ferne. Er machte ein paar flügellahme Schritte auf sie zu.

»Bist du sicher?« Er war am Ende seiner Kraft.

»Wir hätten einen Kompaß mitnehmen sollen.« Müde ließ sie den Kopf sinken. Plötzlich ein Geräusch, weit weg erst, dann immer näher. Sie hob das Kinn, lauschte.

»Ich gebe auf, ich kann nicht mehr.« Seine Ohren hatten noch nichts wahrgenommen, waren taub und zugefroren.

»Horch!« sagte sie

Er strengte alle seine Sinne an. »Ein Flugzeug?« fragte er ungläubig.

»Lohs.«

Er blickte sich um, suchte nach einem Versteck.

»Du brauchst nicht zu suchen. Hier gibt es keine

Deckung für uns. Der See ist ja flach.«

Der Satz ging an ihm vorbei und starb im Schnee. Mit rotgeränderten Augen suchte er die von keinem Baum, keiner Erhebung unterbrochene Schneefläche ab.

»Kann er hier landen?« fragte er verzweifelt.

»Lohs kann überall landen.«

Das Flugzeug kam in Sicht, näherte sich rasch, begann Schleifen zu drehen, kreiselte die beiden sozusagen ein. Wortlos blickten sie hoch zu der Maschine, die keine drei Meter über ihre Köpfe raste, duckten sich unwillkürlich. Noch eine Schleife und wieder flog die Maschine auf sie zu, noch tiefer diesmal.

»Er ist wahnsinnig«, schrie Paul und riß Barbara an sich.

Ein Wunder, daß das Flugzeug nicht ihre Köpfe abrasierte.

Und dann saßen sie wieder in der Hütte und tranken. Lohs machte kein Hehl daraus, daß er sich betrinken wollte. Hartung versuchte den gleißenden Alptraum der letzten Tage und Nächte hinunterzuspülen, bemüht, das unrühmliche Ende zu vergessen, so kurz vor dem Ziel. Wie tote Schneehühner hatte der Kerl sie aufgepickt, wie eine Beute wieder zurückgeschleppt und abgeladen. Er saß in der Falle. Barbara war nebenan, in der Schlafkammer, er hörte sie rumoren. Was macht sie nur? dachte er dumpf.

»Trinken Sie noch etwas. Das macht warm«, sagte Lohs und goß Wodka nach. Der Schnaps schwappte über den Gläserrand. »Sie trinken zu langsam. Das ist ein Fehler!« Er goß sein Glas hinunter. »Das war übrigend keine schlechte Idee von Ihnen.« Er machte kein Hehl daraus, daß er angetrunken war und wischte sich ein Rinnsal aus dem verfilzten Bart.

»Was?« fragte Hartung vorsichtig, ohne ihn anzusehen, und malte mit dem Zeigefinger ein Gittermuster aus der Schnapslache auf den Tisch.

»Die Spitzen meiner Skier abzubrechen.« Er kicherte. »Mich wundert nur eins: Barbara weiß doch, daß ich immer

Ersatzspitzen dabei habe.« Wieder füllte er sein Glas. »Barbara!« rief er. »Barbara!«

Sie steckte den Kopf durch die Tür.

»Was willst du?« fragte sie abweisend.

»Hast du nicht gewußt, daß ich immer Ersatzspitzen bei mir habe?«

Ohne ihn einer Antwort zu würdigen, durchquerte sie den Raum und knallte die Eingangstür zu.

Er schüttelte den Kopf und grinste.

»Sie ärgert sich, daß ich euch doch noch erwischt habe.« Er schüttete sein Glas hinunter, nahm die Flasche in die Hand. »Trinken Sie aus!« Das war ein Befehl.

Hartung nahm einen großen Schluck, wie um sich Mut anzutrinken.

»Wollen wir nicht endlich zur Sache kommen?«

Lohs lachte, goß nach und ließ sich Zeit. »Sie möchten wissen, wann ich nach Oulu fliege? Na schön, sagen wir in einer halben Stunde. Wenn Ihnen das recht ist?« Ein lauernder Blick. »Aber Barbara bleibt hier.« Das Lachen war aus seinem Gesicht gewichen, seine eisblauen Augen blickten hart.

Hartung antwortete nicht, malte weiter feuchte Gitterstäbe auf die Tischplatte.

»Oder was dachten Sie?«

Hartung kämpfte sichtlich mit sich, nahm allen Mut zusammen.

»Sie wird nicht bleiben wollen.«

»Meinen Sie?« fragte der andere wieder gelassen. »Ich kenne sie besser als Sie.«

Er stand auf, nahm die Wodkaflasche, hielt sie gegen das Licht und knallte sie vor Hartung auf den Tisch.

»Trinken Sie die Flasche ruhig aus. Ich geh' jetzt und mach die Maschine klar.«

Er ging zur Tür, nahm seine Felljacke vom Haken, drehte sich, die eine Hand auf der Klinke, noch einmal um.

»Ach, was ich fast vergessen hätte«, sagte er langsam und deutlich zu dem Mann am Tisch, der ihn anstarrte. Fest sah er ihn an, einen grausamen Zug um den Mund. »Lassen Sie sich ja nie wieder hier blicken. Ich könnte Sie sonst wirklich für ein Schneehuhn halten.«

Hinter ihm knallte die Tür ins Schloß.

Als er aus der Hütte trat, wollte Barbara mit einem Arm voll Holz an ihm vorbei. Er verstellte ihr den Weg, zog langsam und provokativ seine Jacke an. Sie wich seinem Blick aus. Hart packte er sie am Arm, drehte sie zu sich, das Holz fiel polternd zu Boden. Sie wollte sich losmachen, doch es gelang ihr nicht, sein Zugriff wurde nur um so fester.

»Hast du mir nichts zu sagen?« fragte er rauh.

»Du tust mir weh.«

»Und du mir nicht?«

»Es tut mir leid. Ich kann nicht anders.« Sie sah zu Boden.

»Doch, du kannst.« Er zog sie näher zu sich heran. »Warum habe ich euch gerettet? Glaubst du seinetwegen?«

»Du hast mich immer nur benutzt«, versuchte sie sich zu wehren. »Was Warmes für die langen Winternächte!«

»Am Anfang vielleicht.« Seine Stimme war belegt. »Aber dann hat sich etwas verändert, ganz allmählich.«

Er drückte ihr Kinn hoch, zwang sie, ihn anzusehen. Es fiel ihm schwer, so schwer, aber schließlich spuckte er es doch aus: »Ich liebe dich.«

»Und ich liebe ihn«, erwiderte sie hart.

Er ließ sie los, stieß sie von sich. »Ich wünsche dir, daß du das eines Tages bereust«, sagte er schroff.

Damit drehte er sich um und stapfte durch den Schnee zu seinem Flugzeug. Barbara sammelte das Holz auf und betrat die Hütte. Hartung schenkte sich gerade den Rest der Flasche ein, als die Tür aufging.

»Was habt ihr besprochen?« fragte sie und trat an den Tisch.

Mit der Flasche in der Hand blickte er sie an.

»Er fliegt mich nach Oulu.«

»Dich? Allein?«

»Ja, er fliegt mich nach Oulu.« Ruhig setzte er die Flasche

ab. »Dort gehe ich zur Polizei und sage, daß er dich hier festhält.« Sie wandte sich ab. »Die Polizei wird dich holen.«
Vor dem Herd blieb sie stehen.

»Und du glaubst, daß er mich hier wegläßt?« fragte sie nach kurzem Zögern, kniete nieder und fing an, die Holzscheite neben dem Herd aufzuschichten.

»Was kann er tun, wenn die Polizei dich holen kommt? Du bist doch nicht mit ihm verheiratet.« Er war aufgestanden, hinter sie getreten. »Wichtig ist doch nur, daß wir einen Weg finden, von hier wegzukommen.«

Er kauerte sich neben sie, schlang die Arme um sie, schmiegte seine Wange an ihren gebeugten Rücken. »Zusammen schaffen wir es nicht. Also ist es das beste, daß ich erst einmal allein mit ihm nach Oulu fliege und dann . . .« Er atmete den Duft ihrer Haare ein.

Sie löste sich aus seinen Armen, drehte sich um, auf den Knien, blickte ihm prüfend in die Augen.

»Dazu ist es zu spät. Es wird immer etwas zwischen uns stehen.«

»Lohs?« fragte er zögernd.

»Nicht Lohs.« Sie schüttelte den Kopf. »Etwas, was ich getan habe und was du mir nie verzeihen wirst.« Sie machte eine kleine Pause. »Ich habe dich ins Zuchthaus gebracht.« Ihr Blick flackerte.

»Was redest Du da?« fragte er verwirrt.

»Ich wollte mich an dir rächen.« Sie senkte den Kopf. »Dafür, daß du mich belogen hast. Damals. Daß du mich nach Indien abschieben wolltest.«

»Ist ja gut.« Er nahm ihr Gesicht in beide Hände. »Aber jetzt meine ich es ernst.« Sein Blick drückte Liebe und Zärtlichkeit aus.

Genau das schien sie nicht ertragen zu können, sie schloß die Augen, stand auf, machte ein paar Schritte, weg von ihm, stützte sich mit beiden Armen auf den Tisch, ihm den Rücken zukehrend.

»Paul«, fing sie an, den Blick starr auf das trocknende Gittermuster auf der Tischplatte gerichtet. »Laß uns beide endlich aufhören, einander etwas vorzumachen. Ich habe viel darüber nachgedacht, wie schrecklich es ist, was ich getan habe.«

»Wovon redest du überhaupt?« fragte er verständnislos. Nicht eine Sekunde hatte er sie aus den Augen gelassen.

»Du denkst, es war eine unglückliche Verkettung von Umständen, daß sie dich verurteilt haben?« Hart und zynisch lachte sie auf.

Er erhob sich aus seiner kauernden Position. »Du hast gesagt, du wolltest dich umbringen. Das ist doch wahr – oder?«

»Ja, ich wollte mich umbringen.« Sie warf den Kopf in den Nacken, starrte an die Decke. »Ich habe mir die Pulsadern aufgeschnitten. Aber dann, als ich das Blut gesehen habe und dich, wie du da lagst und geschnarcht hast, da wußte ich plötzlich ...« Sie zögerte unmerklich, holte tief Atem. »...wie ich dir heimzahlen konnte, was du mir angetan hast.«

Wieder war er hinter sie getreten, streckte die Hand aus und wagte doch nicht, sie zu berühren. Etwas Unantastbares strahlte die von ihm abgewandte Gestalt aus. Seine Schläfen dröhnten in seinen Ohren, er begriff die Wendung nicht, welche die Dinge genommen hatten.

»Was war ich denn für dich?« fuhr sie nach einer kleinen Pause fort. »Ein kleines, dummes Ding, das angelaufen kam, wenn du gerufen hast. Am Ende der Woche, wenn das Telefon im Büro läutete, habe ich gezittert, ob du's auch bist ...« Ein Zittern lief auch jetzt über ihren Rücken. »Ob du Zeit für mich hast – ob du mir gnädig erlauben würdest, mich für dich auszuziehen.«

»Hör auf!« stöhnte er gequält und senkte den Kopf.

»Ich hör' nicht auf.« Ihre Stimme klang brüchig. »Als mein Blut auf den Boden tropfte, wurde ich plötzlich ganz ruhig und kalt. Ich habe im Bootshaus alles so hergerichtet, daß es nach Kampf aussah. Ich bin zum Boot gegangen, bin rausgefahren, ich habe meine blutverschmierte Bluse ins Wasser geworfen. Ich habe mich verbunden, umgezogen, habe

Lohs angerufen und bin verschwunden. Den Rest kennst du.«

Starr stand er hinter ihr, hatte erst ungläubig, dann fassungslos zugehört.

»Das war deine Absicht ... das Zuchthaus?« Die Worte wollten ihm nicht über die Lippen.

»Ja«, sagte sie hart, straffte sich und drehte sich um.

Das Dröhnen in seinen Ohren steigerte sich zum Crescendo. Er konnte nicht fassen, was er hörte, und sie stieß nach:

»Jeden Tag, den ich mit Lohs verbracht habe – und es war nicht leicht –, jeden Tag habe ich gedacht, dir geht es noch schlechter.« Mit beiden Händen klammerte sie sich an die Tischplatte, sah es dämmern in seinen Augen, sah, wie ihm alle Farbe aus dem Gesicht wich.

»Vier Jahre lang.« Seine Stimme klang wie aus einer anderen Welt. »All diese gottverdammten Tage. An jedem einzelnen habe ich mich nach dir gesehnt und ... du bist eine Bestie!«

Der Boden unter seinen Füßen schwankte, der Raum fing an, sich zu drehen. Irgendwo knarrte eine Bodendiele. Das Feuer prasselte im Herd.

»Geh«, sagte sie hart. »Wir sind jetzt quitt.«

Langsam hob er die Arme; sie gehörten nicht zu ihm, in ihm war eine stumpfe Kälte, in seinen Ohren rauschte das Blut. Seine Hände legten sich um ihren Hals, schlossen sich fester, drückten zu. Er befand sich in einem Sog, aus dem kein Entrinnen war. Ihre Augen wurden riesengroß, schienen aus den Höhlen zu treten. Nur instinktiv wehrte sie sich, als er begann, sie mit aller Kraft zu würgen, als nähme sie die Strafe hin. Schaum trat vor seinen Mund, feurige Kreise zuckten vor seinen Augen. Sie sackte zusammen, ihre Knie gaben nach, weich und schwer hing sie in seinen Händen. Ernüchtert ließ er los, sie rutschte unter den Tisch. Einen Augenblick stand die Zeit still, dann ging die Tür auf, und Lohs trat auf die Schwelle.

Das Besuchszimmer in dem finnischen Gefängnis unterschied sich wesentlich von dem im deutschen. Ein Gitter teilte den Raum. Auf der einen Seite saß Ruth, seine Frau. Auf einem Stuhl, irgendwo neben der Tür, saß ein Vollzugsbeamter und verfolgte gelangweilt jedes Wort.

»Der Rechtsanwalt hat mir wieder gesagt, daß du nur wegen Totschlag angeklagt werden kannst«, versuchte sie durch die Wand zu dringen, die ihren Mann umgab. »Die besonderen Umstände und die Jahre, die du unschuldig in Bergheim warst, werden selbstverständlich auch in Betracht gezogen.«

Er saß auf der anderen Seite des Gitters und blickte an ihr vorbei. Hörte kaum zu, die Worte drangen nicht bis zu ihm. Er sah nur die zusammengesunkene Gestalt unter dem Tisch vor sich, die aus den Höhlen getretenen, ausdruckslosen Augen, die bläulich verfärbten Lippen. In seinen Händen vermeinte er noch das Erschlaffen der Muskeln zu spüren, nur das Rauschen in seinen Ohren hatte aufgehört und war einer bleiernen Stille gewichen. Einer Stille, bar jeder Empfindung, bar jeden Begreifens, die ihn seit damals umhüllte wie eine taubstumme Wolke. Durch die auch Lohs' Zusammenbruch nicht hatte dringen können, seine eigene Festnahme, die Rückkehr in die Welt der Verdammten. So dicht war die Wolke, daß er nicht begriff, was er hier sollte. Ruckartig stand er auf, polternd fiel der Stuhl zu Boden.

»Was ist denn?« fragte seine Frau erschrocken.

Der Vollzugsbeamte war aufgestanden. »Ihre Zeit ist um.«

»Ach ja.« Sie klammerte sich an das Gitter, versuchte seinen Blick zu erhaschen. »Also bitte, Paul, sei nicht verzweifelt. Möglicherweise wird in deinem Fall die Strafe sogar auf Bewährung ausgesetzt. Das hat der Rechtsanwalt auch noch gesagt.«

Der Vollzugsbeamte hatte die Tür für den Gefangenen geöffnet, blicklos, wie eine Marionette, und ohne sich von seiner Frau zu verabschieden, trat er ab.

»Die wirklich Schuldige war diese Barbara ... sie allein war an allem schuld ... sie ganz allein.«

Die letzten Worte sprach sie in den leeren Besuchsraum, gegen die kahlen Wände, schluchzend, den brennenden Blick auf die ins Schloß gefallene Eisentür gerichtet.

7. Kapitel

Reges Treiben in der Schalterhalle, Menschen strebten Ausgängen zu – Einstiegen, nationalen, internationalen – schleppten Kleidungsstücke und Gepäck, oder steuerten elegant und nur mit einem Köfferchen in der Hand ihr Ziel an. Lautsprecher riefen Flüge aus, goldbetreßte Uniformen erweckten den Eindruck von Gewichtigkeit, Koffer glitten über Förderbänder, jaulende Hunde wurden in Kisten verfrachtet, Kinder mühsam in Schach gehalten, Freunde lauthals verabschiedet. An einigen Schaltern standen Schlangen von Reisenden, Flugtickets in Händen, Koffer zwischen den Beinen, die sie langsam vorwärtsschoben. Am Kopfende einer Reihe von Fluggästen wartete Jürgen von Haldern, groß, schlank, blaß und seltsam erblondet. Über dem Schalter stand in Leuchtschrift »Rio de Janeiro«. Sein Ticket hatte er gerade einer Stewardeß übergeben, die es profihaft inspizierte. »Haben Sie Gepäck, Herr Schröder?« fragte sie und blickte ihn eigenartig forschend an. Schwarzgetuschte Wimpern, ein sorgfältig geschminkter Mund.

»Nein.« Er hielt einen kleinen Reisekoffer in die Höhe.

Sie stand auf und ging zu einem Mann, der in einer verglasten Kabine hinter dem Schalter saß, zeigte ihm Jürgens Flugticket, redete auf ihn ein. Der Mann, eine Namensplakette am Aufschlag, wandte den Kopf, musterte ihn. Die sorgfältig geschminkten Lippen bewegten sich, der Mann griff zum Telefon.

Nervös blickte Jürgen sich um. Durch die Halle schlenderten zwei Polizisten, Maschinenpistolen im Anschlag. Rasch faßte er einen Entschluß, wandte eine Entschuldigung murmelnd, dem Schalter den Rücken. Er durchquerte die Halle, die automatischen Flügeltüren öffneten sich vor ihm, er trat aus dem Flughafengebäude. Das nächste Taxi stand keine zwanzig Meter von ihm entfernt an der Bordkante. Er sprang hinein, das Taxi fuhr ab.

»Övelgönne«, sagte er zu dem Fahrer, der ihn durch den Rückspiegel fragend ansah.

Erleichtert ließ er sich in die Polster zurücksinken. Nur um sofort wieder hochzuschnellen und nervös aus dem Heckfenster zu spähen. Kein Fahrzeug schien ihm zu folgen.

Zwei Ecken vor dem Haus bezahlte er den Fahrer und ging zu Fuß weiter. Er war ratlos. Der Flughafen hatte sich als unpassierbar erwiesen, der Traum von Rio war ausgeträumt! War vielleicht auch besser so, was sollte er ohne Willi Stock in Brasilien? Nicht lange, und die Bullen würden ihn in seinem Schlupfloch aufgestöbert haben. Doch was sollte er allein? Er kam sich einsamer vor als ein räudiger Wolf, vom Rudel ausgestoßen. Er stand vor dem Haus, auf der anderen Straßenseite, und blickte die Fassade hoch. Die Haustür ging auf, unwillkürlich wollte er sich abwenden, Schutz suchen, davonlaufen, doch es war Verena, mit Koffer und Schminkköfferchen, die aus dem Haus trat und sich mit traurigen Augen suchend umblickte. Da fiel ihr Blick auf ihn, irrte über ihn hinweg, kehrte wieder zurück. Ihre Miene hellte sich auf, sie flog über die Straße und auf ihn zu. »Jürgen!« rief sie, und ihre Stimme verriet das Ausmaß ihrer Erleichterung. »Wie siehst du denn aus?« Fast hätte sie ihn nicht erkannt mit der Perücke.

»Was willst du hier?« fragte er unwirsch und fing sie ab.

»Das Mädchen sagt, du wärst zum Flugplatz gefahren.« Atemlos musterte sie die ungewohnte Erscheinung.

»Stimmt. Und jetzt bin ich wieder hier.«

Er nahm ihr den Koffer aus der Hand, zog sie über die Straße, hinein ins Haus.

»Ich habe zwei Schiffskarten für uns«, sagte sie auf der Treppe.

»Wie schön.« Er ging vor ihr und drehte sich um. »Wohin wollt ihr mich denn abschieben?«

»Niemand will dich abschieben.«

Er sperrte die Wohnungstür auf, ließ sie ein.

»Wir fahren zuerst mit dem Schiff nach Harwich und dann ...«, er machte die Tür hinter ihr zu, »... nach Irland.«

»Irland?« spöttisch lachte er auf, setzte Koffer und Reisetasche ab, ließ sich in einen Sessel fallen. »Mein lieber Junge«, imitierte er den Tonfall seiner Mutter, »Du gehst jetzt zu Charlie. Du weißt, Charlie O'Brian ist eine alte Freundin von mir. Inzwischen werden Dr. Berner und ich überlegen, wo und wie wir dir ein neues Leben aufbauen können.«

Verena lächelte. »Ja, ziemlich genau das hat sie gesagt.«

»Und paß gut auf ihn auf, Verena«, fuhr er im Tonfall seiner Mutter fort. »Versprich mir das.«

»Auch das hat sie gesagt.«

Er sah sie an, sah sie dastehen, eine anmutige Silhouette vor dem großen Fenster, mit schräg geneigtem Kopf, die Hände in der Manteltasche vergraben. Und wußte nicht, was er sagen oder tun sollte.

»Jürgen, ich möchte, daß du etwas verstehst«, sagte sie nach einer Pause, in der er verbissen vor sich hin gestarrt hatte. Als er nicht reagierte, sprach sie weiter: »Ich bin nicht mitgekommen, um auf dich aufzupassen.«

Er wandte den Kopf, böse und höhnisch war sein Blick. »Nein? Warum dann?«

»Ich bin deine Frau.« Fest und stetig war ihr Blick. »Ich bleibe bei dir.«

Auch das noch! Wieviel kann ein menschliches Wesen eigentlich verkraften, ohne durchzudrehen? Er wollte kein Weib an seiner Seite. Ihn verlangte nach dem Freund, der ihn verlassen hatte. Verlassen, gehetzt, allein. Allein? Da war doch ein Mensch, der ihm die Hand reichte. Eine Frau zwar, aber ein Geschöpf, das er liebhatte, schon solange er denken konnte. Wie eine Schwester. War das, war sie die Rettung?

Schwerfällig stand er auf, trat ans Fenster, blickte hinaus auf die Elbe, die zäh aber stetig ins offene Meer floß. In die Freiheit? Ein Schiff nahm sie mit, ein weißes schimmerndes Schiff mit schwarzem Schornstein und winkenden Menschen an der Reeling.

»Wann?« fragte er, ohne sich umzudrehen.

»Heute«, sagte sie. »In drei Stunden.«

Das Taxi brachte sie direkt an den Kai. Vor ihnen ragte das Schiff in den Himmel, steil, mit messerscharfem Bug. Hoch über ihnen die Reling, die sich langsam mit Menschen füllte. Ein turmhoher Kran verlud Frachtgut, Kisten und Ballen. Unten auf dem Kai drängten sich Reisende und Zurückbleibende, Gepäckträger und Seeleute. Buntes Stimmengewirr, Schieben und Drängen, Lachen und Tränen. Ein Mann in Uniform, ein Bettler in Lumpen, ein hysterisch bellender Hund. In der Menge wurden sie vorwärtsgeschoben, auf das Paß- und Zollgebäude zu. Verena fand seine eiskalte Hand, drückte sie beruhigend. So viel Ruhe und Zuversicht ging aus von der Frau an seiner Seite. Und dennoch zögerte er.

»Und wenn mich jemand erkennt?« flüsterte er kaum hörbar.

»Glaubst du, auf dem Schiff hängt ein Steckbrief von dir?«

Ganz fest drückte sie seine Hand. Und zog ihn über die Schwelle.

Seine Knie zitterten, sein Hemd klebte am Rücken, die Zunge am Gaumen. Vor ihnen ein Schild: »Paßkontrolle.« Immer näher wurden sie von der ungeduldigen Menge geschoben, immer weiter nach vorn, wo Beamte saßen, in Uniformen und mit stechendem Blick. Kaleidoskopartig verschwamm das Bild vor seinen Augen, bunte Fragmente purzelten durcheinander, schwammen ineinander, nahmen neue Gestalt an. Unwirklich und laut, so schrecklich laut! Endlich waren sie an der Reihe. Dauerte es eine Ewigkeit, oder nur kurze Augenblicke? Er jedenfalls durchraste ein

Inferno, vermeinte grobe Hände zu spüren, die an ihm zerrten, kaltes Eisen, das schmerzhaft in seine Handgelenke schnitt, hörte das metallische Klicken. Das Kaleidoskop drehte sich. Da, der Beamte reichte ihnen die Pässe, die Tickets, die Fragmente taumelten an ihren Platz zurück. Verena stieß ihn in den Rücken. Sie standen auf der Gangway – frische Luft, tief durchatmen – und kletterten die Stufen hinauf.

Lange standen sie an der Reling, Schulter an Schulter, sahen den Hafen entschwinden, die Stadt, sahen die Lichter an der Uferpromenade aufflammen, sahen das Ufer zurückweichen, das Lotsenboot umkehren. Erst als sie in die offene See stachen, als das Schiff seinen Kurs änderte – 105 Grad Nordnordwest – da ließ die Spannung in seinem Innern allmählich nach. Der Wind der Freiheit spielte in seiner Perücke.

Sie hatten einen kleinen Wagen am Hafen gemietet, ein Kabriolet, und fuhren offen durch die irische Landschaft. Sobald sie Dublin hinter sich hatten, erlebte er ein Grün, wie er es nur in England gesehen hatte, vor kurzem erst, aus dem Zugfenster, auf ihrer Fahrt von einer Küste zur anderen. Ein Grün, so leuchtend und intensiv, so satt und kraftstrotzend, wie es sonst nirgends auf der Welt zu finden ist. Ein Grün, durchpflügt von niedrigen grauen Steinmäuerchen, von Hand aufgeschichtet. Die mannshohen Fuchsienhecken am Straßenrand waren übersät von roten, violetten und weißen Blüten. Verena saß am Steuer, ein gelöstes Lächeln um die halbgeöffneten Lippen, die Haare im Wind. Alles war reibungslos verlaufen, nichts und niemand hatte ihnen Schwierigkeiten bereitet.

Vereinzelt kleine, flache Steinhäuser, mit Stroh gedeckt, in den Wind geduckt. Hie und da ein Dorf, wenige Häuser, ein Pub, eine Kirche, alt, verwittert und ärmlich. Selten Menschen. Kaum daß ihnen ein Auto begegnete. Einmal überholten sie drei Wagen mit Pferden und Fohlen, Zigeunerwagen nicht unähnlich. Fröhliche Menschen, lachende

Gesichter, Gesang, ein irisches Akkordeon, Winken und Lachen.

Und überall grasten Pferde auf den Weiden. Über eine Wiese kamen zwei Reiter galoppiert, eine große, schlanke Frau und ein etwas kleinerer, aber gutaussehender junger Bursche. Verena hielt den Wagen an, winkte.

»Entschuldigen Sie, können Sie uns sagen, wie wir nach Glenbally kommen?« Die Frau mit dem schweren blonden Knoten im Nacken griff in die Zügel. Das Pferd kam tänzelnd zum Stehen.

»Was wollen Sie denn da?« Eine Stimme, tief wie ein Kontrabaß.

»Wir wollen zu den O'Brians.«

»Na, dann herzlich willkommen. Ich bin Charlie O'Brian.« Mit der Reitpeitsche deutete sie auf ihren Begleiter. »Das hier ist Patrick. Und ihr seid wohl Jürgen und Verena.« Leicht tippte sie ihr Pferd mit der Peitsche an. »Fahrt uns nach!«

Ohne eine Antwort abzuwarten fiel sie in einen leichten Trab. Patrick folgte ihr. Verena löste die Handbremse und legte den ersten Gang ein. »Glück muß der Mensch haben«, sagte sie gutgelaunt.

Schon bald bog ein Privatweg von der Straße ab. »Glenbally Stud« stand auf dem Schild und »No Trespassing« darunter. Zuerst führte der Weg durch ein Wäldchen. Hohe alte Bäume, eine kleine Brücke über einem plätschernden Bach. Dann fingen die Weideplätze an, die Koppeln und die Pferde. Das tummelte sich mit fliegender Mähne und gebleckten Gebiß, das stieg und wieherte, scharrte und schlug aus. Schwarze Araber und von ihnen abgeleitete Kreuzungen, vom dunklen Rotbraun bis zum pfirsichfarbenen Falben.

»Das sind die Hengste«, rief Charlie über die Schulter »die muß man absondern, weil sie so wild sind.«

Langsam rollte der Wagen durch den riesigen Besitz. Koppel reihte sich an Koppel, nach den Hengsten kamen die Stuten, einzeln, paarweise oder in Gruppen, dann die

Stuten mit den Fohlen und schließlich, in unmittelbarer Nähe der Ställe, der Kindergarten, eine Koppel für die Jüngsten. Riesige Stallungen, für Hunderte von Pferden, Gebäude, in denen das Futter lagerte, ein Hufschmied, Gesindehäuser, ein Gästehaus für Stuten, die zum Decken auf das Gestüt gebracht und erst einmal drei Monate auf ihre große Stunde vorbereitet wurden. Eine Unzahl von Stallburschen lief geschäftig hin und her, mistete Ställe aus, schaffte Streu und Hafer heran, führte Pferde an kurzen Zaumzügeln über den Hof.

Das Herrenhaus lag etwas abseits. Alter englischer Stil, distanziert und vornehm. Üppig blühende Rhododendronbüsche, alte Buchen, niedrige Zeltbäume, die ihre dichten Zweige auf dem englischen Rasen ausbreiteten, Buxbäume, symmetrisch gestutzt. Zwei steinerne Pfauen bewachten das Portal. Charlie und Patrick waren bereits abgesessen, Patrick führte die Pferde weg. Verena parkte den Wagen, Jürgen stieg aus und ging auf die Frau im eleganten Reitanzug zu. Hohe Schaftstiefel, schwarzer Hut, Reitpeitsche in der Hand. Von weitem beobachtete Verena die Begrüßung und die Frau, beeindruckt von ihrer starken, weiblichen Ausstrahlung, von der elastischen Elegance ihrer Stimme.

Später saßen sie auf der Terrasse beim Dinner. Charlie, die ihre Reitjacke gegen eine weiche Lederjacke vertauscht hatte, und Neal, ihr Mann, Anfang sechzig, ein typischer Ire – gerötete Wangen verrieten den Gewohnheitstrinker, lustige Augen, graues, schütteres Haar – das Bemerkenswerteste an ihm waren seine schmalen, sensiblen Hände, mit denen er elegant den Hammelbraten aufschnitt. Er wirkte etwas passiv neben ihrer überwältigenden Weiblichkeit. Verena und Jürgen hatten sich umgezogen, nachdem ihnen der Hausherr das Haus gezeigt hatte. Schöne Räume mit alten, englischen Möbeln, in jedem brannte ein Feuer im Kamin, überall Stiche von Pferden, Jagdszenen, Dressurreiten, Fuchsjagd. Das Gespräch drehte sich um Belanglosigkeiten.

Patrick räumte die Teller des Hauptganges ab – natürlich

im unvermeidlichen Reitdreß. Dunkle Haare fielen über eine niedrige Stirn, helle, listige Augen, ein sinnlicher Mund. Jürgen beobachtete ihn verstohlen. Sobald sich die Tür hinter ihm geschlossen hatte, wandte sich Charlie an seine Gäste.

»Was ich noch sagen wollte, für Patrick seid ihr natürlich Herr und Frau Schröder.«

»Besser ist besser, nicht wahr?« Neal wischte sich mit der Serviette den Mund ab. Diese Art von Zwischenbemerkungen sollten sich noch als typisch für seine Haltung seiner Frau gegenüber erweisen.

»Hat es euch denn geschmeckt?« erkundigte sich Charlie liebenswürdig. Das junge Paar nickte bestätigend.

»Ja, danke, gut.«

»Sehr gut.«

»Der Hammel kommt von unserer Farm.« Vertraulich beugte Neal sich vor. »Die O'Brians waren schon immer großartige Landwirte. Einer meiner Vorfahren ...«

»... war ein Trinker, ein wandernder Kesselflicker«, röhrte sie dazwischen und lachte.

»Ein ehrenwerter Beruf, Charlie.« Sein rotes Gesicht legte sich in lustige Falten, er machte durchaus keinen gekränkten Eindruck. »Auch wenn du meinst, Trinker wären nicht viel besser als Zigeuner. Meine Familie kann man bis ins zwölfte Jahrhundert zurückverfolgen.«

»Wollen wir den Nachtisch nicht im Salon zu uns nehmen?« lenkte Charlie die drohende Familienchronik zunächst ab. »Wir Kaffee und Neal seinen Whisky.«

»Keine schlechte Idee«, stimmte Neal ihr bei. »Aber ich schlage vor, zur Feier des Tages trinken wir alle einen Whisky.«

Charlie erhob sich, die anderen folgten ihr.

Trotzdem gab es kein Entrinnen vor der Familienchronik, war sie doch ein Steckenpferd des Hausherrn. Gemütlich saßen sie vor dem riesigen Kaminfeuer, in tiefen Ledersesseln, hohe geschliffene Gläser in der Hand. Neal war so richtig in Stimmung, es kam nicht häufig vor, daß er neue

Opfer fand, die seine Story noch nicht kannten.

»In Clonmacnois liegt ein Vorfahre von mir begraben, von dem es heißt, daß er einmal so laut in der Kirche geniest hat, daß ein Fenster über dem Altar gesprungen ist.«

Verena lauschte andächtig, sie war fasziniert von dem alten Herrn. Jürgen blickte ins Feuer und drehte sein Whiskyglas zwischen den Fingern. Ob er zuhörte oder ganz anderen Gedanken nachhing, das war weder aus seiner Miene noch aus seiner Haltung ersichtlich.

»Du hast uns noch gar nicht von Dermot erzählt, Neal.« Das Feuer zauberte einen warmen Schein auf ihr schönes Gesicht und ließ es noch lebendiger erscheinen.

»Dermot kam aus der Grafschaft Cavan«, griff dieser dankbar den Faden auf. »Wo Erz, Kohle und Rebellen wachsen.« Ein ausgiebiger Schluck aus dem Whiskyglas. »Er hat persönlich gegen Cromwell gekämpft.«

»Und leider verloren.«

»Es steht noch heute ein Turm auf den Klippen von Moher, der nach ihm benannt ist.« Er erhob sich, stellte sein Whiskyglas auf dem Kaminsims ab und trat vor einen alten Stich mit einem verfallenen Turm auf zerklüfteten Felsen, gegen die die Brandung donnerte.

»Nein, den Turm kann man nicht leugnen.« Sie streckte ihre langen Beine in den Schaftstiefeln von sich und legte sie übereinander. Jede ihrer Bewegungen war elegant und ausgewogen.

Lautlos war Patrick mit einer Whiskyflasche auf silbernem Tablett aus dem Dunkel des Hintergrundes neben sie getreten, niemand hatte ihn kommen hören. Langsam drehte sie den Kopf, blickte ihn an, ausdruckslos, wenn man von dem Beben ihrer Nasenflügel absah. Patrick schien ihren Blick zu spüren, er sah auf sie hinunter und ließ seine Augen mit aufreizender Langsamkeit bis zu ihren Stiefelspitzen wandern. Etwas ungeheurer Laszives und Vertrauliches ging von der Penetranz dieses Blickes aus. Der ganze Raum schien den Atem anzuhalten, man hätte die berühmte Stecknadel fallen hören können, selbst das Feuer schien in sich zusammenzufallen. Erstaunt beobachteten Verena und Jürgen die Szene, sie mit verwirrten Gefühlen, er mit plötzlich erwachtem Interesse.

»Patrick!« Eine gewisse Schärfe lag in dem Ton, der die unwillkürlich aufgekommene Spannung zerriß. »Schenk mir noch einen Whisky ein.« Neal reichte ihm sein leeres Glas. »Und unseren Gästen natürlich auch.«

Der Raum atmete wieder auf, das Feuer im Kamin prasselte wieder.

»Danke, ich habe genug«, winkte Jürgen ab, leerte sein Glas und stellte es auf dem Rauchtischchen neben seinem Sessel ab.

»Ach, das war doch nur ein Teaser«, lachte der Hausherr – war es eine Täuschung oder klang es gezwungen? –, während Patrick sein Glas bis an den Rand mit der goldbraunen Flüssigkeit auffüllte.

»Was ist denn ein Teaser?« fragte Verena nervös und strich mit einer unbewußten Geste ihren Rock über den Knien glatt.

Charlie raffte ihre langen Beine wieder unter sich und setzte sich aufrecht. Ihre Augen sprühten vor Spottlust und Vitalität, während sie Patrick ihr Glas zum Nachfüllen hinhielt.

»O Gott,« sagte sie, »jetzt wird das arme Kind aufgeklärt.«

»Ein Teaser?« Neal begab sich zurück an seinen Platz, setzte sich und schlug die Beine übereinander. »Also, ein Teaser ist eine Art Aufreißer – ein erster Versuch –, mit einem Teaser soll man auf den Geschmack kommen.«

Er warf seiner Frau, die rätselhaft lächelnd in ihr Glas blickte, einen undefinierbaren Blick zu.

Verena konnte nicht viel anfangen mit der Antwort, die ganze Atmosphäre erfüllte sie mit Unbehagen. Patrick, der ihr einen fragenden Blick zuwarf und die Flasche hochhob, winkte sie ab.

»Darf ich Ihnen nicht doch noch nachschenken, Herr Schröder?« Betont devot die Haltung, verschleiert der Blick.

»Nein, nein.« Jürgen lachte gezwungen. »Der Teaser hat mir genügt.« Ein aufreizendes Lächeln umspielte die sinnlichen Lippen, lautlos, wie er gekommen war, war er wieder verschwunden.

Unbehagliches Schweigen hing im Raum. Jürgen und Verena warfen sich einen verstohlenen Blick zu, starrten in die Flammen. Neal räusperte sich. Nur Charlie schien unberührt von allem, unbefangen, wie von einer heiteren Insel aus, ließ sie ihren Blick von einem zum anderen schweifen. Auf Jürgen blieb ihr Blick hängen.

»Beinahe hätte ich es vergessen«, rief sie fröhlich. »Ich habe einen Brief von deiner Mutter für dich.« Sie nahm einen Schluck und stellte ihr Glas ab. »Ich werde ihn gleich holen.« Damit stand sie auf und folgte Patrick hinaus. Neal wartete, bis sich die Tür hinter ihr geschlossen hatte.

»Weißt du, Jürgen, Charlie sagt, man kommt gegen deine Mutter nicht an. Dabei ist Charlie genauso. Man kommt nicht gegen sie an.« Seine Worte überstürzten sich fast. »Der einzige, der mit ihr fertig wird, ist dieser kleine Lümmel – Patrick. Ja, der kann sie um den Finger wickeln. Aber was ist er denn schon – ein frecher Teaser. Das ist alles.«

Hastig stürzte er den Whisky hinunter. Die Tür öffnete sich weit. Charlie kam wieder zurück, und mit ihr eine frische Brise.

»Da ist deine Post.«

Sie reichte Jürgen den Umschlag, drehte sich um und stützte sich mit beiden Händen auf Neals Sessellehnen.

»Was du eben über Patrick gesagt hast, ist übrigens sehr ungerecht.« Sie verabreichte ihm einen liebevollen Nasenstüber, richtete sich auf und setzte sich auf das dichte Fell vor dem Kamin.

»Er ist einer der besten Zureiter von Irland. Die anderen brechen den Pferden den Willen, und er bringt es fertig, daß sie mit Freude parieren.« Wie aus einem Journal für Reitmode sah sie aus, wie sie so mit untergeschlagenen Beinen auf dem Boden saß, aufrecht, den schönen Kopf vom Feuerschein kupferfarben umschmeichelt.

»Das sage ich ja«, meinte Neal wieder besänftigt. Er bewunderte seine Frau rückhaltslos.

»Wenn es nicht so absurd wäre, könnte man meinen, du seiest eifersüchtig«, erwiderte sie gutmütig. »Ich habe Patrick auf dem Rennplatz in Dublin kennengelernt«, wandte sie sich an ihre Gäste. »Er verkaufte Tips. Ich habe einen Sonntag lang auf ihn gehört und viertausend Pfund gewonnen.« Sie lachte und warf den Kopf in den Nacken. »Zum Dank habe ich ihn eingeladen. Er fragte, ob er ein Pferd, das bereits drei von unseren Leuten die Knochen gebrochen hatte, zureiten dürfe. Er durfte – und seitdem ist er hier.«

Neal hob sein Glas.

»Also, dann Prost – auf den besten Zureiter von Irland.«

Am nächsten Morgen schlenderten Jürgen und Verena durch das Gestüt, blieben entzückt vor der Koppel mit den kleinen Fohlen stehen und konnten sich nicht satt sehen an den unbeholfenen, staksigen Bewegungen der jungen Tiere. Auf einer anderen Koppel grasten Stuten friedlich mit ihren Fohlen, die fröhlich auf dünnen Beinen um sie herumtollten, oder ihnen von Zeit zu Zeit den Kopf in den Unterleib rammten und begierig tranken, während ihre Mütter ihnen liebevoll die Flanken beknabberten.

Sie spazierten an den weitläufigen Stallungen entlang, die obere Klappe der Boxen stand offen, hie und da blickte ein Pferdekopf heraus, die Ohren gespitzt, die Augen still wie ein Moorsee. Verena streichelte eine weiche Schnauze, klopfte glücklich lachend einen Pferdehals. Auch Jürgen wirkte heiter und gelöst, vergessen, abgeschüttelt der Alptraum der Vergangenheit.

Hand in Hand, wie zwei glückliche Kinder auf einem anderen Planeten, betraten sie den Hof. Und da bot sich ihnen ein ungewöhnliches Schauspiel. Ein Pferd stand angebunden zwischen zwei mit Leder gepolsterten Barrieren, die ihm keinen Spielraum an den Flanken ließen. Es war eine Stute. Sie versuchte sich zur Wehr zu setzen, sich aufzubäumen, auszuschlagen, aber sie war an allen vier Läufen an die Stützbalken gefesselt. Zwei Meter vor ihr wurde ein Fohlen angebunden und wieherte ängstlich. Es war ihr eigenes. Der Anblick sollte die Stute beruhigen. Sie sollte gedeckt werden. Sie war hochgradig rossig, aber nicht bereitwillig. Eifrige Hände schnallten ihr einen Ledernacken auf den Rücken, Hengste sind nicht gerade zärtliche Liebhaber. Und dann wurde der Teaser von einem Stallburschen auf den Hof geführt. Der Teaser ist ein den strengen Maßstäben nicht hundertprozentig entsprechender Hengst, der zur Deckung nicht zugelassen ist. Seine Aufgabe ist es, die Stute heiß zu machen, bis sie zum Zeugungsakt bereit ist, dann erst wird ihr der Deckhengst zugeführt. Aufgeregt scharrte er mit den Vorderläufen, drängte zu dem Weibchen, warf den Kopf mit der herrlichen Mähne, als der aufreizende Duft in seine Nüstern drang. Ängstlich und abwehrend tänzelte die Stute in ihren Fesseln. Mit Macht drängte der Hengst vorwärts, vier starke Männer hingen in seinem Zaumzeug, um das Letzte zu verhindern. Er stampfte und schnaubte, ritt auf und biß in das Leder. Die Männer hatten alle Hände voll zu tun, um ihn im letzten Moment wieder von der Stute zu zerren. In Wolken stieg der Staub unter den stampfenden Hufen auf. Die Stute versuchte auszubrechen, auszuschlagen, die Fesseln gaben nicht nach, zwangen sie auf die Stelle. Ein neuer Angriff, der männliche Instinkt eine ungebärdige Naturgewalt, von Menschengewalt grausam gebändigt. Schaum stand dem Hengst vor den Nüstern, legte sich in Flocken auf die zuckenden Flanken unter ihm, knirschend grub sich das Gebiß in den Ledernacken, stemmte sich gegen das Zaumzeug, das seine Freiheit, seine Begierde hemmte. Und wieder mußte das Tier kapitulieren vor dem Willen der Menschen, mußte ablassen, kurz vor dem vermeintlichen Ziel. Empört warf es den mächtigen Kopf in den Nacken, wieherte seine zornige Brunft in den Himmel, stampfte, gierte, drängte, schweißnaß sein Fell. Wie heftige Brandungswellen fluteten die Angriffe über die gequälte weibliche Kreatur, bis sich endlich, plötzlich der Schweif auf die Seite legte, das Geschlecht vorwölbte und anschwoll. Sie war aufnahmebereit. Der Teaser hatte seine Pflicht getan, der Teaser konnte abtreten, Platz machen dem Herrlichsten aller Herrlichen, dem Kraftvollsten aller Kraftvollen, dem Preisgekrönten, Auserkorenen, dem König des Gestüts. Ruhig und gelassen, seiner Verantwortung und Würde bewußt, betrat er die von Sinnlichkeit geschwängerte Szene.

Jürgen hatte genug gesehen, legte wie beschützend den Arm um die Schultern der jungen Frau, die wie erstarrt erschien, und führte sie weg. Schweigend ließen sie den Gebäudekomplex hinter sich, schritten über eine üppige Wiese, ihre Füße versanken im Grasteppich, im Bann des noch eben Erlebten. Beglückend empfand sie das Gewicht seines Armes auf ihren Schultern.

»Vielleicht ist es falsch, von hier wegzugehen«, sagte er plötzlich und blickte grüblerisch zu Boden.

»Dann laß uns doch bleiben.« Überrascht war sie stehengeblieben. «Ich glaube, mit Charlie und Neal kann man auskommen. Und irgendwann kaufen wir uns ein Bauernhaus und ein Stück Land.

Seine Miene verfinsterte sich.

»Nein, wir gehen nach Brasilien.«

Freude durchzuckte sie wie ein heißer Schmerz. »Wir« hatte er gesagt.

»Warum muß es ausgerechnet Brasilien sein?«

»Weil meine Mutter mich nach Irland geschickt hat. Weil ich einmal tun muß, was ich will.«

Verstockt ging er weiter. Unweigerlich landeten sie wieder an einer Koppel, in der drei Stuten friedlich grasten. Sie lehnten sich über den Balkenzaun und schauten dem Spiel der Nüstern zu, die Halme rupften, mahlten, schnaubten, sich aufblähten.

»Jürgen?«

»Ja.«

»Darf ich dich etwas fragen?«

»Ja.«

Eine Stute hatte sie erblickt und kam neugierig auf sie zugetrabt.

»Gefällt dir dieser Patrick?«

Jürgen streckte die Hand aus, das Pferd schnupperte an seinen Fingern. »Ja«, sagte er nach kurzem Zögern. »Er ist hübsch, er ist frech und gefällt mir. Und gleichzeitig ist er unwichtig.«

Sie sahen sich in die Augen. Verena lächelte ihn unendlich liebevoll an. »Weißt du, was du eben gesagt hast?« Ihre Unterlippe zitterte.

»Ja.« Wie brachte sie es nur fertig, ihn immer wieder aufs neue zu rühren?

»Nein, vorher ...«

Er antwortete nicht.

»Wir gehen nach Brasilien. »Wir – hast du gesagt.«

Er lächelte. »Ich habe mich versprochen.«

Angst flackerte in ihr hoch, schmeckte gallig und trostlos.

»Wir fliegen lieber«, sprach er den Satz zu Ende und streichelte die Blesse der Stute.

Tränen stiegen ihr in die Augen, sie streckte die Hände aus, er ergriff sie, zog sie mit sich fort. Büsche, dicht beieinander, wie eine Laube, weich das Gras. Sie ließen sich nieder, atemlos, wie selbstverständlich fanden ihre Lippen zueinander. Seine Hände tasteten, suchten, streiften Seide vom Körper, langsam streichelten seine Lippen von Haut zu Haut, seine Zunge war auf Poren und weichem Haar und Zähnen und Feuchtigkeit. Die Sehnsucht saß ihr in der Kehle, in den Händen, in den Fingerspitzen. Sie hatte keine Zeit zu verlieren – überwältigendes Urgeschehen – sein Stöhnen an ihrem Hals, an der Grube über dem Schlüsselbein, über Brust, Bauch und Schenkel. Dann war er in ihr. Und fiel in ein heißes, schwarzes Loch – der Blitz spaltete sein Begehren – ihre Zähne krallten sich in seine Schulter – ein leiser Schrei, ein Schluchzen, Ziel und Beginn.

Sie lag da, das Gesicht zwischen seinen Händen, mit

satten, glücklichen Augen. Seine Lippen wanderten über ihr Gesicht.

»War es nicht schön?« fragte sie an seinem Mund.

»Ja, Verena, es war schön.«

»Ich bin deine Frau«, kaum hörbar sagte sie das an seinem Hals. »Ich bin deine Frau.«

An einem der nächsten Tage fand ein »Point to Point«-Pferderennen statt, wie sie in Irland auf dem Lande überall stattfinden. Bauern, Handwerker, Angestellte aus der ganzen Umgebung kommen zusammen, wetten, jubeln, trinken, fachsimpeln. Es ist eine Art Volksfest, mit einem Getränkezelt, in dem Guiness-Bier und Whisky in Strömen fließen, mit Roulettischen und Buchmachern und allem, was zu einem echten Pferderennen gehört. Neal schritt mit Jürgen und Verena durch die bunte Menge, Biergläser hoben sich zu seiner Begrüßung, die Stimmung war schon ziemlich fortgeschritten.

»Ihr müßt wissen«, sagte er, »jeder dritte Ire ist ein Säufer, jeder zweite ein Dichter und jeder einzelne ein Pferdenarr.« Im Vorübergehen begrüßte er einen Bekannten: »Was meinst du, Kevin, hat Boy eine Chance?«

»Ich setze auf Clifton, Neal.«

Der Mann verschwand in der Menge, Neal lachte.

»Er lügt. Er setzt natürlich auf Boy.«

Aus Lautsprechern drang blecherne Musik, die Rufe der Buchmacher auf ihren Kisten oder Treppchen mit ihren großen Geldtaschen vor dem Bauch schallten über die Köpfe der Wartenden. Im Hintergrund wurden Pferde an den Start geführt. Da kamen auch Charlie und Patrick angeritten, stiegen ab. Charlie warf ihm die Zügel zu und schritt aufrechten Hauptes zum Zelt. Patrick band die Pferde an und folgte ihr langsam. Vor dem Zelt, nahe dem Eingang traf er auf Jürgen, der sich suchend umsah.

»Wollen Sie nicht wetten, Herr Schröder?« sprach er ihn an.

Jürgen erschrak unwillkürlich. »Ich kenne die Pferde doch nicht.«

»Aber ich.« Listig musterten ihn die schmalen Augen. »Kommen Sie, wir wetten zusammen.«

Er ergriff Jürgens Arm, wollte ihn mit sich fortziehen, doch dieser wehrte sich dagegen, schüttelte ihn ab.

»Beim nächsten Rennen.« Er konnte es in den Tod nicht ausstehen, gegängelt zu werden.

»Nein, bei diesem.« Patrick schien zu allem entschlossen.

»Wollen Sie das nicht mir überlassen, Patrick?« wunderte er sich.

»Ich würde gern, aber ich kann nicht.« Frech grinste ihm der Bursche ins Gesicht. Wenn er ihm nur nicht so gefiele! »Es geht um Ihr Glück.«

»Ich kann auch ohne Spielgewinne leben«, erwiderte er ebenso unverschämt grinsend.

»Das weiß ich, Herr Haldern.«

Herr Haldern? Herr Was?! Was hatte er da gesagt? Fassungslos starrte Jürgen ihn an.

»Der Paß Ihrer Frau lautet auf Haldern. Da war es nicht schwer zu erraten, wer Sie sind.«

Nein, da war es wohl nicht schwer zu erraten, wer er war. Der Paß meiner Frau? Was hat der denn mit dem Paß meiner Frau zu tun?

»Geben Sie mir schnell zehn Pfund, die Pferde gehen schon an den Start.»

Wie durch Watte drangen die Worte zu ihm durch, er hatte sich von dem Schock noch nicht erholt, fast automatisch griff seine Hand in die Tasche und reichte Patrick die geforderten zehn Pfund.

Patrick verschwand in der Menge. Jürgen starrte ihm benommen nach. So fand ihn Verena, die ihn ebenfalls bereits vermißt hatte.

»Da bis du ja«, sagte sie erfreut.

Er reagierte nicht, starrte blicklos in die Menge.

»Was ist denn, Jürgen? Was hast du?«

Langsam schlich sein Blick auf sie zu.

»Wir müssen weg. Patrick weiß, wer ich bin. Er wird mich erpressen. Er hat mich schon erpreßt.«

Wie betäubt sah sie ihn an. Eine Welt war ihr plötzlich unter den Füßen weggezogen worden.

Nach dem Abendessen hatten sich alle vier wie immer vor dem Kaminfeuer versammelt. Neal schlürfte seinen Whisky und machte seine Sprüche, die anderen waren mit ihren Gedanken beschäftigt. »Ich habe doch recht gehabt«, warf er sich in die Brust. »Boy hat gewonnen, und Kevin hat auf ihn gesetzt. Wollt ihr wirklich morgen nach Dublin fahren?« wandte er sich an seine jungen Gäste, die ihm schon den ganzen Abend seltsam schweigsam vorgekommen waren. Verena sah blaß aus, vielleicht fehlte ihr etwas. Und Jürgen schien ständig in anderen Sphären zu schweben.

»Nur für ein paar Tage«, antwortete sie schnell, um zu verhindern, daß Jürgen zu viel verraten könnte. Aber nein, er hatte gar nicht zugehört. Patrick war auf seine lautlose Art hereingekommen und brachte frischen Kaffee. Neal winkte ihn heran.

»Na, Patrick, was hast du heute verdient?«

»Nichts, Sir.« Er stellte die Kaffeekanne ab. »Herr Schröder und ich haben zehn Pfund verloren.«

Neal lachte. »Zehn Pfund hat er verloren? Aber Glück in der Liebe.« Schelmisch zwinkerte er ihnen zu.

Jürgen erhob sich mit einem Ruck. Verena blickte zu ihm auf.

»Was ist?«

»Entschuldigt, aber ich möchte einen Augenblick an die frische Luft.« Er deutete eine Verbeugung an und wandte sich zum Gehen.

»Fühlst du dich nicht wohl?« fragte Charlie besorgt und drückte ihre Zigarette aus.

»Doch, doch, ich mache nur gern einen kleinen Rundgang nach dem Essen.«

»Laß ihn, Charlie« warf Neal dazwischen. »Hier darf jeder tun, was er will.« Wieder ein Lachen. »Außer mir natürlich.«

Jürgen ging aus dem Zimmer, aus dem Haus. Bei den steinernen Pfauen blieb er stehen, blickte in die Dunkelheit.

Es war noch früh am Abend, der Mond noch nicht aufgegangen, nur der Abendstern leuchtete kalt und fern am Himmel. Langsam schlenderte er über den Rasen, hinüber zu den Ställen, ging ziellos an den Pferdeboxen entlang, blieb immer wieder stehen, horchte auf das unruhige Stampfen eines Pferdes hinter einer Tür, ging weiter. Plötzlich schälte sich Patrick aus der Dunkelheit und verstellte ihm den Weg. Ganz offensichtlich hatte er ihm aufgelauert. Jürgen erschrak.

»Ich höre, Sie wollen uns verlassen?« Er hatte die Hände in den Hosentaschen, die Augen waren verhangen, lauernd der Blick.

»Stimmt.« Trotzig überspielte Unsicherheit.

»Meinetwegen?«

»Bilden Sie sich bloß nichts ein.«

»Sie haben Angst, ich könnte zur Polizei gehen, nicht wahr?« und schon ließ er, sich aufreizend in den Hüften wiegend, die Katze aus dem Sack.

»Auf meinen Kopf ist eine Belohnung von 15 000 Mark gesetzt. Ich biete Ihnen zwanzig.« Er spielte den Überlegenen, fühlte sich doch in die Enge getrieben, wie eine Ratte im Loch.

»Ich höre, Sie wollen nach Brasilien?« Hämisch kroch das Grinsen über sein Gesicht.

»Wer sagt das?« Woher wußte er das? Was ging hier vor? Langsam wurde er ihm unheimlich.

»Was wollen Sie dort?«

Er beachtete die Frage gar nicht. Warum stehe ich noch da? Warum stehe ich Rede und Antwort? Weil er mich in der Hand hat! »Ich weiß es noch nicht«, sagte er widerwillig.

»Brasilien ist ein gutes Land für Pferdezucht.« Er machte einen Schritt auf ihn zu.

»Was wollen Sie von mir?« Erschrocken wich er zurück.

Der Verschlag hinter ihm war nur angelehnt, gab nach. Rücklings stolperte er in eine finstere Pferdebox, landete unsanft auf Holzdielen.

Geschmeidig wie eine Klapperschlange hatte Patrick den Verschlag zugeschoben, sich breitbeinig über ihm aufgebaut.

»Was ich von dir will? Das werde ich dir gleich sagen.« Das Grinsen war nackter Gier gewichen, die Maske abgefallen. »Ich verstehe was von Pferden, und du hast Geld.« Lauernd, rücksichtlos und verschlagen. »Wir würden ein gutes Gespann abgeben.«

»Der Meinung bin ich nicht«, antwortete der auf den Dielen kalt.

Er wollte nicht wahrhaben, was er ahnte, versuchte sich aufzurappeln aus seiner demütigenden Position.

»Du bleibst, wo Du bist!« Brutal fuhr ihm die Hand ins Haar, packte zu, riß den Kopf nach hinten.

Ein gefährliches Tier war das, was da auf ihn herunterstarrte, nicht gewillt, seine Beute entkommen zu lassen, zu reißen, zu verschlingen. Wie eine Schlange hypnotisierte ihn der Blick. Langsam glitten seine Augen hinunter zu der Ausbuchtung in der Hose, dicht vor seinem Gesicht. Und da geschah das Unvermeidliche, gegen seinen Willen, Begierde schoß in sein Blut, war mächtiger als er, riß an seinen Lenden, stieg ihm heiß ins Gehirn, rauschte in seinen Ohren. Er schwankte.

»Hab ich dich doch erkannt!« Genugtuung triefte. Ein Ruck, der Gürtel kam von der Hose, klatschte auf seinen Rücken, in sein Gesicht. Begierde und Demütigung, eine einzige grelle Lohe. »Und jetzt mach mir die Hose auf!«

Ein letztes Aufbäumen, mit äußerster Willensanstrengung, die Hand biß in sein Haar. Nein, dem Tier war nicht zu entkommen, dem Tier vor ihm nicht, und nicht dem Tier in ihm. Seine Hände bewegten sich wie eigenständige Wesen aufwärts, irrten über Schenkel, suchten, legten frei. Heiß und fordernd sprang es ihm entgegen. Seine Knie waren wie Pudding, sein Mund packte zu. Vor seinen Augen floß ein Schleier. Eine heiße Welle schoß in seinen Schlund. Er schluckte und schluckte. Und ließ sich fallen.

Als er wieder zu sich kam war er allein, lag in der Ecke,

zertreten, besudelt, gedemütigt wie eine läufige Hündin. Einen schalen Geschmack im Mund. Eingebettet in den scharfen Geruch der Rösser. An der Boxenwand stemmte er, zog er sich hoch, seine Beine waren so lasch wie Brei. Heiß und trocken stieg es ihm in die Kehle, aufschluchzend taumelte er aus dem Stall. Am Fenster stand Verena und spähte unruhig in die Nacht.

8. Kapitel

Ein Polizeirevier in einer schmalen Straße, in einer der verrufensten Gegenden von Hamburg, am Rande des Fischmarktes. Der Hafen ist nicht weit. Neben dem Eingang zum Polizeirevier ein Glaskasten. Darin ein Steckbrief, die Gesichter der fünf aus dem Zuchthaus ausgebrochenen Mörder, en face und im Profil. Unter dem letzten stand: »Willy Stock, verurteilt wegen Mord an einem Bankkassierer«. Es war noch früh am Morgen. Der Markt schlug seine Zelte auf. Ein Blumenstand wurde aufgebaut, Stände mit Schirmen und billiger Kleidung. Nachtbummler, ausgespien aus verräucherten Höhlen, gröhlten dazwischen. Eine Handvoll Musiker, New-Orleans-Jazzer, strebten mit ihren Instrumenten unter dem Arm müde ihrer billigen Behausung zu.

Im Polizeirevier zu ebener Erde wurde ein Fenster aufgerissen, ein Mann sprang heraus, landete auf dem Gehsteig, schlug hin, sprang auf, rannte über die Straße, schwang sich über eine Balustrade, auf das Dach eines darunter geparkten Lastwagens und weiter auf das Kopfsteinpflaster. Marktleute kamen ihm nachgelaufen, beugten sich über die Balustrade. Polizisten pfiffen auf Trillerpfeifen, hetzen ihm nach.

Der Mann verschwand in der dunklen Toreinfahrt eines Parkplatzes. Quer über den Fischmarkt schlängelte sich Stocks Fluchtweg. Der Marktbetrieb war bereits im vollen Gange, Menschen schoben sich zwischen den Ständen,

Hausfrauen mit Kopftüchern und Einkaufskörben am Arm, Aalverkäufer, Bananenverkäufer, Pflanzenverkäufer. Kisten mit Pflanzen und Blumen über den Köpfen der Menge. Hinter den Lieferwagen der Aussteller, den Ständen entlang, geduckt, die Augen überall, erspähte er zwei Polizisten auf Menschenjagd, sah sie in der Menge verschwinden. Unbemerkt stahl er zwei Blumentöpfe von einem Wagen. Als Marktbesucher getarnt, rechts und links äugend, bewegte er sich vorsichtig in Richtung Fluß, die Angst wie einen Affen auf dem Genick mitschleppend. Auslagen, die sein Spiegelbild zurückwarfen, Hutverkäufer. Eine Firmeninschrift über einer Einfahrt: »Hummer-Spezialitätenhaus«. Eine Imbißbude, kauende Kunden. Ein dicker Mann verkaufte zarte Kettchen. Farbige Händler. Fischverkauf in Marktbuden. Die beiden Polizisten von vorhin sahen an ihm vorbei.

Am Rande des Marktes schien seine Flucht vorerst gelungen, schien er seine Verfolger abgeschüttelt zu haben. Einem erstaunten Kind drückte er die Blumentöpfe in die Arme. Bog in eine Nebenstraße ein. Am Ende der Straße befand sich eine Treppe, sie führte hinunter zum Fluß. Am Füße der Treppe zwei harmlos patrouillierende Polizisten. Bei ihrem Anblick verlor er die Nerven. Zu stark hatte ihm der Affe in seinem Genick bereits zugesetzt. Statt ruhig an ihnen vorbeizugehen, wandte er sich zur Flucht, hetzte die Treppe hinauf. Ein Davonlaufender hat auf Polizisten so ungefähr dieselbe Wirkung wie Baldrian auf Katzen. Sie rannten ihm nach. »Stehenbleiben!« riefen sie. Er aber rannte weiter. Ein linker Haken in eine Seitenstraße, ein rechter Haken, ein abschüssiger Abhang, unten eine Würstchenbude. Er zögerte nur eine Sekunde, riß die Tür auf und warf sich neben die Füße der Verkäuferin. Erschrocken wich die Frau zurück, blickte hinunter auf den schweratmenden Mann, sah Angst in seinen Augen. Er sagte nichts, ein gehetztes Tier, das ein Versteck, das Hilfe sucht. Sekundenlang blickten sie sich in die Augen, dann wandte die Frau sich ab und schaute auf die Straße. Das Martinshorn kam rasch näher, ein Polizeiwagen hielt. Ein Polizist sprang heraus, schritt forsch auf die Bude zu.

»Ist hier ein Mann vorbeigelaufen?«

Sie nickte eifrig. »Da ist er rübergerannt. In den Hafen.« Mit ausgestrecktem Arm wies sie in die Richtung.

»Da ist er rüber«, brüllte der Polizist dem Fahrer zu, sprang auf, der Wagen fuhr weiter.

Als er verschwunden war, öffnete die Frau eine Flasche mit Limonade, die sie neben Würstchen, Bier, Rollmöpsen, Schokolade und anderem verkaufte, reichte sie Stock, der immer noch schweratmend auf dem Boden kauerte. Wortlos nahm er die Flasche, trank begierig. Und rülpste.

Die Frau legte die Läden vor, riegelte die Bude ab. Es war hellichter Tag. Ein paar Meter weiter ein Kombi. Sie setzte sich hinter das Steuer, fuhr ihn direkt vor die Tür der Würstchenbude. Dann stieg sie aus, klappte die Ladefläche auf, machte die Tür auf. In der abgedunkelten Bude stand Stock und zog nervös an einer Zigarette. »Machen Sie die Zigarette aus, und legen Sie sich hinten in den Wagen.«

Flackernd sah er sie an, gehorchte schließlich, schlich zum Ausgang, spähte hinaus. Als er sich überzeugt hatte, daß die Luft rein war, hechtete er der Länge nach auf die Ladefläche. Die Frau warf eine Plane über ihn, die Klappe fiel zu.

Die Wohnung war bescheiden, kleinbürgerlich und ein wenig altmodisch eingerichtet und vielleicht deshalb so gemütlich. Am Eßtisch saß Stock. Er hatte sich Gesicht und Hände gewaschen und sah auch sonst wieder einigermaßen manierlich aus. Nervös und unsicher schaute er sich im Raum um. Übereck eine Couch, davor ein Nierentisch, Mosaik eingelegt, dahinter ein Gummibaum. Ein bequemer Sessel, eine Nußbaumkommode, darauf ein Radio und Nippes, überall Nippes. An den Wänden bunte Kalenderdrucke. Aus dem Radio drang Schlagermusik.

Aus der Küche kam seine Wohltäterin, die Besitzerin all dieser Herrlichkeiten, und stellte einen Teller mit Rührei und Schinken sowie eine Scheibe Brot auf den Tisch. Das Essen beachtete er gar nicht, sah sie nur mißtrauisch an. Breite, gemütliche Hüften, stämmige Beine, voll die Bluse, gelbe Dauerwelle, ein nettes Gesicht. Alles in allem nicht übel, aber was wollte sie von ihm? Konnte er ihr trauen? Oder hatte sie ihn nur abgeschleppt, um ihn in aller Ruhe zu verpfeifen? Sie gab sich unbefangen, setzte sich ihm gegenüber auf einen Stuhl.

»Ich bin die Trude«, sagte sie und lächelte ihm aufmunternd zu.

»Warum haben Sie mich da rausgeholt?«

Sie dachte einen Augenblick nach. »Instinkt«, sagte sie schließlich.

»Was?« Er hatte nicht verstanden.

Sie zuckte die Schultern. »Wenn viele hinter einem her sind – oder wenn ein Großer einen Kleinen verhaut oder ein Mann eine Frau –, ich seh' so was nicht gern.«

Er rührte sich nicht, starrte sie nur unverwandt an. Sie blickte auf das Essen vor ihm, das er nicht anrührte.

»Wollen Sie vielleicht zuerst einen Schnaps?«

»Gern.« Das wurde ja immer besser!

Sie stand auf, ging zurück in die Küche, er blickte auf das Rührei, nahm die Gabel und begann zu essen. Erst jetzt merkte er, wie hungrig er war. Er brach etwas von dem Brot ab, da kam sie auch schon wieder zurück, mit einem Glas Schnaps in der Hand.

»Es geht ja doch.« Sie lächelte und stellte das Glas vor seinen Teller.

»Schmeckt ja auch gut.« Er wischte sich mit dem Handrücken über den Mund, nahm das Glas und kippte es in einem Zug runter. Dann schaute er sie wieder neugierig an.

»Sind Sie schon lange an der Reeperbahn?«

»Fünf Jahre und drei Monate«, erwiderte sie, ohne nachzudenken.

»So genau wissen Sie das?«

Sie rechnete nach. »Damals ist mir mein Mann durchgegangen. Da habe ich mit der Bude angefangen.«

Er nickte und aß weiter. Im Radio ging der Schlager zu Ende. Ein Sprecher meldete sich zu Wort: »Wir unterbrechen unseren ›musikalischen Jahrmarkt‹ für eine Durchsage der Hamburger Polizei: der zu lebenslänglicher Freiheitsstrafe verurteilte Willi Stock, der vor kurzem aus der Strafvollzugsanstalt Bergheim ausgebrochen ist, wurde heute von einer Funkstreife in Hamburg aufgegriffen und ist wieder entkommen. Willi Stock ist 43 Jahre alt, 1,76 m groß, blond und trägt eine Stirnglatze. Bekleidet ist er mit brauner Hose, kariertem Hemd und heller Strickjacke. Besondere Merkmale: Tätowierung an beiden Unterarmen. Stock wurde heute morgen noch in Altona in der Friedrichstraße gesehen. Auf seine Ergreifung ist eine Belohnung von fünfzehntausend Mark ausgesetzt. Zweckdienliche Hinweise nimmt jede Polizeidienststelle entgegen. Und jetzt wieder Musik.«

Es folgte der Titel des nächsten Schlagers.

Während dieser Durchsage hatte Stock seinen Stuhl vom Tisch gerückt und saß in lauernder Stellung da, geduckt zum Sprung, wie ein Tier in der Falle, bereit, die Frau daran zu hindern, die Wohnung zu verlassen oder auch nur irgend etwas zu unternehmen. Sie blieb jedoch gelassen, saß da, die Arme auf den Tisch gestützt, als hätte sie die Durchsage überhaupt nicht gehört. Das machte ihn womöglich noch nervöser. Er zog ein Päckchen Zigaretten und Streichhölzer aus der Tasche, zündete sich eine Zigarette an, ohne den Blick von der ruhig dasitzenden Frau zu wenden und rauchte hastig. Sie sah ihn nur an, für Sekunden erwiderte er ihren Blick und wich ihren ruhigen blauen Augen gleich wieder aus.

»Mord?« fragte sie wie beiläufig.

»Ja«, erwiderte er trotzig. »Mord.«

Noch immer hielt er das abgebrannte Streichholz in der Hand, sie bemerkte es und erhob sich betont langsam.

»Ich hole Ihnen einen Aschenbecher.«

Mit diesen Worten ging sie ruhig zur Küchentür, öffnete sie und verschwand in der Küche.

Gehetzt sah er sich um, wußte nicht, wie er sich verhalten sollte. Hatte sie ein Telefon da draußen? Er wußte es nicht. Plötzlich war er entschlossen, war mit schnellen Schritten an der Tür, durchquerte den kleinen Flur, riß die Wohnungstür auf und verließ die Wohnung.

Trude kam mit einem Aschenbecher aus der Küche, sah sich erstaunt um, schaute durch die offenstehende Tür hinaus in den Flur, las das Streichholz auf, das er achtlos auf den Boden geworfen hatte, und legte es in den Aschenbecher.

Er war wieder auf der Flucht. Vogelfrei. Alle Welt kannte seine Beschreibung, jeder einzelne, der ihm begegnete, konnte ihn jeden Augenblick erkennen, war ein potentieller Feind. Er brauchte dringend eine neue Identität, andere Klamotten. Er hastete durch belebte Straßen, erfolglos bemüht, möglichst unauffällig und gelassen zu wirken. Immer wieder blickte er sich um. Er wirkte suspekt wie ein Ameisenbär in einem Ameisenhaufen. Aber niemand beachtete ihn.

Mit Butter in den Knien kam er an den Platz. Gott sei Dank – er atmete auf –, der Friseursalon existierte noch! Nur die Markise kannte er nicht, ein rotgoldenes Gebilde aus Kupfer, neumodisch und teuer glänzend. Er schaute sich um, zögerte, dann schritt er entschieden über den Platz, schritt vorbei an dem Laden, atmete auf, der Name des Besitzers war noch derselbe. Entschlossen machte er kehrt und drückte die Klinke herunter. Der Salon bestand aus dem eigentlichen Raum, in dem frisiert wurde, und einem kleinen Vorraum, der als Bar eingerichtet war. Eine Glasscheibe trennte die beiden Räume voneinander. Mit nervösem Blick nahm er die Szene auf: An der Bar saßen ein paar Männer mit dem Rücken zu ihm und würfelten. Jetzt drehten sie sich um und sahen ihm neugierig entgegen. Zuhältertypen. Neben den Spielern lagen größere Mengen Geldscheine und Silbermünzen. Hinter der Theke glotzte ein kuhäugiges Mädchen. Langsam trat er an die Theke. Die

Zuhältertypen starrten, Knobelbecher in einer Hand, Würfel auf der Bartheke.

»Ist Michael da?« fragte er das Mädchen mit den Kuhaugen und räusperte sich.

»Nein.«

»Und Mara?«

»Sekunde.«

Die Kuhäugige drückte auf den Knopf einer Sprechanlage. »Mara, ein Kunde«, sprach sie hinein.

»Gib mir ein Bier.« Forsch griff er in die Tasche und knallte eine Münze auf die Theke.

Die Kuhäugige schenkte Bier aus einer Flasche in einen Glaskrug, Stock warf den Spielern einen Blick zu, den diese ruhig und ein wenig hämisch erwiderten. Im Hintergrund wurde ein Herr mit Dauerwellen bestückt. Durch die Glasscheibe sah er Mara durch den Raum kommen, an der Trennwand blieb sie stehen. Mara, klein und unendlich zierlich, das dunkelblonde Haar fiel ihr bis über die Taille, keine Miene regte sich in ihrem Gesicht, als ihr Blick ihn traf. Er ging auf sie zu, krampfhaft lächelnd, faßte sie an den Schultern und küßte sie auf die Wange. Unbeteiligt ließ sie alles über sich ergehen.

»Hallo, Mara, wie gehts?«

Sie antwortete nicht. Ihre Augen blickten kalt und abweisend.

»Wo steckt Michael?« fuhr er krampfhaft ungezwungen fort.

»Er ist nicht da.« Ein Eisblock war ein Kaffeewärmer dagegen.

»Und wann kommt er wieder?«

»In drei Jahren.«

Unverschämt starrten die Zuhältertypen. Er zog sie zur Seite.

»Mara, ich brauche eine andere Frisur, anderes Haar, einen Bart – du mußt mir helfen.« Er sprach leise, damit die anderen ihn nicht hören konnten.

»Ich muß?« Eine sorgfältig gezupfte Augenbraue

schnellte in die Höhe, und der Blick gefror.

»Du weißt doch, daß ich ein Freund von Michael bin.«

»War.«

Er spürte, daß er hier keine Hilfe zu erwarten hatte, und doch wurden seine Worte immer drängender. »Ich habe zwar im Augenblick kein Geld, aber ich werde bezahlen. Zweitausend Mark! Ist das in Ordnung?« Flehend schaute er sie an.

»Ich wüßte, wie ich fünfzehntausend verdienen könnte. Ganz leicht sogar.« Die Stimme, so kalt und abweisend wie die Augen.

»Mara, was habe ich dir getan?« Er würde kniefällig betteln, zu Kreuze kriechen, tun, was sie wollte, wenn sie ihm nur jetzt aus der Patsche half.

»Du hast uns eine Menge Ärger gemacht, als du den Kassierer abgeknallt hast.« Jetzt kam Bewegung in das starre Gesicht. »Wir haben ein halbes Jahr lang keine ruhige Minute gehabt, weil sie wußten, daß du hier verkehrt hast. So was kann ich nicht noch einmal gebrauchen, verstehst du?«

Sie warf den Männern an der Theke einen Blick zu.

»Ich glaube, die Jungs da sind auch scharf auf die fünfzehntausend Eier«, sagte sie und spitzte die Lippen. »Ich glaube, ich kann sie nur noch so lange zurückhalten, wie ich bis drei zählen kann. Dann wäre es besser, wenn du ein gutes Stück von hier weg bist.« Und nach einer Pause, in der er alle seine Felle wegschwimmen sah: »Eins ... zwei ...«

Aus dem Augenwinkel sah er die Typen von ihren Barhockern rutschen und drohend auf sich zukommen. Blitzschnell drehte er sich um und rannte aus dem Laden. Die Typen wollten hinterher.

»Nicht«, sagte Mara und hielt sie zurück.

Und wieder hetzte er durch die Straßen, mühsam beherrscht, um Ausgeglichenheit ringend. Sein Rücken brannte von vermeintlichen Blicken. Bloß nicht umsehen!

Nein, sich umsehen erregt Aufmerksamkeit! Hände in den Taschen, den Kopf gesenkt, überquerte er Straßen, umrundete Ecken. Ein Ziel hatte er noch vor sich, eine vage Hoffnung.

Da! Er betrat das Haus. Ranzige Küchendünste schlugen ihm entgegen. Über die ausgetretene Treppe stieg er hinauf. Eine Frau kam ihm entgegen, beachtete ihn nicht. Vor einer Tür blieb er stehen, klingelte. Erst rührte sich nichts, dann blickte ein Kind durch den Türspalt, ein Junge von ungefähr zwölf Jahren. Mißtrauische, unkindliche Augen musterten ihn kritisch. »Du bist doch der Stefan, oder?« sagte er freundlich.

»Ja. Und wer bist du?« Diese Augen hatten schon viel zuviel gesehen.

»Ein Freund von deinem Vater. Ist er da?«

Das Mißtrauen war fast greifbar. »Ich kann ihn holen«, sagte er nach einer Weile.

»Tust du das? Bitte. Kann ich drin auf ihn warten?«

Ein Zögern, dann öffnete sich die Tür. Unwillig ließ Stefan ihn eintreten und lief die Treppe hinunter.

Ein schäbiges Zimmer, billigst eingerichtet, unaufgeräumt. Nervös zündete er sich eine Zigarette an, ging unruhig auf und ab. Vor einem Fenster blieb er stehen, blickte durch schmutzige Fensterscheiben auf einen trostlosen Hinterhof. Kinder spielten Fußball mit einer toten Katze, johlten und schrien. Stefan kam auf sie zugelaufen, redete mit ihnen. Sie antworteten, stellten Fragen, ein kurzer Dialog – dann stieben alle davon. Mit verrenkten Gliedern blieb die tote Katze verlassen im Hof zurück.

Er drehte sich um, die Spannung zerrte an seinen Nerven. Er stieß eine Tür auf. Sie führte in ein Nebenzimmer, zu einem nicht abgeräumten Frühstückstisch. Aus einer Thermoskanne goß er Kaffee in eine abgestande Tasse. Da hörte er Geräusche, blickte auf, die Thermoskanne in der Hand. In der Tür standen Stefan und vier, nein fünf weitere Kinder, Jungen und Mädchen unterschiedlichen Alters und starrten ihn an. Aus merkwürdig altklugen Augen. Alle.

»Wo ist dein Vater?« fragte er in die Stille.

»Der kommt gleich.«

Die Kinder lösten sich von der Tür, verteilten sich im Zimmer, ohne den Blick von Stock zu wenden. Gleichzeitig drängten sich weitere Kinder durch die noch offenstehende Tür.

»Was wollt ihr hier?« fragte er unsicher.

Ein kleines Mädchen machte einen Schritt auf ihn zu. »Ich hätte ihn gleich erkannt.« Beifallheischend blickte sie in die Runde.

Er wußte nicht, was er davon halten sollte.

»Sieht genau aus wie auf dem Plakat«, bestätigte eine andere.

Langsam schloß sich der Ring um ihn.

»Ihr seid verrückt. Macht, daß ihr rauskommt!«

»Du brauchst keine Angst zu haben«, sagte die eine.

»Wir verraten dich nicht«, versicherte ein etwa Achtjähriger mit einer Hasenscharte.

Gehetzt blickte er in die Runde. Was sollte dieser Alptraum aus Kindern auf einmal? Stefan zog eine Schublade auf, nahm einen Block und einen Kugelschreiber heraus, trat auf ihn zu.

»Gib mir ein Autogramm.«

»Wo ist Jupp?« Hilflos schüttelte er den Kopf.

»Arbeiten.« Stefan grinste.

Raus hier, oder ich werde verrückt! Kinder, immer mehr Kinder verstellten ihm den Weg.

»Erst ein Autogramm!« schrien sie. »Ein Autogramm!«

Er packte Schultern, schob weg, drückte Köpfe zur Seite, fast hysterisch kämpfte er gegen kurze Arme und schmierige Hände, drängte aus der Wohnung. Aufatmend, aber wie von Furien gehetzt, raste er die Treppe hinunter. »Willi Stock! Willi Stock! Willi Stock!« schallte es ihm vielstimmig vom Treppenabsatz nach.

Gegen Abend saß er an einem Tisch vor einer Kneipe und bedauerte sich so richtig und rundherum. Den ganzen Tag war er durch die Stadt geirrt, mit knapper Not der Polizei entkommen, die Angst im Nacken, vom Pech verfolgt. So waren sie also, die guten Freunde aus besseren Tagen. Jetzt wollten sie nichts mehr mit ihm zu tun haben. Typisch. Trotz seines Selbstmitleides galt seine ungeteilte Aufmerksamkeit dem Geschäft eines Schiffsausrüsters nebenan. Es war gleich sechs Uhr, Zeit, das Geschäft zu schließen. Zwei Kunden verließen eben den Laden – seines Erachtens mußten es die letzten sein –, der Eigentümer kam hinterher und begann die Warenständer vor dem Schaufenster einzuholen.

Jetzt war der richtige Augenblick gekommen. Er stand auf, ging an dem Mann vorbei und betrat das Geschäft.

»Wir schließen gerade«, rief dieser ihm nach, doch Stock beachtete ihn nicht.

Es war ein Laden, in dem es alles gab, was man zur Sportschiffahrt benötigt: Segel, Tampen aller Art und Stärke, Außenborder, nautische Geräte, Schiffsbekleidung, Mützen, Ölzeug und so weiter. In Regalen bis zur Decke stapelten sich Waren in unendlicher Vielfalt.

Eine blonde Frau um die vierzig drehte sich um und erschrak bei seinem Anblick. Sie hatte eine gewisse Ähnlichkeit mit ihm. Kein Wunder, sie war seine Schwester. Seine Schwester Elke, um präzise zu sein, die jetzt vor Schreck Mund und Augen aufsperrte.

»Um Himmels willen, Willi, wo kommst du denn . . .« Sie stockte, ihr Mann, der Besitzer des Ladens, betrat das Geschäft.

»Ich habe Ihnen doch gesagt . . . «, fuhr er den unliebsamen Kunden an, der ihm den Rücken zukehrte. Als Stock sich umdrehte, verschlug es ihm die Sprache. Es dauerte einige Sekunden, bis er sich gefaßt hatte.

»Dann wollen wir als erstes die Tür absperren.« Er tat es. »Und du verziehst dich besser weiter nach hinten, damit dich hier niemand sieht. Stock tauchte tiefer in das Halbdunkel des Ladens, Schwester und Schwager folgten ihm. Taue lagen gedreht und gestapelt auf dem Boden, Windlichter, große Schiffslampen standen zur Ansicht herum, ein Sextant, Angelruten, Sauerstoffflaschen für Sporttaucher. Ein Sammelsurium an exotischem Zubehör.

»Ich muß schon sagen, du hast Nerven«, maulte der Schwager hinter ihm her. »Am hellichten Tag hier aufzukreuzen! Du weißt doch, daß die ganze Stadt nach dir abgegrast wird.«

Stock drehte sich um. »Kann ich über Nacht hierbleiben?«

»Hier?« Das kann doch nicht wahr sein!

»Ja, hinten im Lager.« Er sah seinen Schwager fragend an. »Kann ich mich da hinten hinhauen?«

»Und morgen früh?« fragte die liebende Schwester ängstlich.

»Morgen früh sehen wir weiter.« Er machte eine abweisende Handbewegung.

»Also, was ist? Kann ich hierbleiben?« fragte er seinen Schwager noch einmal.

Der zögerte. Am liebsten würde er diesen Dreckskerl mit einem gehörigen Tritt vor die Tür befördern, aber dann würde der Haussegen wieder wochenlang schiefhängen. »Komm mit.« Nur um des lieben Frieden willen! Damit begab er sich nach hinten und klickte eine Tür auf. »Hol deinem Bruder eine Luftmatratze und einen Schlafsack«, rief er über die Schulter.

Es war ein fensterloser, großer muffiger Raum, in dem die Waren vorrätig gelagert waren, die vorne verkauft wurden. Der Schwager knipste das Licht an. Auch hier Regale bis zur Decke, die den Raum in drei Gänge unterteilten. Durch einen dieser Gänge führte er Stock weit nach hinten. »Die Nacht über bist du hier sicher. Morgen früh bring ich dir was zu essen mit, und dann mußt du weg. Klar?«

»Klar.« Kannst mich wohl nicht früh genug loswerden, was?

Seine Schwester kam ihnen mit einem Schlafsack und einer Luftmatratze nach, ein verrutschtes Lächeln im Gesicht. Sie reichte ihm die beiden originalverpackten Pakete. Er nahm sie, legte sie auf den Boden.

Verlegenheit herrschte. Keiner wußte so recht, was er sagen sollte. »Ich wollte dich mal besuchen«, machte seine Schwester einen nicht ganz glücklichen Versuch. »Aber Bergheim, das ist so ganz aus dem Weg. Da sind wir nie hingekommen.«

»Ist schon gut«, wehrte er ab.

»Jetzt rühr dich hier nur nicht weg.« Sein Schwager versuchte wohl, einen witzigen Ton in die Unterhaltung zu bringen.

»Du brauchst keine Angst zu haben.« Heute würde er sich gewiß nicht mehr vom Fleck rühren.

»Schlaf dich ruhig aus.«

Zu gütig, du Heuchler! »Gute Nacht.«

Sein Schwager schritt den langen Gang zurück zum Laden, seine Schwester folgte ihm etwas zögernd.

»Schlaf gut, Willi«, sagte sie und: »Gute Nacht, Willi.«

Dann ging das Licht aus, die beiden waren fort, und er war allein. Er bückte sich, tastete im Dunkeln nach der Luftmatratze, riß die Verpackung auf und fing an, sie aufzublasen.

Elke zog die Tür zum Lager zu. Ihr Mann war bereits am Telefon und hob den Hörer ab.

»Wen rufst du an?« fragte sie argwöhnisch.

»Die Polizei.«

Schon stand sie neben ihm und drückte die Gabel hinunter.

»Er ist immer noch mein Bruder«, zischte sie böse.

»Er ist ein Mörder.« Er versuchte, ihre Hand von der Gabel zu zerren, aber sie war eine kräftige Frau.

»Du wirst ihn nicht verpfeifen.« Ihre Augen funkelten wie die einer Tigerin, die ihr Junges verteidigt.

»Jetzt hör mir mal gut zu.« Er strich sich über den Schnurrbart.

»Wer hat dich aus dem Dreck geholt – aus dem Loch, in dem ihr beiden gehaust habt, du und dein Bruder? Wer hat deinen Alten bei uns wohnen lassen, wie er aus dem Knast gekommen ist?« Sehr leise sagte er alles und sehr eindringlich.

»Was hat das mit Willi zu tun?« fauchte sie zurück.

»Eine ganze Menge.« Er knallte den Hörer zurück auf die Gabel, mit einem kleinen Aufschrei zog sie ihre Hand zurück. »Deine Familie ist ein Sauhaufen. Von deiner Mutter wollen wir gar nicht erst reden. Dein Vater hat wenigstens nur Geldschränke geknackt, aber dein Bruder – der hat noch was dazugelernt! Nämlich wie man jemanden abknallt.«

Sie wußte natürlich, daß er im Grunde recht hatte. Ihre Familie taugte nichts. Aber sie hatte ein schlechtes Gewissen ihrem Bruder gegenüber. Sie hatte sich nicht um ihn gekümmert all die letzten Jahre. Jetzt wenigstens wollte sie ihm helfen. Im übrigen schürte ihr Mann mit seinen giftigen Redensarten nur ihre Wut.

»Und ich?« funkelte sie ihn an. »Über mich hast du nichts zu sagen?«

Er grinste. Er genoß es, wenn sie wütend war. Sie zu demütigen verschaffte ihm eine merkwürdige Befriedigung.

»O doch!« Er ließ die Worte im Mund zergehen. »Du weißt ja, wo ich dich herhabe. Aus der Bar vom Silbersack.« Und wandte sich wieder zum Telefon. »So, und jetzt halts Maul und laß mich telefonieren.«

»Wenn du die Polizei holst, ruf' ich Willi.«

Sie drehte sich um und marschierte entschlossen nach hinten.

»Noch einen Schritt – weiter kommst du nicht!« rief er leise und drohend hinter ihr her.

Die Drohung kümmerte sie nicht, sie riß die Tür zum Lagerraum auf und schrie: »Willi! Willi! Er will die Polizei rufen!«

Kaum hatte sie den Satz beendet, da stand ihr Mann auch schon neben ihr und versetzte ihr eine schallende Ohrfeige, so daß sie gegen die Wand taumelte. Mit einem Ruck zog er die Tür zu und drehte den Schlüssel im Schloß. Aus dem Lagerraum drangen hastige Schritte, Stock warf sich gegen die verschlossene Tür. Sein Schwager war wieder am Telefon, hob den Hörer ab, wählte die Nummer der Polizei. Elke hatte sich so weit erholt, daß sie die Kraft besaß, zur Tür zurückzustolpern und aufzuschließen. Wie ein wildes Tier aus dem Käfig kam Stock an ihr vorbeigeschossen, raffte im Vorbeilaufen ein Tauende von einem Bündel, schmetterte seinem Schwager damit den Hörer aus der Hand. Und dann schlugen die beiden Männer mit Wut und Verbissenheit aufeinander ein. Der Schwager war mindestens so kräftig gebaut wie Stock und nicht von haftbedingtem Muskelschwund und der Hetzjagd der letzten Tage entkräftet. Er bekam ein Steuerrad zu fassen und zielte auf die Glatze. Stock riß schützend den linken Arm vor das Gesicht, das schwere Steuerrad traf den Arm, traf den Knochen. Stock brüllte auf und landete gleichzeitig mit der rechten Faust einen mächtigen Aufwärtshaken auf dem Kinn seines Schwagers. Lautlos sackte der zusammen. Ohne sich noch einmal umzublicken, stürzte Stock zur Ladentür, rüttelte, sperrte auf und war im nächsten Augenblick verschwunden. Mit vor Schreck weit aufgerissenen Augen blickte Elke ihrem Bruder nach, ging dann auf die reglos am Boden liegende Gestalt ihres Mannes zu und kniete sich neben ihn.

9. Kapitel

In einem Hotelzimmer in Dublin packte Verena einen Koffer, der aufgeklappt auf dem Bett stand. Jürgen nahm seine Hemden aus dem Schrank und reichte sie ihr. Vor zwei Tagen waren sie nach Dublin gekommen, hatten den Flug nach Rio gebucht, am nächsten Tag die Tickets bezahlt und abgeholt. Morgen früh ging es nach London, und zwei Stunden später über das große Wasser auf einen anderen, fremden Kontinent. Die übrige Zeit waren sie durch die Stadt gebummelt, über die Butt-Brücke, den Kai entlangspaziert, hatten den irischen Straßenmusikanten gelauscht, den auslaufenden Schiffen nachgeblickt und Zukunftspläne geschmiedet. Abends hatten sie in alten, holzgetäfelten und verräucherten Lokalen geräucherten Lachs gegessen, weißen, französischen Wein getrunken und geredet, geredet, geredet. Anfangs war Jürgen etwas bedrückt gewesen, wie verhangen. Als die Buchung jedoch bestätigt war, als sie die Tickets tatsächlich in Händen hielten, war er aufgetaut, gelöst und heiter gewesen. Die Nächte waren voller Zärtlichkeit. Wie ein Kind hatte er sich an sie geklammert. Sie war wieder einmal voller Hoffnung. Vielleicht würde doch noch alles gut werden.

Das Klingeln des Telefons unterbrach ihre zuversichtlichen Gedanken. Jürgen hob ab.

»Ja?« sagte er »Wer? . . . Ja?« Ein Blick zu Verena. »Ich komme runter.« Nachdenklich legte er auf. Verena sah ihn fragend an.

»Wer war das?«

»Patrick.« Nach einem unmerklichen Zögern.

»Du willst ihn doch nicht sehen?« Sie versuchte die plötzliche Angst in ihrer Stimme zu unterdrücken.

»Ich muß.« Er wollte zur Tür. Sie verstellte ihm den Weg.

»Warum mußt du?«

»Weil er mich erpreßt.« Er wollte an ihr vorbei. Sie hielt ihn zurück.

»Nur deshalb?«

»Was heißt ›nur‹?«

Sie faßte ihn an den Armen und drehte den Widerstrebenden zu sich herum. »Du weißt genau, was das heißt.«

»Ich hasse ihn!« stieß er rauh und heftig hervor.

»Und er gefällt dir.« Sie forschte in seinen Augen.

»Nein!« Es war wie ein Aufschrei.

»Bist du sicher, daß du dich nicht belügst?« drängte sie weiter in ihn.

Tief atmete er ein. »Ja.« Es klang endgültig.

»Dann laß mich runtergehen. Ich habe Geld. Ich bezahle ihn.«

»Nein.« Er schüttelte ihre Hände ab. »Ich will keine Mutter mehr, die für alles bezahlt. Ich will selbst mit ihm fertig werden. Ich!«

Sie kämpfte mit sich. »Gut«, sagte sie schließlich, mit großer Überwindung. »Du wirst mit ihm fertig. Ich weiß es.«

Sie küßte ihn auf den Mund, er ging aus dem Zimmer. Ruhig blieb sie stehen, blickte ihm nach. Dann ging sie zum Telefon.

»Hallo? Hallo?« Langsam ergriff Nervosität von ihr Besitz. »Ach, verbinden Sie mich doch bitte mit Glenbally. Das ist eine Pferdezucht. Warten Sie, hier habe ich die Nummer.« Mit zitternden Fingern schlug sie ein Büchlein auf. »Cashel 2534«, las sie. »Ja, ich lege auf und warte.«

Sie legte auf. Und wartete.

Jürgen hatte den Lift nicht abgewartet, kam die Treppe herunter. Patrick, in ungewohnt städtischem Anzug, sogar eine Krawatte hatte er sich umgebunden, wartete in der Hotelhalle auf ihn und sah ihm entgegen. Energisch und kampfbereit kam Jürgen auf ihn zu.

»Ich nehme an, Sie sind gekommen, um sich die zwanzigtausend Mark, die ich Ihnen leichtfertigerweise angeboten habe, zu holen.«

Patrick schien aus allen Wolken zu fallen.

»Glauben Sie das wirklich? Halten Sie mich allen Ernstes für einen Erpresser?« Er triefte nur so vor Redlichkeit.

»Was wollen Sie dann?«

»Ihnen Lebewohl sagen, einen zum Abschied mit Ihnen trinken.«

Jürgen zögerte, er wußte nicht, was er von der veränderten Situation halten sollte.

Doch Patrick ließ ihn gar nicht zum Nachdenken kommen. »Wenn Charlie hören würde, was Sie da glauben – sie würde Sie auslachen. Ich bin sicher, sie würde herzlich lachen.«

Als ob nichts geschehen wäre, neulich, in jener entsetzlichen Nacht, im Pferdestall. Als ob er ihm, einem einfachen Stallburschen, nicht die schlimmste Demütigung seines Lebens verdankte!

Jetzt rückte er noch näher, berührte ihn fast.

»Und was das andere betrifft«, raunte er leise und anzüglich, nahe an seinem Ohr. »Ich habe davon wenig mitgekriegt. Wissen Sie, wir Iren leben auf einer Insel. Was jemand auf dem Kontinent getan oder nicht getan hat, das geht uns hier nichts an.« Frech und seiner selbst sicher, grinste er ihm ins Gesicht. »Kommen Sie, wir trinken ein Glas auf Ihre Zukunft.« Damit zog er ihn aus der Hotelhalle, hinaus auf die Straße, schubste ihn in ein Taxi und stieg hinter ihm ein. Das Taxi fuhr ab.

Durch wie viele Pubs sie bereits gezogen waren, er wußte es nicht. Überall ein oder zwei Guiness, und schon wollte Patrick wieder weiter. Ins nächste. Wie viele Stunden sie bereits unterwegs waren, er wußte es nicht. Er war leicht angetrunken, an massiven Alkoholgenuß nicht mehr gewöhnt.

»Trink aus. Wir wollen weiter«, drängelte der ruhelose Geselle schon wieder. Sah er nicht aus wie ein Fuchsgesicht? Ein hübsches schwarzes Fuchsgesicht?

»Ich muß zurück zu meiner Frau.« Er schwankte leicht.

Sie standen, mit dem Rücken an die Theke gelehnt. Er starrte in sein Bierglas.

»Die läuft dir nicht weg.«

Warum ließ er ihn eigentlich nicht in Ruhe?

»Ich sollte sie wenigstens anrufen.« Er wollte sich von der Theke abstoßen, aber Patrick hielt ihn zurück.

»Ihr fliegt doch erst morgen.«

Immer wenn er den Kopf drehte, bewegte das hübsche Fuchsgesicht seine Lippen und sagte etwas.

»Das ist wahr.«

Er hatte einfach nicht die Kraft, ihm Kontra zu geben.

»Willst du sie wirklich nach Brasilien mitnehmen?«

Jürgen trank sein Bier und schwieg. Was sollte er darauf schon antworten.

»Brasilien ist ein Land für Männer, Brasilien ist jung und stark und leidenschaftlich – so wie wir.«

Er lachte und schlug Jürgen auf die Schulter.

»Verena ist meine Frau.« Sentimental wirkte das, ein bißchen weinerlich.

»Das soll sie auch bleiben, Junge, das soll sie auch bleiben.«

Warum war dieser Kerl nur so widerlich heiter?

»Ein so gutaussehender und vermögender Mann wie du und unverheiratet – da könntest du dich in Brasilien vor Weibern gar nicht retten. Und das wäre dir sicher unangenehm, oder?«

Hatte bei den letzten Worten nicht ein böser Unterton mitgeschwungen? Doch, es hatte. So betrunken war er noch lange nicht, um das zu überhören. Aber nur nichts anmerken lassen! Er drehte sich zur Theke um, sein Glas war leer.

»Ja, das wäre mir sehr unangenehm.«

Er winkte dem Barmann, aber Patrick zog ihn zur Tür.

»Nicht hier. Wir wollen doch keine Wurzeln schlagen.« Er hielt ihm die Tür auf. »Es gibt viele Pubs in Dublin.«

Angetrunken bummelten sie durch die Stadt. Der Tag war schon fortgeschritten. Die ersten Straßenlaternen flammten auf. Patrick balancierte auf schmalen Rasenumzäunungen.

»Hast du schon eure Tickets?« fragte er, mühsam die Balance haltend.

»Ja«, gab Jürgen zögernd zu.

»Darf ich sie mal sehen?«

»Sie sind im Hotel.«

»Dann laß sie uns holen.« Er sprang ihm direkt vor die Füße. Jürgen blieb stehen.

»Wozu?« fragte er erstaunt.

»Du mußt eins umschreiben lassen. Von Verena Haldern auf Patrick MacIntire.«

Das Fuchsgesicht grinste.

Jürgen gab sich einen Ruck. »Nein«, sagte er hart und entschieden.

»Du nimmst mich also nicht mit?« Schon wieder dieser lauernde Unterton. Jürgen schwieg. Ein Auto fuhr hupend vorbei. Die beiden achteten nicht darauf. Patrick zog ihn am Knopf seiner Jacke ganz dicht an sich heran.

»Du nimmst mich nicht mit?«

Jürgen wich zurück, der Knopf blieb in seiner Hand.

Patrick blickte an ihm vorbei – ein maliziöses Lächeln umspielte seine Lippen – ließ ihn einfach stehen und ging die Straße entlang. Jürgen drehte sich um. Und stand wie angewurzelt. Zwei Polizisten kamen ihm entgegen, Patrick ging geradewegs auf sie zu. Sprach sie auch noch an! Er war unfähig, sich zu bewegen. Wie paralysiert stand er da, seine Füße in das Pflaster gegossen. Patrick redete kurz mit ihnen. Dann gingen sie weiter, kamen direkt auf ihn zu – und gingen an ihm vorbei. Alle Farbe war aus seinem Gesicht gewichen, als Patrick wieder vor ihm stand.

»Ich habe die Polizisten gefragt, wie wir zu The Long Hall kommen«, sagte das Fuchsgesicht feixend. Er hätte es erwürgen können!

»The Long Hall Pub ist eine Sehenswürdigkeit, die darfst du dir nicht entgehen lassen. Komm, ich hatte den Weg dorthin vergessen, jetzt weiß ich ihn wieder.«

Er faßte Jürgen am Arm und zog ihn, der viel zu müde war, um protestieren zu können, hinter sich her.

Und wieder standen sie an einem Tresen, an einem ganz berühmten Tresen von Dublin. Er für seinen Teil mußte sich schon ein bißchen festhalten. Der andere sollte nicht merken, daß er schwankte. O nein, das sollte er nicht! Er würde es ihm schon noch zeigen, dem Fuchsgesicht. So schlau wie ein Fuchsgesicht war er noch immer. Neben ihnen lehnte ein alter Ire. Ein putziger Kauz.

Sie hatten sich eine Weile miteinander unterhalten. Worüber? Er schüttelte den Kopf. Hob das Bierglas. Es war leer.

»Noch zwei Guiness, please«, sagte er zum Barkeeper, der am anderen Ende der Theke bediente.

»Zwei Guiness, Murphy!« wiederholte der putzige Kauz. »Hier gibt es das beste Guiness in Dublin, müßt ihr wissen«, wandte er sich anschließend an seine beiden neuen Freunde. »Früher allerdings war es noch besser. Früher war der Schaum so fest, da konnten die Mäuse drüberlaufen.« Er lachte laut und fröhlich, der weiße Schnauzer zitterte im roten Gesicht.

»Sie sind wohl hier Stammgast?« fragte Patrick, schon wieder unangenehm heiter.

Der alte Kauz grinste. »Murphy«, rief er, »bin ich hier Stammgast?«

Der Barkeeper nickte. »The Long Hall ist um ihn herumgebaut worden.«

Eine Antwort, die auf allgemeine Heiterkeit stieß.

Zwei frische Guiness gesellten sich zu ihnen auf die Theke. Und Patrick zog Jürgen in eine Ecke.

»Ich habe eine Idee«, sagte er und prostete ihm zu.

Jürgen sah ihn mißtrauisch an, ahnte Böses. Zur Sicherheit stemmte er sich mit der Schulter in die Ecke.

»Wir fliegen zu dritt nach Brasilien ... «

Zum Teufel! Das Fuchsgesicht wurde immer heiterer.

»Verena als deine Frau ... «

»Verena ist meine Frau!« unterbrach er heftig, stieß sich aus der Ecke, das Bier schwappte über.

» ... und ich als euer Chauffeur, Butler, Reitknecht und so weiter und so weiter ... «, fuhr Patrick ungerührt fort und feixte über das ganze Gesicht.

»Wie gefällt dir das?«

»Ich weiß nicht, ob es Verena gefällt.« Er lehnte sich wieder an die Wand und nahm einen tüchtigen Schluck.

»Das laß nur meine Sorge sein.« Das Fuchsgesicht war plötzlich gar nicht mehr hübsch. »Mit Weibern bin ich noch immer fertig geworden.« Es grinste schon wieder und bleckte die Zähne. «Ich meine, viel wird sich bei euch sowieso nicht abspielen. Da wird Verena ganz froh sein, wenn ich von Zeit zu Zeit mal aushelfe. Ich ekle mich nämlich nicht vor Frauen!« Die Betonung lag auf dem Ich.

»Ich auch nicht«, entgegnete Jürgen schwankend und leerte sein Glas.

»Mach dir doch nichts vor. Du bist, wie du bist. Und daran kannst du nichts ändern.«

War das ein Tiefschlag? Ja, das war einer. Hat auch gesessen! Er stieß sich ab – hoppla, das wäre fast schiefgegangen! – und winkte dem Barkeeper. »Einen doppelten Whisky!«

»Trink nicht so viel«, nörgelte es in seinem Rücken. »Wir müssen noch zum Flughafen, das dritte Ticket kaufen.«

»Ich habe kein Geld mehr.« Der Tresen erschien als rettender Anker, ein Hafen, ein Fels der Standhaftigkeit.

»Bitte Charlie um Geld. Deine Mutter soll es ihr wiedergeben.«

Warum rieten ihm alle, Geld von seiner Mutter zu nehmen? Warum gaben sie ihm überhaupt Ratschläge? Als könnte er nicht seine eigenen Entscheidungen treffen! Warum gängelten sie ihn immerzu? Warum wollten sie ihm immerzu ihren eigenen Willen aufdrängen. Er hatte es satt. Er würde es ihnen schon beweisen. Und als erstem diesem Fuchsgesicht. Was hatte Verena gesagt? »Du wirst mit ihm fertig werden. Das weiß ich.« Weiß Gott, das würde er. Er brauchte kein Geld mehr. Schluß, aus! Vergessen. Da ist ja der Whisky. Er trank ihn mit einem Zug leer.

»Wissen Sie, wer ich bin, Mister?« fragte er den alten Kauz und baute sich vor ihm auf. Ein schwankendes Rohr.

»James. Nennen Sie mich einfach James«, erwiderte der weiße Schnauzbart lächelnd.

»Und sagen Sie mir, wer Sie sind.«

Patrick verschluckte sich an seinem Guiness und hustete.

»Gib mir zuerst noch einen Doppelten, Murphy«, verlangte das schwankende Rohr.

Murphy goß ein, das Fuchsgesicht schob sich näher.

»Hör auf zu trinken, Jürgen.«

Er beachtete ihn nicht. »Ich bin ein Homosexueller aus Deutschland«, sagte er würdevoll, ganz auf den Schnauzbart konzentriert. »Ich heiße Jürgen Haldern.« Seine Zunge war pelzig, sein Mund wie ausgetrocknet. »Schon mal was von den Halderns gehört? Sehr gute Familie, sehr bekannt.« Das ließ sich recht gut an, machte ihm richtig Spaß.

»Nein, ich habe noch nie von Ihrer Familie gehört«,

erwiderte der Schnauzbart höflich und zuckte mit den Schultern.

»Und von mir auch nichts?« Ja, das klang gut, laut und vernehmlich hatte er gesprochen. Die Situation gefiel ihm immer besser. »Macht nichts, ich werde Ihnen alles Wichtige erzählen.« Er sah sich um, sah lauter ihm zugewandte Gesichter. Gut! Sollen nur alle zuhören.

»Laß uns gehen, Jürgen.« Verzweifelt zerrte Patrick an seinem Arm.

Er schüttelte ihn ab. »Ich bin wegen Anstiftung zu Mord zu lebenslänglichem Gefängnis verurteilt. Vor drei Wochen bin ich ausgebrochen. Jetzt suchen sie mich überall. Haben sogar fünfzehntausend Mark für mich ausgesetzt. Fünfzehntausend Mark – das sind fast viertausend Pfund.« Seine Stimme wurde immer höher, seine Haltung war stolz und herrisch. »Viertausend Pfund für Jürgen Haldern.« Seine Begeisterung kannte jetzt keine Grenzen mehr. Er riß sich die Perücke vom Kopf.

»Zum ersten, zum zweiten ...«

Hysterisch lachend, wie eine Standarte schwenkte er die Perücke. Entgeisterte Gesichter starrten ihn an. Lähmendes Schweigen. Patrick schlug sich die Hände vors Gesicht. Und Jürgen lachte und lachte ...

Am nächsten Morgen saß Neal schon sehr früh mit einer Flasche Whisky auf der Veranda. Reglos saß er da, fast steif, führte nur von Zeit zu Zeit die Flasche zum Mund, wie eine Marionette. Die Ponys in ihren Koppeln vollführten possierliche Bocksprünge, staksten auf ungelenken Beinen einher oder tranken. Im Hintergrund das Panorama von Dublin. Eine leichte Brise versprach einen wolkenlosen Tag. Verena saß in einer Fensternische, den Kopf gegen das Fensterkreuz gelehnt, ihre Finger zupften ruhelos an einem Taschentuch. Ihr Blick war in die Weite gerichtet, blind für die Schönheit des Morgens. Am Tag zuvor, nach ihrem Anruf, hatte Charlie sich sofort ins Auto gesetzt und war nach Dublin gekommen. Gemeinsam hatten sie im Hotel gewartet. Stunde um Stunde. Hatten geredet und waren immer unruhiger geworden. Bis sie die Untätigkeit, die Enge der vier Wände nicht mehr ertragen konnten. Alle Pubs in der Umgebung hatten sie abgegrast, bis tief in die Nacht. Ohne Ergebnis. In den frühen Morgenstunden hatte Charlie darauf bestanden, sie wieder mit nach Glenbally zu nehmen. Sie hatte kaum geschlafen, dunkle Ringe lagen um ihre Augen.

Charlie schritt unruhig auf und ab, hatte die schönen Hände ineinander verkrampft, das ausdrucksvolle Gesicht war sehr blaß. Keiner sprach ein Wort. Im Haus schrillte das Telefon. Alles blickte auf. Charlie unterbrach ihren Rundgang und stürzte ins Haus.

Ein Schmetterling taumelte über die Veranda, Bienen summten in den Rhododendronbüschen. Der alte Mann und die junge Frau warteten angespannt, angestrengt lauschend, um eventuell das eine oder andere Wort aufzufangen. Umsonst.

Als Charlie wieder auf die Terrasse trat, war sie noch blasser geworden. Fragend blickten Verena und Neal ihr entgegen.

»Patrick und Jürgen sind gestern Abend verhaftet worden. Die Polizei weiß, wer Jürgen ist.«

Hilfslos blickte Verena zu ihr auf.

»Jürgen beschuldigt Patrick, ihn erpreßt zu haben. Aber sie sind bereit, ihn gegen Kaution freizulassen.«

»Wen?« fragte Verena in sinnloser, hirnverbrannter Hoffnung.

»Patrick natürlich.« Sie warf Neal einen Blick zu. »Ich gehe ihn jetzt auslösen. Willst du mitkommen und Jürgen noch einmal sehen?« wandte sie sich an die junge Frau.

Verena war aufgestanden. Ihre Augen, zwei bernsteinfarbene Teiche. Sie schüttelte den Kopf.

Voller Mitgefühl flog Charlies Herz ihr entgegen, sie wollte die Hand ausstrecken, sie in die Arme nehmen, aber sie wagte es nicht, fürchtete, sie zu zerbrechen. »Willst du zurück nach Hamburg?« fragte sie stattdessen.

»Was habe ich falsch gemacht?« fragte sie kaum hörbar. Verena senkte den Kopf.

»Was konntest du denn richtig machen?« Die unerwartete Schärfe der Antwort ließ sie aufblicken.

»Ich werde auf ihn warten«, sagte Verena einfach, ohne jeden Pathos. Die beiden Frauen sahen sich in die Augen, bis Charlie sich abwandte.

»Neal, kümmere dich bitte um Verenas Flug.« Sanft legte sie ihm die Hand auf die Schulter.

»Natürlich«, sagte er weich und legte eine Hand kurz auf die ihre.

Die Frau mit dem schönen Gesicht und dem schweren Haarknoten drehte sich um und drückte Verena einen Abschiedskuß auf die Stirn.

»Gute Reise. Und schreib mal.«

»Vielen Dank. Für alles.«

Dann war sie verschwunden.

Verena machte ein paar Schritte, blieb stehen, Tränen liefen ihr über die Wangen.

»Weißt du was, Verena?« sagte Neal in die Stille hinein – er war schon ziemlich angetrunken. »Bevor du fliegst, mußt du noch dem Kreuzritter die Hand schütteln. Das bringt Glück. Er liegt unter den Gewölben von St. Michan.« Er streckte die Hand aus, wies in eine unbestimmte Richtung. »Zusammen mit ein paar Nonnen in offenen Särgen. Die Luft da unten hat sie alle gut erhalten. Ich bin mir natürlich nicht sicher, aber der Kreuzritter soll auch ein O'Brian gewesen sein . . . «

Seine Stimme erstarb. Der Schmetterling hatte sich auf eine leuchtendrote Blüte gesetzt. Die Bienen vertrieben ihn wieder.

10. Kapitel

Trude kam die Treppe herauf, eine Einkaufstasche in der Hand. Es war schon spät, nach Mitternacht. Die vielen Stunden, die sie in ihrer Würstchenbude stehend verbringen mußte, machten ihren Beinen zu schaffen. Vor ihrer Wohnungstür blieb sie stehen, kramte den Schlüssel aus der Tasche, schloß die Tür auf.

Oben, auf dem nächsten Treppenabsatz, tauchte Stock auf und kam die Treppe herunter.

»Da bin ich wieder«, sagte er unsicher und lächelte schief.

Sie sah ihn erstaunt an, nicht erschreckt, und ging ihm ruhig voraus in die Wohnung. Er folgte ihr und schloß die Tür.

Im Wohnzimmer stellte sie erst die Einkaufstasche ab, dann drehte sie sich um und sah Stock an, der mit dem Rücken an der Tür lehnte. Erst jetzt bemerkte sie seinen schlaff herunterhängenden Arm.

»Was ist mit Ihrem Arm?«

»Gebrochen, glaube ich.«

Ruhig ging sie auf ihn zu. Er machte eine abwehrende Handbewegung.

»Zeigen Sie mir den Arm.«

Sie ließ sich nicht beirren. Behutsam streifte sie ihm die Jacke von den Schultern, krempelte vorsichtig den Ärmel seines Hemdes hoch und betastete den tätowierten Arm. Dann wußte sie Bescheid.

»Legen Sie sich dorthin.« Sie zeigte auf die Couch.

»Warum?« fragte er unsicher.

»Es wird weh tun.«

»Das tut es auch, wenn ich stehe«, antwortete er.

Sie hörte nicht auf ihn, hielt seinen gebrochenen Arm fest und bugsierte ihn zwar zart, aber doch so, daß er keinen Widerstand leisten konnte, zur Couch, zwang ihn, sich hinzulegen. Behutsam bewegte sie seinen Arm hin und her.

Vor Schmerz verzog er das Gesicht. Sie richtete sich auf, ging hinaus in die Küche und kam mit einer Flasche wieder.

»Wollen Sie einen Schnaps? Evipan habe ich leider nicht?«

»Geben Sie her«, sagte er rauh und streckte die Hand aus. Sie reichte ihm die geöffnete Flasche. Er setzte sie an die Lippen und nahm einen kräftigen Schluck. Die Flasche stellte sie auf den Tisch.

»Zähne zusammenbeißen, Zunge aus dem Weg.«

Er nickte. Er war sich im klaren darüber, daß sie versuchen würde, die Knochen, die sich übereinandergeschoben hatten, wieder einzurichten. Aber wenn sie es nicht tat, wer sollte es sonst tun? Einen Arzt zu rufen konnte er sich in seiner augenblicklichen Situation nicht leisten. Es blieb ihm gar nichts anderes übrig, er mußte es riskieren.

Vorsichtig nahm sie seinen Arm am Handgelenk und machte einen kräftigen Ruck. Er wurde ohnmächtig.

Als Stock wieder zu sich kam, dämmerte bereits der Morgen. Fahles Licht sickerte durch die zugezogenen Vorhänge. Er lag noch immer auf der Couch. Aber jetzt war eine Steppdecke über ihn gebreitet, sein Kopf ruhte auf einem weichen Kissen. Das Licht brannte. Von der Frau war keine Spur zu sehen. Er versuchte, sich aufzusetzen. Sein Arm tat höllisch weh. Er ächzte. Erstaunt betrachtete er ihn: er war geschient und in Gips. Das Ganze sah sehr ordentlich und professionell aus. Auf dem Nierentisch vor der Couch stand ein Teller mit belegten Broten, daneben eine Flasche Bier und ein Glas. Er sah auf die Uhr und stellte fest, daß er über 7 Stunden ohnmächtig gewesen sein mußte. Oder geschlafen hatte. Er schlug die Decke zurück, stand auf, ging auf Socken im Wohnzimmer auf und ab, probierte die Wohnungstür, sie war abgeschlossen. Er versuchte die anderen Türen: eine führte ins Bad, eine in die Küche, die kannte er bereits, eine dritte in Trudes Schlafzimmer.

Als er die kleine Wohnung inspiziert hatte, machte er die Flasche mit dem danebenliegenden Öffner auf, trat ans Fenster und spähte vorsichtig durch die Vorhänge.

Vor ihm lag eine ruhige Straßenkreuzung im Zwielicht, mit einer Telefonzelle und einer Bank gegenüber. Ein Rentner führte bereits seinen Hund spazieren.

Er setzte sich auf die Couch und trank in ruhigen Schlukken sein Bier aus, den gebrochenen Arm an die Brust legend. Er tat sehr weh. Er wollte nachdenken, doch der Schmerz war zu stark. Hinter seiner Stirn brannte die Müdigkeit. Er stand auf und drehte das Licht aus, legte sich hin, öffnete die Knöpfe seiner Hose, zog die Decke bis zum Kinn und drehte sich stöhnend zur Wand.

Als er das Geräusch des Schlüssels hörte, mit dem die Wohnungstür aufgesperrt wurde, fuhr er hoch. Verstört sah er sich um, für eine Sekunde wußte er nicht, wo er war. Erst als der Schmerz seinen Arm durchzuckte, fiel ihm alles wieder ein.

Trude kam herein. Sie sah nett und frisch aus und trug eine Einkaufstasche in der Hand.

»Guten Morgen«, sagte sie fröhlich.

»Morgen«, brummte er zurück.

Sie kam näher, sah die unberührten Brote, die leere Flasche.

»Wer hat meinen Arm gegipst?« fragte er mißtrauisch.

»Na, wer wohl?« Sie lächelte breit.

»Es war kein Arzt da?«

»Soll ich einen holen?« fragte sie spöttisch.

Er antwortete nicht, wandte den Blick von ihr ab. Sie nahm Zigaretten und eine Schachtel Streichhölzer aus der Tasche, legte sie auf sein Bett. Mit der einen Hand versuchte er die Packung zu öffnen. Sie nahm sie ihm ab, riß sie auf, hielt sie ihm hin. Er zog eine Zigarette heraus, steckte sie in den Mund, sie zündete sie für ihn an.

»Wer garantiert, daß der Arm nicht krumm zusammenwächst?« fragte er und zog den Rauch tief in die Lungen.

»Wollen Sie lieber mit einem krummen Arm frei herumlaufen oder mit einem geraden im Knast sitzen?«

Er antwortete nicht, jedenfalls nicht gleich.

»Danke für die Zigaretten.« Unbeholfen strich er sich über seine drei Tage alten Bartstoppeln.

Sie nahm Bierflasche und Brote an sich und ging in die Küche.

Er blickte ihr nach und begutachtete seinen eingegipsten Arm.

Als sie zurückkam, hatte sie Teller und Besteck in der Hand.

»Mögen Sie Aal zum Frühstück?«

Sie stellte den Teller, auf dem auch eine Scheibe Brot lag, auf den Couchtisch und legte das Besteck daneben. Er sah sie forschend an.

»Warum tun Sie das alles?«

Sie antwortete nicht, ging zurück in die Küche. Durch die halbgeöffnete Tür sah er, wie sie Wasser aufsetzte. Mit Kaffeetassen und einer Dose Nescafé kam sie wieder ins Zimmer.

»Sie können sich fünfzehntausend Mark verdienen.«

Tassen und Dose setze sie auf dem Tisch ab.

»Ich kann mich auch ohne Kopfgeld durchschlagen«, sagte sie, ohne ihn anzusehen.

»Sie machen sich strafbar.«

»Meine Steuererklärung stimmt auch nie.«

In ihrer übertrieben gespielten Lässigkeit lag etwas unendlich Rührendes. Aus dem Augenwinkel bemerkte sie, daß er den Aal mit hungrigen Augen anstarrte und nicht wußte, wie er ihn mit einer Hand enthäuten sollte. Also nahm sie das Besteck, setzte sich auf die Kante der Bettcouch und fing an, die Haut abzuziehen. Stock betrachtete sie, sah das über den Räucherfisch gebeugte Profil, die molligen Rundungen und glaubte plötzlich zu verstehen, warum sie ihm half. Natürlich, warum hatte er nicht schon eher daran gedacht? Sie war eine Witwe, eine Frau in den besten Jahren – na ja, die allerbesten lagen bereits hinter ihr – und er war ein Mann! Warum eigentlich nicht? Sie hatte alles, was er brauchte: einen Unterschlupf und einen üppigen Körper. Gerührt legte er ihr den gesunden Arm um die Taille und zog sie zu sich aufs Bett. »Komm, ich weiß ja, was du willst«, murmelte er und versuchte sie zu küssen.

Mit einer heftigen Bewegung machte sie sich los und schlug ihm zweimal kräftig ins Gesicht, stellte den Teller mit dem Aal ab und stand auf. Im Flur drehte sie sich noch einmal um. »Sehen Sie doch selbst zu, wie Sie mit dem Aal fertig werden.«

Ruhig zog sie die Tür hinter sich zu. Der Schlüssel drehte sich im Schloß. Er hielt sich die Backe und blickte ihr verständnislos nach. Da soll ihn doch einer die Weiber begreifen lehren!

Nach einer Weile kam sie mit einer Tasche und einer Jacke zurück. Der Teller war leer, wie sie feststellte, wahrscheinlich hatte er den Aal mit den Zähnen abgepellt und wie einen Apfel gegessen. Er saß in den Kissen und rauchte.

»Ich muß jetzt gehen und mein Geschäft aufmachen. Vor Mitternacht bin ich nicht zurück. Hier sind die Schlüssel.« Damit legte sie einen Schlüsselbund vor ihn auf den Tisch. »In der Küche ist alles, was Sie brauchen.« Sie warf ihm noch einen prüfenden Blick zu, er nickte nur, und sie ging. Nachdenklich beobachtete er den Rauch, der von seiner Zigarette aufstieg. Er wurde nicht schlau aus ihr. Wenn sie nichts von ihm wollte, warum half sie ihm dann? Vertraute ihm sogar ihre Wohnungsschlüssel an, so, als wäre das das Selbstverständlichste von der Welt. Dabei wußte sie, wer er war. Ob sie ihn jetzt verpfeifen würde? Steil setzte er sich auf, sein Adrenalinspiegel schnellte hoch. Nein, das glaubte er nicht. Der Zeitpunkt war verpaßt. Das hätte sie letzte Nacht tun können. Trotzdem konnte es so nicht weitergehen. Er konnte nicht hier herumliegen und sich von ihr bemuttern lassen.

Da fiel ihm Jupp wieder ein, Jupp, mit dem er früher so manches Ding gedreht, so manchen Tresor und so manche Nutte geknackt hatte. Ob Jupp noch in Hamburg war? Die Telefonnummer hatte er noch im Kopf, vier mal die Vier und zwei mal die Zwei. Er drückte die Zigarette auf dem leeren Teller aus.

Kurz darauf trat er aus dem Haus, die Jacke über die Schultern gelegt, den Gipsarm in einer Schlinge. Im Badezimmer hatte er Rasierzeug gefunden, einen Herrenanzug und ein Hemd. Wahrscheinlich von ihrem Seligen. Paßten ihm sogar halbwegs, die Klamotten. Vorsichtig blickte er nach rechts und nach links, schritt dann entschlossen auf die Telefonkabine zu, hob ab, warf eine Münze ein, wählte. Am anderen Ende läutete es.

»Hallo«, sagte eine muntere Männerstimme, die er sofort erkannte.

»Hallo, Jupp! Hier ist der Willi. Willi Stock.«

»Willi! Mensch, da wird der Hund in der Pfanne verrückt! Bist du in Hamburg?«

»Ja, ich muß dich unbedingt sehen.« Passsanten gingen vorbei, er versteckte seinen Kopf so gut es ging hinter seinem Gipsarm.

»Das trifft sich gut. Das trifft sich sogar ausgezeichnet. Ich hab' da einen heißten Tip bekommen . . . « Die Stimme am anderen Ende überschlug sich fast vor Begeisterung.

»Ich sag' dir, wo ich bin. Kannst du heute abend kommen? – Aber nicht vor zehn.«

»Geht klar. Ich bring' noch einen Kumpel mit.«

Stock gab ihm die Adresse.

»Klingel lang-kurz-lang.« Damit hängte er ein, verließ die Kabine und zündete sich, hinter der rechten Hand verborgen, eine Zigarette an. Zufrieden blickte er zu einem etwas trüben Himmel auf.

Eine bleiche Mondsichel schien durch die Bäume eines parkartigen Gartens auf eine einsam stehende Villa. Sie schien verlassen, die Bewohner verreist. In den oberen Stockwerken waren die Rolläden heruntergelassen, die Fenster im Erdgeschoß durch Scherengitter gesichert. Nichts rührte sich, die Nacht schien ungestört. Einem aufmerksamen Betrachter allerdings wäre die umgestülpte Obststeige vor einem der unteren Fenster sowie die beiden Enden des Wäscheseils, das von einer Strebe des Scherengitters baumelte, aufgefallen. Die Strebe daneben fehlte, war als dunkler Strich auf dem Rasen zu erkennen. Die Fensterscheibe war eingedrückt, der Raum dahinter in pechschwarze Finsternis gehüllt. Seltsame Geräusche verrieten, daß er nicht nur von totem Mobiliar bevölkert war. Ein undefinierbares Rascheln, Atemzüge, ein Scharren. Von Zeit zu Zeit erhellte das Aufflammen einer Taschenlampe die Szenerie: ein in die Wand eingelassener Tresor, drei Gestalten davor. Eine davon kniend, mit Kopfhörern auf dem Kopf, wie man sie bei Stereoanlagen benutzt, mit einem Trichter verbunden. Das war Stock. Der Mann, der neben ihm stand und den Trichter gegen die Stahltür gepreßt hielt, mußte Jupp sein, war er doch ungefähr im gleichen Alter wie der Kniende, hatte ein verwittertes Gesicht und eine häßliche Narbe, welche die brutalen Züge durchpflügte. Der dritte dahinter war noch ein Jüngling mit Streuselkuchen im Gesicht und einer Werkzeugtasche in der Hand. Alle drei trugen Handschuhe. Stock arbeitete konzentriert an der Kombination des Zahlenschlosses, das aus drei Rädern bestand, drehte mit seiner gesunden Hand vorsichtig, lauschte, versuchte ein Klicken zu hören, das ihm anzeigte, welche Kombination eingestellt war. Nichts! Drehte am zweiten Rad, am dritten, wieder am ersten. Nichts rastete ein. Schweiß perlte auf seiner Stirn.

Nach einer Weile nahm er die Kopfhörer ab und wischte sich mit dem Ellbogen über das schweißnasse Gesicht.

»Was ist denn los?« fragte Jupp leise und ließ den Schalltrichter sinken. »Nu warte doch, verdammt noch mal! Ich kann ja schließlich nicht zaubern.«

»Wir warten schon über eine Stunde.« Er blickte über die Schulter. »Früher hat er solche Dinger aufgemacht wie unsereins 'nen Schuhkarton«, sagte er zu dem Streuselkuchen.

Stock warf ihm einen wütenden Blick zu.

»Ich krieg' das Ding schon noch auf«, sagte er verbissen und setzte den Kopfhörer wieder auf. Jupp legte den Schalltrichter wieder an die Tresortür. Der Streuselkuchen kaute nervös an einem Lederfinger.

Stock schloß die Augen, konzentrierte sich, drehte langsam Zahlenkombinationen. Erst das erste Rad, dann das zweite, dann das dritte, horchte angestrengt. Seine Miene verriet, daß er nichts vernahm. Rein gar nichts. Resignierend ließ er die Hand sinken.

»Muß ein neues Modell sein.«

»Klar«, höhnte sein Kumpel aus alten Zeiten, »oder die Ohren tun's nicht mehr.«

»Willst du's mal versuchen?« Stock streifte sich die Kopfhörer vom Kopf.

»Ich hab' kein Ohr für die Musik da drin.« Jupp schüttelte den Kopf. »Dafür haben wir dich schließlich mitgenommen. Aber wenn du es nicht mehr kannst ... « Enttäuschung und Ärger schwangen in seiner Stimme.

Stock setzte den Kopfhörer wieder auf, doch Jupp hatte die Schnauze jetzt gestrichen voll. Sich über eine Stunde an einem Tatort aufzuhalten, das ging gegen seine Prinzipien. Er wandte sich ab. Stock nahm den Trichter selbst auf und drückte ihn mit dem Gipsarm gegen die Stahltür, die so gar nicht gewillt war, ihr Geheimnis preiszugeben. Verzweifelt arbeitete er weiter. Könnte es möglich sein? Sollte er tatsächlich sein phänomenales Gehör verloren haben? Nein, das war nicht möglich. Eine leise Rechtsdrehung – nichts, das andere Rad – nichts, unmerkliche Linksdrehung – nichts. Jupp sah ihm noch ein, zwei Sekunden zu, doch der Boden brannte ihm bereits unter den Füßen, er wandte sich ab.

»Ciao. Ruf uns an, wenn Du soweit bist.«

Er trat ans offene Fenster, schwang sich auf die Fensterbank, zwängte sich durch das Scherengitter und sprang ins Freie. Der Streuselkuchen zögerte noch einen Augenblick, folgte dann dem Beispiel seines Lehrmeisters.

Stock arbeitete noch kurze Zeit weiter, gab es dann aber auf. Er kam nicht zurecht mit diesem Mistding. Am liebsten hätte er es mit Füßen getreten. Ächzend erhob er sich, streckte seine schmerzenden Glieder, zog ein Päckchen

Zigaretten aus der Tasche und zündete sich eine an. Seine Hände zitterten.

Im Schein des Feuerzeugs sah er auf einem Tisch eine Jadefigur stehen. Kurz entschlossen nahm er sie an sich und steckte sie ein.

Am nächsten Morgen stand sie auf dem Frühstückstisch. Neben Trudes Teller. Und Trude machte ein ärgerliches, böses Gesicht. Mit beiden Händen führte sie die Kaffeetasse an den Mund und starrte die Figur an, als wäre sie von Aussatz befallen. Dabei war es eine wunderschöne Figur, ein segnender Buddha mit untergeschlagenen Beinen.

Stock war auch mächtig stolz darauf. Na ja, nicht wirklich. Versinnbildlichte sie doch sein Versagen in der vergangenen Nacht. Aber als Präsent war sie doch recht beachtlich. O doch! Er verstand wirklich nicht, warum sie so ein grimmiges Gesicht machte.

»Warum?« fragte sie hart und ließ ihre Blicke zwischen Stock und der Jadefigur hin und her wandern.

»Warum was?«

»Gestern nacht hatten Sie Besuch. Und als ich nach Hause kam, waren Sie nicht in der Wohnung. Und jetzt dieses Ding da.«

Mit einer verächtlichen Geste zeigte sie auf den Buddha, der friedlich vor sich hinzumeditieren schien.

»Woher wissen Sie denn, wer hier war oder nicht hier war?«

Er drückte seine Zigarette aus.

»Von den Zigarettenkippen«, antwortete sie und warf einen Blick auf den Aschenbecher. »Also, warum?«

»Herrgott noch mal, weil ich mich nicht ewig von Ihnen aushalten lassen will.« Jetzt hatte sie es fertiggebracht, auch ihn zu verärgern. Das hatte man davon, wenn man einer Frau eine Freude machen wollte. »Verstehen Sie das nicht?«

»Wenn Ihr Arm wieder in Ordnung ist, können Sie ja arbeiten und mir Miete zahlen.«

Ruhig löffelte sie ihr weiches Ei aus. Aber noch während

sie die letzten Worte sagte, wurde ihr klar, wie unsinnig dieser Vorschlag war. Sie senkte den Blick, stellte den Eierbecher weg und griff nach der Kaffeetasse. Instinktiv bemerkte er, daß er jetzt Oberwasser hatte.

»Vielleicht können Sie mir eine Heimarbeit besorgen?« Ärgerlich zündete er sich eine neue Zigarette an. »Irgend etwas, was ich in diesem Loch machen kann. Stricken vielleicht? Oder Tüten kleben? Das habe ich gelernt.«

So leicht ließ sie sich nicht unterkriegen. »Haben Sie sonst nichts gelernt?« wollte sie wissen.

»O doch! Safeknacken«, erwiderte er hämisch. »Von meinem Alten. Der war ganz große Klasse.«

Er wußte, daß er ihr weh tat, wenn er so redete, aber er mußte den Protest, der in ihm steckte, loswerden. Er paffte wie ein Schlot.

»Warum sind Sie ausgebrochen? Um mit allem noch einmal von vorne anzufangen?«

»Sehr richtig. So was nennen anständige Leute Gewohnheitsverbrecher. Nicht wahr?«

»Ja, so nennt man das.«

Sie funkelten sich gegenseitig an.

»Wollen Sie jetzt meine Lebensgeschichte hören?« Er beugte sich vor und legte seinen Gipsarm auf den Tisch.

»Es ist doch immer dasselbe«, winkte sie ab. »Mit dem Aufbrechen von Zigarettenautomaten fängt alles an.«

»Bravo!« Er lehnte sich wieder zurück und sah sie abwartend an.

»Dann kommen die kleinen Ladendiebstähle, und dann ein Hauseinbruch.«

»Und schließlich der Bankraub«, vollendete er ihren Satz.

»Warum haben Sie den Bankkassier erschossen?« fragte sie und sah ihm in die Augen.

Diesmal war er mit der Antwort nicht so schnell bei der Hand. Sie wartete.

»Warum?« wiederholte sie nach einer Weile ihre Frage.

»Weil er uns im Weg war.« Unwirsch und ungeduldig klangen seine Worte.

»Das glaube ich nicht.«

»Was verstehst du denn schon davon?«

Zum ersten Mal war ihm das »Du« herausgerutscht, ein ärgerliches »Du« zwar, dennoch bemerkte er es nicht.

»Warum hast du ihn erschossen?« Auch sie wurde sich der veränderten Anrede nicht bewußt.

»Weil ich durchgedreht habe.« Er schob den Stuhl zurück, stand auf und begann, nervös im Zimmer auf und ab zu gehen.

»Nicht, weil er die Alarmanlage ausgelöst hat?«

»Doch!« Er drehte sich um. »Weil plötzlich die Sirenen heulten, weil ich Angst hatte. Aber woher weißt du das alles?« Verdutzt sah er sie an.

»Ich war in der Bibliothek und habe die alten Zeitungen nachgelesen.«

Jetzt stand auch sie auf und fing an, Teller und Tassen zusammenzustellen, den Tisch abzuräumen.

»Warum fragst du mich dann noch aus?«

»In den Zeitungen steht nichts davon, wie du heute darüber denkst.«

Sie nahm die Kaffeekanne und einen Stapel Teller und trug beides hinaus in die Küche.

»Ich denke nicht darüber nach.« Erregt unterbrach er seine Wanderung. »Ich will nicht darüber nachdenken. Ich will es nicht! Ich will es einfach nicht!«

Sie kam zurück und begegnete seinem wütenden Blick.

»Dann reden wir eben nicht mehr davon«, antwortete sie ruhig und wollte zu ihm. Aber so schnell ließ er sich nicht beruhigen.

»Dein Mitleid kann ich erst recht nicht vertragen.« Aufsässig versperrte er ihr den Weg, richtig wütend sah er aus mit seinen schütteren Haaren, die zu Berge standen. »Was soll ich denn jetzt tun? Hier hocken und dich für mich arbeiten lassen? Bis in alle Ewigkeit? Bis daß der Tod uns scheidet?«

Er versuchte ein höhnisches Lachen, aber es gelang ihm nicht.

Lange sah sie ihn ganz ruhig an. Bis er es nicht mehr ertragen konnte und sich abwandte.

»Noch sind wir kein Paar«, sagte sie leise.

Er fuhr herum.

»Das ist nicht meine Schuld.«

Sie lächelte. »Du kannst wohl die Ohrfeige nicht vergessen?«

»Nein.«

»Wenn du Angst vor mir hast . . . «

Sie wandte sich ab, doch er packte sie am Arm, drehte sie zu sich. Zwang sie, ihm in die Augen zu sehen.

»Glaubst du, das ändert etwas?« fragte er ernst.

»Ja.« Tränen stiegen ihr in die Augen.

Da zog er sie an sich, mit seiner gesunden Hand, und küßte sie heftig und hart. Zögernd schlangen sich ihre Arme um seinen Hals.

Eine Stunde später lagen sie nebeneinander im Bett. Die Vorhänge waren zugezogen. Nur durch einen Spalt drang Tageslicht in den Raum und ringelte sich wie eine Katze am Fußende zusammen.

Es war geschehen, sie hatten miteinander geschlafen, aber so ganz das Richtige war es wohl nicht gewesen. Zumindest hatte er so das dumpfe Gefühl. Nicht, daß es für ihn nicht aufregend und erfüllend gewesen wäre, aber das Weib hatte er nicht so recht in den Griff bekommen, sie hatte sich ihm nicht zur Gänze hingegeben. Auch jetzt lag sie mit abgewandtem Gesicht auf ihrem Kissen, statt glückstrunken an seiner Schulter.

Er richtete sich auf, stützte sich auf seinen Ellbogen und sah sie an. Nein, an ihr war nichts auszusetzen, sie war eine Klassefrau, mit ihrer Haut wie Milch und Blut und den blitzblauen Augen. Auch ihr Körper konnte sich sehen lassen, und um ihren Busen hätte sie manches junge Mädchen beneiden können. Das war kein schlechter Fang, den er da gemacht hatte. Wenn sie es ihm nur nicht so schwermachen würde.

»Ich weiß genau, was mit dir los ist«, versuchte er, sich an sie heranzutasten. »Du kommst nicht darüber hinweg, daß ich einen umgelegt habe. Aber ich habe doch dafür gesessen.«

Sie schloß die Augen. Und rührte sich nicht.

»Nicht lange genug, was?« fuhr er fort, und seine Worte hatten einen bitteren Klang. »Wie lange muß man denn sitzen, bis man kein Mörder mehr ist? Lebenslänglich? Oh, nein! Jetzt begnadigen sie einen manchmal schon nach zehn, fünfzehn Jahren. Nur, daß die bei mir noch nicht um sind. Was wäre denn, wenn die schon um wären? Wärst Du dann zufrieden? Wäre der verdammte Kassier dann wieder am Leben?« Umsonst erwartete er eine Reaktion. »Herrgott noch mal, antworte mir doch!«

Sie schlug die Augen auf.

»Die Antwort weißt du doch selber.«

Einen Augenblick sah er sie an, dann schlug er die Bettdecke zurück, stand auf und ging barfuß zum Fenster. Er war verletzt, fühlte sich zutiefst mißverstanden und ungerecht behandelt.

»Ich weiß nur eins«, sagte er mit dem Rücken zu ihr, »so geht's nicht weiter. Nicht mit uns.«

Und wieder füllten sich ihre Augen mit Tränen.

Wochen waren vergangen, das Frühjahr unmerklich in den Sommer hinübergeglitten. Unmerklich für ihn, der von dem Wandel der Jahreszeit von seinem Fenster aus kaum etwas mitbekommen hatte. Er selbst hatte sich verändert, trug jetzt einen Schnurrbart und ein Toupé. Der Arm war inzwischen verheilt, sehr ordentlich sogar, der Gips verschwunden. Das alles hatte er ihr zu verdanken. Rührend hatte sie für ihn gesorgt, fast wie eine Mutter, die er nie gehabt hatte, besonders seit jenem ersten Morgen. Hatte versucht, ihm die Zeit zu verkürzen, das Leben so erträglich wie nur möglich zu machen. Auch im Bett klappte es jetzt, wurde eigentlich immer besser. Er lächelte unbewußt. Doch unerträglich lange war sie, die Zeit, und kaum noch erträglich das Leben. Zumindest bis zu dem Zeitpunkt, als er seine Entdeckung gemacht hatte, aber auch das lag mittlerweile Wochen zurück. Seitdem fieberte er jedem Montag, jedem Donnerstag entgegen. Verglich die Zeiten, stellte die Stoppuhr ein, die sie ihm geschenkt hatte, machte sich genaueste Notizen. Wie jetzt gerade.

Er stand am Fenster, mit einem Vergrößerungsglas in der Hand. Das hatte er irgendwann einmal in einem der Schränke gefunden, ein Relikt aus Großmutters Zeiten. Durch das Vergrößerungsglas sah er den Hintereingang der Bank, und dieser Hintereingang war für ihn zum Mittelpunkt seines Lebens geworden. Eben bog ein Geldtransporter auf den Platz und fuhr rückwärts in den Hof neben der Bank. Er drückte auf den Knopf der Stoppuhr, der Zeiger begann vorwärtszuticken. Der uniformierte Beifahrer sprang aus dem Transportfahrzeug, gleichzeitig trat ein Angestellter aus der Bank. Gemeinsam öffneten sie die rückwärtige Tür des Fahrzeugs, entnahmen zwei Kassetten, der Beifahrer schloß wieder ab. Gemeinsam betraten sie die Bank und stiegen, durch eine milchige Glaswand schemenhaft sichtbar, eine Treppe hinab.

Stock setzte das Fernglas ab und trug die genaue Uhrzeit in sein Notizbuch ein. Sofort nahm er das Glas wieder auf. Es dauerte nur kurze Zeit, da trat der Beifahrer aus der Bank, stieg wieder ein, das Transportfahrzeug setzte sich in Bewegung, fuhr aus dem Hof, bog in den Platz ein und war um die nächste Ecke verschwunden.

Er wollte das Fernglas gerade absetzen, da entdeckte er Trudes Kombi, der auf den Platz einbog und vor dem Haus parkte. Trude stieg aus, mit einer Tasche in der Hand.

Rasch stellte er das Fernglas an seinen Platz zurück, versteckte das Notizbuch im Bettkasten des Sofas und machte sich schleunigst daran, den Frühstückstisch zu decken.

Die Wohnzimmertür ging auf, Trude stand strahlend auf der Schwelle, mit einem Fotoapparat in der Hand.

»Guten Morgen«, wünschte er ihr betont freundlich und

holte Bestecke aus der Schublade.
»Guten Morgen.« Sie machte die Tür zu.
»Was hast du denn da?« Er deutete auf den Apparat.
»Einen Fotoapparat«, erwiderte sie munter.
»Was willst du denn fotografieren?« Er legte ein Messer neben ihren Teller, einen Löffel auf ihre Untertasse.
»Dich«, erwiderte sie fröhlich.
Mißtrauisch blickte er auf.
»Das haben sie schon mal mit mir gemacht. Von allen Seiten.«
Mit unerwarteter Heftigkeit brachen die Worte aus ihm heraus.
An ihrer Reaktion erkannte er, wie sehr sein Ausbruch sie traf. Abrupt drehte er ihr den Rücken, starrte aus dem Fenster.
»Wozu willst du mich fotografieren?« fragte er nach einer Weile. »Zur Erinnerung«, antwortete sie und legte ihm von rückwärts die Arme um den Hals.
Er ließ sie gewähren. Setzte sich auf die Couch, wie sie es von ihm verlangte, und grinste in die Linse.

Noch am selben Abend stahl er sich aus dem Haus, während sie noch in der Würstchenbude beschäftigt war. Jetzt saß er in derselben Wohnung, aus der ihn einmal eine Horde Kinder vertrieben hatte, Jupp am Tisch gegenüber. Allerdings nicht, ohne sich diesmal telefonisch angemeldet zu haben. Auf dem Tisch standen eine Flasche Schnaps und Gläser. Der Raum wirkte noch genauso unordentlich und schmuddelig wie bei seinem ersten Besuch. Aber das störte ihn im Augenblick nicht, er hatte Wichtigeres im Kopf. »Acht Uhr fünf – acht Uhr acht . . . acht Uhr fünf – acht Uhr zehn . . . acht Uhr vier – acht Uhr sieben . . . Nach ziemlich genau vier Minuten fährt der Wagen wieder ab.« Stock hielt sein Notizbuch aufgeschlagen in der Hand und sah Jupp erwartungsvoll an. Dieser nickte. »Die Bank macht um neun Uhr auf«, fuhr er aufgeregt fort. »Die Angestellten kommen zwischen halb und zwanzig vor neun. Das heißt, zwischen acht Uhr fünfzehn und acht Uhr dreißig ist der Hauptkassierer allein der Bank, und die Tür ist offen.«

Jupp hatte ruhig und bedächtig zugehört. »Warum machst du's nicht allein?« fragte er jetzt und nahm einen Schluck aus seinem Glas.

»Ich brauche ein Auto. Ich brauche 'ne Pistole, ich ... «

»Wozu eine Pistole?« unterbrach er ihn.

Er wußte genau, das war eine Anspielung auf seinen Mord. Und zwang sich, ruhig zu bleiben.

»Sollen wir ihm vielleicht ein Brotmesser vorhalten?«

Jupp antwortete nicht, dachte nach.

»Und ich brauch' ein Versteck«, drängte er weiter.

»Du hast doch eins.«

»Das ist zu nah bei der Bank.«

»Quatsch!« Jupp schnappte mit dem Finger. »Gerade da sucht uns keiner.«

Er wußte, Jupp hatte recht, er wußte auch, daß er aus Gründen, die er Jupp nicht erklären mochte, nach dem Überfall nicht mehr bei Trude bleiben konnte. Deshalb reagierte er auch übertrieben grob und unkontrolliert.

»Wir brauchen ein anderes Versteck, basta!« Und kippte seinen Schnaps hinunter. »Machst du jetzt mit oder nicht?«

»He, was ist denn los mit dir?« fragte Jupp, verdutzt ob seiner Heftigkeit. »Krach mit der Puppe – oder was?«

Er zögerte, er wollte nicht darüber sprechen.

»Sie macht so was nicht mit. Sie will mich brav und ehrbar machen. Verstehst du?«

Jupp grinste. Die Narbe verzog seinen linken Mundwinkel grotesk nach oben. »Das wollte meine auch mal.«

»Also, was ist? Machst du mit oder nicht?« Er klappte das Notizbuch zu und steckte es in die Innentasche seiner Jacke.

»Ich überlege es mir«, meinte Jupp unverbindlich und mit Pokergesicht.

»Überleg es dir nicht zu lange.« Er war ärgerlich. »Sonst mach ich's mit wem anderen.«

Dabei war er aufgestanden und grußlos zur Tür gegangen.

Das Leben verlief in gewohntem Rhythmus. Trude verbrachte viele Stunden des Tages in ihrer Bude, kam erst spät in der Nacht zurück. Meist war er sich selbst überlassen, seinen Beobachtungen und Gedanken, seinem allmählich Gestalt annehmenden Plan. Trude hatte sich in den Kopf gesetzt, er sollte seine langen Mußestunden nützen und Französisch lernen, hatte ihm ein Lehrbuch mitgebracht, demzufolge man nach zwanzig Lektionen die Sprache fließend beherrschen sollte. Er machte ihr das Vergnügen, paukte Grammatik und Vokabeln, plagte sich mit der Aussprache herum und fluchte innerlich. Täglich und ausgiebig.

Ein Spiel hatte sie ihm eines Tages auch angeschleppt, um ihm das Lernen zu erleichtern. Es bestand aus viereckigen Kärtchen und ging folgendermaßen: Jeder mußte alternativ einen Satz oder eine Frage von einer Karte ins Französische übersetzen und beantworten. Wenn ihm dies gelang, bekam er vom anderen zehn Pfennig. Schaffte er es nicht, mußte er zehn Pfennig zahlen.

Sooft es ihre Zeit erlaubte, bestand sie darauf, dieses Spiel mit ihm zu spielen. Als ob er nicht wichtigere Dinge im Kopf hätte! Wie eben jetzt auch.

Sie saßen sich gegenüber, jeder hatte ein Häufchen Zehn-Pfennig-Stücke neben und Stapel Kärtchen vor sich. Trude zog ein Kärtchen. »Möchten Sie morgen mit uns frühstükken?« las sie vor.

»Voulez vous déjeuner avec nous ... «, übersetzte er mühsam. Das französische Wort für morgen wollte ihm nicht einfallen.

»Was heißt morgen?« fragte sie eifrig.

»Ich weiß nicht ... « Es war einfach weg.

»Denk nach«, drängte sie.

Er war jedoch des Spielens überdrüssig und schob die Kärtchen beiseite.

»Wozu soll ausgerechnet ich französisch lernen?«

»Ich habe irgendwo gelesen, eine andere Sprache sprechen heißt, ein anderes Leben leben.

»Und wie sieht das aus?« fragte er und unterdrückte dabei ein Gähnen.

»Das hängt von dir ab.« Ihre Finger spielten Patience mit den auf dem Tisch liegenden Kärtchen.

»Französisch lernen macht mich noch lange nicht brav und ehrbar.« Er lachte ironisch, griff nach der Zigarettenschachtel und entdeckte, daß sie leer war.

Trude stand auf.

»Wo willst du hin?« fragte er erstaunt.

»Zigaretten holen.«

Sie wollte zur Tür gehen, doch mit zwei Schritten war er bei ihr, streichelte ihr über das Haar.

»Laß man, Trudchen«, sagte er weich. »Du gehörst ins Bett. Ich hol' mir meine Zigaretten selbst.«

Er versetzte ihr einen liebevollen Klaps und ging.

Trude stellte sich ans Fenster und blickte nachdenklich auf den nächtlichen Platz. Es dauerte nicht lange, da trat er aus dem Haus, schlug seinen Hemdkragen hoch, als ob er sein Gesicht dahinter verstecken könnte, und zog sich eine Packung Zigaretten aus dem Automaten, der neben der Haustür in die Mauer eingelassen war. Doch statt auf dem Absatz kehrtzumachen, eilte er über die Kreuzung und verschwand in der Telefonzelle. Als er kurz darauf wieder in die Nacht trat und sich eine Zigarette anzündete, glaubte sie an seinen fahrigen Bewegungen unter dem Licht der Straßenlaterne zu erkennen, daß er sehr verstimmt war.

Schleunigst zog sie sich ins Badezimmer zurück und machte sich für die Nacht zurecht.

Wie jeden Morgen stand sie vor ihm auf, schlüpfte leise aus dem Bett, zog sich im Badezimmer an und verließ das Haus, um ihre täglichen Einkäufe zu erledigen.

Als sie zurückkam, schlief er immer noch. Mit einem Tablett in Händen und einem strahlenden Lächeln auf den Lippen drückte sie die Schlafzimmertür auf. Auf dem Frühstückstablett standen eine Flasche Sekt, ein Schälchen Kaviar, Hummer und andere Leckerbissen. Vorsichtig stellte sie die ganze Herrlichkeit in der Mitte des Bettes ab, zog die Vorhänge auf und setzte sich neben ihn.

Das Licht schien ihn in der Nase zu kitzeln. Er wachte auf, rieb sich verschlafen die Augen, erblickte sie und das ganz und gar ungewöhnliche Frühstückstablett. Erstaunt riß er die Augen auf, mit einem Schlag war er hellwach.

»He, was ist denn los?« Er betrachtete die einzelnen Leckerbissen.

»Hummer, Kaviar, Sekt – bist du verrückt geworden?«

»Ja«, sagte sie und strahlte ihn an.

»Was feiern wir?« Er setzte sich auf. »Meine Begnadigung?«

»Du hast Geburtstag«, erwiderte die Verrückte fröhlich.

»Ich bin am 15. Februar geboren!« Er zog sich seine verrutschte Pyjamajacke zurecht.

»Du bist am 27. Juni geboren.«

»Ich werde doch noch wissen ...« Da lag doch noch etwas auf dem Tablett! Trude griff nach diesem Etwas: ein länglicher weißer Umschlag, aus dem sie einen Paß hervorzog.

»Schau doch in deinem Paß nach.« Sie hielt ihm das Dokument vor die Nase. Zögernd nahm er den Paß und schlug ihn auf. Dümmlich grinste ihm sein Foto entgegen. Mit offenem Mund starrte er es an.

Sie beugte sich vor. »Erich Lutze, geboren am 27. Juni in Mainz«, las sie vor.

Unsicher sah er sie an. Er begriff nicht, was das Ganze sollte.

»Ich habe eine Schwester«, erklärte sie jetzt eifrig. »Die ist in Nizza verheiratet. Der habe ich geschrieben. Sie sieht sich schon nach einer Wohnung für uns um. Un appartement pour nous.« Sie lächelte glücklich.

Er kratzte sich das unrasierte Kinn. »Und wovon sollen wir leben?«

»Würstchen werden überall gegessen. Ich habe meine Bude hier verkauft.«

Noch immer skeptisch, starrte er auf den Paß.

»Was ist? Freust du dich nicht?« Sie war maßlos enttäuscht. Wie sehr hatte sie sich gerade auf diesen Augenblick gefreut.

Genau das erkannte er, als er aufblickte, und es tat ihm leid, sie mit seiner negativen Reaktion enttäuscht zu haben.

»Doch, doch, ich freue mich ja!« Er wollte es wieder gutmachen und begann die Sektflasche zu entkorken. »Wann fahren wir?« fragte er munter.

»Morgen in einer Woche. Ich muß noch ...«

»Morgen in einer Woche ist Donnerstag«, unterbrach er ihren Enthusiasmus.

»Na und?« Verständnislos blickte sie ihn an.

»Donnerstag ist schlecht. Laß uns Freitag fahren«, erwiderte er hastig. Und beschäftigte sich eingehendst mit dem Sektkorken.

Ihr sechster Sinn schlug an. Irgend etwas warnte sie.

»Wieso? Was ist schlecht an dem Donnerstag?«

»Weißt du, wann die mich zum erstenmal geschnappt haben?« Er lachte gezwungen.

»An einem Donnerstag?« Ungläubig runzelte sie die Stirn.

»Richtig. Und deshalb fahren wir am Freitag.«

Der Korken knallte. Rasch goß er den überschäumenden Sekt in die bereitstehenden Gläser und reichte ihr eines.

»Dann auf Freitag.« Sie prostete ihm zu.

»Jawohl, am Freitag.«

Sie tranken. Trude lächelte selig.

Am darauffolgenden Montag stand er fiebernd am Fenster. Trude hatte gerade das Haus verlassen, um frische Brötchen und eine Zeitung zu holen. Das Zimmer war so gut wie leer, die meisten Möbel abtransportiert. Ein paar Koffer und Kisten standen noch herum.

Mit dem Fernglas beobachtete er die Bank. Der Transporter war gerade wieder rückwärts in den Hof gefahren, der Beifahrer ausgestiegen, der Angestellte aus der Bank getreten. Der Beifahrer sperrte die hintere Wagentür auf, zog zwei Kassetten heraus und sperrte wieder ab. Hintereinander betraten sie die Bank und stiegen als Schatten die Treppe hinunter.

Er schaute auf die Uhr, verglich die Zeit mit seinem Notizbuch und starrte wieder durch das Fernglas. So vertieft war er in seine Beobachtungen, daß er nicht bemerkte, wie Trude leise zurückgekommen und hinter ihn getreten war. Sie sah gerade noch, wie der Beifahrer in den Geldtransporter stieg und der Wagen aus dem Hof fuhr. Sie wußte Bescheid.

»Guten Morgen«, sagte sie.

Er fuhr herum. Entgeistert starrte er sie an. Kalt und verächtlich erwiderte sie seinen Blick und zeigte auf das Notizbuch in seiner Hand.

»Montags und donnerstags – jetzt ist mir alles klar. Das Geld kommt montags und donnerstags. Deshalb wolltest du Donnerstag noch hierbleiben.«

»Du spionierst mir also nach!« erwiderte er, wütend, daß er ertappt worden war.

»Das hat mir der Bettkasten erzählt.« Wie eine zürnende Göttin stand sie vor ihm.

»Du kotzt mich an!« Er stellte das Fernglas auf das Fensterbrett. »Ich will nicht nach Würstchen stinken, verstehst du?«

Jetzt verlor sie ihre gespielte Beherrschung. »Und ich will keine Angst haben, wenn es klingelt.«

Verdutzt starrte er sie an.

»Die Polizei! Jeder Streifenwagen! Jede Uniform!« Verzweifelt ballte sie die Fäuste. »Das kotzt mich an.«

»Leute mit Geld brauchen keine Angst vor der Polizei zu haben«, erwiderte er großspurig und ließ das Notizbuch in seiner Hosentasche verschwinden. »Wir werden Geld haben! Viel Geld. Ein Haus, einen großen Wagen, ein Boot, da unten am Mittelmeer. Und dann können sie uns hier alle ...« Er machte eine anzügliche Geste. Noch während seiner Rede hatte sie sich abgewandt, um ins Schlafzimmer zu gehen.

»Wo willst du hin?« Er lief ihr nach, packte sie unsanft am Arm und riß sie zurück. »Was zahlen sie dir für deine Würstchenbude?«

»Achttausend Mark.« Trotzig musterte sie ihn von oben herab.

»Und für den Krempel hier?« Mit einer weit ausholenden Handbewegung fegte er über das leere Zimmer.

Einen Augenblick schaute sie ihn schweigend an.

»Nichts gegen das, was du dir holen willst.«

»Ich hol's mir, jawohl!« Trotzig wandte er sich ab.

»Ja, natürlich. Nur noch einmal willst du in eine Bank einbrechen, ein allerletztesmal. Und dann beginnt dein neues Leben!«

In ihrer Stimme lagen Verachtung und Verzweiflung. »Viel Glück, Willi.«

Sie drehte sich um und lief aus dem Zimmer.

Das war wohl der Abschied. Er zögerte, wollte ihr nach, sie festhalten, warf einen Blick durch das Fenster auf die Milchkuh, die er am Donnerstag zu melken gedachte, und rannte aus der Wohnung. Die Treppe hinunter und aus dem Haus. So erregt war er, daß er alle Vorsicht außer acht ließ, ohne sich umzusehen über den Platz hastete und die Telefonzelle betrat.

»Was heißt, du hast keine Knarre gekriegt?« fragte er aufgebracht, als die Verbindung zustandegekommen war und er sich zu erkennen gegeben hatte.

Angestrengt lauschte er. »Ich will dem Kerl doch nur damit drohen!« Unwillig schüttelte er den Kopf.

»Jetzt hör mir mal gut zu, Jupp!« Er wischte sich den Schweiß aus dem Nacken. »Wenn du nicht mitmachen willst – ich dreh' das Ding auch allein. Jawohl. Ich brauche keine guten Ratschläge von dir. Die krieg' ich schon von Trude.«

Wütend schmiß er den Hörer auf die Gabel und verließ die Telefonzelle. Einen Augenblick blieb er stehen und blickte sehnsüchtig zum Haus hinauf. Täuschte er sich, oder bewegte sich die Gardine am Schlafzimmerfenster? Wütend vergrub er seine Hände in den Hosentaschen, zog den Kopf ein und marschierte um die nächste Ecke.

Ratlos stand sie am Fenster. Die Tränen liefen ihr über das unglückliche Gesicht. Der einzige Mann, den sie in den letzten Jahren gefunden hatte, der ihr jetzt so unendlich viel bedeutete, war aus ihrem Leben gegangen. Und was hatte sie nicht alles für ihn getan? Einen Paß hatte sie ihm besorgt. Für ein Schweinegeld. Ihre ganze Existenz hatte sie aufgegeben? Und er? Er warf das alles weg. Es war ihm zu wenig. Sie selbst und alles, was sie ihm zu bieten hatte. Schluchzend ließ sie sich auf das Bett fallen.

Am Donnerstag stand sie um acht Uhr morgens am Fenster. All die Tage hatte sie auf ihn gewartet in der leeren Wohnung, hatte sich kaum aus dem Haus gewagt, um ihn ja nicht zu verfehlen, falls er zurückkam. Nur die Zeitung hatte sie sich jeden Morgen geholt und sie angstvoll und mit zitternden Fingern durchgeblättert, auf der fieberhaften Suche nach einem Bericht von seiner neuerlichen Verhaftung. Nichts hatte sie gefunden. Also mußte er noch in Freiheit sein. Doch wo war er untergeschlupft all die Tage? Angst und Eifersucht zerrissen ihr fast das Herz. Sie hatte kaum etwas gegessen, nur Kaffee getrunken, war abgemagert. Dunkle Ringe lagen um ihre Augen, ihr sonst so fröhliches, vor Gesundheit strotzendes Gesicht war ganz spitz geworden.

Da trat Willi in grauem Kittel und Mütze, mit einem Besen in der Hand, hinter den Mülltonnen im Hintergrund des Hofes hervor und in ihr Blickfeld. Langsam und bedächtig begann er den Hof zu fegen.

Wie elektrisiert griff sie nach dem Fernglas auf dem Fensterbrett. Jetzt sah sie sein Gesicht ganz nah. Unauffällig blickte er sich um, blickte auch einmal zu ihrem Fenster herauf. Unwillkürlich trat sie einen Schritt zurück. Er schaute auf seine Armbanduhr und zog sich wieder hinter die Mülltonnen in der überdachten Ecke des Hofes zurück.

Da bog auch schon der Geldtransporter um die Ecke. Auf

die Minute pünktlich hielt er vor der Bank, setzte zurück und schlug das Lenkrad ein. Alles lief seinen gewohnten Gang. Der Beifahrer sprang aus dem Wagen, der Bankangestellte trat zu ihm, gemeinsam schritten sie nach hinten, die Wagentür wurde aufgesperrt, die beiden Geldkassetten kamen zum Vorschein, die Tür wurde abgeschlossen, gemeinsam betraten sie die Bank.

Mit einem Schwenk ihres Fernglases erfaßte sie Willi, der, mit einer schweren Tasche und seinem Besen bewaffnet, hinter den Mülltonnen hervortrat. In der Tasche lag ein Sandsack, aber das konnte sie nicht sehen. Kurz nach den beiden Männern verschwand er im Hintereingang der Bank und stieg als Schatten hinter der Glaswand die Treppe hinunter.

Was sie ebenfalls nicht mehr sah, war, daß ihn plötzlich, mitten auf der Treppe, der Gedanke an Trude mit einer solchen Heftigkeit überfiel, daß seine Knie nachgaben und er sich an die Wand lehnen mußte. Benommen schüttelte er diese Gedanken wieder ab und legte einige weitere Stufen zurück. Am Treppenabsatz blieb er noch einmal stehen, uneins mit sich selbst, in seiner Entschlußkraft gelähmt, und ärgerte sich. Über sich hörte er Damenschuhgetrappel und Gelächter.

Wieder gab er sich einen Ruck und bewegte sich langsam, die Kellertreppe kehrend, Stufe um Stufe weiter nach unten. Und plötzlich lag es vor ihm! Aus einer offenen Tür drang Licht, der Bankangestellte stand mit dem Rücken zu ihm vor dem Geldschrank, zählte das Geld aus den Kassetten und stapelte es bündelweise in die Regale. Der Beifahrer stand daneben, ebenfalls mit dem Rücken zu ihm, und sah zu.

Vor Schreck wäre ihm fast der Besen aus der Hand gefallen. Vorsichtig lehnte er ihn an die Wand, kämpfte einen harten Kampf mit sich, holte den Sandsack aus der Tasche, ließ keinen Blick von dem Mann am Geldschrank, wog den Sandsack in der Hand – und ließ ihn wieder in die Tasche gleiten. Langsam und zögernd zog er sich Schritt für

Schritt, die Treppe hinaufsteigend, zurück.

Unruhig stand Trude am Fenster. Der Hof lag leer. Die Zunge klebte ihr am Gaumen. Sie setzte das Glas ab, nahm hastig einen Schluck Kaffee aus einer Tasse, die auf dem Fensterbrett stand, und setzte sie klirrend wieder ab, als auf der anderen Straßenseite die Tür aufging. Hastig hob sie das Glas wieder an die Augen. Der Beifahrer kam mit den leeren Kassetten aus der Bank, stieg ein, der Geldtransporter rollte aus dem Hof. Und dann nichts, gar nichts! Angst biß ihr ins Trommelfell, schrie stumm aus ihren Augen. Erst nach einer kleinen Ewigkeit, die an ihren Nerven zerrte, die ihr den Schweiß aus den Achselhöhlen trieb, sah sie einen Schatten hinter der Milchglasscheibe die Treppe hochkommen, und Willi trat aus der Tür. Nach einem Blick zu ihrem Fenster hinauf, schritt er über den Hof zu den Mülltonnen, mit hängenden Schultern und eingezogenem Kopf, hob einen Deckel an und warf die Tasche hinein. Die Mütze tief ins Gesicht gezogen, verschwand er um die Ecke. Sie hätte jubeln können vor Glück. Er ging um zwei Ecken und betrat eine Stehkneipe. Außer dem großen, breitschultrigen Mann, der hinter dem Tresen stand und Gläser polierte, war niemand anwesend.

»Ein Bier, bitte«, sagte er. «Und einen Korn.« Und atmete noch schwer.

Der Wirt blickte kaum auf, schenkte das Bier ein und stellte es vor ihn auf die Theke. Er trank in großen, durstigen Zügen.

»Wie wär's mit Krabben?« fragte der Wirt und unterzog das Glas, das er eben poliert hatte, einer genauen Musterung.

»Nein, danke.« Er stellte das Glas ab.

»Frisch vom Kutter.«

»Nein!« wehrte er unwirsch ab. Allein der Gedanke daran, etwas essen zu müssen, drehte ihm den Magen um.

Die Tür ging auf, Trude stand auf der Schwelle, er bemerkte sie nicht.

Sie spielte die Überraschte, ging auf ihn zu.

»Herr Lutze!« rief sie voller Verwunderung.

Auf den neuen Paßnamen zu reagieren hatte er noch nicht gelernt. Aber für den Wirt war Trude keine Unbekannte.

»Tag, Trude«, begrüßte er sie.

»Tag, Fietje«, erwiderte sie seinen Gruß.

Jetzt war der Groschen bei ihm gefallen, er drehte sich um und sah sie ehrlich erstaunt an. Und sie spielte die Überraschung, ihn hier zu sehen, weiter. Der Wirt zog sich an das andere Ende der Theke zurück.

»Ich dachte, Sie wären schon längst in Nizza, Herr Lutze.« Sie lehnte sich neben ihn an den Tresen. »Spendieren Sie mir ein Bier?«

Der Wirt kam zu ihnen zurück.

»Noch ein Bier bitte«, bestellte Willi, ohne sie anzusehen.

»Hat alles geklappt?« fragte sie vergnügt. »Um wieviel gings eigentlich? Ich glaube um eine halbe Million, nicht wahr?« Sie musterte ihn feixend. »Sie sehen mir gar nicht aus wie jemand, der gerade eine halbe Million verdient hat.«

Zum ersten Mal blickte er sie an. »Jemand hat mir das Geschäft vermasselt«, erwiderte er, jedes Wort betonend.

»Ach, das tut mir aber leid.« Der Schalk saß ihr in den Augen.

Der Wirt war so überwältigt von der Höhe der Summe, daß er ganz vergaß, den Bierhahn zuzudrehen. Trudes Glas lief über, der weiße Schaum kroch über die Theke.

»Paß auf dein Bier auf, Fietje«, rief sie lachend.

Er drehte den Hahn ab und schob ihr das Glas hin.

»Eine halbe Million? Mein Gott!« Voll Ehrfurcht bestaunte er den Fremden. Willi kochte innerlich. »Zahlen!« rief er barsch. »Zwei Bier und ein Korn.«

»Nein, nein, das zahle ich«, rief sie fröhlich. »Der Herr hat heute schon genug Geld verloren.«

Er legte das Geld auf den Tisch. »Ich zahle«, sagte er verbissen und erhob sich.

»Kann ich Sie irgendwohin mitnehmen?« lenkte sie ein.

»Mein Wagen steht vor der Tür.«

Ihm war jetzt alles egal. Was soll's? Er war und blieb eben ein Versager!

»Na, dann fahren Sie doch«, fuhr er sie an. »Und möglichst weit weg. Seit ich Sie nämlich kenne, habe ich nur noch Pech – verstehst du?« zischte er, als sie bereits vor der Kneipe standen. »Und bon voyage!«

Damit ließ er sie stehen und marschierte hocherhobenen Hauptes die Straße entlang.

Sie lächelte, stieg in ihren Wagen, legte den Gang ein und rollte langsam hinter ihm her. Als sie ihn eingeholt hatte, beugte sie sich vor, öffnete die Tür auf seiner Seite und schaute ihn einladend an. Er machte keine Anstalten einzusteigen, schritt geradeaus weiter, als hätte er sie gar nicht wahrgenommen. Sie ließ ihm Zeit, in seinem eigenen Saft zu schmoren, fuhr unbeirrt, mit offener Wagentür, neben ihm her. Bis er die Nerven verlor. Mit einem Satz sprang er in den Wagen und knallte die Tür hinter sich zu. Sie gab Gas.

Längst hatten sie die Stadt hinter sich gelassen und rasten auf der Autobahn nach Süden. Noch hatten sie kein Wort miteinander gewechselt. Er starrte geradeaus durch die Windschutzscheibe, er kämpfte den härtesten Kampf seines Lebens mit sich selbst. Zweimal schon hatte sie heute gesiegt! In der Bank vorhin, und jetzt ließ er sich auch noch von ihr verschleppen.

»Ich muß nicht ganz normal sein«, brach es plötzlich aus ihm heraus. »Nizza! Du hast doch keine Ahnung, was uns da erwartet. Du bist verrückt. Und über die Grenze sind wir noch lange nicht.«

»Aber bald.« Sie legte den Kopf zurück und lachte. »Und in Nizza können wir ja Nelken statt Würstchen verkaufen. Die riechen auch besser.«

Langsam wandte er den Kopf und sah sie an, sah ihr lachendes Profil, die kräftigen Hände auf dem Lenkrad.

»Ich glaube – ich liebe dich«, sagte er grimmig.

Und sie lachte und lachte und lachte. Die Verblüffung über die unerwartete Wirkung seiner Liebeserklärung auf seinem Gesicht war nicht gespielt.

Es war der 14. Juli. Ganz Frankreich hatte zum Freudenfest gerüstet. Auf der Place Stanislav in Nancy wehten bunte Fahnen auf hohen Masten, Trachtengruppen zogen durch die Straßen, eine Kapelle spielte, die Menschen tanzten ausgelassen. In einer Seitenstraße stand ein Kombi mit einer Hamburger Nummer am Straßenrand. Trude und ihr Begleiter hatten sich unter die Tanzenden gemischt und alle Unbilden der Vergangenheit von sich gestreift. Heute war ein Tag zum Feiern, und das Morgen würden sie schon irgendwie schaffen.

Jamais traversez
un pont, avant d'y arriver.

Roman

Als Band mit der Bestellnummer 10 147 erschien:

Heywood Gould

DIE BRONX

Der Roman zum gleichnamigen Film mit Paul Newman in der Hauptrolle, der in Amerika ein Riesenerfolg wurde und jetzt auch in deutschen Kinos gezeigt wird.
»Fort Apache« ist die Polizeiwache im berühmt-berüchtigten New Yorker Armenviertel »The Bronx«, in dem niemand eine zweite Chance erhält und die meisten nie eine bekommen.
»Fort Apache« hat einen neuen Captain. Er ist fest entschlossen, in der letzten Station für Ausgeflippte – in der das Leben grausam, Tod oft Mord und Drogensucht an der Tagesordnung ist – Ordnung zu schaffen. Ein Ziel, das die Kräfte eines einzelnen bei weitem übersteigt.

Paul Newman, dessen Sohn im Alter von 27 Jahren an Rauschgift starb, sagte auf einer Pressekonferenz: »Ich habe mich damals zu wenig um meinen Jungen gekümmert, als er Hilfe brauchte. Darum fühle ich mich mitschuldig an seinem Tod. Nur deshalb drehe ich diesen Film.«

Roman

Als Band mit der Bestellnummer 17 041 erschien:

Ken Follet

DIE NADEL

Der beste Spionage-Thriller seit Jahren, monatelang auf der Bestseller-Liste!
England im Kriegsjahr 1944. Die »Nadel«, deutscher Meisterspion, entdeckt den größten Bluff der alliierten Streitkräfte: Mit einer Scheinarmee, bestehend aus Gummipanzern, Pappflugzeugen und potemkinschen Kasernen, wird den Deutschen ein falscher Zeitpunkt und Ort der Invasion vorgegaukelt.
Die »Nadel«, alias Henry Faber, muß den Beweis für diese vielleicht kriegsentscheidende Finte schnellstens nach Deutschland bringen.
Der britische Geheimdienst heftet sich auf Fabers Spur. Eine blutige Hetzjagd quer durch England beginnt. Das dramatische Ende findet auf einer sturmumtosten Insel vor der schottischen Küste statt. Eine schöne Frau, deren Liebe in Haß umschlägt, wird der »Nadel« zum Verhängnis.

Roman

Als Band mit der Bestellnummer 17 059 erschien:

Dean R. Koontz

HÖLLENQUALEN

Hilary Thomas, neunundzwanzig Jahre alt, bildhübsch und als Drehbuchautorin erfolgreich, hat soeben den Auftrag ihres Lebens bekommen. Damit gehört sie über Nacht zu den Stars in diesem Geschäft. Als sie sich an die Polizei wendet und um Schutz bittet, weil sie sich von einem unheimlichen Killer bedroht fühlt, hält man das für einen raffinierten Publicity-Trick.
Nur Tony Clemenza, ein Polizeidetektiv mit künstlerischen Ambitionen, glaubt ihr und will ihr helfen.
Sie wissen nicht, daß nichts den Killer aufhalten kann – nicht einmal der Tod . . .

In HÖLLENQUALEN, einem seiner reifsten Romane, erforscht Dean R. Koontz die unheimlichen Mächte, die in uns allen schlummern und ohne unser Wissen unser Leben steuern.

»Koontz treibt die Handlung von einem Höhepunkt zum anderen . . . Er ist einer der packendsten Autoren der Gegenwart, begabter als die meisten seiner Zeitgenossen. Er beherrscht die magische Kunst, seinen Romanfiguren blutvolles Leben einzuhauchen.«

The New York Times

Roman

Als Band mit der Bestellnummer 10 140 erschien:

Colleen Mahan

DAS LUSTSCHLOSS

Bewacht von den Felsnadeln und Granittürmen der Sierra Nevada liegt Kirbos Chalet, ein modernes, zum Hotel umgebautes Lustschloß der Luxusklasse. Es dient all denen als Refugium, die einmal im Jahr hemmungslos ihren Vorlieben und Lastern frönen wollen. Da sind Emil und Archie, zwei deutsche Emigranten, die das Schicksal in den letzten Tagen des Tausendjährigen Reiches zusammengeführt hat und die nun vor den Schatten ihrer Vergangenheit fliehen; oder Cabot Markey, ein berühmter Künstler und einsamer Abenteurer, der entschlossen ist, seinem Leben ein Ende zu setzen; oder Clarice Bishop, eine Frau von atemberaubender Schönheit und scheinbar unersättlicher Lebensgier, jedoch zur Liebe unfähig.